사랑을 담아, 엄마가

사랑을 담아, 엄마가

사랑을 담아, 엄마가

일리아나 잰더 지음

안은주 옮김

REA크bie

차례

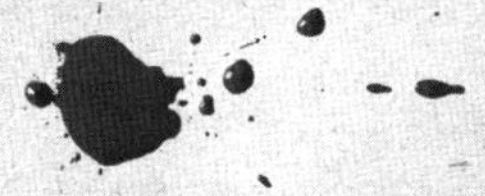

프롤로그

지금껏 누굴 다치게 한 적이 한 번도 없다. 그러나 지금만큼은, 일간지 일면에서 나를 노려보고 있는 저 얼굴에 주먹을 한 대 날리고 싶다. **그녀**의 사진이다. 늘 바르던 빨간 립스틱에 윤기가 흐르는 흑발. 예쁜 얼굴을 가진 괴물.

베스트셀러 작가 사망한 채 발견되다

긴장감 넘치는 스릴러를 통해 세계적으로 유명해진 작가 E. V. 렌지(43세, 본명 엘리자베스 캐스퍼)가 '불의의 사고'로 사망한 채 발견되었다.

그녀는 사랑하는 남편 벤 캐스퍼와 스물한 살 딸 매켄지 캐스퍼를 두고 세상을 떠났다.

너무 이른 나이에 생을 마감한 천재 작가의 비극적인

죽음에 전 세계가 충격에 빠졌다. 세계 곳곳의 팬들이 문
학 천재를 추모하기 위해 대규모 집회를 열었다.

  세상에, 다 거짓투성이야…….
  떨리는 손으로 쥐고 있는 신문 속 차가운 미소가 나를 조롱한
다. 그 미소를 파내 기억에서 지우고 싶은 충동이 인다.
  자업자득이야.
  죽어도 싸.
  더 빨리 안 죽은 게 한이지.

1부

1

매켄지

이런 추모식을 본 사람은 아무도 없을 것이다. 눈물 한 방울 없는 추모식이라니.

우리 엄마의 추모식은 그녀에게 있어 올해, 아니 인생을 통틀어 가장 대단한 공연일 터다.

세인트 존 추모관 밖에 모인 엄마의 팬들은 그 사실을 모른다. 그들은 자신들이 자발적으로 모였다고 믿고 있다. 홍보에, 연예 뉴스에, 인플루언서와 책 블로거들에게 돈을 쏟아부었다는 걸 알 리 없다.

엄마가 사망하자, 책은 다시 베스트셀러에 올랐다.

봐요, 엄마! 엄마가 죽었는데 그 죽음으로 아직도 돈을 버는 사람들이 있어.

지난 일주일 동안, 신문들은 온갖 종류의 터무니없는 이론을 내세우며 괴상망측한 헤드라인을 뽑아냈다.

E. V. 렌지(43세) 커리어의 정점에서 사망
사고인가 아니면……

그래서 저기 뒤에 서 있는 남자가 여기 온 것이다. 이상한 콧수염을 하고 정장에 넥타이를 매고 온 저 중년 남자.

"가족과 지인만 모이는 자리예요. 그러니 가 주세요." 할머니가 낮은 목소리로 퉁명하게 속삭인다.

남자가 자리를 뜨자마자 할머니는 얼굴에 있는 미소를 거둔다.

눈썰미가 뛰어나지 않다고 해도 남자의 재킷 아래에 있는 총집을 보는 건 어렵지 않다. (그는 형사다.) 이틀 전부터 우리 집에 와 있다. 내가 문을 열어 주자, 그는 곧바로 엄마에 대해 묻기 시작했다. 그러자 할머니가 성난 암탉처럼 우리 쪽으로 날아와 중간에서 막았다.

"매켄지, 들어가라. 어서." 할머니는 나와 그 사람 사이를 가로막으며 명령했다. 그러고는 내가 모퉁이를 돌아서자 형사에게 무뚝뚝하게 말했다.

"사람이 부끄러운 줄 아셔야지. 방금 엄마를 잃은 아이한테 그런 질문이라니, 가당키나 한가요."

그랬는데 지금, 또 한 번 쫓겨날 처지가 된 거다.

신문사나 블로거나 다들 며칠째 엄마의 죽음에 대해 괴상한 이론을 쏟아 내고 있다. 수사관들의 조사에 따르면 진실은 너무 진부하다. (엄마는 평소처럼 집 근처 숲에서 산책하다 미끄러져 넘어졌고, 바위에 머리를 부딪쳤다고 한다.)

'우발적 사고사' 그들이 그렇게 말했다. 우연히도, 엄마의 베스트셀러에는 우발적 사고가 그득하다.

오해하지 마시라. 누군가는 엄마의 죽음을 슬퍼할 수도 있으니까.

지금 늘 하던 비즈니스 미팅인 양 출판사 사람과 얘기하고 있는 저년, 라이마 로스? 물론 슬프겠지. 이십 년 넘는 세월 동안 엄마의 담당 직원이었으니까. 앞으로 출간하기로 했던 책들은, 이제 깨끗하게 잊어버리겠지. 그렇지만 스페셜 에디션이나 한정판, 특별 패키지 같은 것들로 또 돈을 긁어모을 게 확실하다. 이 사업은 절대 마르지 않는 샘일 것이다.

며칠 전, 열 명 정도 참여한 비공개 장례식에서 우리는 엄마를 화장했다. 그런데도 우는 사람이 아무도 없었다.

오늘 추모식은 전시용이다. 말은 '친구들'을 위해서란다. 경의를 표하라나 뭐라나. 그래, 경의라는 단어는 엄마에게 꽤 중요한 거였지만, 친구라니? 진짜 친구가 있기나 했는지 의문이다. 하지만 지난 두 시간 동안 이어진 감동적인 추모사들을 듣자 마치 엄마가 셰익스피어라도 된 것 같았다.

건물 밖 거리는 인파로 가득하다. 추모관 내부에도 사람은 많지만 섬뜩할 만큼 고요하다. 오직 속삭임만이 건물 벽에 닿았다가 튕기듯 울려 퍼진다.

한쪽 벽에는 거대한 엄마의 초상화가 걸려 있다. 레이스가 달린 하이칼라 블라우스 차림, 배경에는 빨간 장미가 보인다. 하단에는 **E. V. 렌지**라고 적혀 있다. 출판사에서 고용한 이상한 중년 사진사가 초상화를 여러 각도에서 찍고 있다. 사진에 출판사 직원들, 에이전트 그리고 아빠가 나오도록. 나에게도 포즈를 취해 보라 했지만 거절했다.

망할 인간들.

홀 반대쪽에는 엄마가 사무실에서 찍은 사진이 걸려 있다. 머리 손질과 화장까지 모두 완벽한 상태로, 책꽂이 앞에 앉아 있는 모습이 어딘지 모르게 꿈꾸는 듯한 표정이다. 공식 사진은 아니라서 엄마의 본명 엘리자베스 캐스퍼가 적혀 있다. 이 사진은 지역신문이나 할머니가 다니던 교회, 엄마가 기부하던 자선단체를 위한 버전이다.

나는 이 모든 광경에서 떨어진 방 뒤쪽에 서 있는 편이 좋다. 엄마에게 신경 따위 쓰지 않는 (과거에도 결코 신경 쓴 적 없는.) 할아버지 옆에 서서 말이다. 할아버지는 내 외모도 신경 쓰지 않는다.

할머니는 정반대다. 오늘 아침만 해도 내가 항상 쓰던 까만 립스틱을 바르지 말라 했고 아이라이너도 평소보다 얇게 그리라고 했다.

"그리고 좀 격식에 맞게 입어라."

나는 거의 항상 검은 옷만 입는다. 마침맞게도 추모식에 아주 적절한 복장이다. 할머니가 뭐라 해도 포기하지 않았던 까만 립스틱과 두꺼운 아이라이너도 마찬가지지 뭐.

물론 할머니는 디올 브랜드 옷에 비싼 장신구를 하고선 손님 모두와 얘기를 나누기 위해 노력 중이다.

아빠는 세련된 스타일의 검은 양복을 입었고, 굉장히 멋져 보인다. 왠지 뾰로통해 보이는데, 아마 금단증상 때문일 거다. 할머니와 할아버지는 차로 네 시간 거리에 살고 있는데, 엄마가 죽은 이후 내내 우리 집에 머물고 있다. 할머니는 아빠가 '너무-이른-시간에-술-마시는-짓'을 못 하도록 통제한다. 엄마의 죽음 이후, 할머니는 당당하게 집안을 장악했다.

나? 나는 울고 싶다, 정말 그렇다. 하지만 아직 실감이 나지 않는다. 그리고 슬퍼하고 싶다, 그렇지만 언제나 엄마가 나를 전혀 신경 쓰지 않는다고 느꼈다. 그래서 최근 몇 년간 아주 씁쓸했고, 우리 모녀는 그렇게 멀어졌다.

나의 가장 친한 친구 EJ는 나중에 슬픔이 몰려올 거라 했다. 아니 어쩌면 그냥 내가 냉정한 게 아닐까. 나는 EJ에게 오지 말라 했다. 내 인생이 그동안 (내가 기억하는 한 줄곧.) 얼마나 엉망진창이었는지 보여 주고 싶지 않았기 때문이다.

오늘 밤 집에서 '친한 사람들'만을 위해 열릴 예정인 케이터링 식사 자리에서 EJ를 보게 될 것이다. 사람들은 엄마의 삶을 기리는 자리라고 했지만, 분명 이건 파티가 될 것이다.

주위를 둘러보다가 낯익은 인물이 아빠에게 다가가 악수하는 모습에 움찔한다. 내가 다니는 대학 학장이다. 나는 고개를 돌려 황당하다는 표정을 짓는다. 엄마는 예전에 학장과 어울리곤 했는데, 한번은 "모두 네 미래를 위해서야."라고 말했다. 실제로 엄마는 내가 다니는 대학에서 강연을 하기도 했고, 기부도 했다. 학교에서 엄마를 기리기 위해 기념비를 세운다 해도 놀랄 일이 아니다.

엄마를 담당했던 상담 선생님도 와 있다. 편집자 두 명도. 어시스턴트 세 명도. 우리 집안 변호사도. 엄마에게 있어 '친구'란 그저 가까이서 일을 했던 사람들일 뿐이다.

엄마의 사고 이후 일주일 동안 나는 시내에 있는 내 원룸 아파트 대신 집에서 지내고 있다. 그동안 끊임없이 엄마, 우리의 관계

그리고 엉망진창이 된 우리의 작은 가족에 대해 생각했다. 슬프기는 했지만, 보통 엄마를 잃은 사람들이 그러하듯 엄청난 슬픔이 몰려오거나 하지는 않았다.

아빠는 휴대폰을 확인하더니 서둘러 사람들로부터 떨어져 나와 문으로 향했다. 거기에는 야구 모자를 쓴 남자 하나가 돌아서서 걸어가고 있다. 아빠가 그를 따른다.

지금이야말로 아빠에게 두통이 생겼고 멘탈이 붕괴되기 직전이며 (물론 거짓말이다.) 이제 가 봐야 할 것 같다고 말하기 딱 좋은 순간이다. 여러 감정이 마음속에서 솟구치는데, 그게 뭔지는 잘 모르겠다. 다만 분명한 건, 지금 이 사람들 곁에서 벗어나고 싶다는 것이다.

나는 아무도 없는 커다란 홀을 지나 작은 복도로 나갔다. 저 끝에 아빠가 낯선 사람과 이야기하는 모습이 보인다.

그들 쪽으로 걸어가던 나는, 낮게 속삭이는 목소리를 듣고는 속도를 줄였다.

"쓰레기 같은 놈."

무슨 일이람?

문간 뒤쪽으로 비켜서서 모습은 숨기고, 확실하게 목소리를 들을 수 있는 곳에 선다.

"여기서 이러지 마." 아빠가 불쾌하다는 듯 속삭인다. "**감히** 여기까지 와서?"

"감히? 나도 여기 올 자격이 있어."

"나가. 당장."

낯선 남자가 낮게 낄낄거리며 웃었다. "의심하는 기색이 있나?"

"누구 말이야?"

"매켄지."

내 이름이 들리자 심장이 불안하게 뛰기 시작한다.

"어디서 내 딸 이름을 입에 올리는 거야?"

"아, 의심하지 않는다는 얘기군? 잘했어, 베니 보이."

베니 보이? 우리 아빠? 우리 아빠를 저렇게 부르다니 저 사람은 도대체 누구지?

"가라고 말했잖아." 아빠가 좀 더 절박해진다. "그냥…… 가줘. 나중에 얘기하자고."

내다보고 싶은 마음에 문간 쪽으로 다가갔는데, 카펫 아래의 마룻바닥이 삐걱거렸다. 지랄맞게 삐걱거린다.

젠장.

나는 차량 헤드라이트에 맞닥뜨린 사슴처럼 얼어붙었다. 살금살금 걷는 발자국 소리가 들렸고, 아빠가 문간에 나타났다. 나를 보자마자 얼굴에는 당황한 표정이 스친다.

"무슨 일이야?" 아빠한테 물으며 밖을 내다보지만 수수께끼의 남성은 사라지고 없다.

아빠는 두 손으로 마른세수를 했다. "아무 일 없어."

"누구랑 말다툼하고 있었어?"

"아니야, 우리 딸. 그냥 대화하고 있었어." 아빠는 재킷 안으로 손을 넣더니 휴대용 술병을 꺼냈다.

"아는 사람이야?"

내 말에 아빠는 불안하듯 한 모금 마시고는 숨을 길게 내쉬었다. "처음 보는 사람이야."

이런 걸 새빨간 거짓말이라 하지.

아빠는 재킷 안으로 술병을 넣고 나를 보며 윙크했다. "넌 괜찮지?"

"여기 못 있겠어. 이 사람들……." 나는 말끝을 흐리며 눈을 돌려 메인 홀에 있는 사람들을 가리켰다.

"알아, 다 알아." 아빠는 눈을 감고 자신의 콧대를 어루만졌다.

"아빠야말로 괜찮아?"

아빠와 엄마는 남들이 말하는 완벽한 커플은 아니었다. 특히 최근엔 더더욱 아니었다. 근래에는 더 많이 싸웠는데, 주말에 본 것만 해도 그 정도니 말 다했지. 최근 이 년 동안 학교랑 가까운 곳에 아파트를 구해 살고 있으니 주중 상황은 알 수 없지만 말이다.

아빠는 숨을 깊게 들이마셨다가, 입술을 내밀며 숨을 내뱉고는 겨우 억지 미소를 지었다. "당연하지, 내 딸." 내 어깨를 토닥였다. "다 괜찮아질 거야. 가고 싶으면 가도 돼."

"그럼, 집에서 봐." 나는 이렇게 말하고 복도를 지나 뒷문으로 향한다.

모두가 건물을 나서는 순간, 일생일대의 쇼가 펼쳐질 것이다. 온 나라 방방곡곡에서 모여든 팬들은 진심으로 슬퍼하고 있다. 출판사는 이미 행사를 진행하기 위해 자체 홍보팀을 투입한 상태다. 그렇다. 그들은 그걸 '행사'라고 칭했다. 돈으로 산 배우들이 소란을 피우고 욕설을 외치며 엄마의 초상화를 훼손할 것이다. 그들은 E. V. 렌지는 악마다, 라고 외칠 것이다. 왜냐하면, 노이즈 마케팅도 홍보의 일환이니까. 내가 이걸 아는 건 미리 귀띔을 받았기 때문이다. 비밀 유지 계약서에 사인을 하자마자 일어난 일이다. 홍보 회사가 비밀리에 꾸민 이 일이 잘되면 책은 미친 듯이 팔릴 것이다.

정문으로 나가면 파파라치나 열성팬들 사이에 휘말리게 될 것이다. 그것만은 피하고 싶다.

나는 무사히 건물 뒷문으로 나간 후 안도의 한숨을 내쉬었고, 주차장에 아무도 없는 걸 확인한 뒤에 내 차로 다가갔다.

핸드폰이 울렸다.

"드디어." 전화를 받고 무심코 내뱉었다. "나 밖으로 나왔어."

"이봐, 까칠이, 거의 끝났어." 안도감을 주는 EJ의 목소리는 영혼에 바르는 연고 같다.

"지금 오고 있는 거지, 그치?"

"이제 막 출발하려고. 어쩌면 너보다 빨리 도착할 것 같아."

"정문에 있는 파파라치들 조심해, 알았지?"

차에 타려고 문을 열었다. "아무렴 거기에……, 잠시만."

운전석에 놓인 봉투 하나를 보고, 혼란스러워 얼굴을 찌푸린 채 그것을 들어 올린다.

"EJ, 잠시만." 전화를 스피커폰으로 돌리고 차에 타, 봉투를 찬찬히 살펴보았다. "이게 뭐야……."

"너 괜찮아?" EJ가 묻는다.

"아직 모르겠어."라고 대답하며 봉투에 적힌 단어를 보자 심장 박동이 치솟기 시작했다.

1호 팬으로부터. 포옹과 키스를 보내며.

2

명성에는 대가가 따르는 법이다. 문학계라고 예외는 아니다. 찬사와 팬레터도 받지만 스토커, 때로는 소변이 담긴 병이나 피 묻은 속옷 같은 게 딸려 오기도 한다. 그렇다, 세상엔 별별 미친 사람들이 있다. 더 음산한 얘기는 말도 꺼내고 싶지 않다. 그런 것들이 차고 넘친다. 나는 초조한 마음으로 차창 너머 밖을 내다본다. 주차장에 차는 그득하지만 사람은 단 한 명도 눈에 띄지 않는다.

"켄즈, 무슨 일이야?" 스피커를 통해 EJ의 불안한 목소리가 들린다.

"팬레터." 나는 다시 봉투를 쳐다보며 말한다.

"이상한 거야?"

"차 안에 있었다는 점이 이상하긴 하지."

"문 안 잠갔어?"

"쯧, 야, 날 뭘로 보고. 독극물 같은 게 아니어야 할 텐데. 그냥 버려야 할까 봐."

"열어 봐! 재밌는 걸 수도 있어."

EJ는 엄마의 팬에 대한 얘기라면 늘 이렇게 흥분한다.

"알았어. 알았다고!" 나는 봉투를 찢어 연다.

검은색 손톱 끝으로 조심스레 봉투를 벌리고 안을 들여다본다. 팬들과 관련된 일이라면 아무리 조심해도 지나치지 않다. 진짜 이상한 것들을 본 적도 있다. 사람들은 엄마에게 온갖 것들을 다 보내곤 했으니까. 러브 레터, 협박장, 자기가 쓴 원고, 장난감, 쿠키, 머리카락 뭉치까지. 오줌을 담은 병을 보낸 사람도 있었다. (이건 정말 역겨웠지.) 엄마랑 자기 사진을 포토샵으로 합성해 보낸 남자도 있었는데, 온통 정액이 묻어 있었다.

"자, 어서 말해 봐. 뭐야?" EJ가 답답하다는 듯 묻는다.

"안에 종이가 있어. 아마 눈물 젖은 편지겠지."

"읽어 줘."

EJ는 이렇게 좀 소름 끼치는 것들을 좋아한다. 나랑 같은 대학을 다니다 작년에 졸업했고, 현재 IT 분야에서 프리랜서로 일을 여럿 하고 있다. 지금은 스물세 살의 나이에 뛰어난 프로그래머가 되어, 코딩으로 평균 성인보다 더 많은 돈을 벌고 있지만, 몇 년 전에 처음 만났을 때만 해도 그저 공부만 하는 덕후였다. 듣기로는, 학교를 빼먹고 집에서 컴퓨터만 하느라 중학교 2학년을 한 번 더 다녔을 정도라나. 그는 여전히 덕후지만, 지금은 마음이 맞는 무리를 찾았다는 점이 다르다. 때로는 그것이 인생의 모든 것을 좌우한다.

나는 봉투에서 종이를 꺼내 펼쳐 봤다.

총 세 장짜리 자필 편지로, 한쪽 면이 삐죽삐죽한 걸로 보아 노트에서 뜯어낸 것 같았다.

"아 좀!" 인내심이 바닥난 EJ가 나를 재촉한다.

"잠깐만! 세상에, 사람이 좀 참을 줄도 알아야지."

첫 번째 페이지에는 몇 줄 없다. 내가 천천히 큰 소리로 읽는다.

비밀을 알고 싶니?

사랑을 담아, 엄마가.

3

"뭔 소리야." 나는 이렇게 말한 뒤, 화가 난 채로 두 번째 페이지를 펼친다. 그러자 온몸에 소름이 돋는다.

종이에 낯익은 이름들이 적혀 있다. 좌측 상단에는 날짜와 장소가 적혀 있다. 이십이 년 전, **네브래스카, 올드보**.

누군가 나를 괴롭히려고 만든 장난이라면, 제법 치밀하다. 왜냐하면 아는 장소이기 때문이다. 부모님이 그곳에서 대학을 다녔다. 이십 년 전으로 거슬러 올라가는 이야기다.

"까칠이, 너 듣고 있어?" EJ가 묻는다.

"잠깐만, 내가 다시 전화할게."

"무슨 일 있는 건 아니지?"

"어, 내가 전화할게."

"안 하기만 해."

그 후 오 분 동안 나는 꼼짝도 않고 가만히 있었다. 봉투에 있던 세 장의 편지를 읽자 속이 뒤틀리는 기분이다. 다시금 편지를 읽으며 혹시라도 빼먹은 부분이 없는지 확인한다.

나는 부모님의 과거에 대해 아는 바가 많지 않다. 하지만 어디 출신인지는 안다. 편지 안에 담긴 내용은 개인적이고 은밀해 보인다. 엄마는 자신의 과거에 대해 내게 거의 말해 준 적이 없다. 그런데 왜 지금 와서?

"사정이 있었어." 엄마는 늘 그렇게 말했다.

엄마의 소설을 읽어서 아는데, 그 사정은 엉망진창이었을 거다. 비평가들은 엄마가 '탁월한' 상상력을 갖고 있다고 말했다. 내 생각에 그 상상력은 완전히 맛이 간 쪽에 가깝다. 물론 그 상상력의 뿌리는 과거를 기반으로 한다. 그러니 도대체 어떤 정신 나간 부모가 자기 아이에게 망가진 과거를 털어놓겠는가?

제일 먼저 든 생각은, 엄마가 이십 년 동안 작가 생활을 하며 받아 온 비슷한 편지들 속에 이 편지 역시 쑤셔 박아 버리는 거였다. 편지들이 담긴 커다란 나무 상자가 집 안 엄마 서재에 고이 모셔져 있다. 고딕 스타일에 무덤 크기만 한 상자는 오직 팬레터를 넣는 용도로만 사용되었다.

그렇지만 궁금해졌다. 정말 이 편지가 엄마가 보낸 거라면?

진짜인지 확인할 수 있는 방법이 하나 있긴 하다.

시동을 걸고 도심에서 한 시간 거리인 부모님 집으로 차를 몰았다.

엄마는 내가 대학 때문에 다른 주(州)로 나가는 걸 허락하지 않았고, 그래서 나는 학사 과정 동안이라도 집 밖에서 살겠다고 우겼다. 그나마 그렇게 했기에, 시내에서 머무는 자유를 얻게 된 것이다.

나는 격주로 부모님 집에 가곤 했다. 그러나 엄마의 죽음 이후 계속 거기에 머물고 있다. 당연히 그건 할머니의 생각이었다. 그래야 '우리가 함께 슬퍼하며 가까워질 수 있다'나. 그건 할머니의 말일 뿐이다. 우리 중 누구도 슬퍼하지 않고 있다는 건 확실하다.

한 시간 뒤, 부모님의 저택으로 이어지는 사유 도로로 접어든다. 6천 평이 넘는 부지에 세워진 2백 평짜리 집으로, 별채와 수영장, 숲으로 둘러싸인 호수 옆에는 자연 연못까지 있다.

홍보 회사가 고용한 경비원이 고개를 살짝 끄덕여 보인다. 하지만 한 명만으로는 충분하지 않다는 걸 예상했어야 했다. 도로로 60미터쯤 올라가자 도착한 울창한 숲속에서 몇 명의 남자가 튀어나왔다. 내가 정문으로 다가가자 그들은 나를 향해 플래시를 번쩍이며 사진을 찍기 시작했다.

"매켄지 씨, 어머니의 죽음이 사고라고 생각하시나요?"

"매켄지 씨, 어머니가 쓰시던 소설을 이어서 마무리하실 생각이신가요?"

"캐스퍼 양!"

"여긴 사유지라고요!" 내가 차창 너머로 소리친다. 그렇지만 그들이 그걸 몰라서 이러는 게 아니다. 신경 따위 쓰지 않을 뿐이다. 다행히도, 철문이 천천히 열리고 내가 차를 몰고 들어가자, 감히 더 따라오지는 않는다.

잠시 뒤, 집 안으로 걸어 들어간다.

달콤한 향이 몰려와 내 얼굴을 감싼다. 친구들, 동료들, 팬들이 보낸 수백 송이의 꽃에서 나는 향기다. 집 안에는 저녁 리셉션을 준비하느라 분주한 케이터링 직원들이 가득하다.

나는 손에 봉투를 들고 곧장 엄마의 서재로 직행했다.

서재는 잠겨 있다. 엄마는 열쇠를 가지고 있는 건 자신뿐이라 생각했겠지만, 그건 엄마의 착각이다. 우리는 엄마가 서재에 있을 때만 들어갈 수 있었다. 하지만 아빠가 여분의 열쇠를 어디에 두었는지 나는 안다. 몇 달 전, 아빠가 몰래 들어가는 걸 본 적이 있다. 이런 일이 엄마가 전혀 모른 채 일어나고 있다는 것만 봐도 부모님의 관계가 얼마나 엉망진창이었는지를 알 수 있다.

그리고 지금, 정말로 이 서재에 들어가야만 한다.

손님용 화장실 옆에 걸려 있는 소수 부족 가면으로 다가가, 빽빽하게 채워진 인조 머리칼 사이로 손을 집어넣는다. 고무로 된 부드러운 두개골 아래쪽에 서재 열쇠가 있다.

"빙고." 혼자 중얼거렸다. 아빠가 아직도 여기에 보관하는 게 얼마나 다행인지.

복도 끝으로 서둘러 걸어가 엄마 서재 문을 딴다. 그리고 들어가 문을 잠근다.

지금까지 여기에 혼자 들어온 적이 없다. 늘 엄마와 함께였다. 이 방이 궁금했던 이유는 엄마가 늘 잠가 두었기 때문이다. 여긴 집필을 위한 안식처라고, 엄마는 그렇게 말하곤 했다. 그렇지만 더는 아니랍니다.

이곳에서만큼은 슬픔이 몰래 다가와 갑자기 날 덮칠 수도 있겠다, 라고 생각했지만, 그런 일은 일어나지 않는다. 눈물 한 방울 나오지 않는다. 슬픔은 전혀 없고, 그저 느껴지는 것이라곤 씁쓸함뿐이다.

나는 엄마와 친했던 적이 없다. 엄마가 나를 위해 신탁을 들어 놔서 학비 전액을 충당할 수 있을 거라는 말을 들었다. 하지만 그 것뿐이다. 추가로 받는 것은 없다. 유산도 없다. 모든 재산은 아 빠에게 간다. 위선자가 되어 돈 때문에 부모를 사랑하는 건 아니 라고 말하고 싶지만, 엄마는 수백만 달러를 벌어 놓고도 대학 자 금 빼고는 단 한 푼도 나에게 남기지 않았다. 이런 대접을 받고도 짜증이 나지 않는다거나, 마음에 걸리는 게 없다고 말하면 거짓 말이다. 그러니까, 맞다. 나는 엄마의 팬이 아니었다. 혹시 나에 게 교훈을 주려고 그런 걸까? 알게 뭐람. 난 혼자서도 잘 지낼 수 있다.

지금 내 관심은 오직 하나, 이 익명의 편지가 도대체 무슨 의도 를 가지고 있는지 알아내는 것이다. 어쩌면 아직 내가 깨달아야 할 교훈이 더 있는 걸까. 만약 이게 단순한 장난이 아닌 엄마의 작별 인사라면, 나중에 좀 더 알아보면 될 일이다.

이 편지의 진위를 판단하기 위해서 할 일은 오직 하나, 거대한 마호가니 책상 뒤에 있는 작은 액자를 확인하는 것이다. 그 액자 는 (잠깐, 여기선 드럼이 두구두구 해 줘야 한다, 꼭이다.) 엄마 자신이 얼마나 많은 것을 이루었는지 일깨워 주기 위한 도구였 다. 그렇다. 전형적인 셀프 칭찬. 그 유리 액자 안에는 엄마의 첫 소설 《거짓말, 거짓말 그리고 복수》의 원고 첫 페이지가 들어 있 다. 이 책은 전 세계적으로 호평받은, 수백만 부나 팔린 베스트셀 러로 E. V. 렌지의 이름을 세상에 알린 작품이다.

이 첫 페이지 하나만 해도 아마 지금 수천만 달러에 팔 수 있을 거다. 엄마가 십 대 시절 쓰던 일기에서 나온 오래된 페이지로,

엄마의 친필로 적혀 있기 때문이다. 그렇다. 거의 삼십 년쯤 된 옛날 종이다. 엄마는 열여섯 때부터 자신의 베스트셀러를 쓰기 시작한 거다. 진짜 천재 나셨다, 그렇지 않은가?

그렇지만 나는 기념을 위해 걸어 둔 이 작은 종이가 필요하다. 익명의 팬에게서 받은 편지와 비교해야 하니까 말이다.

책상에 엉덩이를 대고 앉아서 (엄마가 알면 날 죽이려 들겠지.) 액자를 눕혀 놓고, 봉투에서 꺼낸 종이를 펴서 그 둘을 하나하나 비교하기 시작했다.

물론 내가 필적 감정가도, 법의학 전문가도 아니지만, 두 샘플 위로 몸을 숙이고는 한 글자 한 글자 꼼꼼히 살펴보았다. 알파벳 I자 위쪽이 물결치듯 휘어진 방식. 아빠 이름 벤(Ben)의 **B** 아래쪽 이 살짝 둥글게 말려 있는 방식. 쉼표, 따옴표, 편지에 있는 어떤 단어에 밑줄을 두 번 그은 방식까지, 액자 속 원고의 **서문** 바로 아래에 나온 것과 완전히 똑같다.

오 분 정도가 지났다. 계속 목을 숙여 찡그려 보고 있던 터라 목도 눈도 아프다. 불편한 기분이 몰려와 속도 울렁거렸다. 편지 와 액자에 있는 원고는 서체가 완벽히 일치했다.

"흠." 생각에 잠겼다.

그렇다 해도 저 편지가 엄마가 보낸 것이라는 증거는 되지 않는다.

하지만 내 호기심을 자극하는 건 그게 아니다.

다름 아닌 편지 마지막에 적혀 있는 한 문장이다.

이 비밀은 이제 네 것이란다.

편지 #1

어릴 때는 다정한 남자에게 빠지지 않는단다. 잘못된 사람에게 빠지지.

첫사랑은 해로울 수도 있어. 그래도 가끔은 끝까지 버티는 걸 선택하지. 벤 캐스퍼가 딱 그랬단다.

내가 왜 그와 사랑에 빠졌냐고? 그래, 그게 문제였지. 지금 우리의 모습은 과거의 선택이 모여 만들어진 콜라주란다. 그렇지만 내 과거의 선택을 실수라 칭하고 싶진 않아. 그보다는 끔찍한 사건이 계속 이어졌다고 보는 게 맞지. 그건 차차 얘기해 줄게.

중요한 건, 내가 과거에 만났던 사람들은 죄다 받기만 하는 사람들이었다는 거야. 벤은 어땠냐고? 벤은 주변 사람들을 특별한 존재처럼 느끼게 해 주는 그런 재능이 있었단다. 그가 나한테 보인 관심은 다른 사람들과는 달랐어. 나를 소녀처럼 설레게 만들었지.

그래서, 나는 설레고 말았어.

당시 나는 문예창작과 4학년이었어. 네브래스카에 있는 작은 대학 마을 올드보에 살고 있었지. 마을은 대로(大路)를 따라 3킬로미터 정도 뻗어 있었고, 주변은 울창한 숲이었어. 한적한 곳이었지. 나한테는 잘 맞았어. 이런 곳에서라면, 내 과거가 따라오지 않겠지. 그렇게 생각했어.

내가 벤을 처음 본 건 교내 카페였어. 자판기 옆에 서 있는데, 그가 내 눈을 똑바로 보더라고.

"멋진 립스틱이야." 그가 고개를 끄덕거리며 말했어. "딸기처럼 빨갛네."

다들 피같이 붉다고 하던데, 딸기라니. 그보다 더 로맨틱한 남자가 어디 있겠니?

그가 소년 같은 미소를 짓자, 답답한 공간 안에 산뜻한 바람이 부는 느낌이 들었어. 거기에는 편안한 웃음, 손에 손을 잡고 하는 산책 그리고 어쩌면 있을 수도 있는 결별까지 모든 게 담겨 있는 것 같았지. 넌 실연을 당하는 상황이나, 그 남자가 너에게는 너무 과분하다는 사실, 저 멀리 테이블 끝에 앉은 애들이 너를 비웃으면서 얕잡아 보듯 쳐다보는 것까지 생각하지 못할 거야. 개의치 않게 돼. 그 남자애가 저쪽 테이블로 가다가 고개를 돌려 너를 향해 미소 짓고 윙크를 날린다면. 가슴이 터질 듯 두근거리고, 설렘으로 배가 울렁거리고, 그 애가 너를 알아가기 위해 시간을 보낸다면 어떨까 생각하면서 일 초에 백 가지 상상을 펼치게 될 거야.

그런데 진짜 그가 그렇게 한 거야.

일주일 후, 세미나실에서 벤을 보았어. 이번에는 그의 관심을 훔쳐 갈 다른 사람 하나 없이 나 혼자만 있었지.

"오, 안녕, 딸기!" 그가 나를 소리쳐 불렀어.

그가 다가오자 다리에서 힘이 풀렸고, 배에서 꿈틀거리는 불안한 설렘이 다시 느껴지기 시작했지.

"단편소설 공모전에서 1등 했더라, 맞지?"

나는 얼굴이 새빨개졌어. "맞아."

"축하해!"

"고마워."

"넌 차세대 실비아 플라스°가 될 거야."

너무 좋아 심장이 쿵 하고 떨어졌어. 이 사람이 문학을 좋아하는 거잖니! 실비아 플라스 추모 주간이라는 사실을 문제 삼지는 말자. 그게 우리 옆에 걸린 수상자 게시판에 적혀 있었다는 사실도.

"계속 힘내, 미스 엘리자베스 던."

내 이름! 이 사람 입에서 나오는 내 이름이 어찌나 멋지게 들리던지! 심장이 밖으로 튀어나와 그의 발치에 엎드리고 싶어 할 정도였어. 그가 내 이름을 알고 있다니! 수상자 게시판에 내 사진이 붙어 있다는 것도 따지지 말자꾸나.

"리지라고 불러." 내가 중얼거렸어.

"리지?"

● 미국의 여성 시인이자 소설가(1932~1963)

"리지." 내가 메아리처럼 대답했어.

"리지." 그가 환하게 웃었어. "나는 벤이야."

이미 알고 있는 이름. "안녕, 벤."

"안녕, 리지. 멋진 글 쓴 거 또 없어?"

"독서 좋아해?"

"물론이지! 좋은 이야기라면 언제든 환영이야."

사실 벤은 독서에는 관심도 없고 1학년 때 중급 영어에서 거의 과락을 할 뻔했지. 하지만 나는 그걸 나중에야 알게 되었어. 그것 말고도 또 있어. 거의 모든 과목을 아슬아슬하게 통과했다는 점. 거들먹거리는 그의 부모가 졸업까지 돈으로 해결해 줬다는 점. 그때 이미 음주 문제가 있었다는 점. 인턴십에 뽑힌 적이 한 번도 없다는 점. 그의 잘나가는 친구들이 나를 비웃었다는 점. 그가 나와의 관계를 비밀로 했다는 점. 삶이 늘 그렇듯 통제를 잃고 결국 엉망진창이 되고 나서야 나라는 존재를 알렸다는 점.

그래, 그런 건 다 나중에야 일어난 일이란다.

하지만 그날, 그의 앞에 서 있던 나는 그가 단 일 분이라도 더 나에게 말을 걸어 주길 애달프게 바라고 있었어.

벤에게는 사람들의 시선을 사로잡는 묘한 매력이 있었단다. 벤이 웃을 땐 세상에서 가장 아름다운 소리가 들렸지. 보조개가 파이게 웃을 때면 무릎에서 힘이 빠질 지경이었어. 그리고 별일 아니라는 듯 내 삐삐 번호를 물어보면서 "네가 쓴 글에 대한 얘기를 더 듣고 싶어."라고 말했을 때, 나는 당황한 나머지 얼굴이 빨개진 채 더듬거리며 말했어. 삐삐는 없고 집 전화만 있다고.

우리가 보낸 첫 번째, 두 번째 그리고 세 번째 시간에 대해, 행복했던 날들과 잠 못 이루던 밤들, 수줍은 미소와 씁쓸한 눈물, 즐거운 데이트와 더러운 배신에 대해서는 나중에 쓰게 되겠지.

하지만 바로 그날 저녁, 벤은 나를 집까지 찾아와서 그가 가장 좋아하는 식당에 데려가 저녁을 먹고, 영화를 보러 갔어. 그런 다음 우리는 와인 한 병과 작은 술병들을 사서 동네 편의점 위층에 있는 내 초라한 원룸으로 갔어. 볼품없이 작은 방을 보고도 당황한 기색을 보이지 않더라. 나는 내 집을 그에게 보여 주고 싶었어. 그것 때문에 일회성으로 끝날 수도 있다는 걸 알았지만 그래도 괜찮았거든. 이 밤이야말로 내가 몇 달 동안 글로 남길 시간이 될 거라고 생각했으니까.

우리는 술을 마시며 웃었고, 그가 나를 자기 쪽으로 끌어당겼어.

"맛도 딸기 맛이야?" 그는 내 딸기색 입술에 대고 중얼거리더니 키스하고는 속삭였어. "원하지 않으면 더 이상 진도 안 나갈게."

한 시간 뒤 우리는 나체가 되었고, 그는 내가 원하는 모든 것을 해 주었어.

그는 늦은 밤까지 내 침대에 대자로 누워 있었고, 나는 그 옆에 앉아 몇 년 동안 써 온 소설을 조금 읽어 주었지. 그는 경외심이 가득한 푸른 눈빛으로 나를 바라보았고, 나는 세상을 다 가진 것 같았단다.

나는 그룹 홈*에서 외톨이로 자라다가, 몸에 걸친 옷과 저소 득층 임대주택만 겨우 손에 넣은 채 넓은 세상에 던져졌어. 하지만 난 똑똑했지. 쓰리 잡을 뛰었어. 대학 등록 지원금과 전액 장학금을 모두 따낸 상태이기도 했고. 내 거지 같은 삶에서 빠져나가겠다고 단단히 결심을 한 참이었지.

그날 밤 난 벤에게 깊은 인상을 주고 싶어 안달이었어. 그래서 나를 설레게 만드는 그 일을 털어놓았지. "출판 에이전시 한 곳이 내 소설에 관심이 있대."

그의 얼굴에서 순식간에 빛이 났어. "정말? 멋지다! 그럼 진짜 출간되는 거야?"

나는 수줍게 어깨를 으쓱했지. "그러면 좋겠어. 그쪽에서 여러 출판사랑 접촉 중이래. 그분 말로는 내 소설이 정말 탁월하대."

그는 나를 끌어당기더니, 키스하고, 키스하고, 내 몸 곳곳에 입맞춤을 퍼부었어. 덕분에 즐겁게 웃었고 마음이 설레었어. 그룹 홈에서 있었던 끔찍한 일들을 뒤로 하고 드디어, 드디어 내 삶도 제대로 돌아가기 시작한다고 느꼈거든. "너는." 그가 몸을 떨어뜨리고는 마치 나를 이전에는 보지 못했던 보물이나 되는 듯 바라보며 말했어. "굉장해, 리지 던."

그는 나를 한참 동안 뚫어지게 보았어. 그 강렬한 눈빛이 무엇을 의미하는지, 그때는 몰랐단다. 나중에야 알게 됐지.

너무 놀랍게도 벤은 다음 주에 다시 왔어. 그리고 그다음 주에도, 그다음 주에도. 주로 밤늦게 찾아왔지. 살짝 취한 채, 언제나 행복한 얼굴로 꿈꾸는 듯 웃으며 부드럽게 나를 "헤이, 리지, 자기야."라고 불렀고, 우리는 잠자리를 가졌어. 그 후에는 내가 쓴 소설을 읽게 했고, 나를 칭찬했지. 칭찬만큼 여자를 사로잡는 건 없지 않니. 그는 내 긴 머리와 일자로 된 앞머리를 사랑해 주었어. 그리고 내 딸기색 립스틱도. "캣 본 디• 스타일이라니까." 그는 내가 그에게 깊은 인상을 주고 싶어서 어두운 반전을 넣어 둔 이야기를 좋아했지.

벤과 나는 정반대였어. 나는 동네 카페에서 일하는 존 말고는 친구가 없었지.

그렇지만 벤은, 근심이나 걱정 따위 없이 태평한 스타일로, 파티의 중심이었어. 그의 친구들과 나는 절대 통하지 않을 거라는 걸 알고 있었지. 두어 번 그들과 함께 어울린 적이 있었는데, 무리에 있던 여자애 하나가 술에 취해 이런 말을 했어. "벤이 널 옆에 두는 건 네 재능 때문이야. 그게 없었다면 너같이 생긴 애를 두 번이나 쳐다보는 일은 없었을걸."

물론 나도 모르는 건 아니었어. 너도 알겠지만. 외모가 괜찮은 사람이 있고, 재능이 있는 사람이 있지. 나는 벤의 친구에게는 관심이 없었어. 그저 벤을 원했어. 오직 내 편이 되어 줄 사람 말이야. 게다가 그다지 밖에 나가서 주목받고 싶지도 않았어. 그게 어떤 결과를 가져올지 알고 있었으니까. 전에도 그런 일이 있었거든. 나는 그림자 속에서 살 때가 편해.

● 미국의 유명 화장품 사업가(1982~)

나는 브림빌의 그룹 홈에 살던 당시, 거기에 있던 남자애 세 명이 나한테 무슨 짓을 저질렀는지 어느 누구에게도 말하지 않았어. 누구도 내 과거를 알 필요 없으니까. 특히 벤이라면 더더욱.

하지만 너는 알아야 한단다.

늘 그렇듯 내가 또 앞서갔구나, 내 예쁜 딸.

너도 알다시피 벤이라는 사람은 말이야, 돈은 많지만 능력이라곤 빵점이었어. 가진 재능이라곤 미소뿐이었지. 눈부시고, 매력적이고, 귀엽고, 필요할 때는 용서를 빌 줄도 아는 그 미소. 어떤 식으로 빛나든 상관없었어. 모든 사람들이 고개를 돌려 쳐다볼 정도였거든. 그게 그의 재능이었어. 딱 하나 있는 재능이었지. 그래서 그는 인기 있는 사람들과, 때로는 재능이 있는 사람들과 어울리면서 자신의 부족한 면을 채웠단다.

나는 그걸 나중에야 알았어. 그가 내 등 뒤에서 무슨 짓을 하고 있는지 알게 되었지만 이미 나는 사랑에 빠진 상태였지. 그때 처음으로 헤어졌지만, 어떻게든 다시 잘해 보겠다고 결심했어.

모든 건 다 괜찮았단다. 그랬는데 그녀가 우리 삶에 나타났어. 그녀는 날카로운 발톱으로 그의 마음과 내 머릿속을 파고들었고, 내 과거를 수면 위로 끌어올렸어.

그녀 때문에 나라면 절대 하지 않을 짓을 저질렀어. 내 바닥을 드러낸 거야. 그녀는 내 오래된 잘못들을 들춰냈지.

그렇지만 그때, 덕분에 나는 최고의 이야기를 쓸 수 있었어.

그래서 우리가 이러고 있는 거야.

이 비밀은 이제 네 것이란다.

누군가는 너에게 거짓말을 하겠지. 내 과거에 대해 끔찍한 소문을 퍼트리는 자들도 있을 거야. 그렇지만 진실은 이 일기장에 있단다.

4

"네가 보기에는 진짜 같아?" EJ가 나에게 종이를 돌려주며 묻는다. 그러고는 주머니에서 대마초를 꺼내 불을 붙였다.

우리는 부모님 집에서 조금만 걸어가면 나오는, 숲속에 자리한 연못가 정자에 앉아 있다. 집에서 열리고 있는 파티에 정확히 한 시간 머물고 나온 참이었다. 너무도 긴 한 시간이었고, 우리가 몰래 빠져나올 때 아무도 신경 쓰지 않았다.

"필체가 일치한다니까. 말했잖아."

EJ는 대마초를 한 모금 깊게 빨고는 나에게 넘겼다.

"게다가, 그냥 읽기만 해도 딱 느낌이 와." 내가 덧붙였다. "엄마 아빠 얘기 맞는 거 같아."

밤이 내려앉은 시간. 정자 모서리에 있는 희미한 태양광 랜턴이, 연기를 내뿜는 EJ의 조각 같은 광대뼈와 오므린 입술을 비춘다. 그는 벤치에 몸을 기대고 두 손을 머리 뒤로 깍지 긴 채 앉아 있다. 옆에서 보면 특히 잘생긴 얼굴. 몇 년 전에 알게 됐을 때만 해도 덕후였는데, 어느새 다른 사람이 된 것 같다. 지금은 캔버스 운동화에 청바지 그리고 검은 후드 티를 입고 있다. 예전에는 감자 자루처럼 보이던 그 후드 티가 지금은 섹시해 보인다. 하지만 절친에게 그런 단어는 적절하지 않겠지.

"확실히 이상한 편지이긴 해." 그가 생각에 잠긴 채 말을 뱉는다. "그래도 그냥 내버려둬. 아무 일 아닐 수도 있잖아."

"하지만 이게 뭔가 단서가 담긴 편지라면?"

EJ가 고개를 돌려 나를 바라본다. "뭐를 위한 단서? 너희 부모님의 러브 스토리는 원 나잇에서 시작됐어, 까칠이. 그다지 특별한 얘기는 아니잖아."

"세상에." 내가 몸을 움츠렸다. "이걸 보고 생각한 게 그게 다야? 난 여자 얘기를 하고 있잖아."

"무슨 여자?" EJ가 어깨를 으쓱한다. "이름도 없잖아. 뭘 알아낼 수 있겠어? 너희 아빠한테 물어보든가."

사실이다. 이제 엄마가 죽고 없으니, 아빠에게서 뭔가 얘기를 좀 끌어낼 수도 있을 것이다. 엄마가 살아 있을 때, 엄마는 마치 매의 눈으로 아빠를 지켜보는 것 같았고, 아빠가 아무리 술을 많이 마셔도 그가 하는 말 하나하나를 보이지 않게 조율하는 것 같았다.

"그런데 뭘 물어보라는 거야?" 내가 중얼거렸다.

"내 말이 바로 그거야. 이 편지는 너무 애매모호하다니까. 그건 그냥 도입부……."

"뭐에 대한 도입부?"

"나도 모르지."

궁금한 게 너무 많다. 엄마는 언제 이걸 쓴 걸까? 몇 달 전에? 아니면 죽기 직전?

"왜 이거밖에 없는 거야! 이거밖에!" 나는 허공에 대고 편지를 흔들었다. "나머지는 어디 있을까?"

"나머지라는 게 아예 없을 수도 있어."

"엄마는 자기한테 무슨 짓을 했다는 남자애들 얘기를 했어."

"어쩌면 그 이야기를 쓰기 시작했는데 그러다가 바로…… 무슨 말인지 알지."

EJ가 입 밖으로 꺼내지는 않았지만 사고 얘기를 하고 있다는 걸 안다. 그러고 보면 사람들은 참 말을 가려서 한다. 엄마가 죽었어. 그게 다인데.

그런데도 가슴이 조인다. 우울한 생각을 떨쳐 버리기 위해 수상한 편지에 정신을 집중한다.

EJ가 나를 쳐다보고 있는 게 느껴진다. 나는 고개를 돌려 그의 생각에 잠긴 눈을 마주 본다. "왜?"

그의 눈빛이 부드러워진다. "켄즈. 너는 슬퍼하기 싫어서 대신 이 뜬금없는 팬레터에서 미스터리를 짜내고 있는 것 같아. 그냥 누가 너한테 장난치는 걸 수도 있잖아."

낙심한 마음에 대답하지 않는다. 대신 후드를 푹 눌러 쓰고 벤치에 드러누워 대마를 한 모금 빨아들인다.

나는 이렇게 EJ와 보내는 순간을 좋아한다. 그가 나를 켄지나 켄즈라고 부르는 게 좋다. 그 순간, 그가 심각하다는 걸, 혹은 신경 쓰고 있다는 걸 알기 때문이다. 우리가 처음 친구가 되었을 때, 그는 나를 까칠이라고 불렀다. 그 별명은 그대로 자리 잡았다. 그렇다고 EJ에게 뭐라고 하는 건 아니다. 나는 같이 지내기 까다로우니까. 아빠 말로는 그걸 엄마한테서 물려받았다나.

"그건 어떤 느낌이야?" 잠시 후에 EJ가 물었다.

"그거라니?"

"엄마의 죽음 이후 맞는 새로운 현실."

나는 어깨를 으쓱해 보였다. 그 역시 나랑 엄마 사이가 한 번도 좋았던 적이 없다는 걸 안다. 우리 가족은 행복한 가족이 아니었고, 그건 엄마 때문이었다.

우리 엄마는 1) 아빠 쪽 가족에겐 '나쁜 년'이었고, 2) 아빠에겐 '이해가 안 가는' 사람이었고, 3) 문학계에서는 '뛰어난 천재'였고, 4) 팬들에게는 '여왕'이었다. 엄마는 하루에도 몇 시간씩 온라인 커뮤니티에서 시간을 보냈다. 전 세계 각종 자선단체에 자신의 사인을 기부하기도 했다. 나한테 하는 것과 비교도 안 될 정도로 팬들에게는 다정한 사람이었다. 확실한 건, 팬들에게는 정신적으로 엄청난 지지를 보내 줬다는 거다.

나는 아직 대단한 작가가 아니다. 그렇지만 노력은 하고 있다. 나는 글 쓰는 게 좋다. 학교에서 열리는 공모전에 참가하기로 했을 때, 제일 먼저 그 작품을 읽은 건 엄마였다.

엄마는 어깨를 으쓱했다. "아직 갈 길이 먼 것 같네, 우리 딸." 늘 말하던 그 '우리 딸'이 정말이지 싫었다. 엄마는 도움은커녕 가이드 같은 것도 주지 않았다. 그냥 읽은 후에 바로 돌려주었다. 마치 나를 도와 뭔가 하는 것이 자기 수준에는 맞지 않다는 듯이.

그렇지만 나는 1등을 따냈다. 너무 기뻐서, EJ와 코가 비뚤어질 때까지 축하주를 마셨다. 글쓰기 수업의 셀마 교수님께서는 나에게 미래가 보인다고 말씀해 주셨다.

엄마가 나한테 준 건 깔보는 미소뿐이었다. 그리고 "축하해."라는 차가운 한마디와 함께 SNS에 내가 자랑스럽고 언젠가 자신의 뒤를 따르면 좋겠다는 글을 올렸다. '따르면'에 방점이 있다. 그러니까 늘 1등의 자리는 자기 것이라는 의미지.

그러거나 말거나.

그래서, 우리 엄마? 그래, 엄마는 이해가 안 가는 나쁜 년이었고, 뛰어난 천재였고, 팬들에게는 한없이 따스했다. **죽기 전에는.** 문학계에 인상을 남기려면 멋진 추모사라도 써야 했는데, 엄마의 시신이 발견된 후 며칠 동안 나는 말문이 막힌 상태였다. 지금도 그렇다. 엄마를 그리워하고 있다는 사실을 어떻게 받아들여야 할지, 내 삶에 갑자기 생긴 이 공허함을 어떻게 다루어야 할지 전혀 모르겠다. 그렇다고 내가 슬퍼하고 있는 것 같지는 않다. 아무리 생각해도 아니다. 이렇게 엄마를 그리워하면서도 슬프지는 않다는 사실을 말할 사람이 EJ 말고는 없다. 안 좋은 일이다. 엄마를 놓고 그런 말을 하는 건 좀 아닌데.

"오늘 추모관에서 아빠가 어떤 남자랑 싸웠어." 내가 EJ에게 대마초를 건네며 말했다.

"주먹다짐 같은 거?"

"아니. 말다툼. 아빠가 그 사람더러 쓰레기라고 부르던데. 그 사람은 아빠한테 베니 보이라고 했어."

EJ가 낄낄거렸다. **"너희** 아빠한테?"

“그러니까 말이야. 말이 돼? 그리고 두 사람 대화 좀 이상했어.”
“이상한 건 너희 가족이야. 까칠이. 기분 나쁘게 듣지는 말고.”
그의 말이 맞다.
최악은, 왠지 더 나쁜 일이 생길 거라는 이상한 기분이 든다는
거다. 그리고 그건 내가 받은 편지와 관련이 있을 것이다.

5

정자 뒤쪽에서 큰 웃음소리와 욕설이 들려오자 일어나 앉았다.

"어이, 미안! 미안! 안녕!" 술에 취한 커플이 비틀거리며 우리 쪽으로 다가온다.

남자는 항복한다는 듯 두 손바닥을 들어 보였다. 그 옆에 있는 갈색 머리 여자는 섹시한 스타일로, 미니 드레스에 남자가 걸쳐준 정장 재킷을 어깨에 두르고 있다.

남자가 공중에 대고 킁킁거리며 냄새를 맡았다. "필요한 건 다 가진 것 같군."

갈색 머리 여자가 웃었다. 그녀는 부드러운 흙바닥에 하이힐 굽이 박혀 비틀거리고 있다.

대마초도 다 피웠겠다, 나는 EJ에게 일어나자는 눈짓을 했다.

"정자 맘껏 쓰세요." 이렇게 말하며 계단을 내려오는 나를 EJ가 뒤따랐다.

"같이 써야 더 좋지!" 남자가 우리의 등 뒤에 대고 소리치더니 데이트 상대와 함께 웃기 시작했다. "이봐, 친구들, 좋은 거 갖고 있잖아."

"쟤들 이미 좋은 거 코로 한껏 들이마신 것 같은데." EJ가 숨을 죽이고 웃으며 말했다.

"저런 사람들 다 돈을 엄청 버는데도." 나는 집을 향해 걸으며 씁쓸하게 말했다. "기회만 생겼다 하면 뭐든 공짜로 얻으려 들어."

"어, 정말 그래. 너희 부모님 집은 진짜 죽이는데, 저런 무리들이 있을 때는 머물고 싶지 않더라." EJ가 미안하다는 표정으로 말한다. "나는 이만 가 볼게."

"그래."

"그래." 그가 내 말을 따라 했다. "야, 까칠이."

EJ를 보지 않고도 내 코를 집으려고 얼굴 쪽으로 들이미는 그의 손가락을 느낄 수 있었다.

그럴 때마다 짜증이 난다. 나는 얼굴에 그의 손이 닿기 전에 재빨리 몸을 돌려 손을 쳐 냈고, 약간 비틀거렸다.

그가 나를 보며 싱긋 웃었다. "너, 괜찮지?"

"베이비시터 필요 없어, EJ. 네 질문이 그거라면."

"알았어. 시내로 와, 알았지? 우리 배달 음식 시키고 게임 좀 하다가 수다도 떨고 같이 놀자."

"그럴게."

EJ가 가려는 이 순간, 나는 벌써 슬퍼진다. 그는 나의 가장 친한 친구다. 난 다른 사람은 정말 손톱만큼도 신경 쓰지 않는다. EJ는 내가 우리 엄마랑 비슷하다 했다, 그러니까 은둔자, 외톨이,

때로는 좀 특이한 사람이라는 뜻이다.

물론 그냥 좀 안다고 잘난 척하는 것이다.

EJ는 나보다 고작 몇 살 위다. 우리가 처음 만난 건, 내가 대학 1학년이었을 때 갔던 어느 시시한 파티에서였다. 그때는 나도 사람들과 어울리려고 노력했다. 그는 덕후였다. 나는 반항아였고. 그러니 우리 둘 다 어딜 봐도 인기 있을 스타일이 아니었다. 하지만 우리는 잘 맞았다. 그는 내가 온라인 글쓰기 플랫폼에서 글을 쓸 수 있게 도와줬고, 그 즉시 우리는 절친이 되었다.

당시 EJ는 벌써 자기 집이 있었는데 내가 사는 곳보다 훨씬 컸다. 나에게 원룸이 생기기 전까지 우리는 그 집에서 놀았다.

EJ의 부모님은 과학자로, 몇 년 전 서부 지역으로 거주지를 옮기셨다. EJ는 가끔 부모님을 뵈러 갔는데, 그것도 나를 만나기 전까지였다. 나를 알게 된 후로는 명절 가족 만찬을 우리 집에서 보내게 되었기 때문이다. 사실 손님이 수십 명에 달하는 행사이니 '명절 가족 만찬'이라고 부르는 건 조금 과장인지도 모르겠다. 손님에는 엄마가 키우는 후배들, 업계 전문가들 그리고 엄마의 에이전트이자 내가 정말 질색하는 사람 라이마 로스가 포함된다.

어쨌든 둘 다 혼자만의 공간을 누리는 동안, EJ는 사이버 보안과 코딩 관련해서 다양한 일을 하는 프로그래머 커뮤니티의 회원이 되었다. 나는 여전히 덕후처럼 온라인 플랫폼에서 글을 쓰며 푼돈을 버는 반면, 그는 전국 각지에서 열리는 온갖 콘퍼런스와 행사에 참여하며 상당한 수입을 올린다.

EJ가 나를 친구 목록에서 지우지 않은 게 놀랍지만, 그럴 사람이 아니다. 유행은 왔다 가지만 친구는 남는 거니까. EJ는 정말 다정하다.

그의 닷지 차저가 집에서 멀어진다. 후미 불빛이 사라지는 것을 바라보자 우울해진다. 나는 혼자 있는 걸 좋아한다. EJ와 있을 때만 빼고. 그런데 요즘, 우리는 점점 함께 보내는 시간이 줄어들고 있다. 그는 종종 데이트를 나가는 반면 내 연애 생활은 개선의 여지가 많다.

나는 조용해진 집으로 다시 들어간다. 정확히 말하면 '아까보다' 조용해진 것이지만. 손님 대부분은 야외 수영장에 나와 있다. 아래층 당구실에는 아빠 친구들이 몇몇 모여 있는 걸 소리로 알 수 있다.

거실에는 라이마가 꽤 취한 상태로, 떠오르는 문학계 신예와 대화를 나누고 있다. 보아하니 엄마의 문하생으로, 이 남자 전에도 이런 사람은 많았다. 물론 그는 재능이 있을 거다. 당연하지. 그렇지만 그게 라이마의 행동을 정당화시키지는 않는다. 그녀는 남자의 허벅지에 손을 올리고 온통 정신이 팔린 듯 그에게 몸을 기대며 '더블D' 혹은 '트리플'이나 되는 가슴을 (난 속옷 전문가가 아니다.) 들이대느라 그의 바지에 와인을 쏟기 일보 직전이다. 표정을 보니 문하생은 별로 관심이 없어 보인다. 좋게 봐도 나보다 나이가 살짝 위로 보이니, 그가 보기에 라이마는 할머니 같을 거다.

주방으로 걸어가 케이터링 직원들이 청소하고 남은 술병들이 가지런히 놓여 있는 걸 본다. EJ가 더 오래 머물렀다 해도 마실 술이 없었을 거다. 하지만 나는 술을 그다지 즐기지 않는다. 특히 혼자서는. 혼자 술을 마신다면 그건 아빠가 간 길을 고스란히 따르는 일이다. 만약 그 편지가 진실이라면, 아빠가 술에 탐닉하기 시작한 건 내 나이쯤이었다는 얘기다. **아니요, 사양할게요.**

이탈리아식 페이스트리가 담긴 작은 쟁반을 살펴보고, 이걸 먹는 게 더 현명한 선택이라 생각한다. 할머니는 나에게 늘 너무 말랐다고 뭐라 하신다. 그래서 검은 옷만 입는 이유가 더 날씬해 보이려 그런 거라 몇 번이나 말해 왔다. 나는 162센티미터에 45킬로그램이다. 그러니 마른 게 아니라 작은 거라고도 말했었다. 그렇지만 할머니 머릿속에는 내가 폭식 후 구토를 하는 사람으로 굳어져 있다.

"꼭 너희 엄마가 그랬지." 할머니는 그렇게 말하곤 했다.

아, 부디 엄마에 대한 언급이 줄어야 언제 생길지 모르는 심리적 트리거를 피할 수 있는데.

페이스트리가 담긴 쟁반을 손에 들고 계단으로 향한다.

갑자기, 복도에서 바스락대는 소리가 들렸다. 확인하려고 갔더니 그건 바스락거리는 소리가 아니었다. 엄마 서재에서 새어 나온 목소리다.

참 나, 놀랍지 않은가? 엄마가 죽자마자 서재가 마치 공용 공간이 된 듯하다.

닫힌 문에 귀를 밀착했다. 들려오는 건 아빠의 목소리다.

"도대체 저한테 뭘 원하시는 거예요, 어머니? 그걸 알아서 하던 사람은 아내였다고요. 그 남자는 **아내의** 문제였어요."

"그 사람은 모두의 문제란다, 벤. 네 아내는 그걸로 어떻게 이득을 볼지 막 알아낸 참이었어. 그것도 네 코 앞에서."

"참 나, 그만 좀 하세요!"

"분명 스트레스 해소용이라고 정당화했겠지."

뒤이어 할머니의 낄낄 웃는 소리가 들렸다. 할머니는 어떻게 해야 사람을 열받게 만드는지 정확히 안다. 특히 아빠를.

대화가 이상하다. 마치 아빠와 그 정체불명의 남자가 추모식에서 나눈 대화 같다.

"우리는 이 문제를 잘 해결해야 해." 할머니가 말했다.

"뭘 해결해요? 이미 오래전에 다 해결된 거라고 생각했는데요."

"너한테는 그렇게 보이니? 엘리자베스였다면 동의하지 않았을 게다. 안 그러니?"

"이미 죽은 사람이에요."

"바로 내 말이 그 말이야, 벤. 너 왜 그렇게 멍청하게 굴어?"

"와, 지금 무슨 말씀이세요?" 아빠가 거의 고함을 질렀다.

"쉿. 여기로 사람들 불러 모아서 좋을 거 없다." 할머니가 속삭이며 말했다. "오늘 누가 나한테 와서 말 걸었는지 아니? 추모식 끝나자마자 말이야. 그 형사였어."

"뭐래요?"

"사고사가 아니라고 믿을 만한 근거가 있대."

나도 모르게 입을 벌렸다. 이걸 우리 가족 입으로 듣게 된 건 이번이 처음이다.

"놀랍지도 않아요." 아빠가 말했다. 그 후에 이어진 말은 제대로 들리지 않았다.

"침착해라, 벤." 할머니가 쉿 하며 속삭였다.

그 소리가 뭔지 깨닫자마자 등골이 오싹해진다. 아빠가 취해서 킥킥대는 소리다. 그 불쾌한 소리는 작게 시작하다가 몇 초 만에

섬섬 커져 사악한 소리가 된다. 그러더니 아빠는 갑자기 웃음을
뚝 그치고는 날 선 말을 내뱉었다.
  "아내는 이런 일이 생길 줄 벌써 알았던 거예요. 몇 년 전부터요."

6

강의실 칠판에 '**바이럴**'이라는 단어가 적혀 있고, 밑줄까지 쳐져 있다. 나는 강의실 뒤쪽에 앉아 SNS를 보며 스크롤을 내린다. 로버트슨 교수님의 목소리는 단조로운 톤으로 계속 이어지고 있다.

벌써 며칠째, E. V. 렌지의 팬들은 세계 곳곳에서 각종 모임을 조직하고 있다. 타로 카드 보기나 코스튬 파티 같은 걸 온라인으로 송출하고 거기에 '#ForeverRVNG'라는 해시태그까지 붙인다. 알다시피, 팬클럽 이름인 'revenge'의 자음을 딴 것이다.

받은 편지 생각을 멈출 수가 없다.

어젯밤, 엄마의 첫 번째 베스트셀러인 《거짓말, 거짓말 그리고 복수》를 펼쳐 일부를 다시 읽었다. 과장해서 생각하는 걸 수도 있지만, 엄마가 쓴 정신 나간 줄거리에서 새로운 의미가 느껴졌다. 아직도 책의 여주인공에게 벌어진 끔찍한 일들과 그녀가 범인들에게 가한 일들을 쉽게 받아들일 수가 없다.

교수님이 목소리를 높이는 바람에 잠시 현실로 돌아온다.

"과제는 온라인 게시판에 올리도록 하겠습니다. 그럼 다음 수업 때 봅시다."

강의실에 있는 오십 명 넘는 학생들이 서둘러 책과 노트북을 가방에 싸기 시작했다. 그제야 내가 거의 강의 내내 졸았다는 걸 깨닫는다.

"온라인에서 무슨 얘기들 하는지 보고 있어?" 세라가 묻는다. "너희 엄마 관련된 얘기 말이야, 무슨 말인지 알지?"

세라는 강의에서 E. V. 렌지의 책에 대한 과제가 나온 이후로 줄곧 나에게 잘 보이려고 노력 중이다.

"관심 없어." 나는 딱 잘라 말했다.

가방을 집어 들고 강의실 계단을 내려가 교수님 책상을 지나치는데, 그가 나를 불러 세운다.

"캐스퍼 양? 잠깐 얘기 가능한가요?"

윽.

저 교수는 사람들 사이에서 한 명을 지목해 '잠깐 얘기'를 하자고 부르는 게 사람을 얼마나 어색하게 하는지 모르는 것 같다.

책상으로 다가가 그의 동정 어린 눈빛을 쳐다본다. (무슨 얘기를 하려는지 알 것 같다.)

로버트슨 교수님은 사회학 수업 담당이다. 친절한 눈빛에 캐시미어 스웨터를 입고 무테안경을 꼈다. 조곤조곤 말하면서도 재밌는 사람이라 아마 모두가 가장 좋아하는 교수님일 거다.

사회학 담당 교수님으로서, 그는 우리 역시 사회 실험의 한 부분이라고 말했다. 그러니 가능한 한 많은 '선택권을 주는 것'이 중요하다고. 딱 이렇게 말했다.

그렇게 해서 교수님은 내가 그 유명한 E. V. 렌지의 딸임을 알게 되었다. 그는 물론이고 그 사실을 몰랐던 모든 사람들까지 포함해서 말이다. 그래서 강의 때 난리가 났었다.

이 일은 작은 것들에는 역사를 바꿀 수 있는 힘이 있다는 걸 배우던 중에 일어났다.

"모두들 말콤 글래드웰의 《티핑 포인트》는 읽어 봤겠죠." 그날, 교수님은 팔짱을 끼고 책상에 등을 기댄 채 학생들을 관찰하며 말했다. "못 읽었다면 이번 과제니 읽도록 하세요. 그걸로 시험을 칠 거니까요. 책 내용은 아닙니다. 요즘 인터넷에서 책 줄거리를 다운로드할 수 있다는 걸 저도 모르지 않아요." 그는 다 안다는 듯이 미소를 지으며 학생들을 쭉 훑어보았다. "다음 주제는 인공지능에 대해 다룰 겁니다. 그러니 여러분의 일상에서 어떻게들 쓰고 있는지 말할 기회가 될 겁니다. 일단 지금은 오늘의 주제로 돌아갑시다. 여러분이 '트렌드'라는 개념을 어떻게 이해하고 있는지 알고 싶은데. 무엇이 '바이럴'을 일으키는지. 우연이 미치는 영향. 그리고 어떻게 탄력을 받는지까지 말입니다."

모두가 로버트슨 교수님을 좋아하는 이유는 그가 가르치려 들지 않기 때문이다. 그는 대화를 통해 가르친다. 교수님은 그걸 '참여'라고 표현했다.

"오늘은 **여러분**이 교수입니다, 네, 다음 수업 때 뭘 공부할지 **여러분**이 알려 줘야 하죠." 교수님은 수업 때 이렇게 말했다. 수상한 미소를 지으면서 말이다. "지금 여러분에게 작은 종이쪽지를 돌리겠습니다. 여러분은 최근에, 혹은 요즘 화제로 떠오른 현상 하나를 떠올리고 거기에 대해 생각할 시간을 잠시 갖게 될 겁니다. 그 사건은 우리 사회에 상당한 영향을 준 사건이어야 합니다. 창의력을 발휘해 보세요. 테일러 스위프트나, 헤이듀드 신발이 갑자기 인기를 얻은 이유, 생성형 AI 챗봇 서비스, '호감 지수'라는 표현도 좋고요." 누군가 웃음을 터트렸다. "모호하게 쓰지 말고 콕 집어 하나만 고르세요. 지금 한 가지만 적으세요."

오 분 후, 모든 종이가 담긴 상자가 로버트슨 교수님께 전달됐고, 그는 그걸 섞었다. 그러고는 종이 한 장을 뽑아 상자를 옆에 두었다.

"좋은 게 나오길 바랍시다. 이게 뭐든지 간에." 그는 종이를 높이 들어 흔들었다. "2,000자짜리 리포트를 써야 하니까요."

"어우."

"으아, 세상에."

강의실에서 온갖 종류의 반응이 나오는 동안 교수님은 씩 웃으며 종이를 펼쳤다.

"아, 누가 멍청한 거 적어 냈으면 어떡해." 옆에 앉은 세라가 중얼거렸다.

"오, 흥미로운 주제네요." 로버트슨 교수님은 학생들을 훑어보고는 쪽지를 읽기 시작했다. "여러분이 리포트를 쓰게 될 주제는." 그는 극적인 효과를 주려고 잠시 멈췄다. "화제의 책에 대한 현상이네요." 그는 한쪽 눈썹을 치켜올렸다. "E. V. 렌지 작가의 《거짓말, 거짓말, 그리고 복수》입니다."

그가 학생들을 바라보며 미소 지었고, 학생들은 서로의 눈치를 살폈다.

모두가 박수를 치고 함성을 지르기 시작했다. 반면에 나는 자리 밑으로 그대로 가라앉고만 싶었다.

대단한 부모의 그림자에 묻혀 사는 건 엿 같다. 나는 3학년 때 사람들이 내 성을 보고 엘리자베스 캐스퍼와 친척이냐고 물을 때마다 아니라고 거짓말을 했었다. 그렇지만 우리 대학 도서관에서 엄마가 사인회를 열자 그 거짓말도 끝이 났다. 그것도 아주 큰 사인회였다. 그리고 엄마는 나를 언급했다. 실제 인생에서는 아주 보기 드문, 자랑스러워하는 미소를 지으며 말이다.

당연히 나는 망했다. 그래도 우리 반에 나보다 더한 애가 있긴 하다. 정치 관련 주제가 나올 때마다 거론되는 상원 의원 아들이 하나 있다. 아니다, 생각해 보니 내가 더 망했다. 그래, 내 상황이 더 나쁘다.

"됐어요, 됐어요!" 로버트슨 교수님이 모두를 진정시키기 위해 손을 들었다. "저 역시 인정합니다. E. V. 렌지의 책은 최근 몇 년 동안 아주 유명해졌죠. 소셜 미디어에서 화제가 됐기 때문인데요, 핵심은 이겁니다." 그는 완전히 조용해질 때까지 학생들을 쳐다봤다. "아직 안 읽으신 분이 있다면, 모두 《거짓말, 거짓말 그리고 복수》를 읽어야 한다는 겁니다." 실망감이 담긴 신음 소리가 강의실에 울려 퍼졌다. "네네, 조용히. 저도 읽어 올 테니까요, 왜냐하면." 그는 손가락으로 자신의 가슴을 가리켰다. "저도 유죄거든요. 아직 그 작가의 책을 하나도 읽어 본 적이 없어요. 아마 많은 사람들이 부정행위를 할 겁니다. 알고 있어요. 그래서 추가로 안내해 드립니다. 여러분은 다음 수업 때 리포트를 작성하게 될 거예요. 네, 여기서 할 거니까 AI를 이용할 수 없다는 건 당연하겠죠. 여러분의 손 글씨를 볼 생각에 벌써 기분이 좋은데요."

학생들이 실망하며 야유를 보내는 동안 로버트슨 교수님은 킥킥대며 웃었다.

"네 스테판척 군!" 교수님은 알렉스를 향해 소리쳤다. 알렉스는 손을 든 채 어깨 너머로 나를 흘끗거리며 보고 있었다.

그를 노려보며 조용히 하라고 입 모양으로 말했지만, 그는 바보처럼 웃기만 했다.

그리고 그 일이 벌어졌다.

알렉스는 자리에서 일어나 잘난 체하는 목소리로 말했다. "아셔야 할 것 같은데, 우리 중에 그 작가의 딸이 있어서요."

"그런가요?" 로버트슨 교수님은 진심으로 놀란 듯 눈썹을 위로 치켜올렸다.

알렉스가 몸을 돌려 나를 지목했다. "매켄지 캐스퍼요, 저 애 엄마가 엘리자베스 캐스퍼입니다. E. V. 렌지는 필명이고요. 참고로 말씀드리지만 그게 딱히 비밀은 아니에요. 투명하게 다 까고 진행하는 게 나을 것 같아서요."

투명 좋아하시네. 맹세하건대 나는 알렉스의 성대를 끊어 놓고 싶었다. 지금이라도 할 수 있다.

"그 아줌마 섹시하지." 또 다른 잘난 척하는 애가 말을 보탰다.

나는 확실히 '따먹고 싶은 아줌마'라는 뜻의 은어와 "우엑." 하는 소리를 모두 들었다.

강의실 안에 야유가 울려 퍼졌다.

내게 초능력이 있었다면, 그대로 사라졌을 텐데.

로버트슨 교수님은 수업 후 나를 불러 세웠다.

"E. V. 렌지 작가가 학생 엄마인 줄은 몰랐어요."

"네. 뭐. 교수님은 소수파이시니까요."

오랫동안 E. V. 렌지의 팬이었던 세라 역시 내 신발 바닥에 붙은 껌처럼 달라붙어 있다.

로버트슨 교수님은 미소를 지었다. "괜찮아요. 관계를 고려해서 리포트는 넘어가도록 하죠. 대신 어머니가 무엇에 영감을 받아 책을 쓰셨는지 발표해 주면 정말 멋질 것 같은데. 어쩌면 학생 개인적인 생각을 들려주는 것도 좋을 것 같고요."

다음 주 수업 때 내가 비밀 유지 계약서 때문에 어쩔 수 없이 리포트를 썼다고 말씀드리자, 교수님은 이해한다는 듯이 고개를 끄덕였다. 그러고는 내 리포트를 읽고 이렇게 말했다. "역시 늘 언어 감각이 대단했는데, 놀랄 일이 아니었군요. 분명 어머니로부터 물려받은 거겠죠."

또 시작이다. 모두가 나에게서 장점을 찾기만 하면 엄마에게서 받은 거라고 생각한다. 난 그게 너무 싫다. 어릴 때만 해도 엄마의 인정을 받기 위해 필사적으로 노력했다. 엄마는 책의 여신이었고, 나는 엄마의 팬들보다도 엄마와 보내는 시간이 적었다. 그러니까 내 말은, 엄마의 관심은 온통 자기 자신과 자신이 쓴 책에만 쏠려 있었다. 내가 뭘 잘못했는지 알 수가 없었다. 어쩌면 아빠가 실패자라는 이유로 나를 싫어했을지도 모르겠다. 언젠가 엄마 아빠 둘이 싸우다가 아빠를 실패자라고 부르는 걸 들은 적이 있다.

나? 어른이 되기 시작하면서 무엇이 변한 건지 나도 모르겠다. 원래부터 독서와 글쓰기를 즐기던 아이였고, 대학교에 들어가면서 진심으로 글쓰기에 빠져 글쓰기 수업을 듣고 있던 것뿐인데.

그런데 이 생각만 떠올리면 불안해진다.

엄마가 내 취미를 알게 되자마자 나를 멀리한 것 같은 기분이 들기 때문이다.

마치 엄마는 내가 글을 쓰는 걸 전혀 원하지 않았던 것 같다.

7

그렇게 시대의 관심사에 대해, 그러니까 우리 엄마를 고통스러운 마음으로 연구한 지 두 달이 지난 지금, 로버트슨 교수님은 나를 호출하고는 안쓰러운 눈빛으로 바라보고 있다.

"매켄지 양, 잘 버티고 있어요?"

사실은 버틸 필요조차 없다고 말하고 싶지만, 그러면 나를 무정한 사람으로 생각할 것이다.

"전 괜찮아요."

"어려울 거라는 거 알아요, 매켄지 양. 특히 어머니가 세간의 관심을 한 몸에 받았으니까. 게다가 학생도 그 한가운데에 있었고."

"교수님은 우리 엄마 모르셨잖아요. 엄마는……."

엄마의 존재감은 그 방을 가득 채우고도 남았다. 엄마는 격이 다른 사람이었다. 엄마는 칼같이 예리했다. 엄마는 상대가 진짜 특별한 사람인 것처럼 느끼게 해 줬다. 물론 쓰레기처럼 느끼도록 만들 줄도 알았지만. 정말 그랬다. 사람을 다루는 특별한 재주가 있었다. 엄마가 들어오면 모든 사람이 엄마만 쳐다봤다.

나는 한숨을 내쉬며, 엄마가 집에서 완벽할 때까지 연습했던 특유의 무심한 시선을 떠올렸다.

"우린 안 친했어요." 이렇게만 말한다.

"그랬군요." 교수님이 연민의 눈빛으로 나를 뚫어지게 쳐다본다.

"엄마가 가신 후로, 마치…… 그냥 공허해요, 무슨 말인지 아시죠?"

"혹시 상담은 받고 있나요?"

나는 황당하다는 표정을 지었다. "왜요, 세상에서 엄마 잃은 사람이 저 혼자인 것 같으세요?"

"아니, 물론 아니죠. 버티는 데 가족이 도움 되나요?"

가족, 그렇지. 당연히 우리 가족에 대해 알고 싶으실 테지.

숄더백 끝을 잡으며 나갈 궁리를 하지만, 이상하게도 이 교수님만큼은 진심인 것 같다. 다른 교수들은 입 발린 소리만 하고 지나갔는데.

"건강은 어때요? 검사를 더 받아야 하는 건가요?"

내 이럴 줄 알았다.

엄마의 책 때문에 겪은 그 난리도 모자라, 나는 삼 주 전 그의 강의 중에 발작을 일으켜 캠퍼스 응급실로 실려 갔었다. 거기서 나는 다시 전문의에게 보내졌다. 예상했던 대로, 내게 눈곱만큼의 관심도 없던 부모님은 진료비 명세서를 자세히 볼 생각도 하지 않았고, 내가 왜 전문의한테 가 있는지 궁금해하지도 않았다.

그때 입을 다물었어야 했는데, 발작을 일으키고 일주일이 지난 후 로버트슨 교수님이 건강에 대해 묻자, 의사가 한 말을 전하고 말았다. 그때 교수님은 나를 이미 반쯤 죽은 사람인 것처럼 연민 어린 시선으로 바라봤었다. 그리고 요즘 내 건강에 대해서 물어보실 때마다, 마치 내가 몇 달 안에 죽을 것처럼 슬픈 눈을 하고 쳐다본다.

이 얘기를 세라에게도 했다. 세라는 보통 사람과 다른 반응을 보였다. 내가 유전 질환 때문에 약을 먹어야 한다는 사실만으로 무슨 낯선 이국의 생명체라도 되는 듯 바라본다. 엄마나 아빠에게는 말할 기회가 없었다. 이제는 타이밍을 놓쳐 버렸다.

어떤 사람들은 부모님보다 남들이 내 건강 상태에 대해 더 잘 안다는 것을 이상하게 생각할 수도 있겠다. 심리학에는 이런 상황에서 쓰는, 별로 특별하다고 할 수 없는 용어가 있다. 역기능 가족*.

교수님이 보기에는 안타까운 일이 두 배로 겹친 셈이다.

얼굴만 봐도 알 수 있다. 그는 나를 아주 유심히 바라본다. 마치 내가 느끼고 있는 슬픔이 피부 같은 곳에 표시되고 있는 것처럼. 눈이 촉촉하다거나, 입매가 처져 있다거나, 아니면 턱이 떨린다거나?

"전 괜찮아요, 교수님." 짜증을 억누르며 말한다. "솔직히 말씀드리면 제가 더 좋아하는 게 있어요. 그건 제가 막 무슨 일을 겪었는지 사람들이 계속 떠올리게 하지 않는 거예요."

그는 미안하다는 듯이 고개를 끄덕인다. "이해가 가네요. 그리

● 부모의 지속적 갈등 · 방임 · 학대 · 소통 부재 등으로 인해 가족이 정상적으로 기능을 수행하지 못하는 상태

고 미안합니다.”

나는 금세 기분이 안 좋아져서 살짝 미소를 지어 보인다.

“언제든 얘기하고 싶으면 찾아오세요.” 그는 이렇게 말하며 책상에서 몸을 일으킨다. 대화가 끝났다는 신호다.

신이여 감사합니다.

물론 그 혼자만이 나를 ‘걱정해 주는’ 건 아니다. 다른 교수님들도 날 걱정해 준다. 너무 과하게 친절한 사람들도 있다. 단지 엄마가 유명 인사였다는 이유만으로 내가 특권 의식이 있다고 생각하며 나를 싫어하는 사람들도 있다.

지금만큼은 햄버거에 탄산음료를 곁들여 먹고, 엄마의 사고 이후로 거의 손을 대지 못한 글쓰기로 돌아가고 싶다.

동네 햄버거 가게에 들러 포장 주문을 하고, 십오 분 쯤 걸어, 2층에 열두 세대가 거주하는 학생용 아파트에 도착했다.

차가 없는 건 아니다. 그러나 주로 주말에 집에 갈 때나, 차로 십 분 걸리는 EJ의 집에 갈 때만 이용한다. 아빠가 오늘 집에 오는지 물었지만, 두 시간 후에 수업이 하나 더 있으니 늦을 거라고 대답했다.

건물 현관문을 열고 2층으로 향하는 계단에 오른다. 한 손에는 포장한 버거, 다른 손에는 숄더백을 들고 낑낑거리며, 겨우 열쇠를 찾아서 마침내 집 안으로 들어가는 일에 성공한다. 그런데 복도 한가운데에 있는 뭔가를 밟고 서투른 스케이터처럼 질질 미끄러지다가 겨우 균형을 잡았다.

“뭐야 이거.” 중얼거리며 내려다본다.

바닥에 봉투 하나가 있고, 방금 내가 밟아 생긴 발자국이 찍혀 있다.

아직도 문 밑으로 봉투를 밀어 넣는 사람이 있다는 사실에 놀라며 욕설을 날린다. 건물 관리인이나 학생회 관계자일 것이다.

그러나 봉투를 집어 들어 발신인을 확인하려 돌려 보았지만 아무것도 없다. 심장박동을 올리는 익숙한 문구뿐이다.

1호 팬으로부터. 포옹과 키스를 보내며.

편지 #2

나는 행복했던 날들의 시작과 끝을 정확히 짚어 낼 수 있단다. 시작은 바로 벤이 나를 데리고 저녁을 먹으러 간 날이야. 끝은 시내에서 그녀를 처음으로 봤을 때고.

그녀를 보기 며칠 전은 (나는 모든 사건을 그녀가 있기 전과 후로 나눠 생각해. 마치 그녀가 뒤틀린 내 삶의 분기점이나 되는 것처럼 말이지.) 내가 첫 소설을 막 끝냈을 때였어. 정확히 기억해.

벤은 그날 밤늦게 나타났어. 술과 피자 냄새를 풍기고 있었지. 얼굴에 환한 미소를 짓고 취기 어린 눈을 반짝이고 있었어. 그는 내 허리를 감싸안고 문 앞에서 키스하며 집으로 나를 데리고 들어가, 발로 문을 닫았어.

"보고 싶었어, 리지." 그가 속삭였어. 그의 키스는 서투르면서도 급했지.

그렇게 하며 머피 침대*로 넘어지듯 쓰러져 재빨리 사랑을 나누는 게 우리의 일상이었는데, 그날 밤은 뭔가가 달랐어. 나중에야 알게 된 일이지만, 바로 그날 밤, 그의 인생에 그녀가 나타난 거였어.

십오 분 후 우리의 섹스는 끝이 났고, 벤은 이미 잠들기 직전이었지.

"조금만 이러고 쉴게." 그가 중얼거렸어.

그 말은 밤을 여기서 보내고 다음 날 아침 일찍 떠난다는 의미였단다. 그래서 나는 잠시 창가에 앉아, 어두운 방에서 촛불만 켠 채 글을 쓰기 시작했어.

나는 촛불을 켜고 글을 쓰는 걸 좋아해. 왠지 구식 같지만 낭만적이잖니. 컴퓨터 대신 펜을 가지고 글을 쓰는 것만으로도 하나의 재능처럼 느껴졌지. 그건 인내심을 요하거든. 그렇다고 컴퓨터를 살 형편이었다는 말은 아니야. 가끔 나는 깃펜을 쓰기도 했어. 대로에 있는 골동품 가게에서 산 오래된 물건이었지. 살 때 반쯤 남은 잉크병도 함께 받았어.

그날 역시 다른 날과 다르지 않았어. 침대 위에 누운 벤의 나체를 유심히 바라보았고, 몇 년 전 세 명의 남자애들이 나에게 한 짓이 스멀스멀 떠오르기 시작했지.

"같이 놀지 않을래, 리지?"

나는 열다섯 살이었어. 그들은 나보다 한 살 많았지. 나는

* 사용하지 않을 때는 벽 안으로 접어 넣을 수 있도록 만든 접이식 침대. 주로 좁은 주거 공간에서 사용된다.

외톨이였어. 그들은 잘나가는 삼총사였고. 대체로, 잔인했지. 십 대일 경우 잘생긴 외모와 함께 자주 등장하는 그런 성향 말이야.

"걔 좀 잡아, 브랜든. 쉿. 예쁘지. 소리 질러도 소용없어. 소리치면 더 아프기만 할걸. 우린 널 다치게 하고 싶지 않아. 그렇지? 그럼, 그렇고말고."

이 단어들을 글로 옮기는 건 마치 종이에 베이는 것 같은 고통을 주는구나.

"옳지. 예쁘다. 아, 울지 말래도."

다음 날 아무 일 없었듯이 웃는 그 애들을 보는 건 고통스러운 일이었지. 브랜든은 교실에서 내 어깨에 팔을 둘렀어. "잘 지내, 리지?" 미소를 짓는 그 얼굴을 보며 내 펜으로 그 눈을 찌르고 싶었단다.

그렇지만 그 기억을 글로 쓰면서, 또 다른 감정이 자리를 잡고, 나를 달래 주었어. 복수에서 오는 만족감이었지. 그들은 이제 없어. 모두 죽었지. 그렇지만 나는 여기 있어. 끔찍한 과거를 뒤틀린 복수 이야기로 탈바꿈해서, 언젠가 독자들에게 닿을 날을 꿈꾸면서 말이야.

사람들은 과거에 대해 글을 쓰면 그 순간을 다시 산다고들 하지. 하지만 내가 알아낸 것은 달라. 과거를 글로 적고 그 결말을 바꾸면 내가 치유를 받더라고.

그렇게 해서 내 첫 소설이 태어난 거란다.

《거짓말, 거짓말 그리고 복수》.

나는 그들이 나에게 저지른 일을 정확히 적었어. 하지만 그들이 한 달 뒤에 헛간 화재로 생을 다한 것은 너무 손쉬운 결말이었지.

너도 알다시피, 실제 삶에서는 말이다, 그들은 벌을 받았어. 단순하지만 너무 늦은 벌이었지. 하지만 지면상에서는? 오, 그들은 복수를 당했지. 뒤틀리고, 어둡고, 피로 점철된, 고통의 비명과 자비를 구하는 절규가 뒤섞여 있었어.

처벌은 하얀색이야. 복수는 빨간색이지. 내가 한 건 검붉은 피 색깔이고.

촛불에 의지해 마지막 챕터를 손보던 그날 밤, 나는 미소를 지었단다. 내 소설에 나오는 주인공 여자는 십 년 전 겪었던 고난을 지나, 강하고, 당당하고, 성공한 존재로 자리 잡았거든. 그녀는 자기 스스로 법을 집행했어. 경찰 당국은 그녀에게 '재단사'라는 별명을 지어 주었어. (수사 당시에는 같은 그룹 홈 출신의 세 남자를 고문하고 살해한 뒤 살아 있는 쥐를 꿰매 넣은 정신 나간 남자로 추정되었지.) 그룹 홈을 떠난 지 수년 후, 그 세 명은 능력 있고 성공한 사람이 되었지만, 어느 날부터 그들의 삶은 서서히 무너지기 시작하지. 몇 년 만에 그들은 빈털터리가 되고, 공개적으로 망신당하고, 사회에서 배척받는 존재가 되었어. 그때야 비로소, 그들은 자신들을 괴롭혀 온 그리고 곧 본심을 드러낼 살인자와 마주한 거야.

나는 진득하게 속을 뒤틀어 버리는 복수극을 썼어. 내 주인공이 그들의 삶을 망가뜨리는 가운데 그들이 서서히 미쳐 가는 과정. 그녀가 그들을 고문할 때 터져 나오던 고통스러운 비명. 난 이 모든 것을 미소 지으며 썼단다. 내가 겪은 일들을,

정당한 복수 이야기로 바꾸면서 말이야.

그때만 해도, 나는 그 헛간 화제에 대한 진실은 오직 나만 알고 있다고 생각했어.

하지만 상황은 곧 바뀌게 돼.

며칠 후, 나는 존이 일하던 카페에 있었어. 올드보로 이사 온 바로 그날 그 카페에서 존을 처음 만났고 금방 친한 친구가 되었지.

내가 거기 들른 것은 늘 그렇듯 수다를 떨기 위해서였어. 때로는 공짜 베이글과 커피가 제공되곤 했거든. 친구 좋다는 게 뭐야, 안 그러니?

벤을 제외하면, 존은 나의 유일한 친구였어. 그 애가 나를 좋아하는지도 모른다는 생각을 하곤 했지. 벤을 알게 되기 직전, 나에게 저녁을 사겠다고 한 적도 있었거든. 그런데 벤이 나타났고, 그 후로는 다른 누구에게도 마음을 내줄 수 없었어.

카페를 나서려던 참이었어. 과거에서부터 날아온 충격이 내 발걸음을 멈추게 하더라. 그 과거는 흐트러진 갈색 머리, 어둡고 강렬한 눈빛, 오만한 미소를 지니고 있었어. 내가 그룹 홈 시절 내내 미워했던 존재. 그 과거는 한쪽 어깨를 드러낸 멋진 셔츠와 찢어진 청바지 차림이었어. 그 과거에는 이름이 있었어, 토냐.

첫 번째 경고는 이거였어. 그 애가 나를 향해 바로 걸어오면서도 전혀 놀라지 않았다는 점. 하지만 나는 놀랐지.

"안녕, 리지." 그 애는 나를 위아래로 훑어보며 말했어.

그 인사에 바로 대답을 못 했던 것 같아. 내 본능은 도망치라고, 과거로부터 도망가라고 외쳤지만, 너무 늦었다는 걸 느낄 수 있었지.

"아, 안녕." 나는 겨우 입을 뗐어. "너 여기 사는 줄 몰랐어."

"막 이사 왔어." 토냐가 차가운 미소를 지었어. 눈은 웃고 있지 않았지.

필요 이상으로 그 애와 길게 얘기를 나누고 싶지 않았단다. 고아 시절이라는 과거가 나를 따라온 것만 같아서, 떠나가는 그 애를 다시는 보고 싶지 않았어. 나는 작별 인사를 하고 멀어졌어.

"안녕, 존! 오늘 어때?" 등 뒤에서 들려오는 그 애의 목소리에 문 앞에 멈춰 서서 뒤를 돌아보았어.

존이 그녀를 향해 환하게 웃었어. "안녕, 토냐. 널 보니까 기분 좋아졌어."

속이 뒤틀렸어. 저 둘은 아는 사이구나. 그 애 역시 나처럼 베이글과 커피를 무료로 받을 거라는 느낌이 들었지.

바로 그때, 토냐가 뒤를 돌아보고 나와 눈을 마주쳤어. 그때 알았어. 뼛속 깊이 알 수 있었지. 그 애가 올드보에 온 건 우연이 아니라는 걸.

허둥지둥 카페를 빠져나왔어. 심장이 터질 듯 뛰었지.

훗날, 존에게 물어봤어. "어떻게 토냐를 알아? 그때 그 여자애 말이야."

그는 어깨를 으쓱하더라. "그냥 이사 온 거 같던데. 사교성 좋더라고. 귀엽기도 하고."

그날 밤, 집에서 뭔가가 나를 기다리고 있었지만, 나는 전혀 대비할 수 없었어.

쪽지 하나, 단순한 쪽지였어. 내 원룸 주방 조리대 위에 놓여 있었지. 그 종잇조각에 적힌 말을 보니 등골이 오싹해졌어.

'네가 헛간에서 그 세 명한테 무슨 짓 했는지 알아.'

8

"아무래도 엄마가 사람들을 다치게 한 것 같아." 나는 전화에 대고 EJ에게 말했다. "더 알아봐야겠어. 편지 보고 싶어?"

"당장 챙겨 와!"

넵!

EJ는 뛰어난 프로그래머이기도 하지만, 찾기 어려운 정보를 온라인에서 쉽게 찾아내는 사람들을 알고 있다. 물론 늘 합법적인 경로는 아니다. 하지만 지금 필요한 게 바로 그거인 것 같다.

삼십 분 뒤, 혈관에 도는 아드레날린에 힘입어, 계단을 두 개씩 뛰어오르며 3층에 위치한 EJ의 집으로 향했다.

그러다가 폼 나는 운동복에 후드 티를 걸치고 프라다 스니커스를 신은 금발 여자와 거의 부딪힐 뻔했다.

그녀는 나를 얕보는 듯 훑어보더니, 검은 립스틱을 바른 입술을 한참이나 바라보았다.

그러더니 "소름 끼쳐."라고 말하고는 나를 지나쳐 계단으로 내려갔다.

모니카다. EJ의 전 여자 친구.

아래층까지 울리는 그녀의 발자국 소리를 듣다가, 창문으로 시선을 돌려 빨간 BMW 불빛이 깜빡이는 것을 바라보았다. 그녀가 차 문을 열고 안으로 들어갔다.

만약 우리 부모님이 나를 오냐오냐 키웠다면 나 역시 저런 부잣집 딸이 됐겠지. 하지만 현실은, 부모님이 중고차 비용을 대 주신 것만 해도 나는 행운아다. 온라인에서 글을 쓰며 푼돈을 모으고 있지만 그건 용돈 정도로, 별것 아닌 수준이다.

질투라는 감정이 살짝 치밀어 올랐다. 모니카는 저렇게 비싼 차를 자기 돈으로 샀다. 그건 분명한 사실이다. 또 있다. 모니카는 성공한 인플루언서로, 얼굴만 예쁜 게 아니라 IT 전문가이기도 하다. 게다가 서른 살이다. 그러니 거의 열 살이나 어린 EJ 대신 다른 남자랑 자는 게 마땅하다. 게다가 이미 헤어진 사이가 아닌가. 적어도 내가 듣기로는 그랬다. 아니면 EJ가 거짓말을 한 걸까.

"넌 예뻐, 매켄지." 엄마는 그렇게 말하곤 했다. "남자들이 그걸 망치게 하지 마. 그 애들은 늘 너같이 예쁜 것만 보면 가지려 들거든. 남자애들이 다 그렇지 뭐."

나는 이 말이 딱 싫다. 포식자의 행동에 변명거리를 주는 형편없는 말이니까. 그러다 내가 검은 화장에 검은 립스틱을 칠하기 시작하자 예쁘다는 소리가 쏙 들어갔다. 줄곧 엄마의 말을 늘 마음에 새기고 있었다. 엄마의 과거를 알게 된 지금에야, 그 말의 의미를 이해하기 시작한다.

EJ네 집 초인종을 누르자 순식간에 기분이 가라앉았다. 그가 모니카랑 뭘 했든 간에, 내 바보 같은 팬레터보다 훨씬 재밌었겠지.

"간 지 얼마나 됐다고 또 보고 싶었어?" EJ는 문을 열며 백만 달러짜리 미소를 지었다. 그러다 나를 보자마자 약간 당황하며 귀여운 미소를 짓는다.

"난데." 그를 지나치며 말했다. "그 여자 다시 만나는 거야?"

물어보자마자 괜히 했다는 생각에 움찔한다. 딱히 신경 쓰는 것도 아닌데. 아니, 신경 쓰면 안 된다. 조금 멋대로 판단한 것처럼 들렸을지도 모르겠다.

"아니거든. 게임 프로토타입 가지러 온 거야. 내가 도와줬어."

"그러든가 말든가." 나는 안락의자에 털썩 앉았다. "내가 상관할 일 아니거든."

EJ의 귀여운 미소가 밝은 미소로 바뀌었다. "질투하는 거야, 까칠이?"

"그렇겠냐?"

모니카에 대해 질문한 것 자체가 멍청한 일이었다.

EJ는 냉장고에서 탄산음료를 두 개 갖고 와 하나를 건넸다.

"어딨어?" 그는 컴퓨터 의자에 앉으며 내 가방을 바라보았다.

그러니까, 아직 편지에 관심이 있다는 거군. **좋았어.**

가방에서 봉투를 꺼내 그에게 건넨 후 탄산음료를 홀짝였다. 그러면서도 흘깃흘깃 그를 쳐다보았다.

고작 몇 년 만에 이렇게 달라질 수 있다니! EJ는 더는 안경 쓰고 깡마른, 왜소한 남자가 아니다. 운동을 시작했기 때문이다. 그리고 렌즈를 낀다. 프로그래밍과 소프트웨어 개발 학회에 참석

하기 위해 여기저기 여행도 다닌다. 여자 친구도 몇 있었지만, 나한테 말하려고는 하지 않는다. 마치 나는 몰라도 되는 근사한 비밀이라는 듯 함구한다. 외모와 지성을 겸비한 모니카만 빼고. 예전에 한 번 만난 적 있지만 그녀를 좋아한 적은 없다. 아니 사실은 싫어한다.

내가 그 말을 하자 EJ는 웃기만 했다. "너 누구라도 붙잡고 섹스해야 돼, 까칠이."

"시끄러워."

"진지하게 하는 말이야."

"무슨 상관인데? 방금 첫 경험 했다고 잘난 척하는 거야?"

그는 이 농담에 더 크게 웃었다.

내가 첫 경험을 한 것은 대학교 1학년 때 파티에서였다. 나는 EJ에게 정말 별로였다고 말했다. 그는 섹스는 쿨한 거라고 했다. 우리는 그 얘기를 그렇게 마무리했다. 그러고는 그렇게 어색한 이야기는 다시 입에 올리지 않았다. 말했듯이, 어색하니까. 나는 그 애가 벌거벗고 있는 걸 상상하고 싶지 않다. 아니, 물론 그 애 몸은 좋다. 하지만 절친이 여자애들과 침대에서 무얼 하는지 상상하는 것만큼은 정말 피하고 싶다.

EJ는 팔꿈치를 무릎에 댄 채 다급하게 편지를 읽었다. 그러고는 불빛이 켜져 있는 여러 대의 컴퓨터 쪽으로 종이를 살짝 기울였다. 그의 아파트는 밤에는 물론이고 낮에도 늘 어둑하다. 장식용 네온사인이 늘 켜져 있고, 벽에는 화사한 색이 칠해진 집. 그래서 여러 대의 컴퓨터를 켜 놓는 것만으로도 그의 공간은 마치 해커의 소굴 같다.

"오케이." 그는 의자에서 몸을 곧게 세우고 페이지를 넘기며 혹시나 놓친 부분이 없는지 확인한다. "먼저 왔던 편지도 갖고 있어?"

갖고 있다. 늘 갖고 다닌다. 왜냐하면 편지에 대해 떠올릴 때마다, 늘 다시 읽고 싶어 미칠 지경이기 때문이다.

첫 번째 봉투를 넘기자, 그는 종이를 꺼내 자세히 들여다보기 시작한다.

"같은 종이야. 보아하니 같은 공책에서 나온 거 같아. 아주 세심하게 뜯어냈고."

"맞아."

"너희 부모님은…… 그래. 첫 데이트가 참 그랬네." 그가 살짝 웃으며 내 눈을 바라보았다. "확실히, 너도 네 엄마의 발자취를 따르는 거 같은데."

나는 황당하다는 표정을 지었다.

"알았어. 그런데 그 세 남자에 대한 글은……." 그는 집게손가락으로 페이지를 훑으며 말했다. "뭔가 일이 일어나긴 한 것 같네. 그들이 너희 엄마한테 무슨 짓을 저질렀고. 그리고 이건 괜한 상상이 아닌 거 같은 게 그 사건은, 그게 뭐든지 간에 《거짓말, 거짓말 그리고 복수》에 나온 거랑 너무 비슷해."

"그러니까 말이야." 나는 불안한 마음으로 대답했다.

"젠장." EJ가 작게 욕을 뱉었다. "그러니까 너희 엄마는 위탁 가정에서 자랐어. 그런데 책 주인공도 그래. 너희 엄마가 남자 세 명에 관한 이야기를 꺼냈어. 그런데 책 주인공도 완전 똑같아. 그렇다면 혹시……." 그는 목을 가다듬었다. 우리 둘 다 똑같이 생각하고 있는 그 단어를 말하고 싶지 않아서겠지.

"강간당했다고?" 그래서 내가 먼저 그 단어를 입 밖에 꺼냈다.

"응." 그가 대답했다.

"응." 나도 똑같이 응수했다.

EJ가 크게 한숨을 내쉬었다. "그러면 그 쪽지는 뭘까. **네가 헛간에서 그 세 명한테 무슨 짓 했는지 알아.** 이렇게 적혀 있던 거."

"야, 엄마는 소설 쓰는 사람이야, 잊었어? 너 진짜 우리 엄마가 그런 일을 했다고 믿는 건 아니겠지……. 너도 알다시피, 엄마가 책에 쓴 내용……. 그렇게까지 잔혹하지는 않잖아. 안 그래?"

EJ가 내 말에 반박해 주길 바라며 뚫어지게 바라보았다. 그러자 그가 목젖을 움직이며 침을 꿀꺽 삼키고는 입술을 핥았다.

"자, 우리 이제 무슨 일을 할 거냐면." EJ는 책상 가운데에 놓인 컴퓨터로 몸을 돌리고 검색 엔진을 띄웠다. "어머니가 자랐던 그룹 홈 이름이 뭐야?"

"너 그거 내가 알고 있어야 한다는 듯이 말한다?"

"세상에, 켄지." 그가 실망에 차 중얼거린다.

엄마는 자신의 십 대 시절에 대해 얘기하는 걸 좋아하지 않았다. 나 역시 조르지 않았고. 그렇지만 기자들은 엄마에게 흠뻑 빠져 있었다. 물론 좋게 표현하면 그렇다는 거다. 그들은 엄마를 아주 깊이 파헤쳤다. 엄마는 인터뷰도 거의 안 하는 사람이었기에 그들은 다른 곳에서 정보를 찾아다녔다.

"여깄다." EJ가 그룹 홈 사진이 담긴 기사 하나를 클릭했다. "이 사람이 너희 엄마 그룹 홈에 대한 기사를 썼어. 네브래스카 브림빌에 있는 켈러 위탁 보호시설이네. 한번 보자."

나는 기사를 더 가까이서 보기 위해 안락의자에서 몸을 일으켜

EJ의 어깨 위로 몸을 수그렸다.

"야, 목에 숨 쉬지 말아 줄래, 응?" 그가 몸을 돌려 나를 바라보며 말했다.

"아, 이런. 미안." 내가 뒤로 물러섰다.

"아니, 그냥 너랑 얘기할 때는 얼굴 보고 얘기하고 싶어서 그래, 알지?" EJ는 일어나 안락의자를 책상 쪽으로 당겨 자기 자리 바로 옆에 두었다. 그러고는 의자를 톡톡 치며 "앉아."라고 말하고 자리로 돌아갔다.

EJ에게는 이상한 버릇이 있는데 사람들과 얘기할 때 꼭 눈을 마주쳐야 한다는 거다. 눈을 안 마주치는 사람에게는 믿음이 안 간다나 뭐라나. 만약 내가 EJ를 잘 몰랐다면, 어린 시절 트라우마 때문에 그럴 거라고 생각할 정도였다. 그러니까 뒤에서 누가 자기를 찌르는 게 두려운 그런 거 말이다. 내가 처음에 이 얘기를 해 주자 그는 웃으며 나에게 멍청이라고 했다. 그게 EJ다, 그는 그냥…… 좀 다르다.

EJ는 수많은 검색 결과를 훑어보며 타이핑을 시작한다. "그러니까 범죄 같은 일이 일어났다면 말이야, 결과가 뜰 거야, 그렇지?"

그가 검색창에 미친 듯이 빠른 속도로 타이핑하는 걸 지켜보며 입술을 깨물었다. '강간', '폭행', '그룹 홈', 마을, 주(州) 그리고 다른 단어들이 검색창에서 깜빡인다. 엄마를 조사하는 데 이런 단어들을 사용한다는 사실을 믿을 수가 없다.

결과는 제로다.

"그렇다면." EJ가 조금도 낙담하지 않은 채 말했다. "공식적으로 알려진 사건이 아니었다는 뜻이겠지. 아니면 사건 자체가 없었거나."

"엄마는 이 얘기를 한 번도 한 적 없었어. 블로그에도 쓴 적 없었고. 이번에 처음 듣는 거야. 그러니, 맞아, 비밀에 부쳐진 거 같아."

"좋았어. 그렇지만 불이 났다면, 지역신문에는 보도가 됐을 거야, 안 그래?"

"그런데, 그게 90년대에 일어난 일이야."

"그래서?"

"오래됐잖아. 어떻게 찾으려고 그래?"

"까칠이, 90년대가 그렇게 오래된 과거는 아니야."

"야, 우리 인생만큼 오래됐잖아."

그가 코 먹는 소리를 내며 웃었다. "중세 시대 뭐 그런 게 아니라는 뜻이지, 알면서 그래."

그는 다시 키보드에 손가락을 대고는 나랑 티격태격하면서도 타이핑을 이어 나갔다.

EJ의 손가락은 길고, 섬세한 편이다. 반면에 몸은 근육질이다. 우락부락하지 않고, 탄탄한 몸. 몇 년 전의 삐쩍 마른 몸과는 완전히 딴판이다. 지금 입고 있는 것처럼 운동복에 티셔츠만 입고 있어도 매력이 흘러나온다. 왜 모니카가 자기보다 여섯 살이나 어린 남자에게 끌렸는지 잘 알 것 같다. 게다가 EJ는 똑똑하기도 하니까.

그렇다면 나는? 사람들이 나를 이상한 눈빛으로 보는 건 어제오늘 일이 아니다. 까만 머리에 거기에 맞춘 검은 립스틱, 두꺼운 아이라이너는 전혀 평범하지 않으니까.

"다가가기 어렵고, 반항적이고, 사람들을 밀어내려는 듯이 보여." 엄마는 그렇게 말하곤 했다.

그런데 그게 좋은걸.

그렇게 계속 EJ를 바라보고 있는데 갑자기 EJ가 손뼉을 치고 "빙고!"라고 외치며 공중으로 주먹을 뻗었다. 펄쩍 뛸 만큼 놀랐다.

나는 시선을 돌려 컴퓨터 화면을 쳐다보았다.

"말도 안 돼."라고 중얼거렸다. 우리 둘 다 거의 삼십 년 전으로 거슬러 올라간 날짜의 기사와 거기에 달린 섬뜩한 제목에 입을 다물지 못한다. 소름이 돋는다.

그룹 홈 헛간에서 화재 발생
세 명 사망하다

9

과거를 거슬러 올라간 그 시절, 엄마가 살인자였다고 생각하고 싶지 않다.

그렇지만 기사가 있다.

생각을 털어 내려 한다. 하지만 EJ와 함께 기사를 끝까지 읽고 의자에 몸을 기대며 침묵에 빠진 지금, 그 생각이 자꾸만 되돌아온다.

90년대 중반, 켈러 위탁 보호시설에 살던 십 대 소년 셋이 헛간 화재로 목숨을 잃었다. 당국은 범죄 가능성을 의심했지만, 수사는 증거 부족으로 결론 없이 종결되었다.

"아니면." 마침내 EJ가 입을 뗐다. "아마 주 정부 예산 부족 때문에 종결시킨 걸 수도 있어."

"당국이 왜 범죄로 판단했는지 알면 도움이 될 텐데."

"기사에 뭐라고 나왔냐면, 독극물 검사 결과 사망한 십 대들 모두 심각하게 만취 상태였대."

"기절할 정도로?"

"그럴 확률이 높지."

"셋 다?"

EJ가 어깨를 으쓱했다.

"뭔가 냄새가 나는데."

EJ가 몸을 돌려 내 눈을 바라보았다. "너희 엄마가 여기에 연루되었을 거라 생각해?"

"세상에, EJ! 내 말은 그 뜻이 아니야."

우리는 조용히 자리에 앉아 기사를 다시 읽었다.

"자, 들어 봐." EJ가 생각에 잠긴 채 엄지손가락으로 아랫입술을 문지르며 말했다. "이 사건은 확실히 오래됐어. 그러면 공공 기록이 됐을 수도 있으니까 파일 공개를 요청할 수 있어."

"너 할 수 있어?"

"시도해 봐서 손해 볼 건 없지. 만약 제대로 된 절차로 할 수 없다면, 친구들 시켜서 다른 경로로 빠르게 찾아보라고 할게." 그가 눈썹을 치켜올리며 장난기 어린 눈빛으로 쳐다본다.

"가능해?"

"물론."

"공짜로?" 여분의 돈이 없는 내가 조심스레 물었다. 웃긴 건, 사고가 일어난 후 아빠가 나에게 생활비가 충분하냐고, 더 주겠다고 물어봤다는 점이다. 그동안 우리 집 재정을 관리한 건 엄마였다. 그런데 이젠, 모든 것이 아빠의 손에 달린 셈이다. 그리고 아빠는 엄마보다 훨씬 후하다.

EJ가 내 쪽으로 몸을 굽히고 내 뺨을 살짝 꼬집었다. "아니면 몸으로 때우시던가, 까칠이." 그가 놀리듯이 속삭였다.

"우웩." 나는 그 손을 쳐 냈다.

그가 웃으며 팔꿈치로 나를 찔렀다. "물론 공짜지. 친구한테 못 해 줄 게 뭐 있겠어."

언젠가 EJ가 나에게 그가 하는 일에 대해 잠깐 말해 준 적이 있다. 그는 모든 게 합법적이라고 단언했다. 하지만 자기의 온라인 친구들 중에는 해킹을 하거나 문제가 될 수 있는 일을 닥치는 대로 처리하는 경우도 있다고 했다.

부모님 집에 도착했을 때는 벌써 자정이 다 된 시각이었다. 시내에 있는 아파트로 갈까도 고민했지만, 그러면 아빠가 그 거대한 집에서 외로워할 수도 있겠다는 생각이 미쳤다. 조부모님은 오늘 아침 집을 떠났다. 솔직히 그건 다행이다.

정문에는 아직 경비원이 있지만 이제 취재하겠다고 돌아다니는 기자는 없다. 모든 것이 그렇듯이, 유명인의 사망 소식은 핫뉴스이긴 하지만 그것도 잠시뿐, 더 흥미로운 일이 터지면 뒷전으로 밀리게 마련이다.

집에는 오직 1층에만 불이 켜져 있다. 주차를 하며 집 안에 손님이나 짜증 나는 홍보팀 사람들이 없기를 기도한다. 우리 집이 평화로웠던 게 도대체 언제인지.

현관 양쪽으로는 화환이 가득하다. 자리가 모자라 밖에 내다 놓은 게 저만큼이다. 복도나 거실은 이미 친구나 동료, 팬들이 준 꽃으로 발 디딜 곳이 없을 정도다. 10월 후반임에도, 우리 집은 꽃이 가득한 정원의 향기가 난다. 아빠한테 장례식장 같다고 말하고 싶다. 물론 안 할 거다. 아빠가 상처받을 테니까.

집 안으로 들어서는데 이상하리만큼 고요하다. 안도의 한숨을 내쉰다.

코트 장 옆에 가방을 던진다. 물론 엄마가 봤다면 뭐라고 했을 거다. **앞으로는 그럴 일이 없겠지.**

집 전화가 울리기 시작한다. 우리 집에는 전화가 두 대 있다. 하나는 거실에, 하나는 주방에. 손목시계를 흘끗 보았다. 자정인데도 집 전화로 전화하는 사람이 있다니. 엄마에게 일어난 사건 이후 지난 일주일 동안, 전화는 악몽처럼 지독히 울려 댔는데, 누구 하나 코드를 뽑으려 하지 않았다. 할머니가 이런 관심을 은근히 즐기는 게 아닌가 생각할 정도였다. 좋게 들리는 말은 아니지만, 그게 사실이다.

엄마 서재 문이 활짝 열린 것을 보고 깜짝 놀랐다. 그쪽으로 다가가 보니 책상에 있는 램프를 포함해 모든 불이 다 켜져 있다.

아빠가 책상 서랍을 뒤지고 있다. 책상 위 컴퓨터 옆에는 위스키병이 열린 채 놓여 있고 잔을 보니 반쯤 비어 있다. 아빠는 한참 동안 거기 있던 것으로 보인다. 할아버지, 할머니가 드디어 집에 돌아가신 것을 두고 축배를 들고 있다 해도 놀랄 일은 아니지.

그런데 그때, 책상 위에 일자 드라이버가 놓인 것이 눈에 띈다. 그 옆에는 문서 더미와 온갖 종류의 봉투가 놓여 있다.

이런 젠장.

놀라서 나오려는 웃음을 억지로 참는다.

엄마는 그동안 모든 서랍을 잠근 채 생활했다. 사생활을 아주 중요하게 생각하는 사람이었다. **이런, 이런.** 보아하니 아빠가 궁금증을 못 이겨 열쇠도 없이 서랍을 억지로 연 것 같다. 엄마가 돌아가시고 나서 할머니, 할아버지가 가실 때까지 일주일을 참고 있었나 보다.

그렇다면 이유는 하나다. 엄마 말고는 아무도 알면 안 되는 무언가를 찾고 있는 것이다.

10

"아빠 뭐 해?" 내가 팔짱을 끼고 문틀에 기댄 채 물었다.

아빠는 놀라서 펄쩍 뛰었다.

"깜짝이야, 매켄지." 아빠는 가슴에 손을 댔다가 위스키 한 모금을 꿀꺽 마시더니 책상을 두리번거리며 살폈다. "서류 좀 찾느라."

"엄마가 봤으면 아빤 벌써 죽었어." 나는 슬픈 미소를 지으며 말했다.

"그래, 뭐……."

엄마 물건에 손을 댄 사람은 아직 없다. 위층에 있는 엄마 옷도 그대로다. 엄마가 모은 자동차들도. 주방에 있는 아끼는 커피잔도.

문틀에서 몸을 떼고 책상으로 가 엉덩이를 걸치고 앉았다.

이제 엄마가 없으니 이렇게 행동해도 혼낼 사람이 없다는 것, 아빠도 잘 알고 있다. 엄마는 무심한 태도와 버릇없는 행동을 싫어했다. 이제 아빠와 나 둘만 남았으니, 오랫동안 우리를 감시하듯 지켜보던 경비원이 사라진 것만 같다.

"무슨 서류 찾는데? 도와줘?"

"음……. 그냥 별거 아니야."

나는 킥킥대며 웃었다. "별거 아니라고?"

아빠는 손을 애매하게 휘저으며 말했다. "이런저런 생명보험 같은 그런 거."

"이런저런? 하나가 아니고?"

"응. 좀 들어 놨어."

"아빠랑 엄마 둘 다?"

"엄마, 나 그리고 너도."

"내 것도?" 이 얘기는 금시초문이다. "내 보험은 왜 들었어?"

"엄마가 그래야 한다고 해서."

장난해?

이 얘기를 들으니 두 가지 부분에서 마음에 걸린다.

하나, 엄마가 내 생명보험을 들 이유가 없다. 내 말은, 나는 아직 스물한 살밖에 안 됐으니까 무슨 일이 일어날 거라 생각하지 않았다면, 내 보험까지 들 이유가 없지 않은가? 몇 주 전 응급실에 가 의사를 만난 건 말도 꺼내지 않았는데. 그날 나는 울었다. 엄마에게 얘기하려고 했다. 하지만 엄마는 온라인 회의가 잡혀 있었고, 나는 화가 나서 말하지 않았다. 언젠가 쓰러져 죽기라도 하면, 그동안 나에게 관심을 주지 않은 것에 엄마 아빠 둘 다 후회하겠지, 이렇게 상상하면서 말이다.

물론 부풀려서 얘기한 거다. 의사 선생님은 내 상황이 그리 심각하지는 않으니 제대로 지켜보기만 하면 된다고 하셨다. 처방약이 내 증상을 잡아 줄 거라 했다. 이게 유전 질환이라는 점을 떠올려 보면, 엄마는 내내 이걸 알고 있었지만 내가 겁먹을까 봐 입을 다문 걸 수도 있다.

그제야 갑자기 이해됐다. 치료하지 않으면 손쓸 수 없이 악화될 거라는 걸 알았기에, 그래서 내 앞으로 생명보험을 든 게 아닐까.

머리를 흔들어 끔찍한 생각을 떨쳐 냈다.

두 번째로 마음에 걸리는 건 아빠다. 단순한 이유로 보험증서를 찾는 게 아니라는 느낌이 든다. 그런 건 보험 홈페이지만 가도 찾을 수 있으니까. 게다가 대부분의 법적 서류는 가족 변호사가 갖고 있거나 안전 금고에 보관되어 있다. 우리 집 지하실에도 금고가 하나 있고.

그런데 아빠는 마치 다른 사람이 보면 안 되는 걸 찾는 것 같다. 그러니까 엄마가 아빠조차 못 보게 숨겨 놓은 무언가를. 그런 모습이 내 호기심을 자극했다.

11

우리 가족은 이제 며칠 전과는 딴판이다.

"아빠, 엄마는 대학 친구들 있었어?" 나는 그저 아빠를 관찰하기 위한 목적으로 대화를 시도한다.

엄마 의자에 기대 위스키를 홀짝이는 아빠의 시선이 나에게 와서 꽂힌다. 너무 빠르게.

검은색 나무로 만들어진, 다리 끝이 발톱 모양인 거대한 고딕 스타일 의자에는 동물의 뿔 장식이 섬세하게 새겨져 있다. 바이킹 시대 유물 같다. 이 의자에 앉은 엄마는 마치 저승에서 온 여왕처럼 위엄 있어 보였다. 그런데 아빠가 앉으니 꼭 시골 사람 같다. 의자가 아빠를 통째로 집어삼킬 것 같다.

"아니 별로 없었어." 아빠는 나를 쳐다보지도 않고 말한다.

"그러니까, 엄마 아빠 둘 다 대학 때 파티도 하고 그랬잖아, 그렇지?"

"너희 엄마는 안 했어. 외톨이랄까. 엄마가 좋아했던 건." 아빠는 손에 들고 있는 잔으로 책장을 가리켰다. "집에서 글을 쓰는 거였지. 은둔형이었어. 그리고…… 그게 다야." 아빠가 슬픈 눈빛으로 탁자를 향해 시선을 돌렸다.

"정말 한 사람도 없었어?" 나는 존이라는 사람이 있었다는 걸 기억해 내고는 물었다.

아빠는 가짜 미소를 지으며 물었다. "뭐 때문에 이러는 건데?"

편지 얘기를 꺼내고 싶지만 금세 마음을 고쳐먹었다. 그건 비밀이어야 한다. 엄마 아빠는 최근에 그다지 사이가 좋지 못했다. 전혀 아니었지. 솔직히, 아빠는 별로 슬퍼하는 것 같지도 않다.

"그냥 궁금해서. 엄마에 대해 알고 싶은 마음이 들어서."

아빠는 내 말에 어쩔 수 없다는 듯 깊게 숨을 들이쉬고는 방 안을 둘러보았다. 그러고는 무겁게 한숨을 내쉬었는데, 시선에서 그리움이 묻어났다.

"너희 엄마는……. 재밌는 사람이었어. 그러다 변했지." 아빠는 이 말만 하고 침묵을 유지했다.

참 나, 그걸 누가 모르나.

그랬는데 아빠가 말을 이었다. "친절하고 활력이 넘치는 사람이었어. 그러다가…… 무슨 일이 생겼지. 엄마는…… 아니 우리는 네가 태어난 직후 동부로 이사를 했고, 일 년 후 엄마가 첫 책을 냈는데, 그때부터 삶이 정말 순식간에 변하더라고. 진짜 순식간에." 아빠는 순식간이라는 단어를 나지막하게 반복했다. 여전히 시선은 나로부터 먼 곳에 있다.

지금까지 한 얘기 중에서는 내가 모르는 사실은 없다.

나는 지금에서야 아빠가 꽤 취했다는 사실을 깨닫는다. 요즘 같은 상황에 그것도 이렇게 늦은 시간이니 별로 놀랄 일은 아니다. 아빠는 술 마시는 법을 거의 과학처럼 터득했는데, 그 완벽한 공식은 절대 기절하지 않는 것이다.

아빠는 진심으로 슬퍼 보였고, 어쩐지 길을 잃은 모습이었다. 고작 마흔넷의 나이에 갈색 머리 사이로 흰머리가 가득하다. 여전히 날씬한 몸매를 유지하고 있지만 자세는 구부정하다.

아빠는 주머니에서 시가 홀더를 꺼내더니, 미니 시가를 하나 뽑아 들었다.

정말로 거기에 불을 붙일 건가 궁금해하며 본능적으로 숨을 참았다. 엄마는 집 안에서 담배 피우는 걸 금지했다. 엄마가 신성하게 여기는 서재는 말 다했지.

그런데 아빠는 정말 불을 붙였다. 손에 쥔 라이터에서 찰칵하는 소리가 들리더니 시가에 불이 붙었다. 아빠는 맛있다는 듯 연기를 들이마셨다가 구름을 내뿜었고, 나는 도무지 믿을 수 없어 그 모습을 쳐다보았다. 한 모금, 또 한 모금을 빨아들인 뒤, 남은 위스키를 단숨에 들이켜고는, 빈 잔에 재를 털고 책장 위에 내려놓았다.

이렇게까지 하다니. 분명 엄마는 유골함에 있는 재에 다시 불이 붙을 만큼 열받았을 거다. 엄마의 혼은 이제 아빠를 놓아주지 않겠지.

아빠가 조용히 자리에 앉았다. 잠시 내가 여기 있다는 것을 잊은 게 아닌가 싶었다. 아니면 완전히 만취한 걸 수도 있다. (눈동자가 흐릿하고 눈빛은 멍하다.)

"우리도 행복했을 때가 있었어." 아빠는 책상에 시선을 고정하고는 드디어 입을 뗐다. "책이 출간되자마자 큰 화제를 모았거든. 몇 달 동안이나 〈뉴욕 타임스〉 베스트셀러에 이름을 올렸지. 우리는 여행을 했어. 그리고 처음으로 집을 샀지. 이 집은 아니었어." 아빠는 시가를 든 채 허공에 대고 손짓을 했는데, 코를 찡그린 모습을 보아 하니 불쾌감을 느끼고 있는 것 같다. "우리가 산 첫 집은 더 단출했어. 나는 사업 투자에 손을 댔고, 또 다음 사업에도 투자했지. 그런데 둘 다 망해서 돈을 잃었어. 그때 엄마가 말하더구나. '내가 주는 돈을 그대로 지키지도 못하네.'"

아빠가 쓴웃음을 지었다. "'엘−리−자−베스'…… 한번은 내가 맥베스에 라임을 맞춘 듯 부른 적이 있지. 엄마는 그걸 좋아하지 않더구나. 뭐……."

아빠는 엄지로 눈썹을 긁더니 손등으로 입을 닦았다.

"엄마는…… 재능이 있는 쪽은 늘 엄마였지. 천재였어." 아빠가 으르렁거리듯 말했다. "나는 E. V. 렌지의 **남편**으로 살아야 했고."

아빠는 바닥에 재를 그냥 털어 버렸고, 나는 경악하며 그 모습을 바라보았다. 하지만 그걸 막다가 이 흐름을 끊을까 봐 겁이 났다. 아빠가 엄마에 대해 이렇게까지 얘기해 준 적은 처음이다. 아빠로서는 용기를 낸 것이다.

"그렇지만 그건 문제도 아니었어. 아직은 다 괜찮았어. 엄마랑 나는, 언제나 엄마와 나 그렇게 둘이 있을 거라 생각했어. 그리고 너도. 네가 태어나고 나서는 셋으로." 마침내 아빠는 나를 바라보았고, 보조개가 드러나는 소년 같은 미소를 살짝 지었다. "당연히 너도 있어야지, 우리 꼬마."

나는 아빠의 미소가 좋다. 몇 년 동안 바뀌지 않은 게 있다면 그건 바로 아빠의 미소다. 아빠가 어떤 기분이든 어떤 모습이든, 미소만 지으면 사람들의 마음이 녹아내렸다.

"그러다 그때……." 순식간에 아빠의 미소가 사라졌다. 그는 책상 위에 있는 위스키를 병째 들어 올려 크게 한 모금 마셨다.

세상에. 지금은 정말 아빠를 말려야 한다. 그렇지만 계속 얘기를 듣고 싶다.

"그때?" 나는 작게 입을 뗐다.

"그때 그 **남자**가 우리 인생에 끼어들었지. 그리고 모든 게 엿같이 망했어." 아빠가 화를 내며 말했다.

"누군데?"

아빠는 불쾌하게 웃고는 병나발을 불더니 쾅 소리가 나도록 요란하게 내려놓았다. 그러고는 머리를 살짝 끄덕였다.

"나 몰래 만나던 남자."

나도 모르게 입이 벌어졌다.

아빠가 술에 취해 어깨를 으쓱했다. "미안하다, 애야. 그렇지만 너도 네 잘난 엄마에 대해 진실을 알게 될 나이가 됐잖니." 독기 어린 말투다.

나는 더 알고 싶다. 그렇지만 아빠의 눈은 이미 무겁게 내려앉았다. 더 견디는 건 무리겠지. 아빠는 곧 의자 뒤로 머리를 기대더니 눈을 감았다.

조용히 그곳을 빠져나온다.

적어도 한 가지는 확실히 알게 되었다. 부모님이 감춘 비밀은 베스트셀러 한 권을 채우고도 남을 만큼이라는 것.

12

육 년이 넘는 시간 동안, 우리 집에서 나랑 가장 가까이 지낸 사람은 가정부 민나다. 슬픈 일이지, 그렇지 않은가?

아침 식사를 준비하는 냄새에 이끌려 아래층으로 내려간 것은 아침 9시경이었다.

민나는 연민 어린 미소를 지으며 나에게 인사했다. "어때요, 매켄지 양?"

"전 괜찮아요."

그녀는 어색하게 복도 쪽을 바라보았고, 엄마 서재 문이 아직 열려 있는 걸 확인했다.

"아빠 저기 있어요?"

그녀가 고개를 저었다. "아침에 오니까 저기서 주무시고 계시길래 깨워서 위층으로 부축해 드렸어요."

"고마워요, 민나."

"서재는 청소를 좀 했어요. 난리더라고요. 기분 상하지 않으셨음 해요. 캐스퍼 부인은 절대로……."

"엄마는 죽었잖아요." 나는 생각 없이 불쑥 내뱉었다.

민나는 미안하다고 중얼거리더니, 나를 향해 활짝 웃어 보였다. "아침 식사 준비했어요, 제일 좋아하는 걸로 만들었어요."

할머니가 여기 계시는 동안 몇 번 식사를 준비해 주셨지만, 내 입맛에는 그다지 맞지 않았다. 할머니는 자신만 아는 마법 같은 비법이 있다고 믿는 반면, 요리 솜씨는 민나가 훨씬 낫다. 그렇지만 그 누구도 할머니의 음식이 그녀의 태도만큼 형편없다는 사실을 감히 말하지 못했다.

집 전화가 울렸고, 민나가 거실에 있는 전화를 받으러 갔다.

"그분은 돌아가셨어요. 아니요……. 네……. 지금 캐스퍼 양이 전화를 받을 수 있긴 해요……."

민나는 전화를 끊고 고개를 절레절레 저으며 나에게 돌아왔다. "사람들이 전화를 하고 하고 또 해요. 변호사라든가, 이상한 사람들까지요. 죄다요!"

"코드를 뽑아 버리세요."

민나가 웃음을 터트렸다. 나야 농담처럼 말할 수 있지만, 할머니가 모든 전화를 반드시 받으라는 구체적인 지시를 내린 참이었다.

나는 엄마 서재를 흘끗 보고는, 기회가 생기는 즉시 몰래 뒤져 봐야겠다고 생각한다. 분명 흥미로운 뭔가가 나올 것이다. 그렇지만 아빠가 깨기 전에 해야 할 일이 있다.

"아침밥은 잠시만요." 민나에게 말했다. "곧 올게요."

나는 서재로 다가갔고, 예비용 열쇠가 아직도 문에 그대로 꽂혀 있는 걸 발견했다. 그래서 열쇠를 뽑고, 가방을 챙겨, 운동복 바지와 후드 티 차림으로 차를 몰아 8킬로미터 떨어진 철물점으로 향했다. 그런 후 열쇠 복제를 마치고 다시 집으로 왔다.

집으로 들어가는데 EJ에게서 전화가 왔다.

"지옥의 밑바닥은 어때?" 그 소리를 듣고 나는 코 먹는 소리를 내며 웃었다.

"다 괜찮아." 현관으로 향하던 나는 화환에 발이 걸려 넘어질 뻔했다. 문은 열려 있었고, 어제보다 더 많은 꽃이 바깥에 나와 있다.

"오늘 수업 있어?"

"월요일까지 계속 없어."

"할아버지 할머니 아직 계셔?"

"아니, 어제 가셨어."

"그럼 이제 평온하겠네."

"그러니까 말이야." 집에 들어선 나는 복도와 거실 사이에서 잠시 멈췄다. 민나가 거대한 백합 꽃다발을 들어 올리고 있었다. "아빠는 오늘 아마 변호사를 만날 거야. 어제 만취한 상태로 미친 얘기를 늘어놓더라."

"너희 엄마에 대해서?"

"그 얘기도 포함해서. 나중에 얘기해 줄게. 그런데 아빠가…… 엄마 서재에서 담배 피우고 술도 마셨어."

민나를 흘끗 쳐다봤다. 그녀는 꽃을 든 채 나를 보고는 잠시 놀란 표정을 짓더니, 현관 쪽으로 다가오기 시작했다.

"오오오오 이런!" EJ가 웃음을 터트렸다. "아빠 캐스퍼가 슬슬

막 나가는 건가."

우리 가족을 잘 아는 EJ는, 이제 정말로 상황이 손쓸 수 없게 흘러가고 있다는 걸 알아차렸다.

나는 씩 웃었다. 이런 말에 재밌어하면 안 되는데. 이건 마치 블랙코미디가 점점 내리막길을 달리다가 비극으로 치닫는 것과 같다. 하지만 우리 가족은 우스꽝스럽고, 난 이제 더 이상 체면을 차리거나 스스로를 속일 필요가 없는 지경에 이르렀다.

"내가 하려던 말은…… 엄마 서재 예비용 열쇠를 챙겼어." 민나를 흘끗 바라보았다. 이 말을 민나가 들으면 당황하겠지. "어젯밤에 아빠가 엄마 서랍을 강제로 뜯어냈어."

"세상에, 켄즈!"

민나가 내 옆을 지나가며 고개를 숙였다. 그녀는 늘 내 편이었으니, 이렇게 들리게 얘기해도 걱정되지 않았다.

"그러니까 말이야. 내 생각에는 아빠가 뭘 찾고 있었던 거 같아. 그런데 문제는 그게 아니야. 아빠가 나가고 없을 때, 우리 집 와서 엄마 서류 좀 같이 살펴볼래?"

"가야지, 응. 한 시간 정도 시간을 줘. 그런 다음 그쪽으로 넘어갈게."

내 생각에 엄마는 서재에 비밀을 숨겼을 것 같다. 아빠는 뭔가를 찾고 있었던 것 같고. 나는 무조건 먼저 찾겠다고 마음먹었다. 아빠가 찾던 게 아니라도, 엄마의 과거에 대한 것이라면 무엇이라도 좋다.

재빨리 서재로 달려가 아까 뽑은 열쇠를 다시 열쇠 구멍에 꽂고는 거실로 나갔다.

그제야 대부분의 꽃이 사라진 게 눈에 띄었다.

"무슨 일이에요?" 민나에게 물었다.

"캐스퍼 선생님이 아직 침대에 계시는데, 커피를 갖다 달라며 하시는 말씀이 꽃을 다 없애래요. 너무 장례식장 같은 느낌이 나서 싫다고 하셨어요."

"좋네요." 내가 안도하며 말했다.

민나는 거대하고 이국적인 꽃꽂이 앞에서 잠시 멈춰 섰다. 검은색과 주황색이 뒤섞인, 굉장히 화려한 무지개 색깔의 장미였다. 족히 오십 송이는 넘는 것 같다. 꽃이 꽂혀 있는 검은색 대리석 꽃병은 황금색 망으로 장식되어 있다.

민나는 한 손을 가슴에 대고는 머리를 저었다. "아, 이건 정말 예쁘네요."

나는 꽃에 다가가 꽂혀 있는 검은 카드를 보았다. 금빛 글씨로 다음과 같이 적혀 있었다.

내가 아는 가장 훌륭한 여성에게.

헉. 이것도 미친 팬의 짓일까? 아니라면?

나 몰래 만나던 남자.

아빠의 말이 귓가에서 울렸다. 그렇지만 나 역시 민나의 말에 동의할 수밖에 없다. 꽃다발은 화려하고 눈이 부실 지경이었다. 아빠가 이걸 알아볼지 한번 지켜봐야겠다.

"이건 두세요." 내가 민나에게 말했다. "나머지는 치우셔도 돼요."

민나가 복도에 늘어져 있는 꽃들을 보며 고갯짓을 한 뒤 거북한 표정으로 말했다. "혹시…… 제가 집에 좀 가져가도 괜찮을까요?"

나는 미소를 지었다. "다 가져가셔도 돼요. 친구에게 나눠 주셔도 좋고요. 그냥 버릴 필요는 없죠. 다들 돈깨나 들이셨을 테니까요." 그런데 퍼뜩 아이디어 하나가 떠올랐다. "대신 하나만 해 주세요. 꽂혀 있던 카드는 다 모아서 저한테 주세요." 나중에 꼭 자세히 볼 것이다. 어디서 미심쩍은 게 나올지는 아무도 모르니. 게다가 난 아직도 그 편지들을 누가 보내고 있는 건지 알지 못한다.

다시 한번 집 전화가 울리기 시작한다. 민나는 서둘러 전화기로 가서 전화를 받더니 전화기 밑에 끼워 둔 종이에 뭔가를 적었다. 목록에는 이미 수십 개의 메시지가 적혀 있다. 모든 일은 엄마의 몫이었다. 청구서 처리도 예외는 아니었다. 아빠? 아빠는 마음의 평화를 위해 핸드폰도 무음으로 돌려놓는 사람이다. 그걸 가지고 뭐라고 하는 건 아니다. 어쨌든 아빠는 집 전화기도 건들지 않았다.

내가 주방에 들어가자, 민나가 바로 뒤를 따라와 접시에 계란 프라이와 베이컨 그리고 아보카도 토스트를 담아 주었다.

주방 아일랜드에 있는 바 의자에 털썩 앉았다. 거대한 식탁에서 시중을 받느니 차라리 여기서 먹는 게 훨씬 낫다. 내가 여기 살던 시절, 식사는 성대한 의식 같았다. 아침이면 수많은 식기, 냅킨, 손님용 물병, 페이스트리로 공들여 식탁이 차려졌고, 하루도 지나지 않은 갓 따 온 과일 바구니도 있었지만, 누구 하나 손대지 않았다.

나는 간단한 게 좋다. 민나가 작은 숨소리 사이로 콧노래를 부르며 가족 얘기를 해 주는 게 좋다. 그러나 그런 민나도 부모님

앞에서는 종종 차가운 눈빛에 가짜 미소를 장착하곤 했다.

민나는 자기를 하인처럼 대하며 부려 먹던 할머니가 없어서 행복해 보인다. 그렇다. 가정부와 하인 사이에는 차이가 있다. 할머니가 떠났으니 민나는 그 모든 얘기를 해 줄 것이다.

"매켄지 양 앞으로 편지가 많이 왔어요." 내가 먹는 동안 민나가 말한다. 그러고는 편지 바구니에 가서 커다란 봉투를 들어 보였다. "그런데 이 봉투에 있는 건 중요해 보여요. 오늘 아침에 우편함에 들어 있었어요. 반송지도 없고 우표도 없이요."

그녀가 내 옆에 앉았다.

프린트해서 붙인 스티커에는 **매켄지 캐스퍼에게**라고 적혀 있다.

나는 베이컨을 씹으며 봉투를 열었다. 그 안에는 더 작은 봉투가 하나 들어 있었다.

그걸 보자 멈칫했다. 베이컨이 목에 걸릴 뻔했다. 익숙한 그 단어를 보았다.

1호 팬으로부터. 포옹과 키스를 보내며.

편지 #3

유리가 깨지는 소리를 듣지 못하면, 깨졌는지 아닌지 알 도리가 없단다. 직접 본다고 해도, 그 사실이 온전히 머릿속에 와닿지는 않지. 그렇지만 그걸 밟으면, 오, 바로 느끼게 돼. 그게 바로 진실의 순간이라는 거야. 감각을 통해 현실이 자신을 고스란히 드러내지. 현실이 최종적으로 발현되는 건 바로 고통을 통해서고.

그녀는 내가 어딜 가든 따라왔단다. 마치 깨진 유리를 멀리서 바라보는 기분이었어.

그러던 어느 날, 학교 밖에서 그녀가 벤과 얘기하는 모습을 보고서야, 나는 그녀가 나 때문에 올드보에 왔음을 깨달았지.

멀리서 그 둘을 바라보았어. 벤이 웃음을 터트렸지. 9월의 어느 밝은 날, 그의 웃음이 너무도 크고 행복해 보여서 가슴이 아플 정도였어. 슬픈 영화를 다시 볼 때 느끼는 그런 감정이었지. 주인공들은 아무것도 모른 채 행복에 젖어 있지만, 우리 알잖아. 곧 무슨 일이 생기고 그 비극으로 인해 그들의 삶이 갈기갈기 찢어질 거라는 걸 말이야.

나는 그녀가 나한테 뭘 원하는지, 왜 갑자기 내 인생에 나타난 건지 몰랐어.

어쩌면 우연일지도 몰라.

어쩌면 아무 일 아닐 수도 있지.

나중에 벤에게 그 여자를 어떻게 알게 된 거냐고 물었어.

"토냐? 아, 친구들이랑 언젠가 바에 갔다가 알게 됐어. 진짜 쿨해. 외지 사람이던데, 막 이사 왔다더라. 왜?"

"아니, 같이 얘기하고 있는 걸 봤거든. 어디선가 본 적이 있는 사람 같아서." 나는 거짓말을 했어.

그때는 이미 토냐가 벤을 목표로 하고 있다는 걸 알았어. 그가 잘생긴 사람이어서가 아니야. 그런 사람은 차고 넘쳤거든. 이유는 그가 내 남자였기 때문이야.

나는 벤이 친구들과 어울리고 다닐 때 한 번도 질투한 적이 없어. 그는 시끌벅적하고 붐비는 장소를 좋아했지. 나는 그런 취향이 아니었고. 그랬는데 갑자기, 내가 없는 곳에서 벤이 그녀와 함께 있다고 생각하니 질투가 나기 시작하더라. 내가 있을 자리가 아닌 곳 말이야. 나는 어떻게 손쓸 방법이 없었지.

너도 알다시피 나는 벤을 사랑한단다. 나는 말 그대로 빈털터리였어. 그래도 어찌어찌 살아갔고, 가끔씩 벤이 이것저것 사 주기도 했어. 나는 외톨이었고 그렇게 사는 게 좋았어. 그는 어딜 가든 분위기 메이커였고, 내가 글을 쓸 수 있게 글감을 가져다주었지. 나는 밝고 희망찬 미래를 상상해 본 적이 전혀 없었어. 그렇지만 그는 종종 내가 책으로 유명해지고 부자가 되면, 자신의 돈줄이 되어 달라는 농담을 하면서 웃었어. 그러자 갑자기 그와 함께 있는 미래를 그리게 됐어. 내가 꾼 어느 꿈보다 더 밝은 미래였지.

가끔 새로 쓴 챕터를 그에게 보여 줬어.

그러면 늘 그는 나에게 찬사를 보냈지. "세상에, 리지, 대단해. 이렇게 작고 예쁜 머리에서 어떻게 이렇게 미친 얘기가 나오는 거야?"

그는 매주 친구들과 어울려 파티를 열었어. 휴일이라서. 생일이라서. 동네 파티가 있대서. 금요일이라서. 늘 핑계가 있었지. 반면에 나는 늘 집에서 글을 썼어.

토냐와 마주치고 이 주가 지났을 쯤, 나는 벤과 외출을 하기로 마음먹었지.

"나도 내 짝꿍 좀 써먹어야지." 한 번쯤은 그와 함께 나가고 싶은 마음을 담아 말했어.

그랬는데 바로 그날 밤, 토냐가 거기 있더라고. 모두가 모인 바에 들어서는데, 토냐가 벤 친구의 여자 친구랑 웃고 있었어.

거기에는 수십 명이, 대부분 학생들이 자리를 차지하고 있었는데 그중 단연 토냐가 눈에 띄었어. 행복해 보이고, 자신감 넘치고, 너무도 느긋해서, 질투가 났지.

"헤이, 토냐, 여긴 리지야." 벤이 나를 소개시켜 주었어. 내 여자라든가, 내 여자 친구가 아닌, 그냥 리지라는 이름으로.

그녀는 미소를 지으며 손을 흔들었어. "안녕, 리지. 어디서 본 것 같은데. 우리 전에 만난 적이 있나?”

“아닐걸.” 나는 중얼거렸어. 사라지고 싶은 마음이었어.

“널 보니 학창 시절 어떤 여자애 생각난다. 내가 열다섯인가 그쯤 됐을 때인데. 불장난을 좋아하던 아이였어. 얘들아, 내 말 좀 들어 봐, 그때 그 여자애가…….”

토냐가 헛간 화재에 대해 이야기를 늘어놓자 귀에서 심장이 뛰는 듯 느껴졌어. 그 애는 연예인들 소문 대하듯 태연하게 얘기를 하더라고.

“말도 안 돼!”

“오, 젠장.”

남자애들이 웃음을 터트리는 동안 나는 피가 끓어올랐지.

“미쳤지, 그치?” 벤이 팔꿈치로 나를 툭 쳤어. 그러면서도 눈은 그 애만 보고 있더라고.

나는 물론 이 이야기를 알고 있지. 내 이야기니까. 그 애가 말하는 그 남자애들에 대해서도 알고, 화재 뒤에 이어진 조사에 대해서도 알지.

그때 정말 절절히 느꼈어. 과거의 고통이 뭔지를. 그건 마치 깨진 유리 조각을 밟아서 부드러운 살이 조각에 베이는 듯한 느낌이란다.

그리고 그때 느낄 수 있었어. 악몽은 이제 막 시작되었다는 것을.

나는 한 시간 동안 바에 있었어. 토냐와 눈이라도 마주칠까 조심하면서 할 수 있는 건 다 했어. 내 존재 따위는 신경도 쓰지 않는 벤과 함께 있다는 사실에 당혹스러웠지.

모두에게 집에 가야겠다고 말하고는 화장실에 들렀어. 그런데 나오는 길에 내 앞을 막고 있는 토냐와 마주친 거야.

우리는 잠시 서로를 쳐다보고 서 있었어. 그 잠시 동안 나는 과거로 빨려 들어갔어. 그룹 홈에서의 시절, 세 명의 소년 그리고 그때 토냐가 했던 말. "브랜든한테서 떨어져, 이 생쥐야."

그리고 과거는 다시 나를 뱉어 냈고, 분노에 차 몸을 덜덜 떨었어.

"원하는 게 뭐야, 토냐?" 거침없이 물었지만, 듣게 될 대답이 두려웠어.

그녀는 손을 들더니 내 얼굴선을 따라 흘러내린 검은 머리카락을 검지로 부드럽게 쓸었어. 마치 연인이 하듯 천천히, 그렇지만 잔인한 눈빛은 내 얼굴에 고정되어 있었어. "네가 무슨 짓을 했는지 알아, 우리 리지 씨. 그 짓을 하고도 무사히 빠져나갈 수 있으리라 생각했어?"

사악한 미소로 그녀의 입술이 일그러졌어.

그 말에 순간 움찔했어. "무슨 말을 하는지 모르겠는데."

"오, 알면서 그러네. 나한테 증거가 있어. 경찰한테 갈 수도 있지." 그 애가 나에게 너무 가까이 수그리는 바람에 향수 냄새는 물론이고 민트 로션 향까지 살짝 느낄 수 있었어. 그 애는 내 머리에 입술을 묻고 귀에다 속삭였어. "언제든 가능하니까, 리지. 조심하라고."

패닉에 빠졌지만, 결코 겉으로 드러내지는 않았단다.

토냐에게 말하고 싶었어. 그저 그 남자애들한테 겁주려고 그랬던 거라고. 원했던 건 그저 그 애들이 나한테 한 짓을 후회하는 것이었다고. 그렇지만 절대 말할 수 없는 게 있었지.
일이 이렇게 흘러가서, 그 남자애들 셋이 다 죽어서 너무 기쁘
다고.

13

EJ가 도착했을 때 나는 내 방에서 초조하게 서성이고 있었다.

"네 아빠 계속 집에 계시네." 그가 방에 들어오며 말했다. "어떤 남자가 꽃을 다 집 밖으로 빼고 있던데."

EJ는 평소에 입는 청바지에 까만색 후드 티 그리고 캔버스 스니커스 차림이었다. 헝클어진 머리가 약간 젖은 걸 보니 밖에 비가 오는 모양이다.

나는 봉투를 꺼냈다.

그는 입 모양으로 '오오오오'라고 외치듯, 입술을 동그랗게 만들고는 내 손에서 봉투를 낚아챘다. "세 번째 편지야?"

EJ는 내 침대 끝에 걸터앉아서 새 편지를 읽기 시작했고, 나는 후드 끈을 만지작거리며 그 앞에서 서성였다. 그 애가 보일 반응을 살피느라 얼굴에서 눈을 뗄 수가 없었다.

EJ는 편지를 다 읽자 그걸 쥐고 있던 손을 천천히 무릎에 내려놓더니 나를 올려다보았다. 그의 눈빛에는, 내가 한 시간 전에 읽으며 느꼈던 생각이 고스란히 담겨 있다.

"오, 케이." 그가 말했다.

"오, 케이." 내가 똑같이 따라 했다.

"그거네."

"내 생각도 그래."

고백, 엄마가 편지에 적은 이 내용을 다른 말로 어떻게 표현해야 할지 모르겠다.

"젠장." 그가 읊조렸다.

"우리 그 파일이 필요해, EJ. 수사 파일 말이야. 그거면 뭔가 분명해질 것 같아. 그게 아니라 해도, 적어도 좀 더 자세한 내용을 알 수 있을 테고."

"그렇네. 흠. 애들이 뭔가 건지면 나한테 바로 연락할 거야."

EJ는 화장실에 갔고, 그동안 나는 편지를 고이 접어 봉투에 다시 넣었다.

이쯤 되자, 편지를 만질 때 장갑이라도 껴야 하지 않나 이런 생각이 들기 시작했다. 당연히, 엄마가 과거에 무슨 일을 했든지 그걸 일러바칠 생각은 없다. 그렇지만 만약…… 아니, 그 생각은 지워. '만약'은 없어. 그렇다 해도 이건 여전히 증거다. 이걸 보내는 사람이 정신 나간 사람이라 나를 쫓아올지는 아무도 모를 일이다. 지금, 한 가지 무조건 확실한 게 있다. 나는 감시당하고 있다.

앞서 받은 편지 두 개가 담긴 파일 폴더에 이번 것을 합쳐 넣고는 가방에 넣었다.

화장실 문이 끼익 소리를 내며 열리더니 EJ가 문지방에 나타났다. 그는 처방으로 받은 노란색 약병을 손에 들고 시끄럽게 흔들었다. 눈에는 걱정이 가득했다. "이거 복용은 하고 있는 거야?"

나는 황당하다는 표정을 지었다. "가끔."

"가끔?"

"응, 뭐 대충. 갑자기 쓰러져 죽기야 하겠어." 안 그러길 바라야지.

EJ는 그가 선 곳에서 한 치도 움직이지 않았다. "아, 제발, 켄즈."

나는 다른 사람들이 나를 측은히 여기는 게 정말 싫다. 요즘엔 그런 사람이 산더미처럼 많다.

내가 그에게 미소를 지었다. "내가 죽으면 그리워할 거야?"

EJ가 절레절레 고개를 저었다.

"EJ, 나 유령이 되어서 너한테 붙을 거야. 너는 사이버 퀸하고 좋은 시간을 보내겠지. 나는 너희 집에서 물건을 이것저것 옮겨 놓아서 널 기겁하게 만들 거야."

그가 씩 웃었다. "나는 네가 살아 있는 편이 좋아. 사이버 퀸한테는 관심 없어."

"취향이 바뀐 거야?"

그는 처방 약을 원래 있던 자리에 놓으러 화장실로 들어갔다.

"언제부터?" 큰 소리로 물었다.

그는 책망하는 듯한 눈빛으로 나를 바라보며 화장실에서 걸어 나왔다.

나는 계속 놀렸다. "그런 타입 좋아하는 줄 알았지."

"오, 그래? 네가 연애 전문가라도 돼, 까칠이?"

그는 다시 나를 까칠이라 불렀다. 켄즈는 심각할 때 부르는 이름이다. 만약 내 이름을 처음부터 끝까지 있는 그대로 부른다면, 진짜 뭔가 단단히 잘못됐다는 의미다.

현관에 누가 접근했음을 알리는 알람이 핸드폰에서 울려 퍼졌다.

엄마가 돌아가신 후, 잠시 부모님 집에서 머무는 동안 알람을 활성화시켜 놓은 상태다. 우리 집에는 감시 카메라도 많고, 가정용 경보 장치와 현관 접근 알람도 있다. 엄마의 미친 팬들을 생각하면 아무리 조심해도 지나치지 않았다. 몇 년 동안이나 우린 그런 현실을 살고 있었다. 엄마가 스토킹을 당하는 동안, 이런 보안 장치는 몇 번이나 톡톡히 제 역할을 했다.

카메라 영상을 확인했다. 아빠가 차를 몰고 집을 나서고 있었다.

"가자." EJ의 기대에 찬 눈빛을 쳐다보며 말했다.

"E. V. 렌지 씨의 비밀을 알아볼 시간이야."

14

아래층으로 내려오니 현관이 열려 있고, 체크무늬 셔츠에 청바지를 입은 남자애가 한 번에 꽃꽂이 몇 개씩을 잡고 밖으로 끌어내고 있었다.

"야, 매켄지!" 그가 내 이름을 소리쳐 불렀다.

"어, 닉!"

"네 엄마 소식 들었어. 유감이야!"

닉은 민나의 조카다. 문간 너머, 픽업트럭을 입구에 바짝 대 놓은 게 보인다. 뒤에는 꽃이 가득하다.

민나도 돕고 있다. 민나가 꽃들을 가리키며 나에게 다시 한번 확인한다. "괜찮아요?"

"완전요. 싹 다 가져가세요. 그리고." 나는 민나에게 이리로 오라고 손짓한다. "우리 서재에 들어갈 거예요. 아빠한테는 비밀로 해 주세요, 아셨죠?"

"그럼요." 민나가 공모자 같은 미소를 지었다.

서재가 닫혀 있다고 해도 놀랄 일은 아니다. 내 예상이 맞다는 걸 다시 한번 확인하기 위해 그 부족 가면으로 걸어가 두툼한 갈기를 뒤져 보았다. 하지만 여분 열쇠를 숨겨 놓은 자리에는 아무것도 없었다.

이럴 줄 알았지.

"이 판에서 한발 앞선 사람이 누군지 보자고." 나는 혼잣말을 했다. 오늘 아침에 미리 만들어 둔 여분의 열쇠를 후드 티 주머니에서 꺼내며 스스로를 뿌듯해했다.

서재 안은 캄캄했다. 두꺼운 버건디색 커튼이 내려져 있다.

"문 닫고 잠가 버려." EJ에게 이렇게 말한 후 창문으로 가 커튼을 열어 빛이 들어오게 했다.

"우와!" 그는 내부를 살펴보며 감탄했다.

대낮에 보니 서재는 평범해 보인다. 어딘가 고딕풍이 느껴지긴 하지만, 겉으로는 사무실처럼 보인다.

EJ가 여기 들어온 것은 처음이라, 눈을 크게 뜬 채 천천히 둘러보는 걸 그냥 내버려두었다.

엄마의 서재는 정말 무슨 재단 같은 느낌을 주긴 한다. 갓 달린 램프와 고딕 양식의 그림, 정교하게 조각된 돌출 패널, 홍보 행사와 수상 경력을 담은 엄마의 책 포스터들까지.

방 한쪽 벽에는 검은색에 가까운 짙은 잿빛의 거대한 나무 책장이 천장까지 딱 맞게 들어차 있다. 거기에는 서랍도 있고 선반도 많은데, 선반 위에는 작은 장식품과 오래된 책이 꽂혀 있다. 그 중간에는 거대한 벽난로가 있다.

그 앞에는 부드러운 양탄자 위에 가죽으로 된 거실용 소파 세트가 놓여 있고, 그 오른쪽에는 엄마의 빈티지 책상이 있다. 창문은 왼쪽에 나 있다.

"여기 있는 게 다 한정판 같은 그런 거야?" EJ는 엄마의 베스트셀러 세 권이 수많은 판본으로 진열된 책장을 손가락으로 훑으며 물었다.

"응. 그걸로 꽉 찬 책장도 있어. 대부분 전문 제작된 건데, 몇몇은 팬들이 제본해서 선물로 보낸 거야."

"멋진데."

개인적으로 엄마를 그다지 좋아하지 않았지만, 직업적으로 보면 엄마는 정말 탁월한 작가였다. 그래서 비교당하는 게 싫었지만, 솔직히 사람들이 내가 누군지 알게 될 때마다 뿌듯했던 적이 한두 번이 아니었다. 하지만 그것도 오래전 얘기다.

엄마의 서재에 발을 들이는 것은 마치 세련된 감각이 더해진 오래된 성에 들어온 듯한 느낌을 준다. 두꺼운 양탄자도 그렇고 검은색 나무에 스틸도 그렇다. 분노, 혐오, 욕망 (엄마의 책에 담겨 있던 것들.) 같은 인간의 가장 어두운 감정을 모두 섞은 혼합물. 그것이 시각적으로 나타나 이 방 구석구석에서 오싹한 느낌을 주고 있다.

"잠깐 둘러보고 싶어?" EJ에게 물었다.

"그럼, 당연하지!"

나는 그를 여행용 트렁크, 아니 거대한 상자 앞으로 데리고 갔다. 엄마는 약 십 년 전쯤에 그걸 샀는데, 상자를 안으로 들이는 일에만 사람 세 명이 필요했다. 이제, 그 안은 물건으로 그득하다.

"저거 혹시……." EJ는 말을 끝맺지 못했다.

"맞아." 나는 고개를 끄덕이고, 장식용 잠금 쇠를 풀고, 뚜껑을 들어 올렸다.

아드레날린이 올라와 손이 약간 떨린다. 서재에서 뭘 만져도 된다고 허락받은 적은 단 한 번도 없다. 위 칸은 봉투와 편지가 빼곡하다. 단순한 종이에 적은 것, 예쁜 종이에 적은 것, 정성스레 포장된 것까지 있다. (모두 팬레터다.)

레버를 밀자 위 칸이 미끄러지듯 들어가며 나머지 공간이 드러난다. 그 안은 온갖 특이한 물건들로 가득한데, 역시 팬들이 보내 준 것이다.

"세상에나." EJ는 놀라면서 바닥에 엉덩이를 대고 앉았다. 나 역시 똑같이 따라 앉았고, 우리는 그렇게 물건을 하나하나 밖으로 빼며 조사를 시작했다.

"그 유명한 오줌 병이야?" EJ가 작은 병이 들어 있는 지퍼 백을 가리키며 물었다.

"어. 도대체 엄마는 저걸 왜 보관하고 있는지 이해가 안 된다니까."

"증거일 수도 있어." 그가 어깨를 으쓱하며 말했다. "수사관들이 묻지 않았어?"

나는 생각에 잠긴 채 그를 쳐다보았다. "여기 뭐가 너무 많아. 게다가……."

"게다가, 그 사람들한테는 사고가 고의였다는 증거도 없잖아."

"그러니까."

이상하긴 하다. 엄마의 사건을 조사하기 위해 나를 찾아온 수사관은 단 한 명도 없었다. 할머니가 한 명을 잡아 집 밖으로 쫓아낸 그날 이후로 말이다.

나는 EJ와 함께 삼십 분 동안 작은 비닐봉지에 담긴 머리카락 뭉치와 메모, 기이한 장난감, 사방으로 바늘을 꽂은 엄마 닮은 인형을 하나하나 살펴보았다. 어떤 팬은 나미비아의 붉은색 흙을, 또 어떤 팬은 아이슬란드의 화산에서 주은 돌멩이를 보내기도 했다. 앤티크 엽서를 모은 것도 있었다. 옷 한 벌도 있었다. 골동품 단검도.

"와." EJ는 자리에서 일어섰다. 그는 마지막으로 상자를 쳐다보고는 시선을 나에게로 돌렸다.

"좋아. 이제 우리 뭐하지?"

팬이 보낸 선물이 흥미롭기는 하지만, 확실히 EJ는 조사하고 싶어 몸이 근질거릴 것이다. 나도 그러니까.

어디서부터 시작해야 할지 나도 모르겠다. 하지만 이거 하나는 확실하다, 남들에게 뭔가 숨길 게 없다면 방문을 걸어 잠글 필요가 없다는 것. 그러니 확신한다. 우리 엄마는 비밀이 많았다.

15

EJ는 천천히 벽 하나를 다 차지하고 있는 거대한 책장으로 다가가 서랍들을 열기 시작했다. 그러다 서랍 하나가 움직이지 않자, 더 세게 잡아당겼다. 잠겨 있다.

"이거 열쇠 있어?"

"아니."

"분명 주변에 있을 거야."

"어쩌면 서랍 열쇠는 딴 데다 보관했을지도 몰라."

"아닐걸." EJ는 책장을 따라 이동하며 여기저기 눌러 보기 시작했다. "열쇠를 다른 곳에 두고 와도 여기서 열 수 있게끔 조치를 했을 거야. 이건 내가 찾아볼게. 뭔가 잠겨 있다는 건 중요하다는 뜻이니까."

나는 그를 놓아두고는 거대한 책상 뒤로 걸어가 엄마의 의자에 앉았다.

잠시 기억들이 몰려와 나를 슬프게 하지는 않을까 생각하며 기다린다. (아니, 그런 일은 벌어지지 않는다. 너무 현실 같지 않아서, 울지 않고 오히려 미소 짓는다.) 여기서 엄마는 대부분의 일을 처리했다. 여기 앉으니 엄마의 시선으로 서재를 보게 되었다.

엄마는 여기서 글을 쓰면서 스릴러의 여왕이라는 기분을 느꼈을까?

나는 책장 가장자리를 손으로 훑었고, 드디어 엄마의 개인적인 물건들을 만질 수 있다는 생각에 가슴이 두근거렸다.

아직은 컴퓨터까지 볼 필요는 없다. 확실히 비밀번호가 걸려 있을 것이다. 그런 걱정은 나중에 해도 된다. 그렇지만 서랍은 또 다른 문제다.

책상 위는 그냥 평범하다. (액자에 넣은 첫 번째 손 글씨 페이지, 내 고등학교 졸업식 때 우리 세 식구가 찍은 사진 그리고 엄마가 다른 베스트셀러 작가 셋과 찍은 사진.)

한쪽에는 종이와 서류들이 가지런하게 쌓여 있다. 어젯밤 아빠가 여길 뒤진 이후에 민나가 청소를 한 덕분이다. 시가 냄새도 많이 옅어졌다. 마치 엄마의 영혼이 연기가 되어 빠져나간 것만 같지만, 나도 모르게 등을 곧추세운다. 언제라도 엄마가 들어와 책상에 있는 나를 보고는 분노를 쏟아 낼지도 모른다는 생각에서다.

더욱 중요한 건, 마지막 편지를 떠올리면 뭔가 마음이 불편해진다는 사실이다. 엄마는 결코 천사 같은 사람은 아니었지만, 혹시 엄마가 끔찍한 범죄를 저지르고, 여기 어딘가에 증거를 숨겨 놨을지 모른다 생각하니 이 공간이 오싹하게 느껴졌다.

EJ는 잠긴 서랍을 중심으로 다른 칸들을 계속 뒤적이며 살피고 있다. 그래서 나는 책상 위에 쌓인 종이부터 보기 시작했다.

지루한 일이다. 대부분은 청구서나 송장, 은행거래 내역서 그리고 계약서들이다. 그래서 재빠르게 훑어보고, 조급한 마음으로 오른쪽 맨 위 서랍을 향해 몸을 숙였다. 잠금장치는 고장 나 있다. 물론 그렇겠지. 그런데 서랍 안이 텅 비어 있다. 그러니 저 서류들은 여기서 나왔음이 분명하다.

두 번째 서랍 잠금장치도 부서졌다. 안에는 또 다른 서류들과 검은색 상자가 있었는데 상자를 열자, 총 한 자루와 총알이 장전된 탄창이 있다.

"후, 도대체 엄마한테 총이 왜 필요했을까?" 나는 큰 소리로 물었다.

"요즘 총 없는 사람도 있냐." EJ가 자기 자리에서 농담 섞인 한마디를 던졌다.

맞는 말이다. 그렇지만 이제 엄마와 관련된 모든 것이 의심스러워 보인다.

서류를 살펴보았다. 계약서들이다. 옆으로 치워 두려는 찰나, 이름 하나가 눈에 띄었다.

에벌린 캐스퍼.

"엄마 책 계약서에 왜 할머니 이름이 있지?" 나는 생각에 잠긴 채 말한다.

EJ가 어깨 너머로 뒤돌아보며 말한다. "혹시 할머니가 너희 엄마 밑에서 일한 거 아니야?"

엥.

핸드폰으로 계약서와 비밀 유지 계약서를 촬영하고 세 번째 서랍으로 넘어갔다.

그 안에는 파일 폴더가 있다. 폴더 안에는 금융거래 기록들이 한가득 들어 있다. 하나는 엄마가 사업용으로 쓰는 계좌임이 분명해 보인다. 다른 것은 이름은 없고 그냥 번호뿐이다. 거래 내역은 모두 송금이었는데, 마치 시계처럼 정확하게 반년마다 한 번씩 돈을 보냈고, 그 기록은 칠 년 전까지 이어져 있다.

"엄마가 협박을 당했던 거 같아." 나는 서류를 살펴보며 말했다.

"잠깐. 나 뭐 찾아낸 거 같아." EJ가 긴장된 목소리로 대답했다. 그는 선반 하나에 손을 깊이 넣은 채, 내 말은 그다지 신경 쓰지 않았다.

송금 내역을 쭉 살펴보니 액수는 해마다 높아졌고, 마지막 송금은 바로 올해 여름이었다. 그리고 서류철 끝에 종이 한 장이 있다. 손으로 쓴 글씨로, 보는 순간 피가 차갑게 식었다.

과거로부터 도망칠 순 없어. '엘-리-자-베스'.

그 옆에는 웃는 얼굴이 그려져 있다.

"찾았다." 나는 그것 역시 사진 찍으며 중얼거렸다. "협박이 맞았어."

"빙고!" EJ가 소리쳤다. 깜짝 놀라서 그쪽으로 고개를 휙 돌렸다.

그는 나를 보며 환하게 웃고는 마법사처럼 손가락을 흔들고 있다. 아까 그 서랍이 드디어 열린 것이다.

16

나는 서류를 떨어뜨리고는 EJ쪽으로 걸어갔다.

"서랍을 여는 비밀 레버가 있었어." 그는 승리감에 팔을 활짝 벌렸다.

"짜잔!"

서랍은 깊었고, 안에는 커다란 검은 상자들이 몇 개나 들어 있다.

잠시 우리는 그 안을 쳐다만 보고 있다. 아무 말도 안 한 채. 그러다 EJ가 어서 열어 보라는 듯 턱으로 그쪽을 가리켰다.

서랍 안에는 커다란 상자 세 개 그리고 서류 폴더가 있다. 나는 그 모든 걸 다 책상으로 옮긴 뒤, 곧 밝혀질 일에 긴장하여 입술을 핥았다.

"아, 좀." 조바심에 어쩔 줄 모르는 EJ가 팔꿈치로 나를 쿡 찔렀다.

첫 번째 상자를 열었다. 뭔가가 포장지에 싸여 있다. 어쩌면 희귀품이 들어 있을지도 모른다고 생각하며 조심히 포장을 풀었다.

마지막 용지까지 벗기자, 제본 부분에 꽃 장식이 있는 똑같은 공책 두 권이 나왔다. 그리고 아래쪽에는 더 큰 공책이 있다.

첫 번째 공책을 손에 쥐고 펼쳐 보았다.

상단 모서리에 단정한 글씨로 적혀 있다. **엘리자베스 던. 네브래스카 브림빌. 1월 10일.**

숨이 턱 막혔다. "이거 엄마가 그룹 홈에 있을 때 썼던 공책이야."

각종 메모, 인용구, 단어, 문구들이 적힌 노란 페이지를 휙휙 넘겨보았다.

"다른 공책엔 뭐 있어?" EJ는 속이 타는 듯 두 손을 책상에 대고 몸을 앞으로 수그렸다.

두 번째 공책을 들었다.

필연의 대가. 첫 장에 커다란 글씨로 써 있다. **엘리자베스 던 지음.**

숨을 참고 다음 페이지로 넘겼지만 아무것도 없다. 그다음 페이지는 내가 최근에 다시 읽기 시작한 익숙한 단어들로 시작했다. 교정을 본 흔적, 줄로 그은 흔적, 잉크로 적힌 글의 몇몇 단어에는 작게 얼룩이 묻어 있다.

"이거 우리 엄마 잉크랑 깃펜으로 쓴 거야." 나는 자랑스럽게 말했다. 그리고 "잠깐, 잠깐, 잠깐."이라 중얼거리며 공책을 내려놓고, 책상 위에 놓여 있던 엄마의 첫 베스트셀러의 첫 페이지가 담긴 액자를 집어 들었다. 그걸 공책 옆에 나란히 놓았다. 부정할 수 없는 사실이 드러났다. 필체도, 종이도 똑같다.

"이 공책에서 찢은 거네."

"그러네." 나는 놀라며 말했다. "이게 엄마 소설 초안이야."

"다른 공책도 보자." EJ가 보챘다.

나는 더 큰 공책 하나를 들고 맨 첫 장을 펼쳤다. 거기엔 이렇게 적혀 있다. **거짓말, 거짓말 그리고 복수. E. V. 렌지 지음.**

"이게 정식 초고네." EJ가 말하자 나는 끄덕였다. "다음 거 보자." 그가 서두르며 말했다.

이미 다음 공책에 뭐가 있을지 상상이 갔고, 내 예감은 맞았다. 가죽 제본으로 된 멋진 공책은 똑같은 포장지로 소중하게 싸여 있다. 첫 페이지에는 엄마의 두 번째 베스트셀러 제목이 적혀 있다. **늑대의 휘파람.**

"EJ." 나는 다음 장으로 넘기고 종이에 있는 글자를 손으로 문지르며 속삭였다. 교정을 본 흔적이 굉장히 많고, 긁어서 지운 단어도 꽤 있다. 이건 초안이 분명하다.

"젠장." EJ가 중얼거렸다. "너도 보고 있어?"

"뭘?"

"익명의 팬이 보낸 그 편지지가 이 공책 종이랑 똑같잖아."

그런가?

편지는 위층에 있다. 나중에 공책과 비교해 볼 것이다.

세 번째 상자도 열었다.

그 상자에는 여기저기서 모은, 종이 종류도 크기도 각기 다른 페이지들이 한데 모여 있다. 여기 적힌 것들은 그야말로 뒤죽박죽이다. 내용이 아무렇게나 쓰여 있고, 벅벅 지워 없앤 글씨도 있고, 글씨 위에 또 글씨를 쓴 흔적도 있다.

"난장판이네. 혹시 이거 썼을 때 너희 엄마 약이라도 한 건 아닐까?"

내가 장난치듯 팔꿈치로 쿡 찌르자 EJ가 낄낄 웃었다. 뭐 놀랄 일도 아니다. 엄마는 종종 우울의 긴 터널을 지날 때가 있었으니까. 그럴 때면 엄마는 서재에 박혀 며칠 동안 나오지 않았다.

나는 눈에 확 들어오는 페이지를 발견했다. "이건 엄마가 썼던 어두운 분위기의 동화를 한데 묶은 단편집 《천사와 악당들》이야."

"확실히 이걸 쓰셨을 때는 평소와는 다른 상태였던 걸로 보이네."

"두말하면 잔소리지."

아빠도 나도, 요즘 엄마 기분이 예전보다 더 침울해졌다는 걸 느끼고 있었다. 나는 누구보다도 잘 안다. 십 대 때부터 이미 눈치챘으니까. 《천사와 악당들》은 오 년 전에 출간되었다. 엄마가 이전에 쓰던 책들과는 확연히 다른 장르였지만, 엄마 특유의 고어 스타일과 선과 악이 분명하지 않은 캐릭터들은 그대로였다. 이 책은 크게 성공을 거뒀다.

의외라면, 이 상자에는 전체 원고가 다 없다는 사실이다.

"저 마지막 폴더 안에 있을 수도 있어." EJ는 투명 파일을 턱으로 가리키고는 못 참겠다는 듯이 집어 들었다.

안에는 종이 뭉치가 하나 있다. 어디서나 살 수 있는, 그런 흔한 공책에서 나온 페이지들이다. 필체는 어느 정도 반듯하지만, 내용은 무슨 말인지 알아들을 수 없다.

한 페이지엔 마치 주문이라도 적어 놓은 양 같은 단어가 연속으로 적혀 있다.

날카로운 이빨. 날카로운 이빨. 날카로운 이빨. 날카로운 이빨. 날카로운 이빨. 날카로운 이빨. 날카로운 이빨. 날카로운 이빨.

날카로운 이빨. 날카로운 이빨. 날카로운 이빨. 날카로운 이빨. 날카로운 이빨. 날카로운 이빨. 날카로운 이빨. 날카로운 이빨. 그들을 죽여라.

"이거 피야?" 나는 종이에 묻은 짙은 버건디 색깔의 얼룩을 보고는 거의 속삭이듯 말한다.

EJ에게 시선을 돌리자, 그의 눈빛에도 역시 불안이 서려 있어 몸이 움찔했다.

"그러나저러나 이건 도대체 무슨 뜻이지?"

"모르겠어. 엄마가 라이마에게 다음 소설을 쓰고 있다고 했는데 그거 아닐까? 가제목이 《날카로운 이빨》이었거든."

그때 핸드폰에서 대문에 누군가 접근했다는 경고음이 울렸다.

주머니에서 허겁지겁 꺼내 화면을 보니 집 대문 안으로 차량이 진입했다는 알림이 떴다.

"젠장. 아빠 왔어. 이거 챙겨서 나가자."

나는 공책과 원고를 다시 상자에 그러모으기 시작했다.

"이걸 다 챙기자고?" EJ가 놀라움과 흥분이 섞인 모습으로 나를 보며 말했다.

"응. 안 그러면 다른 사람이 가져갈지도 모르잖아."

우리는 상자를 들고 문으로 직행했다. 도중에 벽에 걸린 사인회 사진 하나가 내 시선을 끌었다. 전에는 제대로 본 적이 한 번도 없었는데, 이번에 보니 어디선가 분명히 봤던 사람이 사진에 있다.

나는 얼어붙은 채 그 사진을 응시한다.

"켄즈! 서둘러!" EJ가 문을 잡은 채 나를 보챈다.

사진에는 수십 명이 세 줄로 나란히 서 있다. 엄마는 맨 앞줄에 있고, 주위 사람들은 이름표를 차고 미소 짓고 있다. 모두가 엄마의 단편집을 손에 들고 있다. 거기에는 아빠도 있다. 라이마 로스도, 몇몇 홍보팀 사람들도 눈에 띄었다.

그런데 맨 왼쪽 구석, 다른 사람 어깨에 숨어 고개만 내민 한 남자가 있다. 추모식에서 아빠랑 말다툼한 그 남자다.

그냥 우연일 수도 있다. 하지만 그가 정말 아무 의미 없는 사람이라면, 초대받은 사람만 참석 가능한 국가 문학상 시상식에 도대체 어떻게 들어온 것일까?

17

주말 내내 부모님 집에서 지내고, 다음 주 초 시내에 있는 아파트로 돌아가겠다고 마음먹었다.

고요한 집 안에 끊임없이 전화벨이 울려 댄다. 민나는 요즘 거의 비서 모드가 되어 계속해서 전화를 받고 메시지를 받아 적는다.

밖에는 비가 내린다. 이제 가을이 완전히 깃들었다. 나는 바깥 날씨가 음울한 걸 좋아한다. 엄마 편지의 분위기와 잘 어울린다.

나에게 온 편지는 엄마가 쓴 게 맞다. 가죽으로 제본된 노트, 즉 두 번째 원고를 담은 노트를 꺼내 내가 받은 편지지와 비교해 보았다. (종이가 완전 똑같다.)

엄마의 어두운 동화로 가득한 단편집을 읽고 또 읽으며 일요일을 보냈다. 세 번째 상자에서 찾은 메모와 낙서들과 비교하고, 똑같은 문구가 나오면 밑줄도 쳤다. 몇몇 이야기는 정말 소름 끼쳤다.

엄마가 무슨 생각을 하며 살았는지 잘 아는 사람이 한 명 있으니, 그 사람으로부터 진상을 알아봐야겠다고 결심한다.

복도에는 엄마의 연락처 노트가 있다. 엄마의 필요에 의해서 모아 놓은, 혹은 그동안 만났던 전문가들의 명함이 그 안에 있다. 원하는 전화번호를 찾았다. 엄마의 상담사 번호다. 사무실로 전화를 걸었지만 아무도 받지 않는다. 일요일이니까, 당연한 일이다. 나는 긴급 번호로 전화를 걸었다. 신호 두 번 만에 페코라 박사님의 낯익은 목소리가 들린다.

"페코라 선생님, 안녕하세요, 저는 매켄지 캐스퍼예요, 제 엄마는……."

"안녕, 매켄지. 무슨 일이야?"

그의 목소리에서 염려하는 마음이 느껴진다. 어쩌면 혼란스러운 마음일 수도 있겠다. 내가 앞으로 꺼낼 말로 더욱 혼란스러워지겠지만, 나는 해답이 필요하다.

"다 괜찮은 것 같아요. 어쩌면요. 모르겠어요. 선생님 도움이 필요해요." 긴박감을 더하기 위해 최대한 비극적인 톤으로 말한다. 그는 우리 엄마를 존경했었다. 제발, 그가 도움을 줘야 할 텐데. "궁금한 게 있는데, 아주 중요한 거라서요. 엄마가 선생님하고 처음 만난 게 언제였어요?"

"만났다고?"

"아, 그러니까, 상담을 언제 시작하셨어요?"

"모르겠구나, 매켄지. 왜 그러는 거니?"

"중요한 일이에요. 엄마에 대해 생각을 정리하고 있는데…… 꼭 알아야 해서요."

"한 십팔 년 쯤 전인 거 같은데. 그런데 기록을 좀 찾아봐야 해.

너희 엄마의 첫 번째 책이 전 세계적으로 베스트셀러가 되었을
때쯤이었어.”

“엄마가…… 문제가 있었나요?”

“문제?”

“그러니까, 정신 질환 같은 거요.”

그는 신음 혹은 한숨 같은 소리를 내뱉었다. “너뿐만 아니라 누
구와도 그 얘기는 할 수 없다는 거 잘 알지 않니.”

“맞아요.” 실망감에 한숨을 쉬었다. “그럼 좀 평범한 질문을 할
게요. 선생님은 엄마 친구였잖아요. 선생님 생각에…… 엄마가
명성을 얻고 변했다고 생각하세요?”

선생님은 잠시 침묵을 지킨 후, 다시 한번 한숨을 뱉었다. “누구
라도 명성을 얻으면 사람이 바뀌지. 그렇지만 너희 엄마는 눈사태
가 몰아치듯 명성을 얻었어. 하지만…… 특정 사건에 대해서는 얘
기할 수 없단다. 그 대신 말해 줄 수 있는 게 하나 있어. 창작하는
사람을 진짜 치료해 주는 건 상담사가 아니라 예술이란다.”

“예술이요?”

“응. 너희 엄마 같은 사람들, 아니면 그냥 일반적으로 말해서
창작하는 사람들은 말이다, 자신들이 원하는 답이나 힐링을 창의
적인 행위를 통해 찾곤 하지.”

나는 그가 계속해서 말할 수 있게 기다렸다.

“그렇지만 그건 가끔 양날의 검처럼 작용해.”

“무슨 뜻이에요?”

“바로 그 재능 때문에 무너지기도 하거든.”

긴 침묵이 뒤따랐다.

"더 이상은 말을 못 하겠구나." 그가 사과하듯 말했다. "혹시 나랑 상담할 생각은 없니?"

나는 웃음을 터트리지 않기 위해 꾹 참아야 했다. 물론 다른 고객을 하나 더 확보하셔야겠지.

귀찮게 해드려 죄송하다고 사과하며 전화를 끊었다.

일단 되는대로 해 봐야겠다.

확실히 세 번째 원고는 제대로 된 게 하나도 없다. 엄마의 그 어두움이 단지 상상만은 아니었을지도 모른다는 생각이 든다. 어쩌면 그게 진짜 **엄마**였을지도 모른다. 그래서 팬들이 엄마에게 친근함을 느낀 게 아닐까. 그들의 어둡고 뒤틀린 마음이, 보통 사람들이라면 병적인 상상이라고 생각했을 작품 속 무언가의 진가를 알아본 게 아닐까.

원고들을 각각의 상자에 넣어 욕실 벽장 속 수건과 걸레 뒤쪽에 숨겨 넣고 나니 어느덧 저녁이 되었다. 언젠가 이것들은 엄청나게 돈이 될 것이다. 사실 지금도 그럴 테지. 다른 사람들이 이걸 찾길 바라지 않는다. 그래서 아파트에 갈 때 챙겨 가서 안전하게 숨길 것이다. 그 빌어먹을 라이마 로스가 이 존재를 알았다면 손에 넣고 싶어 안달을 냈을 테지.

내 방을 나오자 집은 어둡고 소름 끼칠 만큼 조용했다.

아빠가 없다.

민나는 주방에서 닭구이를 만들고 있다.

"캐스퍼 씨는 저녁 시간까지 올 거라고 하셨어요. 그래서 제일 좋아하시는 음식 만들고 있지요."

"그걸 먹겠다고 오실 것 같지는 않은데요. 늘 그렇듯 분명 술로 저녁을 때우시겠죠.”

민나는 나무라는 듯한 표정으로 나를 보고는 고개를 저었다.

그때 편지로 가득 찬 편지함이 눈에 띈다. 그걸 정리하는 건 늘 엄마 몫이었다. 아빠에게는 확실히 이런 걸 처리할 마음이 없는 것 같다.

호기심에 우편물을 뒤적거린다. 내 이름이 적힌 유권자 정보가 있다. 잔액도 별로 없는 내 계좌와 관련된 거래 내역서도 있다. 부모님과 내 이름으로 된 의료비 청구서도 있다. 봉투를 열어 보니 내 약 처방전 영수증이다. 나는 그걸 갈기갈기 찢어 쓰레기통에 버리고, 같은 내용의 편지 두 개를 더 찾아 똑같이 처리한다.

쓴맛이 올라오며 속이 뒤틀리는 느낌이 난다. 아빠가 내 건강에 대해 묻기까지, 과연 얼마나 걸릴까 궁금해진다. 이게 바로 돈은 많지만 기본적인 것에는 신경 쓸 여유가 없는 유명인 가족과 함께 사는 것에 따르는 부작용이다. 나는 내 방에 시체 하나쯤 쉽게 숨길 수 있을 것이다. 복도에 악취가 퍼지기 시작해도, 아무도 신경 쓰지 않을 테니까.

물론 민나는 아니다. 하지만 내 방을 청소하는 건 그녀가 아니라 나다.

스토브 옆에서 뭐라 뭐라 중얼거리던 민나는 식품 저장실 쪽으로 발을 질질 끌며 걸어간다.

집 전화가 울리기 시작한다. 주방에 있는 전화기가 바로 내 옆에서 크게 울려서 거의 껑충 뛸 뻔했다.

민나가 식품 저장실에서 큰 소리로 말했다. “오, 어휴, 그 전화 좀 받아 줄래요?”

나는 짜증 난 채로 수화기를 들었다. "캐스퍼 가입니다."

유선전화는 이제 구식이 되어 버렸다. 그러나 의외로 많은 기업들이 이 오래된 기술에 의존하는 것으로 보인다.

"안녕하세요, 미납 요금 관련해서 전화드렸습니다. 납부자를 찾고 있는데요."

"저도 잘 모르겠지만 메시지 남겨 주시면 전해드릴 수는 있을 것 같아요." 전화기 옆에 있는 메모지와 펜을 집어 들었다. 거기에는 이미 몇 페이지나 메시지가 가득 적혀 있다. 이건 시간 낭비다. 아빠는 이걸 들여다보지도 않을 테니.

"허클베리 서플라이인데요. 저희가 두 달간 신용 한도를 연장해 드렸는데, 기한이 이 주가 지나서요."

이름 때문에 풋 웃음이 났다. "허클베리요?" 미소를 짓고 받아적으며 다시 물었다. 그가 그 이름에 '핀'이라고 덧붙인다면, 놀리지 않고는 못 배겼을 것이다.

"맞습니다. 허클베리 서플라이요."

"메시지 남겨 놓겠습니다."

전화를 끊고 민나에게 소리쳤다. "했어요! 미납 청구서예요!"

"고마워요!" 민나가 식품 저장실에서 큰 소리로 말했다.

그런데 전화가 또다시 울리기 시작했다.

미소를 지으며 전화를 받았다. "허클베리 핀?" 웃음을 참으며 대답했다.

아무런 응답이 없다.

목을 가다듬고 내 목소리에 어울리는 진지한 표정을 지으며 "캐스퍼 가입니다."라고 강조했다.

그런데도 아무 대답이 없다. 하지만 상대편이 수화기에 대고 내뱉는 거친 호흡만큼은 들을 수 있다.

"여보세요?" 이번에는 좀 더 작은 소리로 물었다. 한순간 심장이 멈췄다가 다시 요동치며 두드린다. "여보세요?"

여전히 아무런 대답이 없다. 작고 부드러운 그러나 사악한 웃음소리가 들릴 뿐이다. 누가 봐도 남자 목소리다.

수화기를 쾅 하고 내려놓고는 다시 전화기를 쳐다봤다. 또 울릴 것만 같았다.

그러나 대신, 내 핸드폰에서 메시지가 왔다는 알람 소리가 들렸다.

떨리는 손으로 핸드폰을 꺼냈다.

[알 수 없는 발신자: 편지함 확인할 것.]

일요일 밤이다. 그러니 편지가 우편배달부를 통해 왔을 리가 없다. 그래서 난 이 일을 꾸미는 사람이 아주 가까이에, 내가 원치 않을 만큼 가까이에 있다는 걸 깨닫는다.

도저히 자제가 안 된다.

"잠깐 나갔다 올게요!" 민나에게 소리친다.

밖은 가랑비가 내리고 있다. 집 밖으로 재빨리 나갔다. 걷는 대신 거의 뛰다시피 차에 올라타 대문을 지나서 우편함이 있는 길가까지 차를 몰았다. 오 분 동안 비를 맞느니 이렇게 차로 이동하는 게 낫다.

그런데 경비원이 눈에 보이지 않는다.

젠장.

심장이 두근거려서 차 밖으로 나가기 전에 잠시 멈춘다.

어쩌면 이건 바보 같은 장난일 수도 있다. 아니면, 누군가가 엄마의 옛 비밀을 다시 들추고 싶은 걸 수도 있다.

또 다른 가능성도 있다. 이 일을 벌이는 사람은, 그게 누구든, 미쳤을지도 모른다. 이 편지들은 미끼일 수 있다. 내가 멍청해서 이런 악랄한 장난에 놀아나고 있는 걸지도 모른다. 어쩌면 그들은 나에게 해를 가하려는 의도일 수도 있다.

하지만 호기심 때문에 어쩔 수 없다.

헤드라이트를 우편함 쪽으로 비추고 어두운 길을 훑어본 뒤에, 아무것도 보이지 않자 차에서 뛰어나간다. 우편함에서 뭔가를 꺼내 그러쥐고 차로 돌아와 문을 쾅 하고 닫기까지 걸린 시간은 고작 몇 초.

"됐다." 승리했다는 기분으로 헐떡이며 말한다.

손에 쥐고 있는 것의 정체를 본 순간, 소름이 끼쳤다.

편지 하나가 와 있었다.

1호 팬으로부터. 포옹과 키스를 보내며.

편지 #4

가끔 남자 친구를 죽이면 어떤 기분일지 상상해 보곤 했어.

빨리 죽이면 안 되지. 내가 책에 쓴 것처럼 몇 달 동안 일부러 괴롭히면서 그가 서서히 미쳐 가는 걸 지켜보는 거야.

어느 날 밤, 벤이 내 침대 위에 널브러져 자고 있는 걸 지켜 봤어. 몇 시간 동안이나 그렇게 옆에 앉아서, 숨을 쉴 때마다 조금씩 움직이는 그의 입술을 쳐다봤지. 꿈을 꾸는 듯 팔딱이는 속눈썹도 봤어. 벌거벗은 가슴 위에 얌전히 놓인 손가락은 가끔 작게 경련을 일으키듯 움직였지. 가슴은 깊은 호흡에 맞춰 위아래로 오르락내리락했어. 목을 보니 맥박이 뛰고 있었어. 얇은 피부 아래 핏줄이 보였지. 그토록 연약하고 작은 핏줄. 조금만 힘을 줘 누르거나 재빠르게 베어 버리면 쉽게 사라질 존재.

그를 조금씩 약에 중독시켜서 서서히 아프게 만드는 건 어떨까 이런 생각도 해 봤단다. 술에다 진정제를 좀 타고, 내 곁에 머물게 하는 거야. 나에게 의존하게 만드는 거지. 그녀에게 가지 못하게 말이야.

그 둘을 다 독살할까도 생각해 봤어. 상상해 봤지, 그녀의 집 앞에 경찰차가 서 있는 모습을 말이야. 그들이 어디에 살든지, 함께 도망쳐 숨어든 그 지저분한 곳이 어디든 간에, 그들은 내가 모를 거라고 생각했겠지. 평화로운 밤, 파랗고 빨간 경찰 불빛이 어둠을 가르고, 집 창문에 닿았다가 반사되지. 경찰관들은 집 안에 서 있어. 그 옆에는 두 사람이 미동도 없이 널브러져 있지. 오래전부터 차갑게 식어 버린 채로 말이야.

벤이 바람을 피우고 있다는 걸 처음으로 알아챈 건, 셔츠 오른쪽 밑단에 묻어 있는 빨간색 립스틱의 흔적을 봤을 때였어. 나는 립스틱을 바른 채 그에게 키스해 본 적이 없어. 셔츠 밑단 쪽에 해 본 적은 말할 것도 없고. 게다가 나는 그런 색의 립스틱이 없었어. 내가 20달러를 주고 산 샤넬 립스틱도 아니었지. 다른 색이었어. 다른 사람의 것. 싸구려. 다른 여자의 것.

그때 바로 추궁하지 않았어. 내 침대에서 자고 있는 그를 봤는데, 어찌나 순수한 표정을 짓고 있던지, 내가 모든 걸 상상하고 있나 생각할 정도였어.

나는 글을 썼어. 쓰고 또 썼단다. 첫 책이 출간되기만 하면, 세상이 다 내 것이 될 거라 생각했어. 경제적으로 여유가 생길 테고, 그러면 동부로 떠나서 너만큼은 전혀 다른 삶을 살게 해 주고 싶었단다. 내 예쁜 딸. 너는 내가 경험한 것들을 겪지 않아도 되길 바랐거든.

벤이 두 번째로 나를 바람맞힌 날, 그가 친구들과 즐겨 가는 바에 갔어. 술집 바깥에 서서 생각했지. 내가 연인을 스토킹하는, 그런 한심한 여자 친구가 되어 버린 건 아닐까 하고 말이야. 그런데 웃긴 건 말이야, 우리는 몇 달이나 함께하면서도 서로를 '여자 친구'나 '남자 친구'로 불러 본 적이 없었어. 벤하고 밖에서 만나는 일은 드물었어. 그의 친구들이 나를 알기는 했지만, 수업 때 마주치면 고개 숙여 인사하는 정도였지. 결코, 한 번도 나에게 말을 걸지는 않았어. 나는 그냥 그 여자애, 그의 소유, 그와 함께 있는 애일 뿐이었어.

나는 조금도 개의치 않았어.

그렇지만, 다른 여자가 또 있다는 거? 그건 문제였지.

그래서 그 어둡고 따스했던 9월 밤, 술집 건너편 길에 서 있었던 거야. 여름용 햇빛 가리개는 모두 말려 올라가 있었지. 그곳은 온통 음악과 웃음소리로 가득 차 있었어. 나무 덱으로 쏟아져 나와 있는 사람들 틈에 나의 벤이 보였지. 그는 웃고, 담배를 피우고, 맥주를 들이켜고 있었어. 그런데 그 와중에 보게 된 작은 디테일 때문에 소름이 돋았어. 그의 팔에 웬 여자가 달라붙어 있었거든. 그 여자는 다름 아닌, 토냐였어.

그 사소함 하나가 모든 걸 망쳐 버렸어. 그 뱀은 요사스럽게 그에게 파고들어 옆자리를 꿰찬 거야.

그때 나는 자리를 떠났어야 했어. 그와 얘기를 나눴어야 했어. 내 과거에 대해 그리고 토냐의 과거에 대해 말해 줬어야 했어. 그랬다면 그가 이해해 줬을 수도 있었을 텐데. 그랬다면 그 뒤에 일어난 일들이 생기지 않았을 텐데. 그랬다면 그는 나를 떠나지도 않았을 테고, 그 끔찍한 일들이 벌어지지 않았을 텐데.

그랬는데, 그날 밤 나는 오디나무 그늘에 숨어, 지켜보고, 지켜보고, 또 지켜봤지. 그 대상은 그 여자였어. 저렇게 툭 하면 웃고, 사람들과 농담도 주고받는 그녀를. 그리고 벤의 친구들도 지켜봤어. 나를 볼 때와는 전혀 다른 눈빛으로 그녀를 바라보며 자연스럽게 그녀를 받아들이고, 맥주까지 가져다주더라고.

벤도 지켜봤어. 친구 사이라고는 할 수 없을 만큼, 그는 오랫동안 그녀를 바라봤어. 벤이 뭔가를 말하자 모두가 빵 터지고, 자연스럽게 토냐의 어깨에 팔을 두르기도 했지. 그러자 그녀는 이전에도 많이 해 본 것처럼, 너무도 편하고 완벽하게 그에게 몸을 기댔어.

그날 나는 글을 썼어야 했어. 하지만 대신 그늘에 숨어 몇 시간이고 그들을 지켜봤지. 잠시 후, 토냐가 자리를 뜨려고 하자, 벤이 따라가려고 하는 모습이 보였어. 토냐는 벤에게 그러지 말라고 하더라고. 그들은 모퉁이에서 대화를 나눴어. 그녀가 시계를 확인하고 웃자, 벤은 그 특유의 버릇, 어릿광대처럼 고개를 푹 숙이는 모습을 보이더라. 토냐가 다시 웃고는, 그의 목에 팔을 두른 채 키스했어.

나의 벤은, 다른 여자에게 키스할 리가 없는데. 나의 벤은, 그날 밤 공부를 하고 있다고 거짓말을 할 리가 없는데.

진실은, 이걸 마주하기까지는 시간이 좀 걸렸어, 그는 더 이상 나의 벤이 아니었다는 것, 아니면 애초에 나의 벤인 적이 없었다는 것이었지.

그걸 깨닫자 가슴이 찢어졌단다.

그렇지만 내가 뒤쫓는 건 벤이 아니라 그녀였어. 나랑 같은 출신으로, 내가 사랑하는 것을 빼앗는 그녀.

그들이 헤어질 때도, 나는 집으로 가지 않았지. 안 될 일이야. 대신 그녀를 쫓아갔어.

오 분쯤 지나자, 그녀는 어두운 골목으로 방향을 틀더라. 그래서 나도 똑같이 했는데, 시야에서 놓치고 말았어. 가로등 아래에서, 증오가 끓어오르는 걸 느끼고 있었지.

그런데 그때 내 뒤에서 토냐의 목소리가 들렸어. "여기서 볼 줄은 몰랐는데." 순간적으로 홱 몸을 돌렸어.

그녀는 골목 한가운데에 서서 팔짱을 낀 채, 독사 같은 미소를 번뜩였어. "설마 염탐이라도 하는 중이었어?"

"원하는 게 뭐야?" 나는 불쑥 말을 뱉었어.

그녀는 흥미롭다는 듯이 키득거렸어. "내가? 지금 나를 따라온 건 너잖아."

"나랑 벤한테서 원하는 게 있어서 이러는 거 아니야?"

"너랑 벤 사이에 뭐가 있긴 해? 난 몰랐네. 벤 친구들한테 물어볼까?"

토냐는 내가 어떻게 하면 뚜껑이 열릴지 정확히 알았어. 불량배들은 자라면서 그런 기술을 완벽하게 갈고닦으니까.

"벤하고 나는 사랑에 빠진 사이야. 그건 너도 알고 있을 텐데." 나는 딱 잘라 말했어.

"그으래?" 토냐가 그렇게 차분한 게 정말 싫었어. "벤도 자기가 사랑에 빠진 거 알고 있대?" 그러더니 비웃기 시작했어. 그리고 한쪽 눈썹을 들어 올리며 말하더라. "벤도 네 과거를 알아?"

역시 그렇게 나올 줄 알았지.

"네가 살인자라는 걸 알고 나서도 널 좋아해 줄까?" 그녀가 비아냥거렸어.

"널 믿을 리가 없잖아."

"증거가 있거든."

심장이 얼어붙었다가, 곧이어 쾅쾅대기 시작했어. 그럴 리 없는데. 내 잘못이 아닌데. 그건 사고였는데.

하지만 토냐 같은 여자애들에게는 공통점이 있단다. 손가락 튕기듯 그렇게 쉽게 타인의 인생을 끝장낼 수 있다는 거야. 성장 과정에서 방법을 습득하지. 그리고 마치 직업이나 된다는 듯 열심히 연마해. 그렇게 세월이 지나면, 그 방면에 있어서 타의 추종을 불허하는 거야.

나 역시 소설에 썼듯이, 진짜 악마는 가르쳐서 만들어지는 게 아니란다. 진짜 악마는 태생이 달라.

토냐가 꼭 악한 사람이었다고 말하는 건 아니야. 하지만 그녀는 정말 영리하고, 앙심을 품는 스타일이었지.

"날 좀 내버려둬. 도대체 왜 이러는 건데?"

"브랜든은 내 첫사랑이었어. 그때 너도 아마 알고 있었지? 켈러 그룹 홈에 있던 애들은 다 알았으니까."

세상에나, 그 이름을 이렇게 오랜 뒤에 다시 듣게 될 줄이야. 영영 듣지 않기를 바랐는데. 그런데 내 앞에 서 있는 여자는 내 과거를 알고 있었지. 왜냐하면 그녀의 과거 역시 나와 같은 곳에서 왔고, 내 과거와 뒤엉켜 있었으니까 말이야.

"내 첫사랑이었다고." 토냐는 나한테 천천히 걸어오며 다시 말했어. "내 첫 친구이기도 했고. 나랑 모든 걸 처음으로 함께 했어. 그랬는데 네가 걔를 죽였어."

그녀는 웃었어. 자신이 한 말이 나한테 영향을 끼치는 걸 보고 즐거워졌다는 느낌이었지.

"걔네들이 나한테 무슨 짓을 했는지 너도 알잖아." 내 속에서 분노가 끓어오르는 걸 느끼며, 조용히 말했어. "걔네가 전부. 바로 그 헛간에서."

그녀는 내 코앞까지 와서 멈춰서더니 눈을 가늘게 떴어. "네가 그렇게 콧대 높고 재수 없게 굴지만 않았어도, 애초에 아무도 너한테 관심을 안 줬을 거야. 너는 항상 고상한 척하는 애였잖아, 안 그래?"

"넌 항상 남자애들한테 이용당하고 버려지는 쪽이었지."

"아, 그러셔? 그러는 너는 아니었고? 그래서 그 헛간에서 결과가 어땠더라?"

나는 내가 움직였다는 인식도 못 했지만, 토냐의 머리가 옆으로 홱 돌아갔고, 그녀의 뺨을 어찌나 제대로 쳤는지 손이 얼얼해졌어. 분노를 억누를 수가 없었단다. 깜짝 놀란 그녀의 눈을 보니 묘하게 쾌감이 느껴졌지.

"우리 둘을 내버려둬." 나는 으르렁거리며 말하고는 성큼성큼 걸어 자리를 떴어.

그 일은 그렇게 끝날 수도 있었단다. 내가 집에만 갔었다면,

대로에 있는 벤치에 앉아 방금 있었던 일 때문에 풀이 죽어 있지만 않았더라면 말이지.

십 분도 되지 않아, 벤이 시야에 들어왔어. 길을 건너, 고개를 숙이고는, 발걸음을 재촉하고 있었지. 그렇지만 방향은 우리 집도, 그의 집도 아니었단다. 내가 방금 있던 곳 쪽으로 가고 있었지.

그래서 그를 따라갔어. 물론 따라갔지. 아홉 블록이나 따라가니, 창문으로 희미한 불빛이 새어 나오는, 낡은 벽돌 아파트가 나오더구나.

그는 초인종을 눌렀어.

나는 길 건너편에서 계속 지켜보고 있었어. 수치스러운 배신감이 내 몸을 잠식하는 걸 느꼈지. 문이 열리더니 그녀가, 바로 그녀가 벤 앞에 서 있더라고. 그가 뭔가를 말하자 토냐가 대답하듯 웃음을 터트렸지. 그러자 그가 그녀를 벌떡 안아 올렸어. 토냐는 발을 그의 허리에 감았고, 그는 토냐에게 키스를 하며 안으로 사라졌지. 문이 쾅 닫혔어. 어둠 속에 홀로 서서 그 집에 불이라도 지르고 싶다 생각했어.

그때라도 바로 집에 갔어야 했는데, 그러지 않았어. 그랬다면 그녀에게 복수했을 텐데. 그녀를 고문하고, 제발 살려 달라고 빌게 만들었을 텐데. 그리고 결국에는 죽였을 텐데. 적어도 책에서라도 말이야.

그렇지만 그렇게 하지 않았어.

그날 밤, 나는 24시간 편의점에 가서 술 한 병을 사고 포플러 거리로 가서 존의 집 문을 두드렸어.

존은 놀라서 눈썹을 한껏 들어 올린 채 문을 열어 줬어. 내가 그 집에 간 건 그때가 두 번째였거든. 이 동네에 온 첫해에 존이 작은 파티를 열어서 한 번 와 본 게 다였어.

"왜 남자들은 그런 여자를 좋아해?" 내가 대뜸 물었어.

"누구?"

"그 여자, 토냐 말이야. 도대체 그 여자한테서 뭘 보고 그러는 건데? 너! 벤! 그리고 모두 다!"

존이 웃음을 터트렸어. "너 괜찮아, 리지?"

"아니. 말 좀 해 줘 봐. 지금 당장. 빨리."

존이 나를 훑어봤어. 시선이 내 손에 있는 술병에 가 닿더니, 바로 나랑 눈을 맞췄지. "쿨해. 내 생각에는. 그리고 재밌어. 왜? 무슨 일인데?"

"오, 그런 거군. 재미! 재밌다고 생각한다고? 난 그게 더 재밌네." 난 씁쓸하다는 듯 말을 뱉었지.

"너 오늘 이상하게 군다."

"난 화가 난 거야, 존. 진짜로 이상한 건 지금 내 남자 친구가 그 여자 침대에 같이 있다는 거고." 나는 무심코 뱉고 말았어. 눈물이 차올랐지.

그가 힘들게 침을 삼키느라 목젖이 움직이는 게 보이더라. 불쌍하다는 눈빛. 그걸 보지 못했다면 좋았으련만. 그날 밤 나한테 필요한 건 동정이 아니었거든. 나는 설명이 필요했어. 최소한, 망각이 필요했지.

"너는 내 편인 줄 알았는데." 나는 이를 악물고 내뱉었어.

존의 표정이 확 굳더라고. "리지……."

그래 맞아. 동정보다는 사과를 받는 편이 낫더라고.

나는 술병을 들어 올리고 흔들었어. 한 번 만이라도, 사람들이 주는 상처를 잊고 싶었어. 친구가 필요했어. 이해해 줄 수 있는 누군가에게, 이제는 진짜 털어놓고 싶더라고. 나, 그녀 그리고 과거에 대해서 말이야.

존은 잠시 내 눈을 바라보더니 옆으로 비켜서며 말했어. "들어와."

실연은 장점이 있어. 진실을 제대로 보게 해 주지. 추한 모습까지 모두 말이야. 상처가 되지만, 그러면서 한 수 배우는 거야.

그런데 단점도 있단다. 때로 입에 담을 수도 없는 짓을 저지르게 하거든.

그게 뭔지는 조만간 알게 될 거야.

18

흔히 천재와 일탈, 범죄는 떼려야 뗄 수 없는 관계라고들 한다. 나는 엄마가 과거에 뭔가 끔찍한 일을 저질렀을 거라 생각하고 있다.

엄마는 살인자야. 엄마는 살인자야. 엄마는 살인자야.

끔찍한 생각이 머릿속에서 맴돌고, 그걸 뿌리치지 못한다. 어두운 생각에 잠식당한 게 이번이 처음은 아니다. 엄마가 쓴, 어두운 동화가 담긴 노트에 대해 생각한다. 이거 하나는 확실하다. 나는 진짜 엄마 딸이라는 사실. 그러니 내 머리에도 엄마에게서 물려받은 광기가 조금은 있을 거라는 사실도.

나는 내 방 침대에 앉아 있다. 편지 네 통 모두 내 앞에 놓여 있다. 종이는 양면으로 되어 있다. 전부 같은 노트에서 나왔다는 것은 의심할 여지가 없다.

밖에서 쾅 하고 천둥소리가 들린다. 비가 맹렬하게 창문을 두드리기 시작했다. 나는 《늑대의 휘파람》을 꺼내 들고 꽂혀 있는 책갈피 중 하나를 골라 그 페이지를 펼쳤다.

그녀는 악마다.

나는 그녀를 증오한다.

세상에서 없어지게 할 것이다.

책을 급하게 덮고는 눈을 감는다.

이건 소설이야. 나 자신에게 말해 본다. 이건 만들어 낸 얘기야. 두 소녀가 나오는 소설. 한 명이 다른 여자의 남자 친구를 빼앗았고, 그래서 그 빼앗긴 여자가 수년에 걸쳐 치밀하게 계획한 복수를 저지르는 얘기. 이 책은 피와 고문으로 점철된 결말로 끝이 난다. 이게 진실과 얼마나 가까울지 궁금해진다.

책을 가만히 본다. 그걸 갖고 있다는 것만으로도 더러운 기분이 든다.

'날 것의, 거리낌없는, 눈을 뗄 수 없게 만드는 책.' 평론가들이 한 말이 적혀 있다.

세상에 나온 이런 병적인 소설들 가운데, 얼마나 많은 책이 현실에서 비롯된 것일까? 얼마나 많은 작가들이 자기치료를 목적으로 비밀스럽게 자기 고백을 해 왔던 것일까? 독자들은 아무것도 모르고 책을 읽고 있는데 말이다.

EJ에게 전화를 걸었다. "일단, 편지 또 받았어."

"그리고?"

"기다려 봐. 그다음은, 아빠가 예전에 바람을 피운 적이 있어.

나쁜 놈이야.”

“어우. 당장 말해!”

“나중에 할게. 해야 할 일이 있어. 내가 왜 대문 센서 감지 장치를 핸드폰에 연결한 건지는 알고 있지? 일 년 전에 아빠가 시켜서 깔았잖아. 엄마 스토커 사건 이후에.”

“그렇지.”

“보니까 서버가 있어. 와이파이 같은 거지. 핸드폰으로 집 안 카메라를 볼 수 있을 거야.”

“그래서?”

“내 핸드폰에 연결하고 싶어.”

“그래서?”

“그러면 카메라에 찍힌 사람들 녹화본을 볼 수 있지 않아? 시간을 되돌려서 볼 수 있는 거 맞지? 누군가 집에 기웃거리면 그게 누군지 되감기로 볼 수 있는 거지?”

“흠, 휴대폰이랑 연결되어야만 가능하지. 그런데 만약 계정을 추가한다면, 그걸 만든 이후의 녹화본만 볼 수 있어.”

“제기랄.”

그의 기침 소리가 들렸다.

“뭐 하는지 말 안 해 줄 거야?” 나는 그가 한 대 피우고 있다고 생각하며 물었다.

“그거 아니야. 까칠이. 나 아파.”

“앗, 독감? 아니면 바이러스?”

“모르겠어. 어쨌든 느낌 별로야.”

“뜨거운 수프 가지고 갈까? 민나 아주머니한테 빨리 뭐 좀 만들어 달라고 할 수 있어."

"아니야. 걱정 마. 괜찮아질 거야. 너한테 옮기면 안 되잖아."

"아무것도 안 옮아. 가까이 안 가면 되지. 방 저쪽 반대편에 앉아 있을게."

그가 웃더니 다시 기침하기 시작했다. "까칠이, 그게 그런 식으로 피한다고 되는 게 아니란다. 바이러스한테는 안 통해."

기분이 상하면 안 되는데, 나는 실망감이 들었다. "알았어. 그럼 편지 얘기는 내일 하자."

"그래야지."

"내가 너의 주치의가 된다면 말이지."

EJ가 웃음을 터트렸다. "어, 지금 말 조금 야한데, 까칠이?"

"너 뭐래." 그가 내 빨개진 얼굴을 보지 못하는 게 다행이라 생각한다. "내일 수업 끝난 후에 전화할게."

내일이 오는 시간이 더디게 느껴진다.

밤새 침대에서 몸을 뒤척이며 누군가 내 방 창문을 두드리지나 않을까 생각한다. 내 방은 2층인데도 말이다. 엄마가 헛간에 불을 지르는 모습을 상상한다. 불빛과 그림자가 엄마의 얼굴 위에서 춤추듯 반사되고, 그 아름다운 얼굴은 음산한 표정으로 뒤틀린다. 엄마가 《늑대의 휘파람》 주인공처럼 아직 태어나지 않은 딸에게 자장가를 불러 주며 칼을 가는 모습을 상상한다. 그러다 그 자장가는 동요로, 그것도 섬뜩한 동요로 바뀌고, 칼은 누군가의 살을 벤다. 피가 떨어지고, 또 떨어져, 결국 진득한 시내처럼 흐른다. 나는 깜짝 놀라 잠에서 깨고, 숨을 헐떡인다. 땀이 목덜미를 타고 흐른다.

밝이 밝아졌다. 비는 그쳤다. 목덜미의 땀을 닦으며 휴대폰으로 손을 뻗는데 왠지 심장이 요동친다.

9시다.

젠장. 1교시 수업에 늦겠는걸.

허겁지겁 침대에서 기어 나와 욕실로 향했다. 그리고 십 분 뒤, 청바지에 후드 티, 스니커스를 신고 헐레벌떡 집을 나섰다.

밖이 너무 추워서 차에 타는데 몸이 떨렸다. 한 시간 반 뒤, 학교 주차장에 차를 댄다. 수업엔 이미 늦어서 그냥 들어가지 않기로 마음먹는다.

그래서 느긋하게 교정으로 걸어 들어간다.

제일 먼저 눈에 띄는 건, 엄마의 얼굴이 박힌 커다란 배너다.

E. V. 렌지의 삶을 기념하며

여기저기 스탠드 배너도 있다. 서쪽 건물에 새로 단장한 펄 강의 홀이 작가를 기리기 위해 E. V. 렌지 홀로 이름이 바뀔 거라는 내용이다.

대단들 하네.

2층에 있는 카페에서 노트북으로 이메일을 확인하며 한 시간을 보냈다. 그중 하나는 이 주 후에 E. V. 렌지 기념행사가 있을 거라는 배너 카피였다.

**여러 훌륭한 연사들이 참석할 예정으로,
여기에는 작가의 남편 벤 캐스퍼도 있다**

하필 그 많은 사람 중에 아빠라고?

나는 이를 간다. 왜 아무도 나한테 이 얘기를 해 주지 않은 거지? 아무래도 라이마 로스나 다른 홍보팀 사람의 생각일 것이다. 어떻게든 변명거리를 만들어 참석을 피해야 한다.

2교시 수업은 별다른 일 없이 지나갔다. 알렉스만 아니었다면 말이다. 그는 너무 불편하게도 같은 수업을 많이 듣는데, 이번에도 엄마에 대해 한마디 날렸다. 내가 엄마의 책을 조금 더 유심히 읽었다면, 그 자식을 어떻게 없앨지 계획을 떠올렸을 거다. 이번 학기 들어 너무 자주 내 신경을 긁고 있다.

이렇게 섬뜩한 생각을 농담처럼 한다는 걸 깨닫자 속이 뒤틀린다. 엄마처럼 되고 싶지 않다. 그리고 난 그런 생각들을 하지 않았다, **적어도 예전에는**. 그러다 엄마의 일기를 읽고 바뀐 것이다.

수업이 끝나자마자 바로 EJ에게 전화를 걸었다.

"아직도 개같이 아파." EJ가 암울하게 말했다.

"내가 갈게."

"그럼 너도 옮을 거야."

"안 그럴 거야. 편지 가져갈게. 대신 넌 인터넷에서 정보 찾는 것 좀 도와줘."

"넌 정말 사람 말 참 안 들어. 안 그래 까칠이?" 그가 낄낄 웃으며 말한다. 목소리에는 어떤 화도 비난도 없다.

"내가 남들보다 더 잘 아니까."

"그렇게 잘 아신다면, 오기 전에 처방 약 꼭 챙겨 먹고 와, 알겠지? 그동안 약 빼먹었을 테니까. 며칠 빼먹었는지는 신만 아시겠지."

나는 미소를 짓는다. 오직 EJ만이 내 건강에 대해 신경을 쓴다.

한 시간 뒤, 커다란 쇼핑백을 질질 끌고 그의 아파트 계단을 오른다. 필요한 건 모두 챙겼다. 치킨 누들 수프와 동네 카페에서 파는 EJ가 가장 좋아하는 튀긴 만두에 독감 약이랑 목 캔디, 차(확신하건대 EJ네 집에는 이런 것들이 없을 것이다.) 그리고 편의점에서 산 레몬까지.

그가 문을 열고 나를 들었다. EJ의 처참한 얼굴과 빨간 코를 보고는 가방을 들고 주방으로 향했다. EJ가 따라와 내가 물건 하나하나를 꺼내는 걸 보며 놀란다.

"오늘 깔끔하게 하고 왔네."

"한 대 맞고 싶냐."

그가 말하는 건 내 얼굴이다. 오늘 아침에 시간이 없어서 화장이고 뭐고 건너뛴 상태였다. EJ의 말은 엄마가 하던 말이다. 정말이지 엄마가 '깔끔하게 하라'고 할 때마다 너무 싫었다. 마치 그렇게 하지 않으면 쓰레기 자루처럼 보인다는 듯 들렸기 때문이다.

"편지는?" EJ는 내가 짐을 푸는 동안 코를 훌쩍이며 물었다.

"먼저 먹기나 해. 그런 다음 보여 줄게."

"네, 엄마." 그는 약간의 책망을 담아 말했지만, 내가 전자레인지에 수프를 데워 그릇에 담아 주자 순순히 주방 카운터에 앉아 한 마디 불평 없이 게걸스레 후루룩 마셨다.

놀랄 일도 아니다. 냉장고에 있는 걸 다 합해 봐야 남은 피자, 탄산음료, 맥주 그리고 이온 음료뿐이니까.

내가 그를 위해 차를 만드는 동안 EJ는 궁금하다는 눈빛을 던졌다.

"왜?" 내가 물었다. "내 앞에서 고꾸라져 죽지 말라고 이러는 거야. 네가 옆에 있어야 좋거든."

"그래?" 그가 씩 웃는다.

"응."

"써먹기 좋아서?"

"바로 그거지."

"너한테 줄 거 있어."

"뭔데?"

그가 의자 뒤로 몸을 기댔다. "동료 한 명이 파일을 보냈어."

"무슨 파일?"

"헛간 화재 조사 파일."

나는 바로 얼어붙었다. "언제? 왜 나한테 말 안 했어?"

"너한테 말하면 메일로 보내라고 할 것 같아서, 나는 같이 읽고 싶었거든."

실눈을 뜨고 그를 바라보다가 그가 씩 웃자 마음이 녹아내리는 걸 느꼈다. 이 놈의 EJ. 아, 진짜.

"어디 있어?"

"아 진정, 진정하시고." 그는 마치 거드름 피우는 사람처럼 표정을 지어 보이며 내 말을 잘랐다. "먼저 먹고 시작하라며, 그치? 그런 다음 내가 편지를 읽을 거고, 또 그런 다음에 같이 파일을 살펴보자."

아, 진짜 저놈의 목을 졸라야 속이 풀릴 텐데.

EJ는 밥을 다 먹은 후 내가 준 약까지 먹고, 차도 조금씩 홀짝였다. 벌써 한결 나아 보였다. 내 생각에는 그랬다. 내가 내 칭찬을 하는 것 같지만.

"감사합니다. 캐스퍼 의사 선생님." 그가 장난치듯 말했다.

마침내 나는 가방에서 최근 편지를 꺼냈다.

EJ는 처음에는 아무런 표정 없이 읽더니, 갑자기 얼굴이 심각해지며 집중하기 시작했다. 다 읽은 후에는 자기 머리카락을 헝클이더니 불쌍하다는 표정으로 나를 바라보았다.

빌어먹을 동정은 싫다니까.

그렇지만 그가 입을 뗐을 때, 그 표정이 나 때문에 지은 게 아니라는 걸 깨달았다.

"캔즈, 아무래도 너희 부모님 문제 진짜 장난 아니었던 거 같아."

19

"알았어. 그러면 이 존이라는 사람은 누구야?" 내 첫 질문이었다.

"너희 엄마랑 같이 공부했던 사이 아닐까?" EJ가 컴퓨터 의자에 앉으며 말했다. 나 역시 그가 옆으로 끌어다 준 안락의자에 자리를 잡았다.

"공부에 관련된 얘기는 한 번도 안 나와서. 카페에서 일하는 사람이거든. 전화해서 물어볼까?"

"너 미쳤어? 이십 년 전에 있던 사람에 대해 물어본다고? 아직 주인이 같은 사람이라고 해도 누가 그런 걸 기억이나 하겠어? 진짜 카페인지 아닌지도 모르겠고. 기억한다 해도 그가 법적으로 거리낄 게 없는 상태로 일을 했어야 가능한 건데. 그리고 이름도 제대로 모르잖아? 그건 좀 무리야, 까칠이, 미안하지만."

"맞아." 잠시 내가 바보같이 느껴졌다. "아빠한테 물어볼까."

EJ가 코웃음 쳤다. "하나. 일단 우리는 뭘 물어볼지를 모르고 있어. 그러니까, 그 편지에서 아직 뭔 일이 일어난 건 아니잖아. 아무 일 없었을 수도 있지. 그리고 둘. 보아하니 너희 아버지 그 다지 모범적인 남자 친구는 아니었던 거 같아."

"말도 마."

"그거 말고도 너희 아버지가 무슨 짓을 하셨는지 누가 알겠어. 네 엄마도 아빠를 한 방 먹인 거 같은데. 그러니까 그때 너희 아 버지가 취한 상태로 했던 남자 얘기 있잖아."

"그렇네."

"그런데 도대체 뭘 물어보고 싶은데? 엄마랑 친구였던 어떤 남 자에 대해서? 아니면, '아빠, 대학 때 엄마 두고 바람피운 그 여자 누구예요? 적어도 한 명은 엄마한테 걸렸던 거 같던데?' 이렇게?"

나는 입술을 깨문다. 다른 사람의 입으로 들으니 더 기분이 나 쁘다.

"미안, 켄즈. 이게 그냥……. 그래, 엉망진창이야."

논리적으로 생각하려고 애쓴다. "그러면 토냐는 누굴까?"

"그래, 그런 질문이어야 하지. 그 사건 일지에 파일이 많더라 고. 그 사람에 대한 정보도 있어. 내가 요청했었거든."

짜증이 나서 한숨을 내쉬었다. "그런데 왜 나한테 숨긴 거야?"

"숨긴 거 아니야. 한 걸음씩 나가야지. 그러니, 파일부터. 그 래……."

그는 컴퓨터로 몸을 돌려 파일 하나를 열었다.

"토냐 세이퍼. 너희 엄마랑 똑같은 시기에 그룹 홈에서 나왔어. 게다가, 똑같은 때에 검정고시 시험을 봤어. 그거 알아? 이 사람 그룹 홈 나올 당시 임신 중이었어."

"뭐라고?"

"내 말이. 확실해. 진료 기록에 따르면 처음으로 클리닉에 왔을 때 이미 임신 육 개월이었대."

"그럼 애는 어디 있어?"

"입양 보냈대."

"세상에."

"그룹 홈에서 나온 뒤로는 그다지 건진 정보가 없어. 은행 계좌도 없고, 납세 기록도 없고, 아무것도 없어. 그런데 올드보에서 한 시간 거리에 그 여자 이름으로 된 부동산이 있었어."

"편지에서 읽은 바로는 시내에 집이 있었던 거 같은데."

EJ가 어깨를 으쓱였다. "아마 월세였겠지. 어디에서도 기록이 나오질 않아. 그런데 그 부동산, 호숫가 근처 집은 캐번디시 부인 명의였다가, 그분이 사망하면서 토냐가 물려받았어. 문제는 그 둘 사이의 관계가 뭔지는 모르겠어. 먼 친척일 수도 있고."

"아직도 거기 살아?"

"아니, 그게 문제야. 그걸 상속받고 이 년 뒤에 에치드 부동산 유한회사한테 팔았거든. 제법 많이 받았어. 물론 그 회사에서는 되팔 목적으로 산 게 아니었고."

"흠."

"그래서 아직도 같은 회사가 소유 중이야. 그렇지만 토냐 셰이퍼는 기록에서 사라졌지."

"사라졌다는 게 무슨 뜻이야?"

"말 그대로야. 기록이 전혀 없어. 활동 내역도 없고, SNS 사용 이력도 없어. 아무것도 없어. 세상에서 흔적도 없이 사라진 거야."

"올드보나 다른 곳에서 대학을 다닌 적도 없어?"

"없어."

"직장은?"

"공식적으로는 없어."

"알았어. 그럼 헛간 화재 기록은?"

"흠." EJ가 화면에 있는 폴더를 클릭하자 여러 파일이 나타났다. "그러니까…… 파일이 약 50페이지 정도 돼."

"다 읽어야지."

"네 시간을 아껴 주려고 어젯밤에 좀 읽었어." 그가 나를 향해 몸을 돌리고는 윙크했다. 확실히 내가 막 왔을 때보다는 생기가 돈다. 치킨 수프가 만드는 마법이란.

"읽고말고. 심심한데다가 잠이 안 왔어. 내 친구가 새벽 2시에 이메일을 보냈거든."

"치사해." 내가 그를 놀렸다.

"오케이. 헛간 화재. 일단 사실을 하나하나 천천히 알려 줄게."

"제발 좀 그래 줘라. 그럼 머리 쓸 필요도 없잖아?"

EJ는 나를 돌아보지도 않고 미소를 지으며 화면에 있는 자료 페이지를 스크롤하기 시작했다.

"좋아. 무엇보다 먼저, 화재는 밤 11시에서 12시 사이에 시작됐어. 켈러 위탁 보호시설 뒤쪽으로 약 800미터 떨어진 부지였어. 화재 조사관들이 내린 결론에 따르면, 화재의 원인은 휘발유였고, 그게 담겨 있던 용기는 문 앞에서 불에 탄 채로 발견됐대. 인화물을 부은 흔적 같은 게 없어서, 초기 화재는 넓게 번지지 않았지. 그래서 방화 여부는 판정이 불가능했어. 즉." 그는 나를 보고 설명을 시작했다. "용기가 넘어지면서 내용물이 흘러나왔고, 우연히 불이 붙은 거야."

"우연히? 어떻게? 반딧불로?" 내가 코웃음을 쳤다.

"뭐, 가능성은 많지. 누가 알겠어. 누가 지나가면서 성냥개비를 던졌을 수도 있고."

"그게 방화라는 거야."

"맞아. 아니면 그때 남자애들이 폭죽 같은 걸로 장난을 쳤을 수도 있지. 조사관들은 거기에 피해자들 말고 다른 사람이 있었다는 증거를 못 찾았어."

"이해했어."

"피해자 두 명의 시신은 문 옆에서 발견됐고, 한 명은 헛간 깊숙한 곳에 있었대. 보고서에 따르면, 그들이 탈출하려고 했던 건지, 아니면 일찍 의식을 잃고 쓰러져 있던 건지는 확실치 않아. 하지만 피해자가 전소한 게 아니라서 부검을 했대."

"맙소사."

"누가 아니래. 그 세 명 모두 체내 혈중알코올농도가 높게 나왔어. 약물도 검출됐는데, 보기 드물게 상당히 많은 양이었고. 처방 약인데, 그걸 가지고 마약처럼 사용한 거지."

"그러니까, 약도 하고 술도 마셨다?"

"아니면 약물은 본인들 의지로 먹은 게 아닐 수도 있어. 그런데, 수상한 게 하나 있어. 조사관들이 타다 남은 막대기를 하나 발견했는데, 그게 건물 옆쪽에 있었다는 거지."

나는 이해가 되지 않아 찌푸리며 물었다. "그런데?"

"일부만 탔다. 거기엔 이상할 게 없지. 그런데 그 막대기에는 나머지 부분에서는 볼 수 없는 특이한 흔적이 있었던 거야. 그건 한 법의학 전문가가 주장하기를 막대기가 무엇인가에 눌려 있어서 타는 속도가 달랐기에 그런 흔적이 남았다는 거였어. 그리고 그 흔적은 헛간의 문손잡이와 정확히 일치했어. 그러니까 그 전문가 는 누군가 그 막대기를 이용해 문을 잠근 다음, 불이 어느 정도 사 그라들자 막대기를 빼서 버렸을 가능성이 높다고 말한 거야."

속이 불편하게 뒤틀리기 시작했다. "그러면 방화가 맞는 거네, 그렇지?"

"그런데, 초기 수사에서는 명확한 결론을 내리지 못했어. 일 단 목격자도 없었고, 그 남자애들 세 명을 아는 사람들은 모두가 알리바이가 있었거든. 거기에는⋯⋯." 그가 나에게 몸을 돌렸다. "토냐 셰이퍼도 포함돼."

"토냐?"

"응. 우리의 그 토냐."

"그럼 엄마는?"

"엘리자베스 던은 신문 대상도 아니었어. 그 사건에서는 이름 을 전혀 찾아볼 수 없어. 왜 그랬겠어? 그 전에 그녀를 폭행했다 는 사건 보고 자체가 없었으니까. 게다가, 너희 엄마는 희생자들 과 아무런 연관성이 없어."

"그럼 토냐는?"

"토냐는 연관성이 있지. 피해자 중 한 명인 브랜든과 사귀던 사 이였으니까. 기록에 따르면 토냐는 두 번 신문을 받았는데, 두 번 다 극도로 슬퍼하는 상태였대. 그 셋과 모두 친했는데, 같이 있 지는 않았대. 그날 밤 다른 곳에 있었다는 사실은 그룹 홈에 있던 다른 여자애 둘이서 확인해 주었어.”

EJ가 내 쪽으로 몸을 돌리고는 팔을 활짝 폈다. “그게 다야. 조사는 공식적으로 종료됐고, 결론은 그냥 그 세 명이 모두 쓰레기고, 그래서 천벌을 받았다는 얘기지.”

나는 책망하는 듯한 표정을 지으며 고개를 갸웃했다.

EJ가 어깨를 으쓱해 보였다. “파일에 있는 관계자들 진술도 다 읽었어. 선생님들, 사회복지사들까지. 말하자면 걔네들은 평이 정말 안 좋았고, 그룹 홈에 있던 다른 친구들로부터 여러 번 불만이 접수됐다고 하더라고. 한 명은 청소년 전과 기록도 있었어. 그들을 그리워하는 사람은 없었지. 슬퍼하는 사람도 없었어. 딱 한 사람, 토냐 셰이퍼 빼고.”

“그러니까.” 내가 말을 시작하자마자 EJ는 ‘조용히’ 하는 표시로 손가락을 들어 보였다.

“그런데 토냐 셰이퍼는 신문 중에 단 한 번도 너희 엄마를 거론한 적이 없대.”

“허, 이상하네.”

“그렇지? 흘리듯 암시하지도 않았대. 그렇게 브랜든에게 꽂혀 있는 상태에서 누가 방화범인지 알았다면, 왜 네 엄마를 갖다 바치지 않았을까?”

“그러게 말이야.”

나는 마지막 편지를 꺼내 다시 읽었다.

그런데 단점도 있단다. 때로 입에 담을 수도 없는 짓을 저지르게 하거든.

“거기.” 나는 EJ에게 보여 주기 위해 그 문장을 가리켰다. “그럼 이게 다 무슨 의미지?"

그가 자신의 머리카락을 헝클였다. "모르겠다. 켄즈. 그런데……
좋게 들리지는 않아."

그래. 좋지 않지. 좋지 않다는 표현조차도 어울리지 않을 만큼.
분명히 엄마가 그 헛간에 불을 지른 거야. 장난이나 겁을 주려는
의도에서였다고 해도, 엄밀히 따지면 살인자가 맞아.

사람이 누군가를 한 번 죽이고 나면, 두 번도 할 수 있겠지.

토냐는 엄마를 협박하고 있었고, 엄마는 그녀에게 위협을 가하
고 있었으니.

소리 내어 말하지 않았지만, EJ와 나 둘 다 같은 생각을 하고
있었다.

우리 엄마가 뭔가 끔찍한 일을 저질렀다. 또다시.

편지 #5

나쁜 사람들이란 옷에 달라붙어 사람을 가렵게 만드는, 그런 가시 같은 존재들이란다. 이따금 그걸 떼어 낼 때면, 결국 옷감이 상하게 되지.

나는 토냐랑 한 번 더 충돌한 적이 있어.

"우리를 내버려둬. 아니면 후회하게 될 거야." 나는 그렇게 말했고, 그건 진심이었어.

"오오. 후회하게 될 거라고?" 존이 일하는 카페 바로 앞에서, 그녀는 손에 커피를 든 채 조롱하듯 눈을 크게 떴어. "어떻게 한다는 거야? 헛간에 날 가두고 불이라도 지를 거야?"

다시 한번 토냐의 뺨을 갈기고 싶었어, 하지만 늘 하던 나만의 치료법을 쓰기로 하고 마음을 달랬어. 내가 늘 쓴 방법이 뭐냐면, 내 감정을 글로 적고, 거기에 살을 붙이는 거야.

그래서 나는 나를 따라다니는 스토커에 대해 글을 썼단다.

이 새로운 소설 소재는 토냐가 제공해 준 거야. 너도 알겠지? 악한 사람들도 때로는 우리 성장에 도움을 주기도 한단다.

새로 쓰려고 했던 글은 어둡고 잔혹했어. 반전도 있고, 피도 흐르고, 배신에, 실연도 있었지. 나는 완전히 집착하게 됐어. 그래서 그 후 두 달간은 무슨 일이 있었는지 흐릿할 정도야. 며칠이고 글만 썼단다. 거의 먹지도 않았지. 수업을 가긴 했지만, 나머지 세상과는 담을 쌓은 채 혼자서 글만 썼어.

그때는 대학 마지막 학기였단다. 졸업 후에 무슨 일을 할지 나름의 계획은 있었지만, 그래도 출판계약을 따내고 싶었어. 에이전트와 메일을 주고받는 동안 원고 수정 요청도 받았고, 인내심을 갖고 기다리라는 조언도 들었지. 그들은 "이런 일들, 그러니까 좋은 출판사를 찾는 건 시간이 걸리는 일이에요. 게다가 당신 책을 놓고 벌써 입찰 경쟁이 붙었어요. 그러니 엘리자베스, 기다리기만 하면 돼요. 계약이 성사되는 순간, 당신 인생이 바뀐다고 내가 장담해요."라고 말했지.

그래, 그 말 그대로였어.

하지만 인내라는 건 혼란을 야기할 수 있잖니. 내 인내는 거의 요동치는 수준이었어.

나는 결국 벤에게 토냐 이야기를 꺼내고 따져 물었어. 그는 역시나 모든 걸 부인했지.

"다른 사람이랑 같이 있고 싶어? 나 절대 발목 안 잡아." 내 말이 그에게 충격요법이 되길 기도하며 말했어. "나도 할 일 있어. 책 하나 더 써야 해. 머지않아 출판일 때문에 바빠질 거야. 그리고 너가 인생에서 뭘 원하든, 그걸 막고 싶은 생각은 없어."

그는 충격을 받았어. 그래서 바뀌었다고 말할 수 있지.

나는 그에게 시간을 줬단다. 전화를 하지도 않았고, 학교에서 굳이 그를 찾으려 하지도 않았어. 수업을 열심히 들었고, 집에 와서는 밤이고 낮이고 글만 썼지.

이번에 내가 한 복수는 검은색이었어. 이번에 쓴 새 책에서 스토커가 소녀의 삶은 물론이고 소녀가 사랑하는 모든 것을 망쳐 놓았을 때, 소녀는 복수했어. 그리고 그것은 첫 소설보다 훨씬 더 참혹했지.

어느 날 밤늦게 집에 돌아왔는데, 벤이 내 책상에 앉아서 기다리고 있더라고. 손에는 담배를 들고 있었지. 그는 나를 뚫어지게 쳐다봤어.

그가 내 공간에서 담배를 피우는 일은 드물었는데, 그런 일이 있다는 건 취했다는 뜻이었지.

"뭐 하자는 거야?" 냉장고에 식료품을 넣는데 그가 물었어.

"뭐가?" 뒤도 돌아보지 않고 물었지.

침묵의 시간이 흐른 뒤, 결국 뒤를 돌아봤어. 그가 손에 내 원고를 들고 있었어.

피가 거꾸로 솟았어. "누가 읽으래?"

"매번 읽게 해 줬잖아."

"이번 건 안 돼." 성큼성큼 그에게로 걸어가 손에 있는 종이를 홱 낚아챘어.

"이게 뭐야, 리지?" 그는 당황한 눈빛으로 나를 쳐다보며 물었어.

그래, 새로 쓴 소설이 좀 터무니없긴 해. 그의 눈빛에 왜 불안이 서려 있는지 알고 있었어. 원고 초반 얘기가 우리 이야기였기 때문이야. 후반부? 그 뒤의 얘기는 듣기만 해도 머리카락이 쭈뼛 설 정도였지.

"뭔가 오해가 있는 거 같은데." 그가 무슨 생각을 하든지 상관없었지만, 일단 말은 그렇게 했어.

사실, 그가 원고를 읽은 게 다행이었단다. 그걸 통해 토냐가 어떤 사람인지 눈치챌 수 있었을 테고, 누군가 내 앞길을 막아서면 내가 어디까지 갈 수 있는지를 알 수 있었을 테니까 말이야. 물론 이론상 얘기지만.

"리지……." 그는 거의 겁을 먹은 듯 보였어. "도대체 그 예쁜 머리에서 어떻게…… 세상에, 이런 아이디어는 어디서 나온 거야? 이건 진짜 소름 끼쳐."

나는 내 모든 절망을 그에게 떠넘길 듯 눈을 마주 보았단다. "인간이라면 누구나 끔찍한 일을 저지를 수 있어. 하루가 얼마나 엉망이었는지에 따라 달려 있지. 하지만 나는 내 생각을 여기에만 담아 둔다고." 내 관자놀이를 톡톡 두드렸어.

그는 담배를 비벼 끄고는 양손으로 마른세수를 하고 크게 한숨을 내쉬었지.

나는 그가 돌아와 주길 바랐어. 신경 써 주길 바랐어. 토냐를 만나기 전처럼, 나를 동경해 주길 바랐어. 나는 화가 나 있었어, 아주 많이.

그걸 바꾼 건 너였단다, 나의 꽃잎. 나는 적어도 그게 너였다고 생각해.

"다른 책이야." 그에게 조용히 말했어. "새 소설을 쓰고 있거든. 정말 대단한 작품이 될 거야."

그와 나의 눈이 마주쳤고, 나는 공포에서 감탄으로 바뀌는 그 미세한 변화를 놓치지 않았어. 그는 손으로 내 허리를 감싸더니, 자신의 무릎에 나를 앉혔어.

"대단한 건 자기지." 그는 내 목에 얼굴을 묻고 그렇게 말했어. 그러나 그때가 되니 칭찬도 진부하게 느껴졌지. "내가 미안해. 응? 미안해. 나, 자기 사랑해."

그 단어를 들은 건 그때가 처음이었을 거야. 눈시울이 뜨거워졌단다.

책상 위 거의 비어 있는 맥주병 바닥에 담배꽁초가 떠다니고 있었어.

"이제 내 주변에서 담배 피우지 마."

그는 한숨을 쉬며 그 예쁜 눈을 들어 나를 바라봤지. "원하는 대로 다 해 줄게."

나는 그를 패닉에 빠뜨릴 말을 꺼냈어.

"나 임신했어."

20

아파트에 박혀 밖으로 나가지 않은 지 이틀이 되었다.

어제 아침, 잠에서 깼을 때, 문 쪽 바닥에 새로운 편지가 도착해 있는 걸 발견했다.

이 스토커는 내가 어디 사는지, 밤에 어디에 머무르는지, 공부는 어디서 하는지, 차를 몰고 어디로 가는지 다 알고 있다. 도대체 나한테 무슨 의도로 이러는지 궁금해 미칠 것만 같다. 게다가 매번 편지를 받을 때마다, 점점 더 깊은 어둠 속으로 가라앉는다.

나는 엄마가 가졌던 것들을 원치 않는다. 그녀의 재능도, 비틀린 상상력도, 그 병적인 면도.

그리고 **앎**을 원하지 않는다. 사람들은 아는 게 힘이라고들 한다. 그렇지만 아는 게 병이 되어 사람을 망가트릴 수 있다는 건 말해 주지 않는다.

아빠를 만나기도 싫고, 보고 싶지도 않고, 엄마에게 무슨 짓을 했는지 알고 싶지도 않아 계속 시내에서만 지내고 있다. 엄마를 생각할 때, 그녀의 빛나던 모습 대신 배신당하고 모욕당하고 함부로 대해졌다는 걸 반복해서 떠올리고 싶지 않다. 그렇지만 제일 생각하고 싶지 않은 건, 엄마가 끔찍한 일을 저질렀다는 부분이다.

이제는 새 편지가 올 때마다 무섭다. 진저리가 나는데도, 중독자처럼 다음의 '한 방'을 기대하고 있다. 전말을 알아야 하니까.

소파에 웅크리고 앉아 마지막 편지를 비틀어 쥔다.

그 문장을 ("나 임신했어.") 읽는 순간, 불안이 밀려왔다. 이 모든 게 마치 영화를 보는 느낌이지만, 머지않아 그 장면에 내가 등장하겠지. 이제야 내가 태어나기 전, 부모님이 무슨 일을 겪었는지 알게 됐다.

편지를 다시 한번 읽고는 EJ에게 문자를 보냈다. 답장이 없길래 전화를 했더니 곧장 음성 사서함으로 넘어갔다.

그렇다고 EJ에게 화가 난 건 아니다. 그도 그만의 삶이 있을 테니까. 내가 화가 난 건 바로 나 자신이다. 이 편지들에 대해 알고 있는 사람은 내 인생에서 단 한 명뿐이다. 그리고 이런 일을 믿고 맡길 수 있는 사람도, 그 한 사람뿐이다.

밤이 되어서야 EJ에게 전화가 왔다. 주변에서 요란한 음악이 울려 퍼지고 있었다. "어때?"

그가 말하는 건 편지들, 즉 조사가 어떻게 되고 있냐는 뜻이다.

"그럭저럭 괜찮은 거 같아."

괜찮지 않다. 궁금한 게 산더미같이 많은데 대답해 줄 사람이 없다. 오직 EJ와 동료들의 도움으로 온라인 문서들을 하나씩 찾아가고 있을 뿐이다. 그걸 통해 뒤죽박죽 섞인 퍼즐 조각 같은 부모님의 과거가 조금씩 실체를 드러내고 있다.

EJ에게 마지막 편지에 대해 간략하게 얘기해 주었다.

"사진 찍어서 보내 주는 게 어때." 그가 제안했다.

"그럼 비밀 유지 계약서에 사인부터 해야지." 내가 농담을 던졌다.

"그렇네." 그가 맞장구를 쳤다.

엄마는 더 이상 세상에 없지만, 그녀의 이야기는 여전히 비밀로 남아 있다. 그걸 물려받을 사람은 오직 나뿐이다.

"어쨌든, 지금 무슨 파티 중인지 모르겠지만 내 바보 같은 편지 들여다보는 것보다는 그게 더 재밌을 거야."

"잘난 척하는 사람밖에 없는 네트워킹 행사야. 그러면서도 다들 자기네 스타트업에 투자할 사람을 건지려고 여기저기 들러붙는 중이지."

"적어도 술이랑 음악이 있잖아."

"너 술 좋아하지도 않으면서."

"그렇긴 하지."

"그리고 춤도 못 추잖아."

"오, 입 닫으셔."

그가 웃음을 터트렸다. "그래도 같이 여기 왔으면 좋았을 거야." 부드러운 목소리다. 예상치 못한 그 말에, 내 심장이 노래하기 시작했다. "다음에 꼭 같이 오자. 와서 두 눈으로 직접 봐."

난 그렇게 쿨한 사람들과는 안 어울릴 텐데.

"흠. 너도 여기 있었으면 좋았을걸." 나는 가급적 무미건조한 톤으로 말했다. "그랬다면 편지 읽어 줬을 거야."

그가 다시 웃었다.

"언제 돌아와?"

"삼 일 후."

문득, 그 시간이 영원처럼 느껴졌다. 마지막 편지를 받은 게 고작 어제인데도, 그 이후로 한세월은 흐른 것 같다.

이미 말했듯, 이건 중독이다.

나는 창작자나 탐사 보도 기자들이 할법한 일을 했다. 엄마의 두 번째 베스트셀러 《늑대의 휘파람》을 들고 다시 읽기 시작했다.

그렇지만 이번만큼은 천천히 읽었다. 여주인공 이야기가 나올 때면, 잠시 읽는 걸 멈추고 책 속의 모습과 엄마의 모습을 비교하면서 편지에 묘사된 사소한 디테일들에 매달렸다. 주인공이 학교에 있는 라이벌과 대화하는 장면이 나오면, 토냐를 떠올렸다. 그리고 남자 친구를 빼앗긴 얘기를 읽었을 때, 움찔하며 아빠의 모습을 상상했다. 그리고 주인공이 몇 년 뒤, 라이벌의 인생을 망치기 위해 저지르는 일들을 읽었을 때는, 목덜미의 털이 곤두섰고 잠시나마 시선을 돌릴 수밖에 없었다. 엄마가 그런 짓을 저지르는 장면을 상상하고 싶지 않아서다.

복수를 그린 첫 소설이 엄마의 진짜 삶과 어렴풋이나마 평행선을 이루고 있다면, 두 번째 책 역시 그럴 거다. 엄마 역시 편지에서 인정한 바다. 책에 나온 주인공은 끔찍한 짓을 저질렀다. 그 말은 엄마가 현실에서 소설만큼 노골적인 일을 저지르지는 않았을지언정, 결국 그런 일을 하기는 했다는 의미가 된다.

처벌은 흰색이다. 복수는 빨갛다.

내 복수는 피로 얼룩진 검은색이었다.

나는 '알 수 없음'이라는 발신자가 보낸 또 다른 메시지가 왔을까 계속해서 핸드폰을 확인했다. 편지를 쌓아 놓은 무더기를 확인하고, 누군가 현관문 바닥에 다음 편지를 밀어 두지는 않았는지 보기 위해 그쪽을 지날 때마다 힐끗 내려다봤다.

집에 전화를 걸었다.

민나가 받았다.

"저한테 편지 온 거 없어요?"

민나는 침착하게 모든 편지봉투를 확인한 후, 내 것은 없다고 대답한다.

그래, 이게 집착이라는 건 안다. 그렇지만 편지가 더 올 거라는 걸 확신한다. 엄마의 이야기는 아직 끝나지 않았다. 엄마가 쓴 책을 기준으로 하면, 단편집과 관련된 엄마의 이야기가 아직 하나 더 있는데, 그게 어떻게 진행될지는 확실하지 않다. 엄마의 팬들은 그 이야기들을 동화 같다 했었다. 하지만 엄마의 이전 작품들을 잘 모르는 사람들은 '광기에 사로잡힌 사이코가 만들어 낸, 소름 끼치도록 음산한 호러 걸작'이라 불렀다.

두 말 모두 맞다 생각한다.

엄마는 라이마와 비밀 프로젝트 하나를 진행하고 있었는데, 제목은 《날카로운 이빨》이었다. 그러나 어떤 내용의 책인지를 알려 주는 단서는 어디에도 없었다. 나는 그저 엄마가 영감을 얻으려고 누군가의 삶을 망치는 일만은 저지르지 않았었기를 바랄 뿐이다.

그 편지들을 벌써 열 번도 넘게 다시 읽고 있다.

마지막 편지에 적힌 단어 '꽃잎'을 손으로 어루만지니, 눈물이 북받쳐 오른다.

"예쁜 딸." 엄마의 편지에서 이 단어를 마주할 때마다 혼잣말로 되뇐다.

엄마가 정신적으로 서서히 붕괴되고 있다는 게 보인다. 그 원인은 아빠와 그 여자, 토냐에게 있다고 생각한다.

밖이 어두워졌다. 불을 끄고 창문 옆에서 촛불을 켠다. 그리고 촛불에 의지해 글을 써야겠다고 마음먹었다. 컴퓨터 대신, 서랍에서 새 노트와 펜을 꺼내고 촛불 옆에 자리를 잡는다.

뭘 써야 할지는 도통 모르겠다. 그렇지만 이번만큼은, 엄마에게 말을 걸고 싶다. 내가 어떻게 느끼는지를 전해 주고 싶다. 적어도 종이에다라도 적고 싶다. 우리가 늘 해 왔던 독설 가득한 대화를 뒤로하고.

밤이 늦었고, 아파트는 어둡고 조용하다. 촛불이 일렁이자, 내 앞에 놓인 새하얀 빈 종이 위로 그림자가 춤을 춘다.

바보 같은 짓이야. 그런 생각이 든다. 그렇지만 이건 치유를 위한 일이다.

나는 첫 줄을 쓰며 미소를 짓는다.

엄마에게,

정말 많은 것들을 말하고 싶다. 내가 느끼는 감정들을 적고, 그 당시 엄마가 느꼈던 감정이 어땠는지 묻고 싶다. 엄마의 목소리를 듣고 싶다. 작가라는 사람들은 원래 종이 위에서 말을 건네는 법이니까.

그렇지만 문제는 엄마가 답장을 쓸 수 없다는 점이다. 불가능하다. 더 이상은.

이 생각이 돌연 파괴적으로 밀려와, 마치 쇠로 된 손으로 내 심장을 틀어쥐는 듯하다.

미소가 사라진다. 마음이 무거워지기 시작한다. 눈시울이 뜨거워진다.

처음엔, 약을 먹어야 하나 생각했다. 그렇지만 아니다. 이건 내 몸 상태와는 상관없는 일이다. 이건 발작이 아니다. 나는 그저 엄마가 그리울 뿐이다.

눈물이 가득 차올라, 뺨을 타고 흘러내린다. 속에서만 간직하던 흐느낌이 가슴을 찢고 나오기 시작한다.

엄마, 보고 싶어.

이십일 년을 같이 살았는데, 그동안 엄마의 존재를 감사하다고 생각한 적이 거의 없었다.

몇 통의 편지를 읽고 나서야, 나는 마침내 슬픔에 몸을 맡긴다.

편지 #6

　임신 기간이 내 인생에서 가장 아름다운 순간이라고 말할 수 있었으면 좋으련만, 그건 책에서나 가능한 일이란다.

　진실을 말해 줄게. 그건 정말 악몽 같았어.

　나는 첫 원고를 다듬는 데 육 개월을 썼어.

　내 책 속에서 주인공은 당당한 여성으로 성장해, 일그러진 복수를 치밀하게 계획하게 돼. 자그마치 오 년에 걸쳐 가해자들의 인생을 망가뜨리고, 그들이 사랑하는 모든 걸 파괴한 끝에, 마침내 차례로 죽음에 이르게 만들거든. 이 글은 내 과거에 부치는 송가였지만, 라이마는 아주 끝내준다고 했지.

　라이마에게 발탁된 것은 순전히 운이었어. 모두 존 덕분이지. 내가 신입생이었을 때, 단편소설을 전국 공모전에 출품하라고 설득한 게 그였거든. 그걸 보고 라이마 로스가 나에게 이메일을 보냈어. 혹시 낼 만한 작품이 있는지 묻더라고. 나는 뉴욕에 있는 그녀에게 첫 작품을 보냈지.

라이마는 내가 천재라고 했어. "상상력 한번 대단하시네요!" 그렇지만 그녀가 진상을 알았더라면…….

그녀는 나에게 떼돈을 벌 게 해 주겠다고 장담했어. 그냥 계약서에 사인만 하면 된다고 했어. 그때까지 직접 만난 적도 없었는데 말이야.

출판사에서 선인세를 주기로 약속되어 있었어.

그 시점에, 나는 벤과 모든 걸 끝내야겠다는 생각을 하고 있었지.

어려운 결정이었어. 나는 가족이란 게 없었으니까. 만약에 최악의 상황이 오면, 나를 한 번도 만나고 싶어 하지 않았던 그의 부모라도 아기를 돌보는 데는 도움을 줄지도 몰라. 손녀인데, 도와주지 않겠어?

맞아. 나는 딸아이를 임신 중이었어.

"딸." 벤은 내가 처음으로 알려 준 날 그렇게 내 말을 따라 했지.

그가 충격을 받은 거라 생각했어. 나 역시 그랬으니까. 머지않아 네가 세상에 태어나 나와 함께할 거라는 생각만으로도 두려웠지만, 동시에 말로 다 할 수 없을 만큼 행복했단다!

그러다 피할 수 없는 사건이 일어나 내 하루를 망쳐 놓았어.

기이한 일들이 벌어지기 시작했어.

하루는 집으로 돌아와 주방으로 가다가, 끔찍한 광경을 보고 목이 터져라 비명을 질렀어. 얼마나 큰 소리를 질렀는지 누군가 집 문을 두드릴 정도였지.

건물 관리인 그런저였어.

"무슨 일이에요?" 그는 혀로 입술에 있는 피어싱을 굴리면서 물었어.

나는 주방을 가리켰어.

바닥 한복판에 널브러진 죽은 쥐를 같이 내려다보던 그가 "어우."라고 내뱉었어. 나는 쓴맛이 목을 타고 올라오는 게 느껴졌어. 몸이 덜덜 떨리기 시작했지. 그리고 겨우겨우 싱크대까지 가서 격렬하게 토하고 말았어. 무릎이 휘청거렸어.

호르몬 때문에 그랬겠지. 아니면 혈압 때문이거나. 그것도 아니면 하루 종일 나를 무기력하게 만들었던 지독한 편두통 때문이거나.

"순산하시겠네요. 혈압이랑 편두통 문제요? 합병증을 피하기 위해서는 주의 깊게 봐야겠군요." 의사는 그렇게 말했었어.

"우리 건물에 저런 게 있을 리가 없는데요." 그런저는 나를 도와 쥐를 치우면서 말했어. "한 번도 없었어요. 죄송합니다. 리즈."

그 광경이 나를 며칠 동안이나 따라다녔어. 그리고 나를 따라다니는 건 그 광경만이 아니었지.

최근 들어 내 정신이 좀 흐릿했거든. 이상한 짓을 저지르고도 그걸 했다는 걸 기억하지 못하곤 했어.

그런데 일주일 후, 집으로 돌아온 나는 문 앞에 멈춰 설 수밖에 없었어. 방 한가운데에, 처음 보는 새 러그가 깔려 있었거든.

벤은 내게 러그를 바꾸고 싶냐고 물어본 적이 단 한 번도 없

없어. 그런 그가 집에 오자마자 러그를 보고 이렇게 말했어.
"러그 멋지다. 어디서 샀어?"

"지금 나랑 장난하자는 거야?" 그를 노려보며 톡톡 쏘아붙였어.

그는 이해가 안 된다는 듯 눈썹을 찌푸렸지. "무슨 말이야?"

벤은 거짓말을 잘 못해. 그래서 그가 진짜 아니라는 걸 알 수 있었지. 그렇지만 내가 산 것도 아니잖아. 아닌가? 나 역시 헷갈리기 시작했어.

나는 임산부용 멀티 비타민 주스를 벌컥 들이켰어. 수면 문제는 없었어. 오히려 반대로 코마에 빠진 듯 잠을 자는 스타일이었지. 그런데도 낮이면 늘 몽롱했어. 종종 기억이 흐릿해지거나, 실제로는 없는 걸 보기도 했어.

"뭐 복용하시는 게 있나요?" 내가 힘들다고 토로할 때마다 의사가 묻곤 했지.

"아니요. 그냥 추천해 주신 비타민 주스만 먹고 있어요."

그렇지만 그런 일은 계속해서 일어났어.

의사를 만나고 집에 돌아온 그날, 편한 옷으로 갈아입으려고 옷장을 열고는 그대로 얼어붙었지. 모든 옷이 정리되어 있었거든. 제자리에 있는 옷이 없었어.

임신했다는 사실을 사람들에게 알리잖아? 그러면 모두가 늘 이렇게 말해. "너무 아름다운 일이에요." 임신이 얼마나 어려운 일인지 말해 주는 사람은 단 한 사람도 없지. 순식간에 삶이 얼마나 버거워지는지 말해 주는 사람도 없어. 자신을 얼마나 희생으로 몰아야 하는지 그리고 그것을 견디기 위해 얼마나 힘들게 버텨야 하는지 말해 주지도 않아.

나는 미쳐 가고 있었어.

지난 몇 달간의 기억이 불시에 떠올랐고, 벤 때문에 겪었던 일로 눈물이 나기도 하고, 행복하기도 하고, 슬프기도 했다가, 화를 내기도 했어. 때로는 그런 기억 때문에 분노에 휩싸여 눈이 멀 정도였지. 바로 그때가 책에서 가장 어두운 챕터를 쓸 때였단다.

그런데 그때 네가 발길질을 시작했지, 나의 꽃잎. 그럴 때면 내 심장은 설렘으로 두근거렸어. 나는 내가 하는 모든 게 우리 둘을 위한 것이라 되새겼어. 아니 어쩌면 벤도 포함되려나. 어쩌면⋯⋯.

그때는 토냐에 대한 어떤 흔적도 발견할 수 없었어. 마치 휙 사라진 듯이 말이야. 벤은 그 일에 관해 말하지 않았지만, 어느 날 밤 우리 집에 들러서는 나를 팔로 감싸 안고 중얼거렸어. "다 괜찮아질 거야. 리지. 우리 좋잖아. 우리 너무 좋지."

벤은 그렇게 말할 필요가 없었어. 그가 내 등 뒤에서 벌이던 일을 끝냈다는 걸 알고 있었거든. 그렇지만 내 침착한 모습을 보고 내가 나약하다고 생각하면 안 될 일이었어. 나는 아직 그를 용서하지 않았거든. 아직은. 그렇지만 지금 이 순간은, 그 어느 때보다 그가 필요했지.

나는 다시 존과 대화를 하기 시작했어. 임신한 후 지난 몇 달간 거의 보지도 못했었거든. 공부하고 글을 쓰면서 점점 더 집에서만 시간을 보냈으니까 말이야.

내가 임신한 것을 알게 된 존은 정말 놀랐어.

"도대체 그 남자랑 왜 사귀어?" 존이 화난 듯 물었어.

나는 어깨를 으쓱해 보였지. 무슨 말을 할 수 있겠어? 상황이 이미 그렇게 흘러가 버렸으니까. 더 이상 다른 누군가와 함께하고 싶지도 않았고, 내가 원하는 대로 대해 주지 않는 사람을 사랑하는 일이 얼마나 힘겨운지 알면서도 이미 사랑에 빠져 있었으니까.

이 모든 말을 아꼈어. 그런데 어느 날, 부모님을 보고 온 벤이 최고로 멋진 뉴스를 선사한 거야.

"부모님께 말씀드렸어, 리지."

"뭐를?"

"널 만나 보고 싶대."

"멋지다." 나는 둥그런 배를 톡톡 두드리며 말했어.

"엄마가 한번은, 우리 손녀딸이라고 말씀하셨어." 벤이 씩 웃음을 지었어.

그들도 더 이상의 선택권은 없었을 거야.

"아무래도 엄마가 그 사실을 받아들이는 데 시간이 좀 필요하셨던 거 같아." 벤이 덧붙였어. "그리고 자기가 곧 책 출간으로 계약서를 쓸 거라는 말씀도 드렸어. 기뻐하시더라."

윽, 나는 뭐라도 집어서 그에게 던지고 싶었어. 책 얘기를 빼면 나 혹은 우리 관계에서 가치 있는 건 아무것도 없는 걸까. 그의 부모님이 베푸는 호의가 뭔가 거래처럼 느껴졌어.

사람이 재능을 가지고 태어나면 말이야, 그건 곧 저주 같은 거야. 그렇지만 나에게는, 모든 게 실패로 돌아간 순간에 꺼내 들 수 있는 마지막 수단 같은 거였지.

그래서 다시 한번, 그 수단을 쓰기로 했어. 새로운 프로젝트를 시작한 거야. 나는 동화를 쓰기 시작했어. 앞으로 펼쳐질 수많은 이야기 중 첫 번째가 되는 거였지. 생전 처음으로, 나 자신을 비워 내기 위한 글을 쓰지도 않았고, 세상에 내놓아 독자들에게 읽히기 위한 글을 쓰지도 않았어. 독자가 있기나 할지는 모르겠지만 말이야.

그 동화는 오직 한 명의 독자를 위해 쓴 거란다. 바로 너, 나의 예쁜 딸.

21

울음을 삼키려고 노력하며 눈을 감는다.

아파트 현관문 앞, 또 한 통의 편지가 문틈으로 들어와 있던 그 자리에 아직 서 있다. 사흘 사이 벌써 두 번째다. 이번 편지는 가장 길다. 아직 앞부분만 읽었다.

나는 굶주린 사람처럼 모든 단어를 삼켰다. 단어들은 나를 아프게 한다. 단어에는 치유의 힘이 있지만, 더 큰 능력이 있다. 그것은 바로 고통을 주는 것이다.

그동안 엄마에게 이렇게나 따스한 면이 있다는 걸 느껴 본 적이 거의 없었다. 만약 한 달 전, 그러니까 엄마가 살아 계셨을 때 누군가 나에게 물었다면 씁쓸하게 대답했을 것이다. "전혀, 엄마는 나를 친절하게 대해 준 적이 한 번도 없어."

그러나 그것은 수년간의 방황에서 비롯된 나의 분노일 뿐이었다.

엄마도 온화한 태도를 보일 수 있었다. 그리고 몇 번이나 실제로 그렇게 행동하기도 했다.

열여섯 살 생일 때가 기억난다. 내가 몰래 남자 친구를 만나고 있다는 걸 엄마가 알게 됐고, 나에게 화를 냈다.

"다리 벌리고 다니지 마." 그렇게 말했었다.

하지만 그날 저녁, 엄마는 내 방문에 노크하고 들어와 침대에 걸터앉았다. 나는 엄마를 무시하기 위해 노력하고 있었다. 그때 엄마는 내가 소스라치게 놀랄 만한 말을 꺼냈다.

"때로는 너무 작아서 우리가 인식조차 못 하는 사소한 일들이, 우리를 가장 깊은 방식으로 변화시키기도 한단다."

그녀는 글을 쓰는 것처럼 말했는데, 마치 나에게 경고하는 듯이 슬픔과 어두운 어조가 묻어났다.

엄마 얼굴이 더 늙어 보였다. 평소와 달리 화장기가 없어서 그랬나. 나를 가만히 바라볼 때 왠지 더 슬퍼 보이기도 했다. 막 파티에서 돌아온 듯 와인 향이 났다. 미소를 지었지만 힘이 나는 미소는 아니었다. 연습으로 연마한 차가운 미소도 아니었다.

"넌 참 예뻐. 너도 알지. 그리고 우리 매켄지는 똑똑하지. 그게 섞이는 건 아주 위험한 칵테일과 같단다. 어떻게 사용해야 하는지 잘 배워야 해. 안 그러면 언젠가 너를 망가뜨릴 수 있어."

그럼 그렇지.

엄마의 말투에는 늘 그렇듯 마치 세상이 끝날 것처럼 경고하는 느낌이 있었다.

그렇지만 그날 밤, 엄마는 다시 미소를 지었고, 내 얼굴을 손으로 감싸고는 뺨에 입을 맞춰 주었다. 그러고는 몸을 떼지 않고 잠시 내 뺨에 자기 뺨을 댄 채 말했다. "아름다움과 재능은 축복일 수도 있지만, 동시에 저주가 될 수도 있어. 사과는 결코 나무에서 먼 곳으로 떨어지지 않는단다."

그 기억을 떠올리자 눈물이 뺨을 타고 흘러내렸다. 나는 여전히 그 말이 무슨 뜻인지 이해하지 못했다.

하지만 한 가지 신경 쓰이는 게 있다. 엄마는 자신의 첫 동화를 나를 위해 쓴 거라 했다. 그런데 동화 모음집을 보면, 그 어느 것도 아이를 대상으로 쓴 것이 없다. 내용은 섬뜩하다. 어둡다. 폭력적이다. 그리고 궁금해진다. 도대체 엄마의 인생에서 무슨 일이 일어났기에 동화가 이토록 공포스러운 이야기로 변한 것일까.

나는 계속해서 다음 장을 읽는다. 적어도 시작이 축 처지는 느낌은 아니다.

꽃잎, 너의 할머니는 나쁜 년이야.

편지 #6
두 번째

에벌린 캐스퍼, 그러니까 벤의 엄마는 우리의 졸업식에 오지 않았어. 내 졸업식은 물론이고 벤의 졸업식도. 그의 아버지도 안 왔지. 말로는 키웨스트로 여행을 가기로 이미 준비를 해놨다나. 나는 우리야말로 졸업을 사 년 전에 하기로 준비했었다 말하고 싶었지. 그렇지만 내가 뭐라고 그녀에게 우선순위를 정하라고 말할 수 있겠어?

벤의 졸업은 자랑할 만한 일이 아니었어. 가까스로 졸업한 거였거든. 인턴십 제안도 없고, 일자리도 없었지. 나는 세 군데서나 부르고 있었는데 말이야.

에벌린은 예의상 전화를 걸었어. "아주 잘했구나, 아가. 자랑스럽다. 너랑 같이 있다니 벤은 운도 좋지 뭐니."

그 말은 반박이 불가능하지.

그리고 맞아, 우리는 대화를 나눈 적이 있어. 두 번 했지. 한

번은 네 할머니가 나한테 물어봤어. 동부로 와서 자기들이랑 같이 지낼 수 있는지, 혹은 아예 이사 올 생각은 없는지 말이야. 물론 책 계약 얘기도 꺼내더라. 그러고는 다음 말로 대화를 마쳤어. "서로 잘 돌봐 주면서 지내."

벤을 돌봐 주는 게 나라는 건 아주 확실한 사실이었지. 졸업 후, 벤은 아파트 임대 기간이 끝나자마자 내 집으로 들어와 살고 있었거든. 물론 전부터 벤이 내 집에서 많은 시간을 보냈으니까 이미 같이 사는 것처럼 느끼고 있었어. 그가 가져온 지저분함만 빼면.

벤은 졸업 전부터 매달 비행기를 타고 부모님 집에 다녀왔어. 내 생각에 그건 좋은 일이었어. 비록 자기네 엄마가 몸이 좋지 않아서 그런 거라고 했지만 말이야.

졸업 후, 나는 벤 없이 지내는 혼자만의 주말이 좋았어. 벤의 차로 그를 공항에 데려다주고, 며칠 후 다시 마중을 나갔어. 그러면 벤은 나를 보고 아주 기뻐했지. 마치 딴 사람이 된 듯이 말이야.

양수는 곧 터질 예정이었단다. 첫 소설도 편집을 마치고 출간만을 앞두고 있었지. 나는 스토커에 관한 두 번째 스릴러 소설을 막 마친 참이었어. 세상을 사로잡을 준비가 되어 있었어.

그런데 어느 주말, 벤이 친구들과 외출했던 때였어. 벤의 어머니가 전화했지.

"아이 낳고 책이 출간되고 나면 시간이 있을 테니, 다 같이 그리스에 가는 게 어떻겠니." 그 말에 심장이 두근거렸어! 드디어, 드디어 나에게도 가족이 생긴 거야!

"우리 막 거기 다녀온 참인데, 정말 아름다운 곳이더구나."

"언제 다녀오셨어요?" 어리둥절해서 물었어. 벤이 두 분을 만나러 간 건 고작 이 주 전이었거든. 벤한테 그리스에 대한 얘기를 듣지도 못했는데.

"지난주에 다녀왔어."

"그럼 벤은요?"

"벤이 뭐?"

"벤은 그 얘기를 안 해 줬거든요."

"그래, 벤이랑 얘기 좀 해 보렴. 너희 둘 다 꼭 같이 가야 해. 지난겨울 이후 벤을 못 봤거든."

심장이 쿵 떨어졌어.

"겨울이요?" 나는 그 말을 되물었지.

"응. 거의 반년이 다 되네."

머리가 빙빙 도는 것 같았어. 귀에서 심장이 뛰는 소리가 들릴 정도였지.

벤은 몇 달 동안이나 나에게 거짓말을 하며 다른 곳에서 지내고 있었던 거야.

"아가. 이만 끊어야겠구나." 에벌린이 그렇게 말하고는 전화를 끊었지.

수화기를 손에 든 채 멍한 시선으로, 말로 표현할 수 없는 분노가 안에서 쌓이는 걸 느꼈어.

벤이 집에 오면 따져 묻고 싶었어. 그런데 그날 그가 집에 왔을 때, 나를 보는 눈빛이 뭔가 이상했어. 그는 천천히 안락의자로 가더니 자리를 잡고 앉았어. 그러고는 얼마 동안 러그만 뚫어지게 내려다보다가, 볼 안쪽을 씹더니 마침내 나를 쳐다보았어.

"그룹 홈에서 그 남자애들 세 명하고 도대체 무슨 일이 있었던 거야?"

그때 토냐가 다시 돌아왔다는 걸 알 수 있었지. 아니, 애초부터 사라진 적이 없었다는 걸 서서히 알아차렸어. 그녀가 아니라면, 벤 혼자서는 알 수 없는 그 얘기를 도대체 누가 해 줬겠어? 부모님과 같이 있다고 했던 그 주말들, 도대체 누구와 함께 있었겠어?

"난 폭행당했어. 내 소설 읽었잖아. 다 알잖아, 벤."

"그다음엔?"

아, 그년이 교활한 수작을 부린 게 이 부분이었던 거야.

"그랬는데도 그들은 아무 처벌을 받지 않았어." 나는 벤을 내려다보며 무뚝뚝하게 대답했지. "그래서 내 버전으로 책을 쓴 거야."

나는 어머니와 대화를 했다는 사실도, 또한 그가 주말을 다른 곳에서 보내고 있다는 걸 안다는 사실도 말하지 않았어. 확실히 해야 했어. 증거가 필요했지.

왜냐하면 그다음으로 벤이 한 얘기 때문에 거의 웃음을 터트릴 뻔했거든. "다음 주말에 부모님 뵈러 갈 거야."

"두 달 뒤가 예정일이야." 나는 비웃음을 담아 대답했어.

"나도 알아. 그땐 집에 있을 거야. 당연하지. 그런데 정말로 어머니 건강이 안 좋아."

'그리스에 계실 때도?'라고 덧붙이고 싶었지. 하지만 내가 뱉을 수 있는 독을 꿀꺽 삼켰어.

그날 밤에는 그의 얼굴을 똑바로 보지 못하겠더라. 그래서 솔더백에 일기장을 쑤셔 넣고 자리를 떴어.

내가 뭘 할 수 있었겠니? 마음을 다잡고, 그간 너무 두려워서 하지 못했던 일을 이번만은 해야겠다고 생각했어. 내 손으로 직접 해야 했어. 그리고 과정은 결코 아름답지 않을 거라는 걸 알고 있었지.

토냐가 돌아왔어. 언제나 그렇듯, 그녀는 내 안에 있는 최악의 모습을 끌어내고 있었어.

최근에 쓴 원고는 다음과 같단다.

그녀는 악마야. 그녀는 악마야. 그녀는 악마야. 그녀는 악마야. 그녀는 악마야. 그녀는 악마야. 그녀는 악마야. 그녀는 악마야.

나는 그녀가 싫어.

없애 버릴 거야.

때로, 아주 때로는, 허구가 현실이 되기도 한단다⋯⋯.

22

"참 드라마틱하다." EJ가 대답했다. 그러고는 나에게 편지를 돌려주고 컴퓨터 의자에 등을 기댔다.

EJ는 나흘간 이곳을 떠나 있었고, 그의 부재는 정말 견딜 수 없을 만큼 힘들었다. 절대 말 안 해 줄 거지만.

나는 그의 컴퓨터 책상 옆에 있는 안락의자에 편히 앉으며 양반다리를 했다. "우리 엄마, 미쳐 가고 있었던 걸까?"

"솔직히 말해 줘?"

아무런 말 없이 대답을 기다리며 그의 얼굴만 뚫어지게 쳐다보았다.

"소설이 아주 어두워. 진짜, 깜깜하게 느껴질 만큼 어둡다고." EJ는 강조하려는 듯 눈썹을 들어 올리며 말했다. "주인공이 했던 일들? 그건 좀 으스스한 일이긴 하지. 캐스퍼 여사님은……. 흠. 뭔가를 저지를 수 있는 사람 같기는 했는데……." EJ가 목소리를 다듬었다. "야, 놀라지 말고 들어. 그러니까 때로는 좀 **경험**이 있는 사람처럼 보였다는 거야. 무슨 말인지 알겠지?"

바로 이거다. 친구들이나 가족들이 절대 인정하려고 하지 않았던 진실. 사실 엄마는 꽤 자주 이상하게 보이기는 했다. 그건 뭔지 모를 불안감에서 오는 이상함이었다.

"혹시……." 갑자기 어떤 생각이 떠올랐고, 왜 이제야 이걸 떠올렸을까 싶어 웃음이 날 정도였다. "혹시 엄마한테 양극성 장애가 있는 건 아니었을까."

EJ가 눈썹을 치켜올려 떴다.

"그러면 말이 되지 않아?"

그는 나를 뚫어지게 쳐다보며 고개를 끄덕였다. "사실, 그럴 수도 있겠네. 말이 돼."

"어쩌면 엄마는 인격 장애가 있었을 수도 있어. 아니면 다중 인격이었을 수도 있고."

"어후." EJ의 눈이 휘둥그레졌다.

나는 편지들을 되짚어 보며 곰곰이 생각해 보았다. "그거 다 지어낸 얘기라고 생각해? 편지에 쓴 내용이?"

"아닐 듯."

"그런데 만약에 지어낸 거라면?"

EJ는 놀란 표정으로 나를 멍하니 바라봤다.

나는 입술을 오므리고 숨을 내쉬었다.

글을 잘 쓰는 사람은 굉장히 영리한 거짓말을 만들어 낼 수도 있다는 생각을 미처 하지 못했던 것이다. 만약 정신적으로 무슨 문제가 있었다면, 그 가능성이 더 컸을 거다. 그렇지만 엄마나 아빠가 그런 비슷한 얘기를 한 적이 없음을 깨달았다.

"나 지금 꼭 미쳐 가고 있는 것 같아, 그냥…… 응. 그래서 말도 안 되는 상상을 하나 봐."

그렇지만 나를 쳐다보는 EJ의 눈빛은 나를 미친 사람처럼 보고 있지 않았다. 그는 내가 방금 막 끔찍한 진실을 발견한 사람이라는 듯 보고 있었다.

"그런데 왜 엄마는 이 편지를 살아 있을 때 직접 주지 않았을까?"

EJ는 의자에 머리를 대고는 천장을 바라보았다. "어쩌면 주려고 했는데…… 그러다 사고가 터진 게 아닐까?"

"그러면 엄마가 편지를 끝마치지 못했다는 말이야?"

"나도 모르겠어."

"결말을 끝끝내 알지 못하게 되면 어쩌지?"

"어쩌면 끝까지 다 쓰셨을 수도 있어. 그런 후에 자신에게 무슨 일이 생길 경우 너한테 전해 달라고 누군가에게 부탁해 놓은 걸 거야."

등골이 오싹해졌다. "잠깐, 잠깐……." 또 다른 깨달음이 치고 지나가자 멈칫했다. "그러니까 네 말은, 엄마가 자기한테 무슨 일이 생길 거라는 걸 알고 있었단 얘기야? 그렇다면 나한테 주려고 일부러 썼다는 거잖아?"

내가 충격에 정신을 못 차리는 반면, EJ는 평온해 보였다. "아마도?"

"그렇다면, 좋아. 오케이. 오케이. 누군가가 이걸 보내고 있다고 쳐. 그러면 왜 한꺼번에 다 주지 않는 거지? 왜 이런 식으로 단서를 주듯 하는 걸까?"

"아마 진실을 조금씩 보여 주면서 네가 직접 파고들게 하려는 거 아닐까. 그러니까, 누가 갑자기 나타나서 이렇게 말한다고 생각해 봐. '네 엄마가 그룹 홈에서 남자 셋을 죽였고, 아빠랑 바람 피우던 여자도 죽였을 가능성이 있어. 그리고 영리하게 그걸 다 소설로 녹여 냈어.' 너라면 그걸 믿겠어? 아니지." EJ는 내 생각을 읽었다는 듯 나를 대신해 대답까지 끝마쳤다. "그런데 지금 이렇게 조사하니까, 몇몇 이야기는 사실이란 걸 알게 됐잖아."

"음. 그렇지."

우리는 그렇게 가만히 앉아 얼마간 침묵을 유지했다.

"엄마가 그룹 홈에 있을 당시 알았던 사람을 찾아서 얘기를 좀 해 봐야겠어." 나는 마침내 말을 꺼냈다. "엄마는 **물론이고** 토냐까지 알았던 사람이면 더 좋고."

"찾을 수가 있어야 말이지."

"그러게 말이야. 켈러 위탁 보호시설에 가 봐야 할 것 같아."

표를 살 만큼 모아 둔 돈은 없지만, 돈이야 늘 필요하면 아빠에게 좀 달라고 할 수 있다. 이제 엄마마저 없으니 아빠는 이유를 묻지도 않고 선뜻 돈을 줄 것이다. 그 돈을 어디다 써야 할지 설명하지 않아도 될 테고.

고개를 들어 입가에 반쯤 미소를 띤 채 재미있다는 듯 바라보는 EJ의 시선을 마주 보았다.

"왜?" 내가 어깨를 으쓱했다. "무슨 일이 있었는지를 아는 사람, 즉 직접 증언해 줄 수 있는 사람을 찾아야겠어. 이런 일은 전화상으로는 얘기하려고 하지 않을 테니까. 그리고 어쩌면, 언젠가는, 올드보에 갈 수도 있고."

"올드보에서 뭘 찾을 수 있을 거라는 생각은 안 드는데."

"거기에는 아빠 친구들이 살아. 그 사람들 이름을 알아내서 아직 거기 사는지 확인할 거야. 아빠 친구들이 토냐를 알았잖아. 그들과 같이 어울려 놀았으니까. 그렇지?"

"야, 그건 이십 년 전이야. 늘 술에 취해 해롱거리던 사람들이 몇 달 어울려 다니던 어떤 여자 하나를 기억이나 하겠어?"

"원래 사설탐정은 이런 식으로 일하는 거야. 그렇게 단서 하나하나를 모아 가면서 진실을 찾는 거지."

"넌 탐정이 아니잖아. 까칠이."

"야야, 그걸 누가 모르냐. 돈이 있으면 한 명 고용할 수 있을 텐데."

"나 돈 있어."

나는 그를 째려보았다. "야, 꺼져, EJ. 네 돈은 필요 없어. 내가 알아서 할 거야."

"나 지금 할 말이 있는데, 화내면 안 된다. 알겠지?"

수상하다는 눈초리로 그를 흘끗 봤다.

"약속할 거지?" 그가 매력적인 미소를 장착하고 물었다.

나는 어이없다는 표정을 지었다. "약속할게."

"나 너랑 같이 브림빌에 갈 거야."

심장이 미친 듯이 뛰기 시작했다. "진짜야?"

"단 조건이 있어. 내가 우리 둘의 티켓이랑 경비를 댈 수 있게 허락해 줘."

그가 자기 마음대로 밀어붙이려는 걸 알았기에, 눈을 가늘게 뜨고 그를 바라봤다.

사실, EJ는 돈이 많다. 반면에 나는? 전혀. 그런데 묘하게 마음
이 놓였다. 그가 나서 준 덕분에 빠듯한 저축을 털 필요도 없고,
아빠한테 부탁할 필요도 없어졌기 때문이다.

"좋아." 나는 눈길을 돌리며 고개를 끄덕이고 말했다. "고마워."

EJ가 들릴락 말락 "아싸."라고 말하며 공중으로 주먹을 뻗었다.
그러곤 이렇게 물었다. "그럼, 우리 언제 가? 내일?"

그의 미친 발상에 초조하게 웃었지만, 기대감에 젖은 내 심장
은 전쟁터의 북처럼 마구 뛰기 시작했다.

23

다음 날, 수업을 끝마치자마자 EJ의 집으로 갔다.

"실망스러운 소식이 있어." 내가 들어가자 그가 말했다.

문 옆에 숄더백을 떨어뜨리고는 냉장고에서 탄산음료를 하나 꺼내, 매번 앉는 안락의자에 편안하게 자리를 잡았다.

EJ는 컴퓨터 의자에 앉아 의자를 빙글빙글 돌렸다. "아닐 수도 있고. 상황에 따라 다르지."

"어서 말해 봐." 새로운 소식이 나올 거라는 생각에 흥분해서 그를 재촉했다.

EJ가 컴퓨터로 몸을 돌렸다. "요즘 같은 시대엔 숨길 수 있는 게 없잖아." 그의 손가락이 키보드 위에서 질주하기 시작했다. 화면에 브라우저와 문서 파일이 연달아 열렸다. "무슨 짓을 하든지 서류에 기록이 남게 마련이야. 온라인에 접속하지 않아도 그렇지."

"물론, 죽었을 때 빼고."

EJ가 목소리를 가다듬었다. "위탁 보호시설은 십오 년 전에 문을 닫았더라고. 네 어머니는 친구도 없었고 친한 사람이 있다는 얘기도 안 했으니까, 같은 해에 졸업한 아이들을 일일이 추적하는 데 시간을 들일 필요는 없다고 판단했어. 그래서 기록을 뒤져 가며 몇몇 이름만 찾아봤어. 공개 인명 데이터베이스를 교차 검색해 보니까, 전국에 이름하고 나이까지 같은 사람이 수십 명이 나오더라고. 내가 보기엔 시간 낭비야. 차라리 헛간 화재 사건과 가장 가까이 연관돼 있던 직원들이 누구였는지 확인하는 게 낫지."

"그건 무슨 수로 찾아?"

"응, 경찰 수사 기록으로. 선생님, 사회복지사, 상담 치료사들이 있잖아. 생각보다 꽤 많아. 화재 사건 수사 당시 진행된 인터뷰에서 여러 사람이 언급됐는데, 두 번 이상 조사를 받은 사람은 세 명뿐이야. 첫 번째 사람은 시설 내 상담 치료사, 그런데 그분은 이 년 전에 돌아가셨더라고."

"에고, 이런."

"두 번째는 그룹 홈 중학교 수학 선생님, 그분의 경우 그룹 홈이 문을 닫고 얼마 안 되어 돌아가셨어."

"야 진짜 잘 돌아간다." 내가 중얼거렸다. "그러면 세 번째 사람은?"

"세 번째는 다이앤 제이컵슨. 가정부야. 이상하게도 조사 기간 동안 몇 번이나 신문을 받았더라고. 화재 당일에 밤 당번으로 일했대." EJ가 나를 의미심장한 눈빛으로 바라보았다. "사건 담당 형사에 따르면 거기 있던 아이들이 그 사람을 '대모님'이라고 불렀대."

"신기한 게 뭔 줄 알아? 엄마 책《거짓말, 거짓말 그리고 복수》
에도 그런 캐릭터가 한 명 있어. 딱 한 명 나오는 좋은 사람인데,
가정부거든. 주인공이 이 사람에게 도움을 청해."

"딱 그거야."

"알았어. 그니까 질질 끌지 말고 말해. 지금 어디 있어?"

"거기 그룹 홈이 닫을 때까지 쭉 일하시다가 퇴직하셨어. 현재
일흔세 살이셔. 기록을 보면, 켈러 위탁 보호시설에서 두 시간 떨
어진 곳에 집이 있더라고. 몇 번이나 집 전화번호로 전화를 걸어
봤는데 받질 않아. 그분 이름으로 등록된 핸드폰은 안 나와."

"요즘에 핸드폰 없는 사람이 어디 있다고?"

"몰라서 하는 소리야. 어쩌면 선불 폰 같은 걸 쓰실 수도 있지.
그래서 차량국● 기록도 확인했어. 같은 주소로 차가 한 대 등록
되어 있더라고. 가족은 없어. 적어도 내가 찾은 바로는 그래."

"그분이 거기 사실 거라 생각해?"

EJ는 의자에 몸을 기대고는 나를 향해 고개를 돌렸다. "나도 모르
겠어. 계속 이렇게 전화를 안 받으시면 알 도리가 없지, 만약……."

나는 그를 보며 눈썹을 치켜올렸다. "만약?"

"우리가 직접 간다면 얘기가 달라지지 않겠어?"

나는 미소를 숨기기 위해 입술을 오므렸다.

"그러니까." EJ가 의자 팔걸이에 손가락으로 드럼을 치며 말했
다. "오늘 금요일이고, 넌 앞으로 며칠 동안 수업이 없으니, 네브

● Department of Motor Vehicles, DMV. 미국의 차량 등록과 운전면허 관리를 담당하는 행정
부서

래스카로 날아가 보자고.”

EJ와 내가 주의 경계를 넘어 함께 여행할지도 모른다는 생각에 설레기 시작했다. 이 설렘을 놓치지 않으려 숨을 죽인 채 가만히 있었다.

“단.” 그가 양손 검지를 들어 총 모양을 하고 나를 겨눴다. “여행 경비를 내가 대는 조건으로.”

숨을 죽인 채, 쓸데없는 농담을 하거나 고마움을 모르는 사람처럼 행동하지 않기 위해 애썼다. EJ가 내 몫까지 경비를 다 댄다니 살짝 부끄러운 마음이 들었다. “그래. 그렇게 하자.”

“좋았어.”

“나중에 갚을게.”

“생각도 마.”

그는 다시 컴퓨터로 몸을 돌리더니 타이핑을 시작했다. 그러고는 다음 날 아침에 출발하는 네브래스카행 왕복 비행기 두 장과 모텔 1박까지 예약을 마쳤다.

“방 하나만 잡아도 괜찮겠어, 까칠이?”

나는 침을 꿀꺽 삼켰다. 어색할 수도 있다. 그렇지만 이미 EJ의 소파에서 몇 번이나 신세 진 적이 있는걸. “당연. 침대는 두 개지?”

그는 장난기 가득한 미소를 지었다. “물론이지.”

우리는 방법과 시간에 대해 구체적으로 계획을 짜기 시작했다. 너무 흥분되고 긴장돼서 EJ가 주문한 피자에 손을 대지 못할 정도였다.

밤이 깊어진 후에야 집으로 돌아왔다. 그렇지만 잠이 오지 않았다. 밤새 여행이 어떻게 될지 궁금해 몸을 이리저리 뒤척였다.

헛수고가 될 수도 있고, 뭔가 괜찮은 정보를 못 찾을 수도 있다.

하지만 어쩌면, 엄마를 알던 사람을 찾을 가능성도 있다. 유명해지기 전의 엄마를. 독립적이고 부유해지기 전의 엄마를. 인생을 송두리째 뒤바꿀 만큼 끔찍한 일을 겪던 시절의 엄마를 알던 사람 말이다.

24

아침 7시, EJ가 나를 데리러 왔다.

"화장 멋진데." 그가 차에 타는 나를 보며 말했다.

나는 어이없다는 표정을 지었다. **뭐래.**

오늘은 화장을 거의 하지 않은 상태다. 우선 첫째로, 공항에서 사람들의 시선을 받고 싶지 않았다. 그리고 둘째, 만약 우리 엄마를 아는 사람과 대화할 일이 생길 경우, 말 걸기 쉬운 인상으로 보이고 싶었다. 고스 룩이 친근해 보이는 스타일은 아니니까. 특히 나이 든 사람에게는 더욱 그럴 것이다. 후드 티 대신, 긴팔 셔츠에 단추 달린 니트를 걸치고 청바지를 입었다. 그리고 혹시 몰라 배낭에 짧은 파카를 넣었다.

우리 계획은 꽤 간단하다.

켈러 위탁 보호시설은 공항에서 고작 삼십 분 거리다. 공항에서 차를 빌려 그곳까지 가 시설을, 아니면 남아 있는 흔적이라도 살펴보고, 서쪽으로 두 시간을 달려 가정부의 집까지 갔다가, 같은 날 저녁에 시내로 돌아와 하룻밤을 묵고, 다음 날 아침 돌아오는 일정이다.

공항으로 향하는 길, 밖은 여전히 뿌연 안개로 가득했고, 10월 중순치고는 꽤 따스했다. 우리는 기름을 채우러 주유소에 들린 김에 간식을 좀 사려고 상점 내부로 들어갔다. 공항은 시내 외곽에 있었기에 시간은 넉넉했다. 그래서 우리는 아케이드 게임기를 붙잡고 십 분 동안이나 게임을 하며 놀았다. EJ는 옛날식 게임을 좋아한다. 그래서 그런 게임기를 보면 절대 그냥 지나치지 않는다.

밖으로 나오자 주유소 주차장은 차로 가득했다. 사람들은 주유를 하고, 누군가는 개를 산책시키고 있었다. EJ의 차 옆에 세운 SUV에서는 다섯 명의 가족이 그 안에 가득 찬 짐을 정리하는 중이었다.

나는 모험을 떠난다는 생각에 들떠 있었다. 엄마는 북 투어 때문에 여행을 많이 다니시는 편이었는데도, 나를 데리고 다닌 적은 거의 없었다. 반면에 나는 미국을 떠나 본 적도 없었고, 여행 자체를 그리 다니지도 않았다. 딱 한 번, 엄마랑 조부모님과 함께 플로리다 키스 제도를 간 적 빼고는. 그 여행은 내 기준으로 재밌지 않았다.

그러나 이번에는 흥미진진하다.

우리 차 옆에 주차한 나이 든 커플이 EJ를 향해 미소를 짓고는 인사를 건네 왔다. 우리를 사귀는 사이로 본 것 같다는 생각이 들었다. 그러자 잠시나마, 그러면 좋겠다는 생각이 들었고, 민망해진 나는 그 생각을 떨쳐 버렸다.

"잠깐." 내가 조수석 문을 열고 타려는 찰나, EJ가 말했다.

그를 흘끗 쳐다보자, 그가 차 안에 있는 무언가를 뚫어지게 바라보고 있었다.

"뭔데?" 나는 그의 시선을 따라 안을 바라보고는, 저절로 입이 벌어졌다.

거기, 내 좌석에, 편지봉투 하나가 있었다.

허둥지둥 주변을 둘러보며 우리를 보고 있는 사람은 없나 확인했다. 하지만 집에 있는 짐을 온통 SUV에 옮겨 놓은 것 같은 그 가족은 짐 정리 중이었고, 그 외에는 근처에 아무도 없었다.

EJ가 보내는 걱정스러운 눈빛을 바라보았다.

"너 차 문 안 잠갔어?" 내가 물었다.

그가 침묵하는 것으로 보아 아마 깜빡했거나 문을 열어 둔 채 주유소에 갔다 왔나 보다.

몸을 수그려 봉투를 들었다. 초능력이 없어도 뭐라고 적혀 있는지 벌써 알 수 있었다.

1호 팬으로부터. 포옹과 키스를 보내며.

편지 #7

이제 이 주 후면 널 내 품에 안게 되겠지, 나의 꽃잎.

지금 존의 집에 있어. 내 배는 이미 수박만 해졌고. 의사가 말하는데, 나더러 완벽한 엄마래. 애초에 엄마가 될 거라는 생각도 없었는데, 거기에 완벽하다는 수식어라니. 병원 말로는 출산은 쉬울 거래. 쉽지 않은 부분은 그 후에 감당해야 하는 일이겠지.

오늘은 정말 인내심의 한계가 무너진 날이야, 벤이 존이랑 싸움을 벌였거든.

벤이 왜 존의 집에 있었던 건지 모르겠지만, 거기 들러야 겠다고 생각한 참에 현관 밖에서 그들이 싸우는 걸 보게 된 거야.

"그쪽한테는 이 모든 게 다 과분하다는 거 알지?" 존이 벤을 향해 날카롭게 쏘아붙였어.

벤이 웃더니, 내가 알던 그 매력적이고 유쾌한 벤이 존에게 달려들었어. 물론 술에 취한 채로.

그래서 나는 소리를 질렀어. 둘이 엉겨 붙어 바닥에 쓰러졌을 때 그만하라고 소리쳤어. 어떻게 된 일인지 모르겠는데, 벤의 손에는 깨진 병이 있었고, 그걸로 존을 베어 버린 거야.

피가 흘렀어. 너무 많은 피였지. 존은 바닥에 앉아 팔뚝을 움켜쥐고 있었어. 내가 그를 달래려고 노력하는 내내 팔뚝을 쥐고 있는 그의 손가락 사이로 피가 계속 흘러나왔어.

벤은 존의 맞은편에 앉아서는 구급차가 올 때까지 욕과 사과를 번갈아 중얼거렸어.

존은 그날 피를 너무 많이 흘렸어. 팔 안쪽 정맥에 상처가 났기 때문이야. 나는 응급실에 다녀온 후에 존의 집으로 돌아왔어.

그래, 그래서 이러고 있는 거야.

하나 깨달은 건, 벤은 절대 바뀌지 않을 거란 거야. 그렇지만, 내 아름다운 딸, 너를 위해서 나는 뭐라도 좀 바꾸려 해. 이번만큼은 우리를 새로운 길로 이끌 거야.

너는 예쁘고 아름다운 소녀가 될 거야, 내 딸. 이미 그걸 느낄 수 있단다. 보드랍고 짙은 속눈썹, 풍성한 머리카락, 바람에 흩날리는 머리칼 사이로 햇빛이 비치면 네 눈에서 반짝이겠지. 그러면 너는 햇살 같은 미소를 지을 거야, 이미 이 모든 게 눈에 보이는 듯 해.

너는 최고만을 누릴 자격이 있단다. 다른 사람이 뭐라 해도 듣지 마.

어쩌면 너는 벤 같은 아빠를 원할지도 몰라. 그는 아마 좋은 아빠가 될 수 있을 거야. 하지만 나는 그런 남편은 원하지 않아. 토냐를 주변에 두는 남편이라면 절대 안 되지.

이제 이 이야기에 존까지 개입됐어. 의사 말로는 벤과 싸운 것 때문에 흉터가 없어지지 않을 거래. 팔뚝에 십자가처럼 교차되는 별 모양이 크게 남았지. 그는 그걸 불운의 별이라고 웃으며 말했어. 그날 벤이 내 립스틱에 대한 말을 꺼내지만 않았어도 존과 나는 다르게 흘러갔을지도 몰라.

이걸 쓰고 있는 바로 지금, 존은 우리의 저녁 식사를 준비 중이란다. 나를 어색하게 힐끗힐끗 쳐다보고 있어. 궁금한 게 많겠지. 하지만 나는 대답할 준비가 되어 있지 않아. 내 계획에 대해서 얘기해 주지 않으려고. 아직은 안 돼.

벤이나 토냐 둘 중 하나를 골라야 하는 딜레마에 빠져 있어. 어쩌다 일이 이렇게 된 건지 모르겠지만, 그녀는 나와 벤을 망가뜨렸어.

결국 나는 끔찍한 결정을 내려야만 해.

바깥은 어두워졌지만, 내 생각은 그보다 더 어두워. 최근 들어 자주 그렇지만, 오늘 역시 집에 가고 싶지 않아. 존의 집에서 글을 쓰고 싶어. 나는 변화를 원해.

게다가, 만약 내가 집에 간다면 나 자신을 주체할 수 없을 것 같아.

만약 벤이 다시 한번 거짓말을 한다면, 나는 정말로 폭발할 거야.

토냐가 사라지거나, 그가 사라지거나, 둘 중 하나야. 그 선택은 벤의 몫이지. 그렇지만…….

25

"그렇지만 뭐?"

정신 나간 듯 내 손에 있는 종이를 앞뒤로 훑어보며 나머지 문장을 찾았지만 거기서 끝이었다. 다음 내용이 없었다! "아으!"

EJ가 내 손에서 편지를 낚아챘다. "내가 좀 볼게."

정신이 아찔했다.

누군가 계속 우리한테 따라붙고 있는데, 아무리 좋게 말해도 이건 섬뜩한 일이다. 무엇보다 중요한 건 엄마가 뭔가 나쁜 일을 계획하고 있었다는 거다. 그게 뭔지 정말 미치도록 알고 싶다. 이 편지를 보내는 사디스트 같은 팬은 어떻게 하면 나를 벼랑 끝으로 몰 수 있는지 잘 알고 있다.

그러다 마침내 어떤 깨달음이 찾아왔다. 아마 이게 가장 중요한 부분일 것이다.

"이 마지막 편지, 다른 것들이랑 다르게 과거가 아니라 지금 상황을 말하는 것 같아.”

EJ가 내 생각을 읽기라도 한 듯 말했다. 그는 편지에서 시선을 거두고 나에게 건넸다.

“맞아. 그러니까 그 말은, 엄마가 이 편지들을 임신 중에 썼다는 거야.”

그 자체로 이미 중요한 부분이다. 이 편지들은 엄마가 나를 낳기 전에 쓴 것이다. 엄마랑 아빠가 뭔가 나쁜 짓을 하기 전에. 그 일이 뭔지는 나도 잘 모르겠지만 말이다. 게다가 그것은 이십일 년 전이다.

“젠장.” EJ가 한숨 섞인 말을 뱉었다. 그러면서 주차장을 수상한 눈초리로 훑어보았다.

“그치? 그리고 이 편지는 마지막이 아니야, 왜냐하면…….”

“그렇지만.” EJ가 말을 끊었다.

“그래, 문장이 중간에서 끝났잖아. 우리는 아직 무슨 일이 있었는지 알아내지도 못했어.”

“괜찮아. 돌아가 보면 알게 되겠지.”

그가 차를 주차장에서 빼 공항으로 향했다.

창밖으로 아름다운 가을빛을 바라보면서도, 내 기분은 탁했다. 성장기 시절의 엄마에게 해를 끼쳤던 장소에 간다는 생각만으로도 이미 속이 뒤집어지는 느낌이었다.

그렇지만 대안이 없다. 때때로 현재를 이해하기 위해서는, 과거를 되돌아봐야 하는 법이니까.

나는 엄마의 과거가 내 상상보다 훨씬 추악할 것이라는 느낌이 들기 시작했다.

26

"다리 좀 떨지 마." EJ가 내 무릎을 흘끗 보며 말했다.

"안 떨었거든."

그는 고개를 절레절레 젓고 좌석 벨트를 풀었다. 그리고 비행기가 게이트로 이동하는 참이라 핸드폰 전원을 켰다.

그래, 나는 다리를 떨고 있다. 참아 봐도 소용없다. 켈러 위탁 보호시설이 문을 닫은 게 십오 년 전이니, 거기 가 본다고 해도 엄마가 그곳에서 자라면서 어떤 삶을 살았는지 알아낼 수는 없을 것이다. 그런데도 긴장과 흥분을 동시에 느끼고 있다.

EJ와 내가 공항을 가로지르니 '네브래스카에 오신 걸 환영합니다.'라는 문구가 보였다.

어쩐지 음울한 미스터리 영화 속 등장인물이 된 것만 같다. 엄마는 그룹 홈에 있던 당시 어떻게 지냈는지 거의 입 밖에 내지 않았다.

"별것 없었어." 그렇게 말하곤 했다. "너의 아빠와 나는, 내가 자랄 때 겪었던 그 감정을 네가 절대 느끼지 않게 하려고 최선을 다했어." 엄마는 그 말을 마치면 꼭 의미심장한 눈빛을 보내곤 했다. "그러니까 **정말로** 최선을 다했어."

이제 이 모든 것이 들어맞는다. 부모님은 언제나 함께 있는 것을 달가워하지 않았고, 서로 잘 맞는 것 같지도 않았지만, 그럼에도 둘은 마치 한배를 탄 동지처럼 붙어 다녔다. 뭔가 보이지 않는 힘이 그들을 묶어 둔 것처럼.

드디어 그 이유를 깨닫기 시작한다. 엄마의 일기장을 찢어 보낸 익명의 편지를 받은 후로, 예전에 했던 엄마의 모든 말이 묘하게 음산한 의미로 다가왔다.

"야, 야, 정신 차려." 수화물 찾는 곳을 지나치는 나의 팔을 잡으며 EJ가 말을 걸었다.

EJ는 내가 아무리 숨기려 해도 무슨 감정을 느끼는지 늘 알아챘다. 요즘 그가 나를 위해 해 주는 것들이 얼마나 큰 의미인지 조만간 말해 줘야 할 것 같다. 하지만 그도 이미 안다. 나라도 똑같이 해 줄 테니까. 그러니까, 그가 식중독에 호되게 걸려 삼 일 동안 입원했을 때 그 옆에 있었던 게 누구였던가? 사이버 퀸 전 여친도 아니고, 해커 친구들도 아니었다. 바로 나였다. 늘 그랬듯이. 하지만 그 당시에는 나만큼 EJ를 잘 아는 사람이 없었다. 다시 생각해 보니, 그만큼 나를 잘 아는 사람도 없긴 하다. 우리 부모님도 나를 그 정도까지는 모른다.

"다 괜찮아질 거야, 그렇지?" 함께 걸어가며 EJ가 내 어깨에 팔을 걸었는데, 이번만큼은 그 팔을 털어 내지 않는다.

"맞아." 나는 그가 친근한 행동을 할 때마다 원래 하던 그대로 못마땅한 척을 하며 중얼거렸다.

요즘 나는 그런 행동들에서 위안을 얻는다. 친구라면 다 그렇게 하는 거니까, 아닌가? 힘든 시기에는 서로 돕는 게 마땅하다. 그냥…… 친구로 다정한 거다.

그런데 이번에는, 무슨 생각이 번뜩 떠오른다. (만약 내가 그의 행동에 대한 반응으로 팔을 허리에 두르면 어떻게 될까? 그건 좀 심한가? 그래. 그런 것 같다.)

삼십 분 후, 우리는 혼다를 빌려 공항을 빠져나와 브림빌로 향했다. 그곳에 위탁 시설이 있다. 나는 항상 장거리 운전을 할 때마다 우울한 곡으로 리스트를 만들어 듣는다. 그렇지만 이번 여행은 음악 담당이 EJ인 것이 다행이다. 그가 매치박스 트웬티의 곡을 틀었기 때문이다. 경쾌한 음악이 흘러나온 덕분에 기분이 좋아진 나는 의자에 몸을 묻고 조수석 창밖을 바라보았다.

회색빛 가을 풍경이 사방으로 펼쳐지고, 우리는 시골의 바람 부는 길을 따라 달리고 있다. 네브래스카가 우리 동네보다 훨씬 춥다. 가을의 끝자락이다. 비도 오지 않는데 하늘은 회색빛으로 흐리고, 나뭇잎조차 그 색을 닮았다. 모든 것이 시들어 가는 것만 같다. 나는 늦가을에서 겨울로 가는 이 시기가 늘 싫었다. 잎사귀가 거의 다 떨어지고 모든 게 우울하고 색이 바랜 그림처럼 보이는 시기.

차 안이라 따뜻함에도 불구하고 니트를 더 단단히 여몄다. EJ는 노래에 맞춰 대충 가사를 흥얼거릴 뿐 말을 걸지는 않는다. 지금 내가 엄마가 자란 곳에서 살면 어떤 느낌일까, 라는 생각에 집중

하고 싶다는 것을 아는 느낌이다.

한 시간 정도 달리자 작은 마을에 다다랐고, 우리는 수수한 철망 울타리 앞에 차를 세웠다. 그 울타리는 돌출된 현관과 짙은 파란 문이 있는, 프레리 스타일의 길쭉한 2층짜리 갈색 건물을 둘러싸고 있었다. 출입구 위의 간판은 낙서로 가득했다. **지옥**. 검은색에 대문자로 적힌 이 글자에서 흘러내린 페인트가 그대로 남아 있다.

"멋지군." EJ가 차창 밖으로 이 모습을 지켜보고 나를 향해 시선을 돌렸다. "내릴까?"

나는 어깨를 으쓱했지만, 이내 나만의 기록을 위해서라도 이 시궁창 같은 곳을 사진으로 남겨야겠다 생각했다. 배낭에서 파카를 꺼낸 후 추위 속으로 발을 내딛었다.

EJ와 함께 울타리 앞에 다다라 회색빛 잡초가 우거지고, 여기저기 흩어진 쓰레기에, 건물 전면에 낙서가 가득한 갈색 벽을 바라보았다. EJ가 한마디로 정리했다. "우울한 곳이네." 돌멩이를 던져서 깨진 것 같은 창문의 구멍이 이 광경을 더 음산하게 만들었다.

여기에 더해서 엄마가 말했던 것들, 세 명의 소년이 했던 일들, 헛간 관련 기사를 떠올리니 이곳이 차마 견딜 수 없이 혐오스러웠다.

"혼자 있고 싶어?"

나는 황당하다는 표정을 지었다. "뭐, 벽에다 손바닥이라도 대고 엄마랑 의미 있는 교감이라도 나누라고? 됐어. 난 여기 마음에 안 들어."

파카에서 핸드폰을 꺼내 사진을 찍었다. 엄마가 그랬듯, 나 역시 다시 여기에 돌아올 생각은 없었다.

"가자." EJ에게 말하고는 기다리지도 않고 차를 향해 걷기 시작했다. 건물 자체가 왠지 전염성이 있는 것처럼 느껴졌다. 가까이 가면 슬픔과 불안에 감염될 것만 같았다. 차에 올라타자, 안전하다는 느낌에 긴장감을 털어 냈다.

곧 EJ가 차에 올라탔다. "헛간 보고 싶어?"

"충분히 본 것 같아." 안전벨트를 매며 대답했다.

헛간은 여기서 1킬로미터 정도 떨어진 곳에 있을 거다. 그렇지만 숲을 가로질러야 하는데다가, 이곳에 단 일 초도 더 머무르고 싶지 않았다. 하물며 고아들이 기괴한 일을 저지르며 놀던 장소는 더더욱.

자동차 앞 유리에 빗방울이 작게 떨어지기 시작했다. 이곳을 최대한 빨리 빠져나가야 한다는 긴박한 마음이 들기 시작했다.

"내비에 그 가정부 주소 좀 찍어 줘." EJ가 말했다.

주소를 찍고 핸드폰을 홀더에 고정하고 사운드 버튼을 눌렀다. 매치박스 트웬티 노래가 다시 흘러나오자, 긴장을 풀고 자리에 몸을 묻었다. EJ가 차를 길가로 꺾으니 안도감이 몰려오기 시작했다.

마지막으로 사이드미러에 눈길을 돌렸다. 떠나는 차 안에서 보니 버려진 건물이 점점 시야에서 멀어졌다.

지옥.

이 단어가 계속해서 머리에서 메아리쳤다. 이런 곳에서 자란다는 것이 어떤 느낌일지 알 수 없지만, 엄마가 얘기해 주지 않았다고 해서 뭐라 할 수는 없을 것 같다. 여기서 있었던 일이라면, 나 같아도 영영 잊고 싶을 테니까.

이제 여기에서 있었던 일에 대해 얘기해 줄 수 있는 단 한 사람은 다이앤 제이컵슨, 그 가정부뿐이다. 엄마를 알던 사람들 모두가 그랬듯, 그녀마저 흔적도 없이 지구상에서 사라지지 않았기를 바랄 뿐이다.

27

마을을 벗어나기 전, 우리는 주유소에 들러 핫도그를 먹은 후, 여정을 이어 나갔다.

주소가 가리킨 곳은 시골 한가운데였다. 우리는 딱 봐도 차가 많이 다니지 않는 도로를 따라 달렸다. 말 트레일러를 끌고 가던 픽업트럭을 본 지 삼십 분이 지났고, 그 후로는 어떤 차량도 보지 못했다. 시골길 양옆으로 탑처럼 우뚝 솟은 숲이 우리를 내려다보고 있었다. 아직 이른 오후임에도, 하늘은 몇 단계나 더욱 짙어졌고 바깥은 음산하게 흐릿했다. 게다가 부슬비까지 내리기 시작해, 가라앉아 있던 내 기분은 더욱 우울한 상태로 추락했다.

"여기서 나가고 싶어." EJ에게 말했다.

"뭐? 지금 바로?"

"아니! 그러니까 내 말은, 그 주소에 누가 살고 있을지는 가 봐야 알겠지만, 난 그냥……." 나는 말을 끝내지 않고 한숨을 내쉬었다.

진실은 이거다. 엄마와 아빠의 과거를 조금씩 알아갈수록 무언가에 점점 가까워지고 있는데, 문제는 한번 알고 나면 돌이킬 수 있을지 없을지 확신할 수 없다는 것이다.

EJ는 의아하다는 눈길로 나를 계속 흘끗거리며 바라보았다.

"날씨 때문인지 다른 것 때문인지는 모르겠어. 그렇지만 이 지역 자체가 그냥…… 소름 끼쳐." 드디어 상황에 꼭 맞는 단어를 찾아냈다.

EJ가 피식 웃었다. "넌 늘 이런 구질구질한 날씨 좋아했잖아, 켄즈. 언제나 그랬지. 영감이 솟는 날씨라며, 기억 안 나?"

그가 맞다. "맞아. 그렇지만 그건 내가 집에 있을 때지. 이건 다르다고."

"야, 스트레스받지 마."

"누가 스트레스받는데?"

"너 지금 스트레스받고 있잖아."

아, 진짜. EJ는 내 생각을 읽는 능력이 있는 걸까.

"그래. 그러고 있어." 나는 결국 인정하고 잠시 침묵을 지키며 그가 나를 놀려 주길 기다렸다. 그러나 그는 그러지 않았다. 그래서 내가 말을 이었다. "내 느낌이 뭐냐면…… 나도 모르겠어. 부모님에 대해 몰라야 할 사실을 알게 되면 어떡해? 무슨 말인지 알지? 그러니까…… 어떤 것들은 그냥 비밀로 남는 게 나을 수도 있어."

"그렇지만 너희 엄마가 그걸 너와 공유하길 원하셨던 거잖아."

"어, 어쩌면 내가 알고 싶지 않을 수도 있지. 편지를 받기 전까지는 괜찮게 지내고 있었잖아. 그런데 지금은 엄마의 그룹 홈에 대해 알고 있어. 집단 강간의 가능성까지. 그리고…… 범죄가 일어났을 수도 있다는 사실을. 나도 모르겠다. 다른 일들이 소름 끼쳐. 스토커도 그렇고. 덜컥 임신한 것도 그렇고. 아빠가 바람피운 것도 그렇고. 엄마가 편집증 환자가 된 것도 그렇고. 살인에 대해 고민한 것도 그렇고. 그냥 생각에서 끝난 건지 확실하지도 않고. 그러니까 내 말은…….”

입술을 오므린 채 한숨을 쉬었다. “그런데 혹시나 엄마가 정말 무슨 일을 저질렀으면 어떡해, 엄마랑 아빠가, 뭔가.” 나는 힘겹게 침을 삼켰다. 약간 메스꺼움이 느껴졌다. “뭔가 내가 알게 되면 그 둘을 미워하게 될지도 모르는 그런 일을 저질렀다면.” 단숨에 말을 다 내뱉고는 깊게 심호흡했다.

“내 말부터 들어 봐…….” EJ는 도로에서 눈길을 떼지 않고, 무릎 위에 놓인 내 손을 찾아 가볍게 잡았다. “괜찮을 거야. 알겠지?”

나는 대답도 않고 마냥 창밖을 쳐다봤다. 내 손을 잡은 그의 손 그리고 내 엄지손가락을 문질러 주는 그의 엄지를 또렷이 느끼고 있을 뿐이다.

“켄즈, 잠깐, 날 봐.”

고개를 돌려 그와 시선을 맞추었다. 평소처럼 놀리거나 얄미운 눈빛이 아닌, 이해하고 위로를 주는 눈빛이었다. 나는 그가 그런 눈빛을 거두길 바랐다. 농담을 던지고 나를 놀렸으면 했다. 그래야 몇 년 동안 그래 왔듯, 우리는 그냥 친구일 뿐이라고 나 자신을 설득하기 쉬우니까.

EJ는 도로와 나를 번갈아 가며 보았다.

“내가 옆에 있어, 알겠지?” 그는 다시 도로로 시선을 돌렸다.

나는 고개를 끄덕였다.

“우리가 같이 하면 돼. 알겠지?”

“알겠다고.” 한숨을 내쉬듯 대답했다.

그는 도로와 나를 계속해서 번갈아 보았다. 그리고 오른손으로 무릎 위에 있는 내 손을 잡은 채 왼손으로 운전을 했다.

“뭐가 필요하든, 켄지. 내가 옆에 있어. 어느 순간, 너무 버겁다 싶으면, 그냥 거기서 튀면 돼. 돌아가는 비행기에 올라타 집에 가는 거지. 네가 그만하자고만 하면 그만두는 거야. 그러고는 다시는 그 편지에 대해서 일언반구도 하지 않는 거지. 네가 뭘 필요로 하든, 내가 곁에 있을게.”

갑자기, 가슴이 너무 심하게 조여 왔다.

“그러자.” 나는 고개를 돌리며 대답했다. 이게 나에게 얼마나 큰 의미인지 설명할 방법이 없었기 때문이다.

하지만 이건 반드시 넘어야 할 산이다. 이것은 엄마의 과거이고, 내 뿌리가 되기도 하니까. 비로소 이제야 엄마를 잘 이해하게 된 것 같다. 반면, 정작 나 자신과 가족에 대해서는 그 어느 때보다 혼란스럽다.

그때 EJ의 손이 움직이는 게 느껴지더니, 나와 손깍지를 꼈다.

심장이 가슴을 세차게 두드린다. 잠시 동안 내가 여기 왜 왔는지를 잊은 채 오직 맞잡은 손과 여전히 내 엄지를 쓰다듬고 있는 그의 엄지만을 또렷이 의식한다.

“고마워.” 나는 울음을 참느라 숨을 멈춘 채, 갈라진 목소리로 겨우 말했다. “같이 와 줘서 고마워.”

"말만 해. 나한테는 언제든 의지해도 되는 거 알고 있지, 그치?"

"그럼." 우리 사이에 어색한 침묵이 잠시 흐르고, 나는 그걸 깰 수 있는 유일한 대사를 늘어놓기 시작했다. "물론 네가 은밀하게 만나는 바비 인형이랑 바쁠 때는 빼고. 맞지?"

EJ는 풋 하고 웃더니, 손을 뺐다. 방금까지 그의 손이 있던 자리에 텅 빈 느낌만 남았다.

"너 엄청 질투쟁이인 거 알지, 까칠이." 그가 놀리기 시작했다.

나는 콧방귀를 뀌고 눈을 흘겼다. 내가 어깨를 툭 치자 그가 다시 피식 웃었다. "꿈도 크셔라."

질투하고 있는 거 맞다. 하지만 죽어도 얘한테 그 말은 못 하겠다.

EJ가 뭔가 "그렇지." 이런 비슷한 말을 중얼거리고는 전자 담배를 켜서 한 모금 들이마신 후 짙은 연기를 내뱉었다.

우윳빛 구름 같은 연기에서는 민트 향기가 났다. 그 향은 몇 초간 공중에서 머물다가, EJ가 창문을 열자 순식간에 빨려 나갔다.

스피커 볼륨을 높여 록 음악을 키웠다. 우리 사이에 내려앉은 어색한 침묵을 어떻게든 없애고 싶었기 때문이다.

다시 한번, 내 생각이 엄마와 엄마의 소설에 가 닿았다. 엄마의 책은 몰입이 잘 되고 분위기 있는 작품이라는 찬사를 받았었다. 이제야 이해가 된다. 네브래스카 외딴곳에서 고아로 자라 보면 누구라도 이해할 것이다.

우리는 엘크 뿔을 막대기에 박아 넣은, 직접 만든 것 같은 표지판을 지나친다.

"처음으로 마주치는 생명의 흔적이네. 거의 다 왔어."

장담컨대 이런 분위기라면 진짜 사람 머리를 돌게 할 수 있을 것이다. 계절성 우울증 같은 건 말도 못 할 것이다. 이곳의 겨울은 진짜 상상만 해도 끔찍하다.

이 분 후, 내비를 따라 널따란 흙길로 들어섰고, 그 길을 따라 숲을 빠져나오자 탁 트인 들판이 나왔다. 2킬로미터를 더 가자 소 울타리 철문이 모습을 드러냈다.

EJ는 철문 바로 앞에 차를 세웠다.

"닫혀 있지만 딱 봐도 관리가 잘 되고 있네." 그가 핸들에 기댄 채 눈을 가늘게 뜨고 앞 유리 너머를 바라보았다.

"우리 이제 어떡하지?"

그가 나에게 시선을 고정했다. "**네가** 하고 싶은 건 뭔데?"

나는 닫힌 문을 본 후 다시 그에게로 시선을 돌렸다. EJ가 질문을 하듯 한쪽 눈썹을 들어 올렸다.

가끔 보면 법을 어기는 게 너무 쉬워서 이상할 때가 있지 않은가? 몇 초 고민하다가, "에라, 뭐 어때." 하는 순간, 바로 불법 지대로 들어가는 거다. 우리가 저 문을 열면 무단 침입이 되겠지.

"해치우자." 내가 말을 내뱉었다. "어쩌면 그냥 버려진 건물일 수도 있잖아. 시도는 해 봐야지."

"네, 대장님." EJ는 일말의 주저함도 없이 차 밖으로 나갔다. "심지어 열려 있어!" 그가 철문을 열며 소리쳤다.

이 분 정도 달린 후 들판을 지나 또 다른 흙길로 들어서자, 2층짜리 시골집이 눈앞에 나타났다.

"우리 지금 불법행위하고 있는 거지?" 시동을 끄는 EJ에게 물었다. 우리는 버려진 것 같은 집을 보고 있었다. "그러니까, 우리 지금 무단 침입을 하고 있는 거야?"

"버려져 있는 장소라면 불법 아니지. 만약 누가 산다면, 사과드리면 되고. 기억해. 허락 없이 일 저지르고 사과하는 게 훨씬 나아……."

"허락을 먼저 구하면 거절당할 게 뻔하니까." 나는 그의 말을 중간에서 자르고 덧붙였다. "물론 체포되지 않는다는 경우에 한해서."

"그만해, 이 비관론자야. 자, 가자."

우리는 차에서 내려 집 현관으로 걸어갔다. 내 첫 판단은 틀렸다. 버려진 집이 아니다. 현관 난간에는 우비가 걸려 있고, 난간 끝에는 신선한 미니 양배추가 담긴 통이 놓여 있다. 현관 매트 옆에는 진흙이 잔뜩 묻은 장화가 있다. 이 공간은 곰팡이 냄새도 썩은 냄새도 나지 않는다. 가을을 맞아 수확한 작물 냄새와 굴뚝의 연기 냄새가 은은하게 났지만, 잘 느껴지지는 않았다. 하지만 창문에서 불빛이 하나도 보이지 않았고, 아무 소리도 나지 않았으며, 집 주변에는 차 한 대도 없었다.

EJ와 나는 같이 계단을 올라 크게 문을 두드렸다.

우리는 서로를 흘끗 보기만 했다. 고요함이 주변에 내려앉았다. 실망감이 스며드는 것을 느꼈다. 이건 엄마의 대학 시절 이전의 과거를 알게 해 주는 유일한 단서일지도 모른다.

"아무도 없네." 나는 의기소침한 상태로 결론을 내렸다.

"잠깐 기다려 봐." EJ가 다시 한번 노크를 했다. 이번에는 더 크게. 그러고는 현관을 둘러본 뒤, 가장 가까운 창문으로 다가가 손을 컵 모양으로 해서 유리창에 대고 안을 들여다보았다.

"확실히 누가 사는 집이야."

"기다려 보자." 나는 팔로 몸을 감싸고 덜덜 떨며 주변을 살폈다. 파카를 차에 두고 온 참이었다. 비록 춥지는 않았지만, 뱃속 깊은 곳에서 불편한 감정이 느껴졌다. 뭐라 설명해야 할지 모르겠지만.

"그래. 기다릴 수 있지. 안에서." EJ는 이렇게 말하고는 문으로 다가가 손잡이를 돌렸다.

문은 힘을 들이지 않아도 금방 열렸다.

그는 놀라서 얼어붙은 채 나를 쳐다보다가, 이내 눈썹을 치켜올렸다.

"잠깐만!" 나는 당황해하며 그를 저지했다. "아니, 이렇게 남의 집에 그냥 들어가면 안 돼."

갑자기 우리 뒤에서 방아쇠가 찰칵하는 소리가 들리더니, 노년 여성의 목소리가 들렸다. "한 발짝만 더 움직이면 쏜다."

28

목소리를 듣지 못했다면, 우리를 향해 총을 겨누고 있는 형체를 남자라고 생각했을 거다.

"여길 털어 갈 생각이었나?" 그 여자가 쉰 목소리로 말했다. (분명 여자이긴 한데, 외모만 봐서는 구분하기가 힘들다.)

"아, 아니에요." EJ와 나는 동시에 말을 시작했다. "아니요. 아니에요. 우리는⋯⋯."

"말하기 전에 잘 생각해. 손잡이에서 손 떼. 당장."

"손 떼." 나는 EJ에게 속삭였고, 우리는 동시에 두 손을 들어 보였다. 그러는 중에도 EJ는 나를 지키겠다는 듯 약간 내 앞으로 와서 섰다.

나는 그의 뒤에서 빼꼼 엿봤다.

그 형체는 플란넬 셔츠 위에 캔버스 천으로 된 멜빵바지를 입고, 작업용 부츠에 오리털 재킷 차림이었다. 그녀가 우리를 향해 겨누고 있는 총 위로 몸을 숙이자 야구 모자에 얼굴이 가려졌다.

"저희가 문 앞에서 경적을 울렸는데요." EJ가 거짓말을 늘어놨다.

"아니, 그런 적 없어." 여자가 날카롭게 맞받아쳤다. "보고 있었거든. 카메라로."

젠장. 아무도 없는 시골 한가운데 사는 사람이 카메라를 설치해 놨을 거라고는 생각도 못 했다.

"저희는 대화를 나누려고 왔습니다, 부인." EJ가 말했다. "이렇게 들어오게 된 거 죄송합니다. 그렇지만 저희는 여기 출신이 아니에요. 규칙에 대해 몰랐습니다."

"규칙이라." 여자가 불쾌한 듯 이를 갈았다. "규칙이란 건 모르는 사람 집에 허락 없이 들어가면 안 된다는 것이지."

"죄송합니다." EJ가 다시 말했다. "그런데 저희가 절박한 사정이 좀 있어서요." 그래, 좋은 시도였어. "저희는 동부에서 날아왔습니다. 켈러 위탁 보호시설 때문에 왔어요." EJ는 아무도 중간에 끼어들지 못하게 빠르게 말했다. "거기서 일하셨죠, 그렇죠? 가정부로 일하셨던 다이앤 제이컵슨 맞으시죠?"

EJ 목소리만 들어도, 친절하게 대하려 노력하는 게 느껴졌다. 그는 사람들에게 친근하게 대하면서도 자기주장을 할 수 있는 사람이다. 그래서 모두가 늘 그를 좋아하는 거다, 그리고 아무도 나를 좋아하지 않는다. 나는 입발린 소리 따위 안 하니까.

"저 애는 왜 숨어 있는 거지?" 여자가 총구를 살짝 나에게 기울이며 말했다. "너, 남자 뒤에 있는 애. 보이게 이쪽으로 나와, 손도 보이게 하고."

EJ가 방패처럼 나를 보호하는 게 좋긴 했지만, 이 여자는 우리에게 해를 가하지 않을 거라는 느낌이 들었다. 기껏 해 봤자 쫓아 내기나 할 것이다.

나는 천천히 EJ의 뒤에서 걸어 나와 그녀의 옆에 섰다.

여자는 총구를 살짝 낮췄다. "미치겠구만." 그녀는 이렇게 말하며 총구를 완전히 내려 자기 옆에 들었다. 그러고는 눈을 가늘게 뜨고 나를 유심히 바라보았다. "이거, 데자뷔인가……."

그녀는 땅에 침을 뱉고는 천천히 우리에게 다가오기 시작했다. 입가에 비열한 미소를 지은 채 눈은 한시도 나를 떠나지 않고 있었다. "이름이 뭐지?"

"에머슨입니다, 부인." EJ가 답했다.

"너 말고, 저 여자애." 그녀가 나를 턱으로 가리켰다.

"매켄지, 매켄지 캐스퍼라고 합니다." 나는 재빨리 대답했다. "엄마 이름은 엘리자베스 던이에요. 지금은 돌아가셨지만……."

"그랬구만." 여자는 딱 봐도 흥미를 느끼는 것 같았다. "귀신을 보는 느낌이네. 완전 복사본 같아, 너랑 네 엄마." 그녀는 현관 포치에서 발걸음을 멈췄다. "원하는 게 뭐지?"

"엄마에 대해 얘기하고 싶어요." 들었던 손을 내리며 말했다. "저희는 궁금한 게 있는데 아무도 답해 주려 하지 않아서요. 아니, 사실 대답해 주실 수 있는 분이 없어요."

여자는 고개를 끄덕이며 주변을 둘러보았다. "없는 게 당연하지."

그녀는 크게 한숨을 내쉬고는 현관 포치로 걸어 올라와 우리 사이에 섰다. 그녀가 EJ를 훑어보자, 그가 그만의 매력 가득한 미소를 뽐내 보였다.

"들어와." 여자는 그렇게 말하고 집 안으로 들어갔다. "신발 벗고 들어와." 뒤도 돌아보지도 않은 채 말을 툭하고 뱉었다.

이곳은 절대로 버려진 공간이 아니었다. 다이앤 제이컵슨이 불을 켜고 주방으로 우리를 이끌자마자 알 수 있는 사실이었다. 밖에서 볼 때야 허름하게 느껴질 수 있지만, 안은 티 없이 말끔했다. 오래된 나무 냄새와 난로의 연기 냄새가 강하게 나기는 했지만 말이다.

다이앤 제이컵슨은 재킷과 신발을 벗고 모자를 내려놨다. 뒤로 묶은 회색빛 머리칼은 어깨에 닿는 길이다. 그녀의 손은 거칠고 굳은살투성이지만, EJ와 내가 탁자에 앉아 두리번거리는 동안 재빠른 손놀림으로 주전자를 스토브 위에 올렸다.

주방은 소박하지만 깔끔했다. 나무로 된 찬장에, 나무 벽, 나무 바닥까지. 모든 게 나무였다. 작은 식탁 아래는 손수 짠 카펫이 깔려 있었고, 벽에는 사슴뿔과 사진들이 걸려 있었다.

"뭘 알고 싶은데?" 다이앤 제이컵슨이 물었다.

"엘리자베스 던을 기억하세요?"

"물론. 늘 모든 사람의 눈을 피하려 애를 쓰던 아이였지. 하지만 그 애에겐…… 한번 보면 잊히지 않는 무언가 묘한 게 있었어."

그 말에 나는 미소를 지었다. 그래, 그게 우리 엄마지.

다이앤 제이컵슨은 찬장에서 제각기 다른 모양의 컵을 꺼내더니 나와 EJ 앞에 하나씩 그리고 빈자리 앞에 하나를 놓고는 거기에 앉았다. 우리더러 뭘 먹고 싶냐고 묻지도 않은 채. 나는 차를 좋아하는 편이 아니다. 그녀가 만드는 게 뭔지는 모르겠지만. 그렇다고 총을 다룰 줄 아는 여성의 제안을 거절하고 싶지도 않았다. 게다가 제일 중요한 건, 엄마의 과거에 대해 단서를 제시할 수 있는 유일한 사람이니까 말이다.

그녀는 깍지 낀 손을 앞으로 두고 나를 바라보았다. "과거에서 튀어나온 유령 같네." 그러면서 내 얼굴을 뚫어지게 쳐다보며 말했다. "완전 판박이야."

내 개인적인 생각이지만, 엄마와 나에게 닮은 점이 있다면 그것은 검은색 머리카락과 적대적인 표정을 장착하고 있다는 것이다. 적어도, EJ의 표현에 의하면 그렇다.

그렇지만 나는 이분의 말에 공손하게 미소로 화답했다. "어머니에 대해 무슨 말씀이라도 해 주시면 감사하겠습니다, 제이컵슨 부인."

"다이앤이라고 불러. 나는 이제 가정부가 아니니까."

내가 끄덕였다. "네, 다이앤."

"너희 엄마는 특별했어." 그녀는 탁자 위에 손을 얹은 채 생각에 잠겨 엄지를 맞대 문질렀다. "무슨 말이냐면, 다른 애들과는 달랐다는 뜻이야. 그룹 홈에 있다 보면 별별 애들이 다 온단다. 상처 입고, 화 나 있고, 잔인하고. 그런데 그 애는? 허." 그녀는 잠시 뜸을 들였다. "그 애는 정말 남달랐어. 재능이 있었어, 늘 일기장에 무언가를 쓰거나 정원에 앉아 그림을 그렸지. 다른 애들하고 어울리는 일에는 전혀 관심이 없었어. 리지는 안 그랬지. 나는 너희 엄마가 좋았단다. 다른 애들은, 집안일을 좋아하지 않았어, 이미 알겠지만. 아무도 안 좋아했어. 그렇지만 네가 묻는 그 애는, 시키기만 하면 바로 했지. 말대꾸 한 번 없이. 절제력이 대단했어."

다이앤은 눈을 들어 나를 보았다. "절제력이야말로 우리가 이

곳에서 가르치고 싶은 거였어. 왜냐하면 현실 세계로 내동댕이쳐
졌을 때, 그 아이들이 가져갈 수 있는 건 절제력 하나뿐이었기 때
문이야."

다이앤의 시선은 강렬하면서도 묘하게 사람을 압도했다. 당장
엎드려 팔굽혀펴기 백 개를 하라고 명령한다면 감히 거역할 수
없는 그런 시선이었다. 회색빛 덥수룩한 눈썹, 각진 턱, 큰 입,
세월이 고스란히 보이는 피부.

"그런데 이걸 왜 물어보는 거지?" 그녀가 물었다.

"돌아가셨어요. 최근에." 내가 대답했다.

다이앤은 눈 하나 깜빡하지 않았다. "유감이네."

그녀는 자리에서 일어나 잠시 찻주전자를 채운 뒤 식탁으로 가
져와 다시 앉았다.

"엄마는 베스트셀러 작가였어요." 다이앤이 이 사실을 모를까
봐 덧붙였다.

그녀는 콧방귀처럼 짧게 웃었다. 어찌나 나를 뚫어지게 보는지
내가 나 자신을 너무 의식하게 될 정도였다.

"그 애는 언제나 머릿속에서 이야기를 만들어 냈지. 쓰고, 또
쓰고. 이상한 얘기도 쓰곤 했어. 가끔은 내가 읽게 보여 주기도
했고. 흠."

"친하셨어요?"

"그랬다고 할 수 있지. 켈러 시설에 있던 아이들은 누군가의 지
도가 필요했어. 물론 그 애들이 그걸 원했다는 건 아니지만. 전부
다 그런 것도 아니었고. 그 세월 동안 너무도 많은 애들을 받았
어. 컨베이어 벨트에 타고 가는 것처럼 아이들이 계속 지나가다

보니 정을 붙이는 건 어려웠어.”

“무슨 말씀인지 알겠어요.”

그녀가 웃었다. “그래?” 그러고는 다시 나를 보더니 머리를 흔들었다. “세상에, 너무 닮아서…… 섬뜩할 정도야.”

지금은 그녀의 마음이 누그러진 게 느껴진다. 사건에 대해 묻기에 적당한 타이밍이다.

29

쉽지는 않을 것이다. 나도 안다. 하지만 우리는 질문을 하려고 온 거다.

"엄마가 그룹 홈에 있었을 당시 무슨 일이 일어났어요." 나는 머뭇거리며 말했다. "엄마가…… 성폭행을 당한 거 같거든요? 그거에 대해 아시는 게 있으실까요?"

다이앤이 나를 보는 시선이 굳어졌다. 그녀는 EJ와 나를 번갈아 보더니, 맞잡은 자신의 손을 내려다보고는 의자에 몸을 기댔다.

"그랬지. 맞아. 10학년 때."

"그러니까 그게 진짜였군요."

"오, 그럼. 그 사람들이 겉으로는 그저 풋풋한 연인들이 말다툼하는 것처럼 보이도록 꾸몄지만 말이야."

"**그 사람들이라니요?**"

"위원회. 내가 그 문제를 알렸을 때, 처음부터 뭔가 일이 벌어졌다는 걸 알고 있었어. 이런 곳에서 오래 일하면 말이다, 모든 게 다 보이지. 누가 괴롭히는 사람인지. 누가 꼭대기에 있는지. 누가 인기 있는지. 누가 버거워하고 있는지. 장기 체류 아이들은 솔직히 말하면 환영받지 못하는 존재들이었어. 입양 가지 못하는 애들, 양부모로부터 선택받지 못하는 애들 혹은 갔다가 되돌아오는 애들. 시설은 **더 이상 보낼 데가 없는** 아이들로 가득 찼지. 공식 기록에는 그렇게 적히는 거야. 한 세대, 또 한 세대 그리고 그다음 세대까지, 모두를 알게 돼. 역사는 반복된단다. 사건도. 스캔들도. 싸움도. 연애도. 실연도. 질투도. 배신도. 네 엄마가 며칠 동안이나 움츠러든 걸 보고, 나는 따로 불러서 물어봤어. 그때서야 그놈의 헛간에서 애들이 자기한테 무슨 짓을 저질렀는지 얘기하더구나.”

다이앤은 나를 의미심장하게 쳐다보았지만, 그 눈빛에서 연민은 느껴지지 않았다. 마치 그녀가 지켜보는 가운데 이런 끔찍한 일들이 일어난 게 처음도, 마지막도 아니라는 듯이. 그런 일에는 이골이 났다는 듯이.

“나는 무슨 일이 일어났는지 알았지. 그 남자애들이 어떤 애들인지도 알았고. 누구랑 어울려 다녔는지도 알았지. 그리고 리지는, 그러니까, 그 애는 인기 있는 스타일은 아니었어. 인기 많은 무리와 어울려 다니는 애도 아니었고. 그렇지만…… 그 애는 열다섯이었어. 슬슬 예뻐지고 있던 시기였어. 애들은 걔를 이상한 애라고 불렀어. 그렇지만 남자애들은, 다들 알겠지만…… 그 애에게서 눈을 못 뗐어. 그 애 역시, 그런 종류의 예쁨을 숨길 수가 없었고. 호르몬이 왕성하던 애들은 말할 것도 없지. 그 애는 모두를 거절했어. 남자애들은 그 거절을 제대로 받아들이지 못했고.”

“그래서 신고는 하셨어요? 조치가 취해졌나요?”

다이앤의 입가에 비웃음이 걸렸고, 그 기억 때문인지 두 눈은 순수한 증오로 가늘어졌다.

“신고했지. 하고말고.” 그녀는 조용히 대답했다. “내부적으로 조사가 시작됐지. 그들은 남자애들부터 신문했어. 물론 그 애들은 모든 걸 부인했지. 만약 리지가 당하자마자 말했다면, 병원으로 바로 보내 검사를 했을 텐데. 이미 이 주 넘게 지난 후였어. 거기다가 증인이 한 명 나타난 거야.”

“증인이요?”

“그 남자애들과 어울려 다니던 여자애였지. 그중 한 놈의 여자 친구였어.”

나는 EJ와 시선을 교환했지만 입은 꾹 다문 채 다이앤이 말을 이어 가기만을 기다렸다.

“그 애 이름은 토냐였어.”

속이 뒤틀리는 느낌이 들었다. “어떻게 목격하게 된 거래요?”

다이앤이 어깨를 으쓱했다. “토냐 말로는 리지가 남자애들에게 친근하게 굴었고, 노골적으로 수작을 부렸다고 했어.”

“정말 그랬어요?”

다이앤이 콧방귀를 꼈다. “리지가? 아니. 그런 스타일과는 한참 먼 애였어. 설사 그렇다 해도, 그게 남자애들이 저지른 일의 변명이 될 수는 없지. 나는 아이들과 주 육 일, 아침부터 저녁까지 함께 있어서 잘 알아. 토냐? 그 애는 교활하고 질투심도 많고, 너무 성급해서 자기 몸 하나 건사하는 것도 힘들어했지. 그 애 역시 이야기를 아주 잘 지어내는 부류였어. 그리고 정말로 그렇게 지어냈지. 이사회는 신경도 쓰지 않았어. 토냐가 말한 내용만 믿었어. 그렇게 해야 더 이상 조사를 하지 않아도 되고, 쉽게 끝나니까 말이야. 그렇게 사건은 종결됐어."

"그냥 그렇게요?"

다이앤은 나를 무심하게 쳐다보았다. "그냥 그렇게. 그들에게 이런 애들은 차고 넘쳤고, 문제도 많았으니까. 당국이 개입하는 것만큼은 피하고 싶었던 거야. 그렇게 되면 지원금이 줄어들게 되거든."

"남자애들이 그 후로 다른 일을 저지르지는 않았나요?"

"아니. 감히 그럴 생각을 못 했지. 위원회가 고발을 기각한 그날, 애들을 따로 불러서 말했거든. 다시 한번 리지를 건드렸다간 졸업 후에 한 푼도 받지 못하게 될 거라고 엄포를 놓았어. 그건 정말 중요한 일이었거든. 애들은 나를 나쁜 년이라고 부르더구나. 하지만 누가 신경이나 쓸 일인가 그게."

"그러니까, 토냐 말인데요. 우리 엄마에 대해 왜 거짓말을 한 걸까요? 그 애들 가운데 남자 친구가 있기 때문에?"

"그건 아니라고 생각해." 다이앤이 말했다.

"그거 말고 다른 이유가 뭐가 있죠? 사랑에 빠진 남자 친구가 그 무리에 포함되어 있었다. 그런데 그 남자애가 다른 여자를 좋아한다. 그래서 질투가 났다."

다이앤은 고개를 젓고 내 쪽으로 몸을 기울여 눈을 똑바로 보았다. "핵심은 그게 아니었어."

이해가 되지 않아 얼굴을 찡그렸다.

“나는 토냐가 자기 남자 친구한테 집착했다고 생각하지 않아.”
다이앤이 말했다.
“토냐는 리지한테 집착하고 있던 거 같아.”

30

두 시간이 지났지만, 우리는 여전히 차를 마시며 대화를 나누고 있다. 밖에는 천둥이 우르르 울리고, 비가 내리기 시작했다. 반면에 집 안은 놀랍도록 아늑하다.

나는 굴뚝이 있나 두리번거렸고, 그런 모습을 다이앤이 알아챘다.

"걸레받이형 히터야." 다이앤이 말했다. 그러면서 이곳을 따뜻하게 데우기 위해 벽난로가 있을 거라고 생각한 나를 보고 웃었다.

"그렇지만 연기가 나는데요……." 킁킁거리며 냄새를 맡았다.

"외양간 뒤뜰에서 사슴 육포를 만들기 위해 훈연기를 돌리고 있거든." 그녀는 집 뒤쪽으로 머리를 기울여 방향을 알려 주었다.

원래 우리 계획은 잠시 들러서 질문 몇 개만 하고 떠나는 거였다. 그러나 그때 다이앤이 우리에게 배고프냐고 물었고, EJ는 뻔뻔하게도 그렇다고 대답했다. 그래서 그녀는 우리에게 샌드위치를 만들어 주고 차를 더 따라 줬다.

다이앤은 처음 만났을 때 느낀 것처럼 그렇게 적대적인 사람이 아니었다. 어쩌면 자신의 삶에 대해 이야기할 기회가 그녀를 조금은 겸손하게 만든 건지도 모르겠다.

그래서 우리에게 시설에 대해, 엄마에 대해 그리고 엄마의 습관에 대해서도 더 많은 얘기를 들려주었다.

물론, 나는 헛간 화제에 대해 물었다.

다이앤은 경찰 보고서는 물론이고 조사 내용 세부 사항까지 모든 것을 알고 있었다.

그 사건에서 엄마가 어떤 역할을 했는지 물을까 망설이다가, 결국 말하지 않기로 했다.

"혹시 뭔가 의심 가는 점 없으셨어요? 형사들이 전혀 생각하지 못했던 부분에서요."

"알겠지만, 애들은 자기네들끼리 얘기를 하잖니. 형사들에게는 미주알고주알 얘기하지 않지만 자기네들끼리는 얘기를 했지. 그래서 나도 몇 가지 들은 게 있단다."

"뭔데요?"

그녀는 대수롭지 않다는 듯 대답했다. "그냥 소문이지 뭐. 수사관들은 헛간 문이 나무로 막혀 있다가 경찰이 오기 전에 다시 열린 거라고 했어. 그런데 보고서에는 그게 확실하지는 않다고 적혀 있어."

"저희도 보고서 읽었어요."

"사실, 그 애들은 정말 많은 사람들에게 나쁜 짓을 저질렀어. 혹여 그렇게 나쁜 애들이 아니었다고 해도, 헛간에 불 지르는 걸 엽기적인 장난일 뿐이라고 생각하는 애들 역시 많았지. 부모라는 존재 없이 성장하는 십 대들은 말이야, 외로운 늑대처럼 될 수가 있단다. 얌전하다가도 무는 방법을 알게 되는 순간 위험해지는 그런 애들이 돼."

"켈러 시설을 떠난 후에도 연락하는 사람들은 없었나요?" 엄마가 그랬다면 좋겠다고 생각하며 질문을 던졌다.

"나는 결코 애를 원한 적이 없었어. 애를 낳아 본 적도 없고. 그런데 내 인생에는 수많은 아이들이 있었지. 그중 몇몇은 아직도 크리스마스가 되면 카드를 보낸단다." 다이앤이 미소를 지었다. "그런 애들은 몇 안 돼. 대부분은 그곳에서의 삶을 잊고 싶어 하거든."

이해가 갔다. "그럼 엄마는요?"

"리지? 그 애는 몇 년 동안 내 생일이나 크리스마스 때 전화를 했어. 그러다 갑자기 멈췄지. 나는 늘 헛간 화재 때문에 그 애 상태가 더 나빠졌다고 생각했지."

"더 나빠져요?"

"아니다, 그 단어로는 표현이 안 돼. 그 애는 더 조용해졌어. 더 화가 나 있었다고 해야 할까. 마음의 문을 걸어 잠갔지. 그 장소와 전혀 얽히고 싶지 않아 했어. 그걸 가지고 누가 뭐라고 할 수 있겠니. 내가 아는 바로는 전국 곳곳의 여러 대학에 지원했어. 몇 군데에서는 장학금 제안도 받았지. 결국 올드보에 있는 학교를 택했고. 나는 그 애가 잘 해낼 거라는 걸 알고 있었단다."

"엄마는 문예창작과를 우등으로 졸업했어요." 내가 덧붙였다.

다이앤은 부드러운 미소를 지으며 고개를 끄덕였다. 나를 뚫어지게 바라보는 그 눈빛을 보니 이 모든 것을 이미 다 알고 있었다는 듯 느껴졌다. "잘했어. 참 잘했지."

"엄마는 세계적으로 유명한 베스트셀러를 세 권이나 썼고, 출판계에서 이름을 꽤 날렸어요."

"잘했네."

"그랬는데 돌아가셨죠."

"그렇지." 다이앤은 묻지 않았지만, 나를 보는 눈빛이 마치 답을 이끌어 내려는 듯 보였다.

"미끄러져서 넘어지셨어요."

다이앤의 시선이 딱딱해졌다. 그 안에 뭔가 후회나 실망의 빛이 스쳐 지나간 것 같았지만, 확실치 않았다. "안타까운 일이네."

그녀는 무언가를 생각하는 듯, 턱을 살짝 들어 나를 바라보았다. 어찌나 오래 쳐다보는지 불편해질 정도였다. 그러다 갑자기 표정이 풀어지더니 깊이 숨을 들이마셨다. "뭐, 너 역시 엄마처럼 재능이 있으면 좋겠구나."

"그럼 다른 여자는요? 토냐 말이에요."

다이앤이 혀를 찼다. "그 애가 뭐?"

"켈러 시설을 떠난 후에 어떻게 됐는지 혹시 아세요?"

다이앤이 어깨를 으쓱했다. "말했듯이, 연락하는 애들은 드물어서."

"연락하셨어요? 그녀랑?" 나는 계속 밀어붙였다. 그러자 다이앤이 다시 나를 날카로운 눈빛으로 쳐다보았다. "토냐의 아기는 어떻게 됐어요? 임신 중이었죠? 그렇죠?"

그녀의 입가에 쓸쓸한 미소가 번졌다. "엄마가 되지 말아야 하는 사람들도 있단다. 토냐가 그런 부류였지. 그래서 입양을 보냈

어. 비공식적으로. 서로 동의했다는 기록 자체가 없지. 아무것도
없어. 그걸로 돈을 받았다는 얘기는 들었어. 어떻게? 나도 몰라.
하지만 놀랍지 않아. 임신하는 게 너무 힘들었던 모양이야. 그렇
지 않았다면 토냐는 그걸로 먹고살았을 수도 있었을 거야."
　나는 몸을 떨었다. 토냐는 그냥 그런 스토커가 아니었다. 그녀
는 악마였다.

31

다이앤이 숨을 깊이 들이쉬었다. "자, 이제?"

그녀가 손바닥으로 탁자를 내리치고는 자리에서 일어섰다.

이미 어두워지고 있었다. 몇 시간 더 머물면서 좀 더 질문을 하고 싶었지만, 다이앤은 이 대화를 끝마치고 싶어 하는 모습이었다.

밖에는 아직도 비가 내리고 있었다. EJ와 나는 시내로 다시 차를 몰고 가 모텔에서 하룻밤 묵고는 내일 아침 비행기를 타야 했다.

나는 다이앤에게 얘기를 들려주어 고맙다는 인사를 했다. EJ는 차와 음식에 대해 감사 인사를 전하고는, 얼음도 녹일 수 있는 그만의 매력적인 미소를 장착한 채 무단 침입에 대해 다시 한번 죄송하다고 말했다.

다이앤은 EJ가 신발을 신는 동안 그를 다시 훑어보더니 나를 향해 말했다. "남자 친구?"

내가 웃음을 터트렸다. "아니요, 아니요. 그냥 친구예요."

그렇지만 '남자 친구'라는 단어가 이미 공기 중에 떠다니는 이상, 얼굴이 빨개질 수밖에 없었다. EJ는 신발 끈을 묶으며 나를 조심스럽게 흘끗 쳐다봤다.

다이앤이 우리를 번갈아 쳐다보며 말했다. "조심들 해."

EJ는 제멋대로인 녀석답게 몸을 바로 세우더니 내 어깨에 팔을 둘렀다. "늘 지켜주고 있습니다. 그렇지? 자기야?" 그가 나를 향해 윙크했고, 내 얼굴이 새빨개졌다.

다이앤은 그저 웃을 뿐이었다. "그럼 그럼."

지금이야말로 주제를 바꿀 수 있는 좋은 타이밍 같았다. "저 혹시…… 엄마가 첫 번째 책에서 그 남자애들이랑 무슨 일이 있었는지를 썼는데요." 다이앤을 보며 말했다.

그녀는 나를 향해 눈을 가늘게 떴다.

"물론 허구로요." 나는 말을 덧붙였다. "거기에 등장인물이 한 명 나와요. 가정부인데, 몇 년 후 주인공이 도움을 청하는, 딱 하나뿐인 좋은 사람이에요."

다이앤은 표정을 바꾸지 않았다.

나는 미소를 지으며 어깨를 으쓱했다. "다이앤을 보고 그 인물을 만든 것 같아서요. 그래서 말인데. 혹시 엄마 책 한 권 갖고 싶지 않으세요?"

바로 이런 목적으로 책을 몇 권 챙겨 온 참이었다. (엄마에 대해 얘기해 줄 사람에게 잘 보이기 위해서.) 그렇지만 모든 사람 중에서 여기 있는 오직 이 사람, 다이앤만이 한 권을 가질 권리가 있다.

"물론이지."

“바로 가져올게요.” 나는 신이 나 말하고는 차로 달려갔다.

엄마는 자신의 과거를 아는 사람이 자기 책을 읽을 거라는 걸 알면 과연 자랑스러워했을까?

《거짓말, 거짓말 그리고 복수》를 집어 들었다. 어쩌면 다이앤이 이 책을 읽고 우리 엄마가 책을 통해 자기 나름의 복수를 했다는 걸 알면 기분이 나아질지도 모르겠다.

집으로 돌아가 다이앤에게 책을 건넸다.

“엄마 사인이 있어요.” 자랑스럽게 말했다. “그건 엄마 필명이고요.”

다이앤은 표지를 찬찬히 들여다봤다.

“E. V. Renge는 복수(revenge)라는 단어의 철자를 재배열해서 만든 이름이에요.” 내가 미소를 지었다.

다이앤은 손에 든 책을 뒤집어 뒷면에 있는 저자 사진을 바라보았다.

이 사진은 몇 년 전에 찍은 최신 사진으로, 트레이드마크인 빛나는 흑발, 앞머리, 빨간 립스틱이 배경에 찍힌 붉은 장미와 잘 어우러지는 사진이었다. 사진 속 엄마는 고딕 스타일로 보이니, 아마도 시설에 있던 때와는 달라 보일 것이다.

다이앤이 사진을 보고는 눈을 가늘게 떴다. 어쩐지 내가 준 선물에 그다지 기뻐하는 것 같지 않았다.

“한 오 년 된 사진 같아요. 저희 엄마예요.” 내가 설명했다.

그런데도 어색한 침묵이 내려앉았다. 다이앤은 갑자기 약간 적대적인 모습을 보였다. “허, 물론 그랬겠지.”

“네?”

"꽃 말이다. 그 애는 장미를 좋아했거든."

"오." 처음 듣는 소리였다. "정말요? 이상하네요. 엄마는 대부분의 꽃에 알레르기가 있는데. 아마 사진에 있는 것도 가짜였겠죠."

다이앤은 숨이 막힐 것 같은 침묵 속에서 계속 사진만 바라보았다. EJ와 나는 눈썹을 치켜뜨고는 서로를 바라보았지만 그녀를 방해할 생각은 없었다. 다이앤 제이컵슨은 그 누구보다도 엄마를 먼저 안 사람이다. **심지어** 아빠보다도.

갑자기, 다이앤이 엄마가 켈러 시설을 떠난 이후의 사진을 더 보고 싶어 하지 않을까 하는 생각이 들었다. 휴대폰 신호가 잡히지 않아 SNS를 확인할 수는 없지만, 사진 폴더에는 적어도 한 장은 있을 거라 확신했다. 나는 추모식 때 만들었던 슬라이드 쇼 파일을 열었다. (거기에는 할머니, 엄마, 아빠 그리고 아직 아가였던 내가 찍혀 있다.) 내 핸드폰을 다이앤에게 건넸다.

"제가 가지고 있는 사진 중에 가장 오래된 거예요. 그때 제가 아마 한 살 정도였을 거예요." 우리는 모두 화면을 바라보았다.

엄마는 사진 찍는 걸 그다지 좋아하지 않았다. 단, 얼굴이 완벽하게 나올 때까지 여러 번 찍은 사진은 예외였다. 그러나 그때마저도, 반드시 보정을 하거나 포토샵으로 수정을 해야 했다.

그렇지만 이 사진은 할머니가 찍은 사진이었다. 나도 장례식 때 처음 본 사진. 사진 속 엄마는 나를 안고 있다. 머리를 하나로 묶고서. 립스틱도 바르지 않은, 맨얼굴이다. 피곤해 보이는 엄마 옆에는 아빠가 서 있는데, 팔을 엄마의 어깨에 두르고 있다. 아빠는 카메라를 향해 환하게 웃고 있지만 엄마는 방심하다가 찍힌 표정이었다. 이십 대 초반인 엄마는 매우 어려 보였고, 평소처럼 깔끔하게 차려입은 모습과는 너무 달랐다. 다른 사진에서는…….

"그럴 줄 알았어. 이런." 다이앤이 중얼거렸다.

나는 혼란스러운 마음에 고개를 번쩍 들어 그녀를 바라보았다. 방금 들은 말이 제대로 이해되지 않아 얼굴이 찌푸려졌다.

"이 사진에서는 엄마가 유난히 어려 보이게 나왔어요. 게다가 화장도 안 해서요." 황급히 설명하면서도 그녀가 무슨 의미로 그런 말을 했는지 알 수 없었다.

다이앤은 머리를 절레절레 젓고는 볼 안쪽을 혀로 문질렀다. 그런 후 고개를 들어 나를 봤는데, 눈빛은 거의 화가 나 보였다. "내가 미쳤다고 생각할 수도 있어. 그렇지만 이건 정말 그냥 넘어갈 수 없어."

뱃속 깊은 곳에서 불쾌한 기분이 스멀스멀 올라왔다.

다이앤은 구부린 검지를 화면에 터치하지 않은 채 몇 번이나 그 위를 누르는 시늉을 했다.

"나는 이 여자를 알아. 그리고 나는 리지 던을 알지. 이 사람." 다이앤은 화면을 보다가 다시 내 눈을 마주 봤다.

"이 사람은 리지가 아니야. 이건 토냐야."

2부

이십일 년 전……

32
벤

"그 여자가 우리에 대해 알아냈어, 젠장!" 나는 토냐의 호숫가 집 주방을 서성거리며 투덜댔다.

"뭐, 멍청한 애가 아니니까." 토냐가 가슴 앞으로 팔짱을 끼며 말했다. "무슨 뜻이냐면, 자기가 그만큼 똑똑하지 않다는 거야."

"네가 나한테 시킨 건 다 했어, 토냐."

"미안하지만 사실을 말해 볼까. 정말 시킨 대로 다 했다면 걔는 의심조차 안 했을걸."

냉장고에서 맥주를 하나 꺼내 길게 한 모금 마시면서 짜증을 씻어 내리려 애썼다.

솔직히 스물둘의 나이에 아빠가 될 계획은 전혀 없었다. 원하지 않는 여자와 함께 살 생각도 없었고. 그런데 나는 사랑에 빠졌고, 그래서 나와 함께 사는 여자를 이용해 돈을 벌겠다는 기괴한 복수심을 가진 여자와 바람을 피우고 있다.

이렇게 일찍 결혼할 계획도 없었다. 그런데 그때, 토냐가 말하기를 이건 꼭 필요한 일이라고, 아이가 우리에게 비장의 카드가 될 거라고 했다.

토냐는 똑똑하다. 이 계획은 완전 꼬였다. 그러나 그룹 홈에서 리지가 토냐에게 했던 일을 생각하면 치가 떨린다. 그러니 어쩌면 미래에 있을 성공을 함께 축하하는 게 맞는 것 같다. 토냐에게는 정의가 실현되어야 한다. 그녀는 그걸 보상이라고 불렀다.

시내에 있는 그 작은 원룸에서 빠져나올 수만 있다면 얼마나 좋을까. 정말 숨 막히는 곳이다.

호숫가에 있는 토냐의 통나무집이 훨씬 낫다. 우리는 거의 반 년 동안 이곳에서 만남을 지속했다. 원래 여기에는 그녀의 먼 친척이 살고 있었는데, 토냐가 그룹 홈을 나온 후 그 사람을 도와주기 위해 이곳에 왔다고 한다. 그 친척이 사망한 후에 이 집을 토냐에게 남겼다.

여름이 되니 이곳은 정말 좋다. 눈보라 치는 겨울에 토냐를 보겠다고 여기까지 운전해서 왔던 건 정말 지옥 같았다. 그래도 그땐 기숙사에 살던 때였다. 며칠 동안 없어져도 변명하기 쉬웠다. 하지만 졸업하고 리지와 함께 살다 보니, 주말마다 여기로 오기 위해서는 엄마를 핑계로 댈 수밖에 없었다.

보통은 리지가 내 차로 나를 공항에 데려다준다. 그런 다음 토냐가 와서 나를 태우고 간다. 이곳에서 보내는 주말은 숨통이 트이는 시간이다. 이 시간이 끝나고 나면 다시 리지에게로 돌아가야 한다.

안다, 나도 안다. 수상하게 들린다는 거. 하지만 이중생활을 하는 게 나 혼자만은 아니잖아. 나는 리지를 정신적으로 지지해 주면서, 부모님이 보내 주시는 돈으로 금전직인 도움도 주고 있다. 그러니 리지는 나에게 감사해야 한다. 그리고 장차 내 딸 역시 책임질 마음도 있다.

그저 내가 원하는 것은 토냐와 함께 지내는 것이다. 여름에는 올드보에서 여기까지 차로 한 시간밖에 안 걸린다. 나는 이제 이렇게 숨어 다니는 것에 지쳤다.

리지와 토냐 문제는 이제 걷잡을 수 없게 되었다. 리지가 임신만 안 했어도 이 지경까지는 오지 않았을 텐데. 그 사실을 알게 되었을 때, 어떻게 할 작정이냐고 물었다. 나는 어떤 선택이든 괜찮았을 거다. **뭐든지**. 그런데 그녀는 아이를 낳고 싶어 했다.

그럼 그렇지.

화가 났지만 그 분노를 돌릴 곳은 나 자신밖에 없다. 딱 이런 상황이 올까 봐 매번 콘돔을 사용했다. 뭐, 대부분은 그랬다. 술에 취해 섹스를 했던 기억이 없던 몇 번 빼고는. 그래도 했다는 사실은 알고 있었다.

하지만 중요한 건 그게 아니다.

나는 리지에게 아이 보는 걸 돕겠다고 말했었다. 물론이다. 그러니까, 내가 돈만 있었다면 말이다. 리지와 함께 지낼 계획 따위 없었다. 그러나 토냐가 그러라고 밀어붙였다.

토냐. 토냐. 토냐. 이 여자는 불꽃같다. (맥주를 꿀꺽꿀꺽 마시며, 나를 바라보는 그녀를 바라본다.) 리지와 아이 문제로 난장판이 되었지만, 토냐와 나는 결국 해답을 찾을 것이다. 토냐가 그렇게 말했다. 그리고 이 사람이 그렇다고 말하면, 세상에, 나는 도살장으로 끌려가는 양처럼 그녀를 따라갈 것이다.

리지가 임신했다는 것을 알게 되자, 토냐는 몇 달이나 사라졌었다.

"자기는 이제 리지한테만 집중해야 해. 나는 생각을 좀 해 봐야 하고." 떠나기 전 토냐는 이렇게 말했고, 그녀가 없는 일분일초가 정말 진저리가 날 정도로 싫었다.

나는 어떻게든 리지와 잘 지내보려고 애썼다. 하늘도 알 것이다. 하지만 리지는 점점 감당하기 힘들어졌다. 그녀와 함께 지낼 계획을 세운 건 원래 아이 때문이었다. 그리고 그녀의 거처 때문에. 브래디가 제스와 연애 중이었기에, 제스가 올 때마다 나는 기숙사를 나와야 했다. 그 상태가 벌써 반년이나 이어지고 있던 참이었다. 애초에 리지와 엮이게 된 이유도 바로 그거였다. 그녀는 쉬운 여자였다. 자기 소유의 아파트가 있다. 내가 원하는 건 뭐든 하게 해 주었다. 일주일 어느 요일이라도, 내가 원하는 때마다 방문을 허락했다. 물론, 나는 잠잘 곳이 필요하다고 솔직히 말할 정도로 바보가 아니었다.

그래도, 리지는 재능이 있다. 거기에 대해서는 의심의 여지가 없다. 처음 그녀가 자신이 쓴 단편을 읽어 주었을 때, 크게 성공하리라는 건 이미 확실해 보였다.

그런데 그때 토냐가 나타났다. 불꽃같고, 재밌고, 쿨한 그녀. 질투심 따위 없고, 조건 따위 걸지 않은 사람. 내가 리지 얘기를 털어놓고, 나에게 기회를 준다면 리지를 다시는 만나지 않겠다고 말할 때조차 토냐는 이렇게 대답했다. "진정해요, 캡틴."

나는 사랑에 빠져 있었다. 토냐, 오직 그녀에게. 그러니까, 이런 여자를 만나서 온갖 감정을 느끼게 되면, 말하지 않아도 그냥 알게 된다.

그랬는데 괜히 토냐에게 리지가 쓴 이야기에 대해서 말을 해 버린 것이다.

빌어먹을 리지와 그 이야기들. 토냐는 유난히 그 이야기에 꽂힌 듯 보였다. 특히 리지의 원고를 몰래 들고 나와 토냐에게 보여 준 뒤로, 거기에 더 집착하는 듯했다.

"기가 막히게 잘 썼네." 토냐가 말했다.

나도 알고 있는 사실이다. 모두가 알았다. 그 무렵 리지에게는 이미 에이전트가 붙었고, 그쪽에서 선인세를 주겠다고 약속한 상태였다.

"걔는 분명 이걸로 성공할 거야."《거짓말, 거짓말 그리고 복수》원고를 읽으며 토냐는 그렇게 말했다.

나 역시 그럴 거라 생각했다.

토냐가 몇 달 만에 다시 돌아와서는 그저 이렇게만 말했다. "아직 리지를 떠나지 마."

우리는 그날 싸웠다. 우리의 첫 싸움이었다.

"나랑 있고 싶지 않다는 거지, 그래 그건 좋아." 나는 홧김에 폭발해 버렸다. "그렇지만 빌어먹을 아이 때문에 아무런 감정도 없는 여자 옆에 있을 생각은 없어! 나는 스물두 살이야, 토냐. 졸업을 앞두고 있고 이곳을 떠나 동부로 갈 거야. 거기서 직장을 구할 거라고. 나는 내 삶을 살고 싶어, 애나 보고 사는 게 아니라."

"멋지겠네." 토냐는 이전에는 전혀 들어보지 못한 목소리 톤으로 이렇게 말했다. 눈에는 눈물이 차오르고 있었다.

“뭐……? 멋지다고? 뭐가 멋진데?”

“과거를 내려놓을 수 있는 거 말이야. 한때 모든 것을 다 가졌던 누군가가 자기에게서 모든 것을 빼앗아 갔다고 생각하지 않을 수 있어서 말이야.”

나는 얼굴을 찌푸렸다. “도대체 무슨 소리야?”

바로 그때, 그녀는 나에게 헛간 화재에 대해 말해 주었다.

“맞아. 우리 아는 사이였어.” 토냐는 침통하게 말을 시작했다. “뭐, 지금까지 나를 기억하지는 않겠지. 뭐 때문에 나를 기억하겠어? 나는 정말 투명 인간 같은 사람이었거든. 그랬는데 걔가 내가 가진 단 한 가지를 빼앗아 갔어, 내 남자 친구를. 그는 인기 많고, 잘생겼고, 똑똑했지. 그런 그가 자기 대신 나를 선택해서 질투한 거야.”

“그런 얘기 한 번도 못 들었는데.”

“걔가 뭐 때문에 그런 얘기를 하겠어, 벤?” 토냐가 딱 잘라 말했다. 눈물이 뺨을 타고 흘렀다. 토냐가 우는 것은 이번이 처음이었다. “걔가 사이코였다는 거? 소름 끼치는 스토커였다는 거? 머리가 완전히 망가진 여자였다는 거? 어떤 남자랑 나를 질투해서 그와 그의 친구들을 따라가 헛간에 불을 질러 죽였다는 거? 걔가 그런 걸 자기한테 얘기할 거라고 생각하는 거야?”

충격에 빠져 멍하니 토냐를 바라봤다. 그럴 리가. 그렇게 조용하고 순진한 리지가 그럴 리 없어.

하지만 그때…….

여전히 충격에 휩싸인 채 토냐를 보고 있었다.

“거 봐. 안 믿을 줄 알았어.”

토냐가 신문 기사 조각을 내밀었다.

그룹 홈 헛간에서 화재 발생
세 명 사망하다

33

벤

그제야 나는 처음으로 리지가 가진 다른 면을 이해하게 되었다. 늘 조용하고 수수께끼 같은 사람이었는데, 소설은 완전히 다른 얘기를 하고 있었다. 어떻게 그녀 같은 사람이 이렇게 뒤틀리고 잔혹한 복수극을 지어낼 수 있는지 도무지 이해할 수 없었다.

이제는 이 모든 것이 맞아떨어지기 시작했다.

"자기야, 자기야." 나는 토냐에게로 걸어가 그녀를 품에 안았다. "쉿. 당신을 믿어. 괜찮아. 괜찮아."

토냐는 잠시 흐느끼더니 눈물이 가득 찬 눈으로 나를 바라보았다. "이제 이해하겠어?"

"응. 리지랑 헤어질게."

그녀는 눈을 감고 입술을 꼭 다물었다. "아니, 벤." 그리고 갑자기 나를 향해 눈을 번쩍 떴다. "그러면 안 돼."

"이해가 안 돼. 그럼 원하는 게 뭐야?"

"걔는 나에게 진 빚이 있어. 그 이야기들 말이야. 그리고 고통까지. 내 슬픔을 이용해 이야기를 쓰고, 그걸로 기회를 얻고 있어. 그랬는데 그거 알아? 걔가 책을 출판하면 그걸로 부자가 될 거야."

여전히 제대로 이해할 수 없었다.

"당신." 토냐가 말했다. "그걸 조금이라도 빼앗을 수 있는 사람은 당신뿐이야."

"어, 어떻게?"

"아이 아빠잖아."

"그래서?"

"아이가 태어날 때까지 같이 지내. 그런 다음 책이 출간되기 전에 결혼도 하고. 그러고 나면……."

그녀가 말하는 걸 듣자 머리가 핑 돌았다. 그건 나와 토냐를 둘 다 억울하게 만드는 일이다. "그러고 나면?"

"그러고 나면 자기가 리지로부터 한 푼도 빠짐없이 다 받아 내는 거지."

"그렇지만…… 그럼 **우리**는?"

토냐는 손등으로 눈물을 닦았다. "내가 희생할게. 우리를."

"말도 안 돼……."

"내 얘길 들어 봐!" 토냐는 화가 난 듯 소리쳤고, 눈을 감고 마음을 진정시킨 후 다시 눈을 떴다. "내 말 들어 봐. 난 할 수 있어. 그렇게 할 거야. 당신도 할 수 있다는 걸 알아. 나를 위해서. 우리의 미래를 위해서." 그녀의 아랫입술이 떨리고 있었다. 그 예쁜 두 눈이 다시 눈물로 가득 차기 시작했다.

"우린 그냥 좀 참으면 돼, 자기야." 그녀는 두 손으로 내 얼굴을 너무도 부드럽게 감쌌다. "당신은 내가 시키는 대로 하는 거야. 나는 바로 자기 옆에 있을 거고. 공공장소에서는 그렇게 못하겠지만. 그냥 그 애가 모르게 따로 만나면 돼. 그런 다음." 토냐는 입술을 깨물고 눈을 깜빡이며 나를 바라보았다. 그 눈빛에 내 심장이 두근거렸다. "그런 다음, 자기야, 우리가 받을 걸 받으면 당신은 리지를 떠날 거고, 결국 우리는 함께할 수 있어. 그리고 부자가 될 거야."

"그렇지만……."

"당신, 나 그리고 당신 딸."

"내 딸?"

"당신 딸도 데리고 와야지. 리지가 무슨 일을 저지를 수 있는지 이제 자기도 알잖아. 당신 딸은 우리랑 있어야 더 나아. 더 안전하고."

이런 사랑을 할 수 있는 사람은 오직 토냐뿐이다.

이 모든 일은, 그 후 몇 달 동안 모두 사실임이 증명되었다.

물론 나는 리지에게 헛간 화재에 대해 입도 뻥긋하지 않았다. 그때는. 그러니까 내 말은, 나는 멍청이가 아니다. 그녀를 놀라게 하거나 그런 건 원하지 않았다.

그렇지만 리지는 점점 미쳐 갔다. 의심도 늘었다. 화가 가득한 말들을 쏟아 내고, 도저히 말도 안 되는 협박을 늘어놓았다. 집 안에서 이상한 짓을 하고 나서, 그걸 나한테 덮어씌우기도 했다.

나는 그저 리지가 과민 반응을 하고 있는 거라 생각했다. 그러다 두 번째 원고를 발견했다.

그걸 몰래 들고 나와 토냐에게 보여 주었다.

　　부두에 서서 배에서 터져 나오는 비명을 듣는다.

　　이성을 잃어가는 여성의 비명. 그녀는 아직 이런 일이 왜 자기에게 일어나는지를 전혀 모르고 있다. 여자의 삶은 서서히 산산조각 나고 있다. 남편이 물에 빠져 허우적거리고 있지만 도울 수는 없는 상황.

　　저 여자는 이런 일을 당해도 싸다.

　　필사적이고. 공황 상태고. 그러나 이유를 모른다.

　　이유를 알 수 없겠지. 왜냐하면 이건 다 내가 저지른 일이니까. 그녀 남편의 죽음도.

　　그녀가 자초한 일이다.

　　그러니 그녀는 결코 내 인생에 끼어들어선 안 됐다.

“머리가 제대로 박힌 사람이라면 이런 걸 쓰겠어?” 토냐는 눈물을 글썽이며 원고에서 눈을 떼더니 충격받은 얼굴로 나를 바라보며 물었다.

“그런데…….” 나는 콧등을 손으로 짚었다. “이건 소설이잖아, 안 그래?”

“소설?” 토냐가 소리를 질렀다. “그래, 자기야. 소설이지. 다만.” 그녀는 미친 듯이 페이지를 넘겼다. “여기, 여기, 여기 나오는 주인공 두 명은 다 여자고 학교에서 라이벌이야. 한 명이 다른 사람의 남자 친구를 가로채지. 몇 년 후, 다른 사람이.” 토냐는 당황한 눈빛으로 나를 바라보았다. “상대편의 남편을 물에 빠뜨려 죽여. 그런 다음 집에 불을 지르고, 아이를 데리고 가. 당신 이런 일이 일어나기를 바라는 거야?"

"나한테? 잠깐, 잠깐, 잠깐만……."

"자기 바보야? 벤?" 토냐가 안타까운 듯 눈살을 찌푸렸다. "리지는 끔찍한 사람이야. 이미 내 인생을 한 번 망가뜨렸어. 다시는 그런 짓 못 하게 할 거야. 걔는 나한테 빚을 갚아야 한다고."

토냐가 가슴을 들썩이며 울기 시작했다.

어휴, 여자들은 왜 이렇게 극적인 걸까.

그렇지만 이 사람은 토냐다. 그리고 그녀가 이런 모습을 보일 때, 나는 어찌할 방도가 없다. 다시 그녀를 품에 꽉 안아 주었다.

"쉿. 다 괜찮아. 괜찮아."

"나, 나, 나는 당신 없이는 절, 절대 못 해, 벤. 그런데 나, 나는 이걸 꼭 해야 해. 그, 그래야 예전처럼 될 수 있어. 나, 나는 자기를 잃고 싶지 않아. 하지만, 대, 대가를 치르게 하려면 도움이 필요해. 응?"

그녀는 아름다운 눈을 나를 향해 들어 올렸고, 그 눈빛 앞에서 나는 절대 '안 돼.'라고 말할 수 없다.

"네 달만 더." 그녀가 말했다.

징역형을 받은 것만 같다. 그다지 즐겁지 않았던 졸업식. 점점 더 괴팍하고 편집증적인 모습을 보이는 리지. 결국은 리지에 대해 털어놔야 할 부모님까지.

"남자 물건 관리 제대로 할 수 없었니, 응?" 엄마는 그렇게 톡 쏘아붙였다.

그러나 리지가 곧 출판계약을 맺을 거라는 걸 말했더니, 부모님은 그녀와 얘기해 보겠다고 했다. 리지는 부모님과 한참 통화를 했고, 끊을 무렵에는 얼굴이 환해져 있었다. 부모님 역시 만족했다.

물론 그녀에게 세상을 다 줄 것처럼 맹세했다. 달리 무얼 할 수 있었겠는가?

나는 여전히 토냐와 사랑에 빠져 있는데.

그때까지 두 달이 남았다…… 기숙사를 비워야 했기 때문에 리지와 함께 살게 됐다. 친구들은 하나둘 자취를 감췄다. 직장 때문에 다들 전국 각지로 흩어졌기 때문이다. 나에게는 쓸모없는 학위가 하나 있을 뿐이었다.

그런 다음 **그때**까지 한 달이 남았다.

토냐와 나에게는 계획이 있었지만, 어떻게 해서 그 계획을 먹히게 만들지는 상상이 안 됐다.

리지와의 결혼? 미쳤다. 부모님은 우리가 부모님 댁에서 얼마간 지낼 수 있다고 말씀하셨다. 우리가 자립할 수 있을 때까지. 리지의 책이 출간될 때까지.

토냐 역시 나랑 리지와 가까운 곳으로 이사했다고 말했다. 아무도 모르게 말이다.

그렇게 해서 지금까지 왔다. (이제 **그때**까지 단 하루 남았다.)

부모님은 계속 잔소리를 늘어놓으신다. 내 여자 친구는 곧 아이를 낳을 예정이다. 내가 사랑하는 사람은 호숫가 근처에 있는 통나무집에서 살고 있다. 나는 바람피우는 사람이다. 나는 사랑에 빠졌다. 나는 거짓말을 하려고 노력하고 있다.

그리고 나는 정말 곧 미칠 것만 같다.

뭐라고들 하더라? 엎친 데 덮친 격이라고들 하지.

정말 맞는 말이다.

아빠가 되기까지 일주일도 안 남았다. 이 사실을 아직도 제대로 받아들이지 못하고 있다. 곧 결혼하기로 되어 있는 여자와 공동 양육자가 된다.

한 시간 전, 리지가 공항에 나를 내려 주었다. 그녀가 떠나자 토냐가 나타나 차에 태웠다.

맥주를 한 모금 들이켜는 순간, 모든 게 잘못됐다는 생각이 들었다. (일주일에 단 하루 토냐와 지내기 위해 이 모든 거짓말을 해야 한다니.)

하지만 나는 그녀와 떨어져 지낼 수 없다.

"표정이 왜 이렇게 뽀로통해?" 토냐가 물었다.

"그냥……." 어떻게 설명해야 할지 알 수 없었다. 이번 주말만 보내면 한동안은 못 보는 것일까, 확실하지 않다. 리지가 출산할 때, 거기 가서 도움을…….

"젠장! 나는 진짜 이러고 싶지 않아!" 내가 불쑥 말을 내뱉었다.

토냐가 나를 뚫어지게 보았다. "이러는 게 뭔데, 벤?"

"부모 노릇 하는 거."

그녀는 표정을 풀더니 웃기 시작했다. 나를 불편하게 하는 웃음이었다. "다 잘될 거야. 두고 봐."

밖은 이미 어둑해졌다. 그래서 자동차 헤드라이트 불이 집 창문을 비추자마자, 바로 누가 온 것을 알아차렸다.

"누구지?" 토냐는 창문 밖을 쳐다보며 생각하듯 말했다.

나는 상관없었다. 두 눈을 꼭 감은 채 어떻게 해야 이 막장 드라마 같은 인생이 제대로 풀릴지를 생각하고 있었다.

그때 토냐가 말했다. "벤, 저거 자기 차야."

토냐가 가리키는 방향으로 고개를 홱 들어 올렸다.

그녀는 여전히 창문 밖을 바라보고 있었다. "맞아." 그녀가 말했다. "그럼, 누가 있을 것 같아?"

말할 필요가 없었다. 알았으니까.

리지였다.

우리는 끝장났다.

34

벤

"누가 왔는지 보라고." 토냐가 차갑게 말하며 현관을 향해 나갔다.

나는 문 뒤에 서서 숨을 죽인 채, 토냐가 리지를 쫓아내길 바랐다.

"그 사람 어딨어?" 리지가 딱딱거리며 말했다.

"누구?"

"겁쟁이 바람둥이. 벤 말이야. 어디 있어?"

토냐가 낄낄 웃었다. "뭐 때문에 그 사람이 여기 있다고 생각하지? 그런데 여긴 어떻게 찾아낸 거야?"

"널 따라왔지. 너희 둘 다. 그래, 공항에서부터 따라왔으니 그 엉터리 거짓말은 집어치워, 토냐."

눈을 감고 머릿속으로 욕만 되풀이했다.

아마 이게 직접 **내 방식**대로 모든 걸 정리하라는 신호일 테다. 리지에게 솔직하게 말하고 다 끊어 버리는 것. 토냐와 나는 우리끼리 잘 해낼 수 있다. 우리는 서로 사랑하고, 리지가 그 책으로 얼마를 벌든, 그런 돈은 우리에게 필요 없다. 토냐는 이 모든 거짓말이 그만한 가치가 없다는 걸 이해하지 못한다.

"너희 둘이 한참 동안 이러고 있었다는 거 알아." 리지가 말했다. "그러니 억지로 빠져나가려고 노력할 필요 없어."

마음을 굳게 먹은 나는 문을 열고 현관으로 나왔다.

리지가 차 헤드라이트 앞에 서 있었다. 그렇게 화가 난 얼굴은 난생처음이었다. 불룩한 배를 드러낸 그녀의 몸을 통해 현관에 서 있는 내 발끝에 닿을 정도로 거대한 그림자가 드리워졌다. 증오로 가득한 눈이 나를 꿰뚫어 보는 바람에, 말하려던 것을 잊어버렸다.

"리지……." 내가 중얼거렸다. "네가 생각하는 그런 게 아니라……."

"오, 그만둬, 벤!" 그녀가 소리쳤다. "나 당신 어머니랑 얘기했어. 반년째 집에 안 간 것도 안다고. 거짓말 좀 그만해."

"설명할 수 있어."

다른 말을 하려고 했지만, 그녀가 너무 화가 난 데다 분노로 가득 차 있어서 견딜 수가 없었다.

토냐는 가슴 앞으로 팔짱을 끼고는 리지를 뚫어지게 바라보며 머리를 갸웃했다. 그러고는 아무 말도 하지 않았다. 무슨 말을 꺼내더라도 리지의 감정을 상하게 할 것 같았다.

"리지." 내가 입을 뗐다. "성인답게 우리 이야기로 풀자……."

"얘기하고 싶지 않아!" 그녀가 내뱉었다. "혹시 그거 알아? 진작 이렇게 했어야 했어. 그렇지만 나는 겁쟁이였지. 그냥 당신이 좋았거든. 그래서 다 잘될 거라 생각했어. 그런데 그렇지 않았어. 그렇지 않은 지 꽤 됐고.”

“리지, 진정해.” 리지의 가슴이 빠르게 오르내리는 게 보였다. 숨을 가쁘게 쉬며 배를 붙잡고 있었다. “우리 그냥…….”

“아니, 벤!” 리지가 너무 크게 소리를 치는 바람에 목소리가 갈라졌다. “얘기 안 해! 당신을 원하지 않아. 아이도 당신을 원하지 않고. **우리**는 당신을 원하지 않아!”

리지가 울고 있는 것 같다. 아 젠장, 진짜 울잖아.

나는 손바닥을 보이며 앞으로 손을 뻗었다. “진정 좀 해, 리지, 알겠어?”

“아니!” 그녀가 높은 목소리로 소리쳤다. “나 만지지 마! 가까이 오지도 마. 우리 끝났어, 벤! 우린! 끝이! 났다고!” 온 힘을 다해 소리쳤다.

그런데 갑자기 그녀의 얼굴이 고통으로 일그러지더니, 비명을 지르며 몸을 웅크리고 배를 붙잡았다.

“리지?”

“아아.” 리지의 입이 크게 벌어졌지만 이번에는 소리가 거의 새어 나오지 않았다. 그러고는 휘둥그레진 눈으로 나를 바라봤다.

“리지?” 천천히 그녀에게 다가갔다. “왜 그래?”

극심한 공포가 나를 사로잡기 시작했다.

리지가 몸을 떨었다. 그녀는 트레이닝 바지를 내려다보며 약하게 신음을 내뱉었다. 나는 헤드라이트 불빛의 역광 때문에 자세히 볼 수가 없었다.

“벤?” 그녀는 자신의 다리를 바라보며 힘없이 신음했다.

그때가 되자 내 눈에도 보였다. 밝은색 트레이닝 바지가 젖어

가고 있었다.

리지는 놀란 눈으로 나를 바라봤다. "벤?" 그리고 내 이름을 속삭였다.

"이런 젠장." 토냐가 내 뒤에서 말했다. "양수가 터졌어."

리지는 토냐를 보고, 나를 보더니, 다시 자신의 다리 쪽으로 시선을 던졌다.

"악!" 그녀는 고통으로 거친 숨을 내쉬었고, 무릎이 흔들리기 시작했다.

나는 앞으로 달려 나가 그녀를 품에 안았다.

"병원으로 데리고 가야 해!" 내가 토냐에게 소리쳤다.

나 혼자 리지를 부축하기 힘들어 우리는 둘 다 잔디에 주저앉기 시작했다.

토냐는 내 옆에서 무릎을 꿇고 앉아 리지의 괴로워하는 얼굴을 바라보았다.

"우리 병원 가야 돼. 내 차로 가자." 내가 헐떡이며 말했다.

"아니." 토냐가 대답했다.

놀라서 토냐를 돌아보았다. "무슨 말이야? 지금 애가 나온다고. 병원에 데려다줘야 해."

토냐는 나를 향해 얼굴을 돌렸다. 단호한 표정이 어딘가 차가워 보였다. "그럴 시간 없어. 여기서 애를 낳아야 할 것 같아."

이 대답을 듣자, 토할 것 같았다.

35

벤

시간을 되돌릴 수만 있다면 얼마나 좋을까. 한 시간 전으로만이라도.

리지는 침실 침대 위에서 고통으로 몸을 구부리고 있다. 그녀는 신음 중간중간 가끔 비명을 질렀다. 그 날카롭고 애절한 소리에 속이 울렁거릴 정도였다.

나는 귀에서 심장 뛰는 소리를 느끼며 토냐가 침실을 왔다 갔다 하면서 리지의 상태를 확인하고, 주방에서 물을 끓이고, 오래된 시트를 갈가리 찢는 걸 지켜봤다.

그러면서도 토냐는 이거 해라 저거 해라 끊임없이 나에게 지시를 내렸다. 리지에게 약을 먹이라고도 했다. (그게 무슨 약인지는 묻지 않았다.)

"우린 병원에 가야 해." 내가 계속해서 똑같은 말을 반복했다. 마치 메아리처럼.

"리지는 당신을 떠나고 싶어 해, 벤. 아직도 모르겠어?" 토냐는 쉿 소리를 내며 말했다. 우리는 주방과 침실 사이를 오가며, 토냐의 말에 따르면 '출산 용품'이라는 것을 옮겼다.

"그러라지."

"바보같이 굴지 마. 리지는 당신 못 떠나. 병원에 가기만 하면 미래고 책이고 다 없어지는 거야."

"책 얘기는 잊어버려! 토냐." 내가 소리쳤다.

그녀가 내 셔츠 앞부분을 움켜잡았다. "싫어." 토냐의 사나운 으르렁거림에 등골이 오싹해졌다.

"여기서 도와줄 거야. 집에서." 토냐가 선언했다. "어렵게 생각할 거 없어. 많은 사람들이 집에서 출산하는데 뭐. 우리가 아기를 도와주면 돼. 리지가 우리랑 합의를 보지 않는 한, 이 집 밖에 발도 못 붙이고 아이도 데려가지 못하게 할 거야."

토냐를 멍하니 쳐다봤다. "자기 미쳤어?"

침실에서 리지의 신음 소리가 들려왔다. "도와줘."

토냐가 눈을 크게 떴다. "이미 너무 늦었어. 우리끼리 해결해야 해. 마음 단단히 먹어, 벤."

"어, 어떻게? 우리 도대체 뭘 어떻게 해야 하는 건데?"

"내가 알아." 토냐가 장에서 깨끗한 수건을 다발로 움켜쥐었다.

"뭐, 뭔데?"

토냐는 그 수건을 내 손에 넘겨주고는 잠시 나와 눈을 맞추었다. "알고 싶지 않을 거야, 벤. 그냥 가."

절대 이런 걸 원한 게 아니었다. 어떤 남자도 이걸 목격하고 싶지 않을 거다. (여자의 출산 장면 말이다.) 그들이 어떤 식으로 하는지도 모르는데. 난 차마 볼 수 없을 거다.

한 시간 동안 나와 토냐는 리지와 함께 머물며 그녀를 진정시키려 애썼지만, 리지는 침대 위에서 온몸을 뒤틀었다.

"됐어." 마침내 토냐가 입을 뗐다. "준비가 됐어. 당신, 도와줄 거지?"

"안 돼." 토냐를 바라보며 간청하듯 말했다.

"리지 옷을 벗겨야 해. 밖에 나가서 기다려. 내가 부르면 그때 들어와서, 내가 뭘 달라고 하면 재빨리 주는 거야. 이해했어?"

나는 힘차게 고개를 끄덕이고 비틀거리며 방을 빠져나와 복도에 섰다. 숨을 헐떡이며, 지금 벌어지는 상황을 받아들이려 애썼다.

효과 만점인 치료법이 하나 있다.

주방으로 달려가 찬장에서 위스키병을 꺼내고 다시 복도로 돌아와 한 모금 마셨다. 그런 다음 또 한 모금. 또 한 모금.

천장에 매달린 전구가 눈이 멀 것처럼 환하다.

방 안에서 들려오는 토냐의 목소리는 마치 악몽 속에서 울리는 메아리 같다. "옷을 벗겨야 하니까, 몸을 좀 움직여 봐."

그러자 리지의 신음 소리가 들려왔다.

이 모든 걸 씻어 주길 바라는 마음으로 위스키를 들이켰다.

"이제 네가 날 도와줘야 해, 알겠어? 힘을 줘!"

비명이 들린다. 그리고 또 이어지는 비명.

이런저런 지시들.

또 다른 신음 소리.

한 모금 더 마셨다. 술이 내 목을 태우는 듯했고, 약간 어지러웠다.

그때 리지가 내지르는 끔찍한 포효가 울려 퍼졌다. 거의 남자 목소리 같았다.

"알겠어, 알겠어, 알겠다고. 벤! 시트가 더 필요해! 피가 나오고 있어!"

술병을 바닥에 내려놓고 장에서 시트를 꺼냈다. 침실로 들어갔을 때, 멈칫하고 말았다.

또다시, 시간을 돌릴 수만 있다면 얼마나 좋을까 생각했다. 내가 본 것을 못 본 것으로 만들 수만 있다면. 리지가 있다. 토냐가 있다. 그리고 피가 있다. 피가 너무 많이 흘러 침대가 온통 빨갛게 보인다.

"빨리!" 토냐가 소리치며 피 묻은 손을 내게로 뻗었다. 침대 위에는 벌거벗은 살이 너무 많이 보였고, 그것도 빨간 피로 뒤덮인 탓에 마치 살인 현장 같았다.

나는 시트를 떨어트리고 뒷걸음질 쳐 방을 빠져나왔다.

머리를 흔들어 봤자 끔찍한 장면이 머릿속에서 떠나지 않았다. 눈을 감아도 마찬가지였다.

담즙이 역류하는 느낌이었다. 숨을 깊게 들이쉬고 잠시 멈췄다. 어지러워질 때까지. 토하지 않을 것 같다고 확신할 때까지.

어떤 것들은 평생 마음에 남는다. 못 본 척 여길 수 없는 것들이 있다.

위스키를 한 모금 더 마셨다.

그리고 또 한 모금.

또 한 모금.

한 모금 더.

토할 때까지 위스키에 빠져들고 싶었다. 토하더라도 술 때문에 토하고 싶었다. 침대에서 나오는 저 끔찍한 소리 때문이 아니라.

위스키가 목을 태우는 느낌과 방에서부터 흘러나오는 짐승 같은 비명이 한데 섞인다. 그 사이로 토냐의 명령과 분노의 비명이 끼어들고, 또 다른 비명, 신음, 앓는 소리, 흐느낌, 거기에 울음소리가 이어진다.

곧 나는 시간 감각을 잃었다. 벽에 등을 붙이고 바닥에 앉았다. 위스키병은 이미 비어 있다. 위스키를 더 원했다. 훨씬 더 많이. 그래야 그대로 기절해 이 통나무집에서 일어나는 일을 잊을 수 있을 테니까. 근처 몇 킬로미터 이내에는 사람이 살지 않으니 도움을 청할 사람도 없다. 이것은 잘못된 거라고, 끔찍하게 잘못된 거라고 말해 줄 사람도 없다. 그렇지만 직감적으로 그렇게 느꼈다.

시간이 얼마나 흘렀는지 알 수 없었다. 한 시간? 두 시간? 세 시간? 나는 깜빡 졸았다.

낯선 소리가 들려왔을 때 거의 꿈처럼 느껴졌다. 영화에서만 들어 본 소리, 기쁨의 순간을 표현하는 소리지만 지금은 어쩐지 섬뜩하게 느껴지는 소리. (아이 우는 소리였다.)

토냐는 가슴에 무언가를 안은 채 침실 밖으로 나왔다. "보고 싶지 않아?"

머리를 들 수도 없었다. 그냥 고개만 저었다. 이 상황의 모든 게 다 싫었다.

"한 병 다 마신 것 같네." 토냐가 나무랐다. "도움이 되긴커녕."

그 말에 대답하지 않았다.

그런 후, 절대 듣고 싶지 않았던 말이 들려왔다. "리지가 뭔가 잘못된 거 같아.”

나는 그때에서야 고개를 들었다. “무슨 뜻이야?”

“리지 좀 이상하다고. 헛소리를 해. 말도 거의 못 하고. 피를 많이 흘렸어.”

토냐는 욕실로 사라졌다. 물 흐르는 소리가 들렸고, 그건 멀리서 폭포가 떨어지는 소리처럼 느껴졌다. 아이는 더는 울지 않았다. 통나무집은 온 방마다 불이 켜져 있음에도 어둡게 느껴졌다. 갑자기 평화로운 고요가 찾아왔음에도 호러 영화 속에 있는 것만 같았다.

토냐는 다시 침실로 돌아갔다. 그 후 침실에서 나왔을 때 내가 고개를 들었다.

“아기는 어디 있어?” 속삭여 물었다.

나는 여전히 바닥에 앉아 있었다. 그러모을 힘도 없고 일어서서 **그곳**, 리지가 있는 곳, 피가 있는 그곳에 갈 용기도 나지 않았다.

“아기는 건강해. 자고 있어. 걱정되는 건 아기가 아니야.”

토냐의 손에 들린 시트 더미가 빨갛다. 피처럼 빨갛다. 토냐가 그걸 욕실로 들고 가는 내내 핏방울이 떨어졌다.

나무 바닥에 떨어진 핏방울을 바라보았다. 복도의 환한 불빛 아래에서 보니 핏방울은 거의 검은색으로 보인다. 그리고 깨달았다. 우리가 모든 일을 망쳤다는 것을. 큰 실수를 한 것 같다는 생각이 들었다. 리지에게 정말 못 할 짓을 했다는 생각도 들었다.

그렇지만 나는, 시간을 돌릴 능력이 없다.

이미 너무 늦었다.

36

벤

나 자신도 이걸 좋아하는지 혐오하는지 모르겠다. (소파에서 나와 토냐 사이에 누워 있는, 찢어진 시트로 감싼 작은 생명체에서 나오는 소리 말이다.) 마치 아기 익룡이 내는 소리 같다.

사람들은 아기를 보면 부모를 닮았는지 금방 알 수 있다고들 한다. 그런데 이 아기는 그냥 다른 아기들과 다를 바 없어 보인다. 흑발의 작은 모히칸. 찌푸린 얼굴. 도톰한 입술.

이 아이는 이틀째 거의 잠만 자고 있다. 리지의 상태 때문에 상점에서 파는 우유를 데워 먹여야 한다. 토냐 말로는 그건 좋지 않다고 하는데, 지금 해 줄 수 있는 건 그게 전부다.

"곧 우유 먹여야 해." 토냐는 별 관심 없이 아이를 관찰한다. "아기들은 세 시간 정도마다 먹여야 하거든."

토냐는 이걸 어떻게 알고 있는 걸까?

잠시 동안, 우리는 말없이 앉아 우리 사이에 있는 작은 보따리를 바라본다. 이 아기는 엄마가 필요하다. 하지만 그 엄마도 이 아기만큼이나 무력한 상황이다.

리지는 출혈이 멈췄다. **그날 밤** 이후로 계속 침대에만 머물고 있다. 공허한 표정으로 가끔 무언가를 중얼거린다. 먹는 걸 거부하고 있지만, 토냐가 몇 번 강제로 먹인 모양이다.

리지는 우리랑 말을 섞지 않는다. 침대에 누워 멍하니 앞을 보고 있을 때를 제외하면 그녀는 거의 들리지 않는 소리를 내고, 대부분은 잠에 빠져 있으며, 우리가 방에 들어가도 나나 토냐에게 거의 반응하지 않는다.

환기를 여러 번 시켰음에도 불구하고, 피 냄새는 도통 사라질 생각을 하지 않는다. 매번 그 안에 들어갈 때마다, **그날 밤** 무슨 일이 있었는지 섬광처럼 떠오른다.

방향제가 필요하다.

도움이 필요하다.

이걸 다룰 수 있는 전문인의 손길이 필요하다.

그러나 토냐는 들을 생각을 하지 않는다.

"우리가 뭘 하면 좋겠어?" 어제 그녀가 그렇게 반문했다. "만약 우리가 리지를 병원에 데려가서 더 나아지면, 자기는 아기와 그 밖의 것들에게 안녕을 고할 수는 있겠지. 그런데 리지가 의사한테 뭐라고 할 줄 알고? 만약 리지가 회복이 안 되고, 자기 잘못 때문에 아기를 잃게 된다면 어쩔 건데?"

공포가 나를 훑고 지나갔다. "내 잘못?"

"내 잘못이든 자기 잘못이든 그건 중요치 않아. 만약 관계자들이 자기가 아기를 돌볼 수 있는 능력이 없다고 판단하면? 그러면 모든 걸 다 잃게 되는 거야.”

토냐가 옳다. 그녀는 똑똑하다. 우리는 이 상황을 정리할 시간이 필요할 뿐이다.

“유아 용품이 필요해.” 나는 토냐를 바라보고, 그녀 또한 나를 돌아봐 주길 바라며 마침내 입을 뗐다.

나는 정말 아기 문제라면 아는 게 하나도 없다. 놀고 싶어 하나? 움직이고 싶어 하나? 게다가 잠은 우라지게도 많이 잔다. 그러나 토냐는 마치 아기를 어떻게 다루는지 잘 아는 사람처럼 자신감 있게 행동한다. 이상하다. 정말로.

여기 통나무집에는 유아 용품 같은 건 하나도 없다. 그렇지만 시내에 가면, 얼마 전에 구입한 탈착식 요람이 있는 유아차, 기저귀, 장난감, 아기 옷이 있다. (모두 리지가 산 거다.)

“유아 용품을 사러 시내에 좀 가야겠어.” 토냐가 말했다.

그리고 맥주나 다른 술도. 머리를 맑게 하려면 술을 한잔해야 할 것 같다.

“우리 분유도 사야 돼.” 토냐가 덧붙였다. “리지가 모유를 먹일 수 있게 해 봤는데 그게 잘 안되네. 말했듯이, 몸에 뭔가 문제가 생긴 거 같아.”

그 말을 들으니 등골이 오싹해졌다. 갑자기 기분이 나빠졌다. 리지 때문이 아니다. (이건 어쩔 수 없다.) 바로 아기 때문이다. 아기는 너무 작은 존재다. 그리고 이 모든 건 아기의 잘못이 아니다. 이 아기는…… 내 아이다.

“매켄지.” 내가 나직하게 말했다.

토냐가 이상하다는 표정으로 나를 바라봤다.

"매켄지." 반복해 말했다. "리지가 그렇게 이름 붙이고 싶어 했어."

"관심 없어."

"그럼 매켄지로 해야겠다." 내가 그렇게 말하자 이 작은 생명체는 작디작은 손을 움직이며 추릅, 하는 소리를 냈다.

이름을 붙이는 순간 현실이 될 거라는 걸 알았다. 비록 지난 이틀간 이미 현실이 되었지만.

"어떻게 안는지 잘 보고 배워." 토냐가 말했다. "내가 옆에 없을 때를 대비해서."

"왜 옆에 없는데?"

"젠장, 남은 인생 이 통나무집에서만 살 거 아니니까, 벤. 그렇지 않아? 그리고 이건 자기 아기잖아."

"**우리** 아이지." 내가 그녀의 말을 고쳐 주었다.

"맞아. 하지만 얘는 **자기** 아이야. 그걸 잊어선 안 돼. 그러니까 아빠가 되는 법을 배워."

아기는 마치 자기 얘기를 감지했다는 듯, 손을 마구 흔들면서 다시 익룡 같은 소리를 냈다.

토냐는 조심스럽게 작은 꾸러미를 들어 올리더니, 자신이 안는 대신 나에게 건네며 고개를 끄덕였다. "자, 받아 봐."

아기의 몸이 부서질까 겁을 먹은 채 어색하게 아기를 팔로 받았다.

"그거 우유 먹여야 해." 토냐가 말했다. "해 봐."

"아기."

"뭐라고?"

"아기라고. 그거가 아니라 **아기**, 그러니까 매켄지 우유 먹여야
한다고." 나는 그녀에게 살짝 미소를 지어 보였다.
　토냐는 콧방귀를 뀌었다. 분명 어이없다는 표정을 짓고 있겠지.
"그래 맞아, 이 애 이름은 매켄지야."

37

토냐

벤이 그 멍청하고 쭈뼛거리는 눈빛을 한 번이라도 더 보인다면, 정말이지, 벤의 머리통을 박살 낼 것이다.

세상에나, 나는 엄마 노릇이 지긋지긋해졌다. 그것도 두 명이나 건사하고 있으니. 그런데 이제 셋이라고 할 수 있다. 지난 이틀은 정말 지겨울 정도로 길게 느껴졌다.

최악은 리지다. 그녀가 도망치는 짓 같은 멍청한 일을 벌일지도 모른다. 그러면 우리에게 책 계약은 안녕이지. 그런데 지금 상태를 보면, 그녀는 거의 좀비나 다름없다.

"당신은 여기서 아기랑 리지를 보고 있어. 나는 시내에 가서 옷 좀 챙기고 분유 사 올게." 벤에게 말했다. "그리고 리지 집에 가서 그동안 사 놓은 유아 용품도 챙겨 올 거야. 뭐 필요한 거 있어?"

"왜 나한테 안 시키고?" 그가 아이를 안은 채 비참하게 물었다.

그답다. 지금 상태로 보면 그가 할 수 있는 건 고작 그 정도밖에 안 된다.

벤은 진짜 짜증 나게 굴고 있다. 저 인간이 계속 내 신경을 긁어서 내가 폭발하면, 리지는 이 통나무집의 이전 소유주와 완전히 똑같은 일을 겪게 될 것이다. (처방 약 과다 복용으로 갑작스러운 죽음을 맞이하는 결말 말이다.)

진정하기 위해 심호흡을 했다.

"나는 갑자기 무슨 일이 닥쳐도 대처를 더 잘하잖아."

"나도 할 수 있어."

"당신은 못 해. 그리고 다른 것들도 해야 하지만, 일단 좀 알아봐야 할 일이 있어. 시내에서 아는 사람을 만날 확률도 더 낮고. 당신이 갔다가 친구나 교수님 마주치면 어쩌려고? 아기에 대해 질문하면 뭐라고 할 건데? 여자 친구에 대해 묻기라도 한다면?"

그가 다시 멍청한 눈빛으로 나를 본다. 이런 강아지 같은 표정을 견딜 수가 없다. 단 한 번이라도 좀 진지해질 수는 없는 걸까.

오해는 마시라. 벤은 재밌는 사람이다. 매력적이기도 하다. 파티의 주인공이다. 인생이 파티였다면 얼마나 좋았을까 싶을 정도로.

그는 졸업도 가까스로 했다. 솔직히 말해 나는 대학 문턱에 가본 적도 없다. 하지만 어떤 사람들은 학위 없이도 자신을 세상에 증명할 수 있다. 내가 간호학교에 가지 않고도 출산 과정을 아는 것과 마찬가지다. 인생에서 가장 힘든 경험들은 대개 최악의 실수에서 비롯된다. 뱃속에 아기가 생기는 것도 그런 실수 중 하나지. 겪어 봐서 안다. 이미 해 봐서 안다. 이것은 벤이 절대 알아내지 못할, 수많은 것들 중 하나일 뿐이다.

"시내에서 절대 누구랑도 말 섞지 마." 벤이 경고한다.

정말 성가시다. 귀엽기는 하지만, 아, 진짜, 멍청하다. 내가 좋아해 주는 걸 다행으로 여겨야 한다. 왜냐하면 침대에서도 그리 훌륭하지 못하기 때문이다. 그에게 유일하게 장점이 하나 있다면, 그건 점점 식물인간이 되어 가는 재능 있는 여자 친구를 가졌다는 것이다.

"벤, 자기야……." 그에게 다가가 손으로 얼굴을 감싸 주었다. "우리 지난 이틀도 잘 넘겼잖아, 안 그래?"

그가 끄덕인다. 표정은 이미 풀어졌다. 쉬운 남자 같으니라고.

"앞으로도 잘 넘길 거야. 그냥 나만 믿어." 지금 내 기분이 허락하는 한 가장 다정한 목소리로 말했다.

벤의 상태를 계속 유지하게 하는 건 중요한 일이다. (행복하게라고 말하고 싶지만, 그딴 건 개나 주라지.) 적어도 정신적으로 안정된 상태로 있게 해야 한다. 나는 그가 필요하다.

"그럼 **저 여자는?**"

벤의 얼굴에 한 대 먹이고 싶다. 맹세하건대 벤에게 인내심을 발휘하는 것보다 지난 이틀 동안의 난리통을 처리하는 게 훨씬 쉬웠다. 리지 때문에 벤의 기분이 별로일 수도 있다. 그러나 그건 내 문제가 아니다. 나는 나약한 인간에게 이골이 난다.

그렇지만 내가 화를 내면 벤은 겁을 먹고 기분만 나빠질 것이다. 그러면 멍청한 짓을 저질러서 이 계획을 몽땅 망칠 테고. 그러니, 맡은 역할을 잘 연기해야 한다.

나는 억지로 눈물을 쥐어짠다. 오, 그래, 눈가가 촉촉해진다. 됐어, 이 정도면 좀 더 믿을 만해 보이겠지. 입술을 깨물고, 훌쩍거리고, 결국은 눈에 눈물이 차오르는 걸 느낀다.

"리지는 내가 가졌던 모든 걸 빼앗아 갔어, 벤." 내가 떨리는 목소리로 말한다. 약간은 속삭이듯, 약간은 씁쓸하게. (완벽하다.) "당신은 이해 못 하겠지. 우리는 고아였어. 그 남자애, 내 첫사랑은 내 모든 것이었어. 그랬는데 리지가 앗아 갔어. 그냥 그렇게." 손가락을 튕겨 소리를 냈다. "내 삶을 망가뜨렸다고." 일부러 힘겹게 침을 삼키고는 작게 흐느끼는 척했다. "그러니 나한테 빚을 진 거지. 그래. 나는 그걸 돈으로 받아 낼 거야."

우리가 왜 이러고 있는지 수만 번 벤에게 얘기해도 내가 마음 아플 일은 없다.

그의 얼굴에 안타까운 표정이 자리 잡는 게 보인다. **좋았어.** 그는 아기를 한 팔에서 다른 팔로 옮기고는 나를 자기 쪽으로 끌어당겼다.

"다 괜찮아질 거야." 그가 조용히 말했다. 그의 어깨에 이마를 대고 잠시 기다렸다. 이러고 있으니 내가 황당하다는 표정을 지어도 보이지 않을 거다. 자신이 남자답고 든든하게 느껴지는 게 필요한가 보지? 그거 좋지.

"알았어. 이제 가 봐야 해." 그에게서 몸을 떼며 마침내 이렇게 말했다.

"맥주 사 오는 거 잊지 마." 나와 눈이 마주치자 그는 미안하다는 듯 어깨를 으쓱했다. "며칠 좀 스트레스 많이 받았잖아."

저 사람은 진짜 스트레스라는 게 뭔지 모른다. 그룹 홈에서 자라 봤어야 하는 건데.

그렇지만 그 말은 마음에만 둔다. 경험이라는 건 다 주관적인 거니까.

나는 그에게 짧은 키스를 하고 아기를 살핀다.

그의 말에 따르면 리지는 아기에게 매켄지라는 이름을 붙이고 싶어 했다. 상관없지. 아기는 귀엽기는 하다. 지 어미가 정신 못 차리는 게 아기 잘못은 아니니까. 그렇지만 이 또한, 내 문제는 아니다.

굳이 리지까지 확인하지는 않는다. 그녀는 말이 없다. 늘 반쯤은 잠들어 있고, 반쯤은 우울한 상태다. 뭐 다 자기 탓이지. 사실, 리지 때문에 우리는 더 유리해질 수도 있다. 리지는 최소한 당분간이라도 여기에 머물러야 한다. 이 호숫가에. 그러는 동안 다른 계획을 생각해 낼 수 있을 것이다.

그녀를 달래 주고 싶다. 이건 정말이다. 그렇지만 안타까워서 그런 게 아니다. 이건 약간 동정심 같은 것이다. 곧 안락사할 동물에게 느끼는 그런 감정 말이다.

그 옛날 그룹 홈에서 너를 부러워했다고 말할 수도 있을 것이다. 리지는 똑똑했고, 신비로웠고, 예뻤다. 심지어 내 남자 친구도 그녀에게 반했었다. 그의 친구들도. 그럴 만했다. 그 애들에게 아양을 떨지 말았어야지.

그렇게나 예쁜 리지가 음란하고 남자를 밝히며 늘 남자애들 얘기만 한다고 믿도록 만드는 일에는 오랜 시간이 걸리지 않았다.

개한테 좋은 일을 해 줬지, 라고 그들이 말했다. 바비와 대니가 헛간에서 무슨 짓을 했는지 얘기하는 걸 들었다. 그녀는 심지어 즐겼다고, 분명히 그랬다고 확신에 차 말했다. 그런데 브랜든은 거기 있었으면 안 됐다. 그는 내게 그냥 보기만 했다고 말했다. 그 말을 믿었다는 건 아니지만. 그는 심지어 그 일이 있고 난 후,

리지의 침대에 장미를 몰래 두고 오기도 했다. 사과의 의미로. 연민의 마음으로. 나랑 데이트를 하던 시기였는데도.

몇 주 후 어느 날 밤, 리지가 남자애들이 파티를 하고 있는 버려진 헛간 쪽으로 몰래 다가가는 걸 보고 충격을 받았다. 나도 거기로 가던 중이었다. 리지 얘기를 입에 달고 살던 브랜든에게 화가 나 있었기 때문이다. 몇 주 내내 그 아이들은 그녀와 잠깐 있었던 일을 마치 일생일대의 대단한 일인 양 떠벌리고 다녔다. 그날 앞서, 나는 남자애들이 시내에서 사 온 밀주병 속에 간호사에게서 훔친 처방 약을 슬쩍 떨어뜨린 참이었다. 그냥 한번 혼쭐내 주고 싶었다. 그게 내 복수였다. 그들이 정신 나갈 만큼 취해 있는 모습을 보며 우쭐대려고 헛간으로 향하던 길이었다.

그랬는데 헛간 바깥에서 리지를 본 거다. 그녀는 헛간 문 앞에서 기름통에 있는 액체를 붓고 불을 붙였다.

아니, 앙심이 있다고 한들, 안에 사람이 있는 건물에 불을 지를 수 있는 사람이 어디 있단 말인가?

그런데 쟤를 봐라. (작은 게 용감도 하지.) 나는 리지에게 매혹되었다. 옆에 나란히 서서 같이 불길을 지켜보고 싶었다. 술로 떡이 돼 겁에 질려 바지에 오줌이나 지릴 그 멍청한 세 인간의 충격 먹은 표정을 보고 싶었다.

하지만 리지가 도망가 버렸다. 유감이었다, 정말로.

그런데 그때 아이디어 하나가 떠올랐다.

지금이라도 소중한 리지에게 고백할 수 있다. 그날 밤 리지가 달아난 후, 불타는 문으로 다가가 옆에 받쳐져 있던 장대를 집어 들고 문손잡이에 밀어 넣었다. 안에서 절대 열 수 없도록. 세 명다 좆 돼 보라지. 나보다 리지를 더 좋아했던 녀석들. 어쨌거나 그들에게도 슬슬 진력이 나고 있던 참이었다.

지금이라면 이 사실을 리지에게 말해 줄 수 있는데, 그녀는 이미 미쳐 가고 있다.

똑똑한 것과 천재적인 것에는 분명 차이가 있다. 리지는 기본적인 상식이 없었다. 사실, 내가 리지에게 그날 밤 무슨 짓을 했는지 안다고 말했다. 나한테 증거도 있다고 말하자, 리지는 그 예쁜 눈을 깜빡거리더니 그대로 내 말을 믿었다.

그냥 이렇게 믿는다고? 몇 년이 지난 뒤까지 도대체 내가 무슨 증거를 갖고 있을 수 있단 말인가?

말했듯이, 멍청하다. 사람이 그 정도로 멍청하다면, 일어난 일에 대한 죄책감을 떠안는 게 맞지 않을까? 똑똑한 사람들은 범죄를 저지르고도 어떻게 빠져나가는지 아니까 말이다.

바로 나처럼.

38
토냐

집을 나서서 차에 올라타 부지를 벗어나자, 비로소 안도의 한숨이 나온다. 시야에서 집이 사라지자, 가슴을 누르고 있던 돌이 사라지는 것만 같다. 나는 라디오 볼륨을 켜고 음악에 맞춰 따라 부르기 시작했다.

나는 이 상황을 헤쳐 나갈 것이다. 어떻게든 해결할 것이다. 어떤 사람들은 기회를 얻는다. 어떤 사람들은 기회를 붙잡는다. 만약 나에게도 리지가 가진 그런 재능이 있었다면, 벌써 유명인이 됐을 것이다. 그런데 리지는? 세상에. 쓸모없는 학위, 거지 같은 아파트 그리고 벤까지. 아주 종합 선물 세트네!

벤을 처음 봤을 때, 그가 리지와 몰래 만나고 있다는 걸 알면서도 끌렸다. 그는 **정말** 매력덩어리다. 그것만큼은 인정한다. 나도 그에게 홀딱 반했었다. 대단한 건 아니었지만. 한 일주일 정도였나. 하지만 그런 강렬한 사랑 같은 건 십 대들이나 하는 거다. 브랜든이 내 사랑이었다. 벤에게 남은 거라곤 리지 뿐이라는 걸 깨닫자마자, 그 둘 다 필요하다는 걸 알게 됐다.

만약 벤 없이 리지를 얻을 수 있는 방법이 있었다면, 그렇게 했을 거다. 벤은 도움이 됐다. 그 아기 역시 그렇다. 리지가 또 남자 때문에 곤경에 빠졌다는 건 놀랍지도 않았다.

뭐, 그녀의 불행이 오히려 나에게는 대박이 될지도 모르지.

큰길로 차를 몰았다. 그리고 호숫가 통나무집으로 향하는 길임을 알리는 커다란 물고기 표지판을 힐끗 보았다.

사람들은 그걸 '가아' 표지판이라고 부르는데, 나는 그게 너무 싫었다. 거기 있는 물고기는 날카로운 이빨을 가진 괴물처럼 보였기 때문이다. 보아하니 가아는 가피시*를 말하는 것이다. 이 물고기는 이곳 호수에서 엄청난 개체 수를 자랑하고 있다.

캐번디시 부인이 그것과 관련된 이 지역의 전설에 대해 얘기해 주었을 때, 소름이 돋았다. 캐번디시 부인을 돌보던 시절, 일 년이 넘도록 매일 그 표지판을 보았다. 그 늙은 마귀 같은 여자는 정말 성가셨다. 그래도 꼴까닥하기 전에 집 하나를 넘겨주었다. 약간의 도움이 있긴 했지만. 요즘 인간들은 등을 떠밀어 줘야 그들에게 걸맞은 걸 받을 수 있다. (개 같은 연애든, 무덤이든. 적어도 내 경험에 의하면 그렇다.)

올드보를 향해 운전하면서, 다음엔 어떤 행동을 취할지 머릿속으로 정리했다.

리지가 자기 말대로 정말 아이를 데리고 도망쳐 버리면, 벤은

---

* 몸이 가늘고 길며, 새의 부리처럼 튀어나온 긴 입에 날카로운 이빨이 가득 난 물고기

그녀의 책이 벌어 줄 돈과는 영영 이별이다. 그리고 나와도 작별을 고해야 할 거다. 왜냐하면 리지가 없다면 그 사람이 필요 없으니까.

나? 새로운 출발을 해야 할 것이다. 다시 리지를 따라다니고, 그녀를 협박하면서. (그런데 이것 역시 짜증 나는 일이다.) 나는 이런 하찮은 협박이나 하자고 태어난 사람이 아니다. 호숫가 근처 통나무집이나 받자고 태어난 것도 아니고.

시내에서 처음으로 들른 곳은 공공 도서관이었다.

일단 급한 불부터 꺼야 했다. 산후 합병증에 관한 책을 몇 권 골라 몇 시간 동안 읽었다. 리지의 몸속에서 일어나는 일이 무엇인지 알아내려 애썼다. 분명 무슨 일이 벌어지고 있다.

두 시간 후, 몇 가지 가능성을 염두에 두고 도서관을 나왔다. 심정지와 심각한 산소 결핍으로 인한 뇌신경 손상. 저혈량 쇼크. 고혈압으로 인한 뇌졸중, 이게 가장 그럴듯하다. 왜냐하면 이것으로 뇌 손상이 올 수 있기 때문이다.

이 모든 것이 끔찍하게 들리지만, 내 잘못은 아니다. 의사의 도움 없이 출산하는 사람들도 많다. 합병증은 당연한 것이다. 우린 그저 리지에게 좀 더 시간을 주고, 그다음에 무엇을 할 수 있을지 결정할 것이다. 확실히 그녀는 지금 정신이 나가 있다. 그냥 정신이 나간 정도가 아니다. 이건 단순한 산후 우울증이 아니다. 내가 그녀의 음료에 몰래 타는 진정제 때문도 아니다, 물론 이건 벤이 모르는 얘기다. 리지는 기억을 못 한다. 나와 벤을 알아보는 것 같지도 않다. 그냥 아기 같다.

그다음, 쇼핑을 갔다. 호숫가 오두막과 가까운 가게가 길을 따라 20킬로미터 정도 올라가면 나오는 작은 마을에 있는데, 만약 뭔가 빠뜨린 게 있다면 나중에 거기에서 사도 된다. 이건 우리가 그곳에서 얼마나 머물지에 달렸다. 하지만 일단, 대형 백화점에 들러, 생필품과 음식 그리고 유아 용품을 산다. 물론 분유도 필요하다.

분명히 재수 옴 붙은 게 분명하다. 등 뒤에서 목소리가 하나 들렸기 때문이다. "토냐, 잘 지내?"

벤의 친구인 개릿이다. 졸업하고 나서도 계속 여기서 살고 있을 줄이야.

"잘 지내?" 나는 카트 앞을 막고 서서 기저귀나 다른 유아 용품이 보이지 않도록 시야를 막는다.

"잘 지내지. 요즘은 어때? 백 년 만에 보는 것 같네."

그는 내 카트를 훔쳐보았고, 나는 차갑게 웃었다. 그가 그렇게 기웃거리는 게 짜증 났다.

"항상 똑같지. 일하고, 집에 가고, 친구 도와주고." 내 카트에 유아 용품이 있는 이유를 궁금해할까 봐, 신빙성을 위해 말을 보탰다.

"벤하고 소식 전하고 살아? 그 녀석 못 본 지도 꽤 돼서."

나는 무표정을 유지했다. "아니. 연락 몇 달 동안 못 했어. 듣기로는 여자 친구랑 이곳을 떠났다는데."

개릿이 얼굴을 찌푸렸다. "정말?"

내가 어깨를 으쓱했다. "나, 가 봐야 해. 다음에 보자."

그렇게 쓸어 담은 물건의 대금을 지불하고, 그놈의 상점을 빠져나왔다.

나는 벤이 이런 상황을 마주한다면, 리지의 행방과 왜 혼자서 유아 용품을 사는지에 대해 개릿한테 어떤 식으로 설명할까 상상해 봤다. 벤은 이런 까다로운 대화를 잘 풀어 나갈 만큼 똑똑하지 않기 때문이다.

그다음으로, 벤과 리지의 아파트로 향한다.

오늘은 종일 재수가 없으려나, 2층에 다다르자마자 건물 관리인 그런저가 자기 집을 빠져나오는 모습이 보인다.

그를 피하기 위해 멈춰서 한 발 뒤로 물러났지만, 이미 때는 늦었다. 그의 눈은 나를 향해 있었고, 그의 입술은 언제나 그렇듯 교활한 미소를 짓고 있었다.

"어이, 어이, 이게 누구신가."

그는 시선을 일부러 천천히 리지의 아파트로 돌렸다가, 다시 나를 바라보았다.

그가 한번 나를 쓱 훑어보는 걸 보니, 일 년 전 리지의 아파트에 들어가려고 했던 일이 생각난다.

나를 보는 순간, 그 역시도 똑같은 생각을 했을 거다. 그의 미소가 도발적으로 변했고, 슬슬 내 쪽으로 걸어오기 시작했다.

"어이, 예쁜이. 오랜만이야."

정말, **정말** 지금 여기서 이 사람하고 이러고 싶지 않다. 하지만 나에게는 선택권이 없는 것만 같다.

빌어먹을.

39
토냐

십 분 후, 내가 소파에서 일어나 치마를 정리하는 동안, 그런저는 청바지 지퍼를 올린다. 그의 얼굴에는 만족했다는 듯 미소가 가득하다.

그래, 우리는 리지의 소파에서 그 짓을 했다. 그녀가 몇 달 동안 벤과 함께 지낼 때 나 혼자 그 거지같은 호숫가 집에서 살았던 걸 생각하면, 이 정도는 공평한 거다. 그리고, 흠, 그런저는 벤보다 섹스를 훨씬 잘한다.

일 년 전 이 도시에 왔을 때, 나를 리지와 처음 연결해 준 사람이 바로 그런저였다. 헝클어진 검은 머리, 문신 그리고 양손을 다 합해도 셀 수 없을 만큼 많은 얼굴 피어싱.

그는 건물주가 자기 삼촌이라 삼촌을 대신해 건물 관리를 맡고 있다고 했다. 또한 자기가 리지의 이웃이며 동시에 관리인이기 때문에 모든 집의 열쇠를 비상용으로 갖고 있다고도 했다.

어느 날 밤, 나는 그런저를 따라 술집에 갔다. 꼬리에 꼬리를 물어, 바로 그날 밤 그의 집에 가게 되었다. 맥주를 여섯 잔쯤 마시자, 리지와 열쇠에 대해 조금 알게 되었고, 마음만 먹으면 언제든 그녀의 집에 들어갈 수 있게 되었다. 그게 합법인지 불법인지는 내 알 바 아니다.

지금으로선, 그런저는 골칫덩어리다. 그는 소파에 앉아 양팔을 넓게 걸치고는 음란한 눈빛으로 나를 보고 있다. 이 예상치 못한 만남을 질질 끌 생각은 하지 않는 게 좋을 텐데.

"이제 가 보세요."

"여기서 도대체 뭘 하려는 거지?"

"도와주러 온 거예요."

"그러시겠지." 그가 의심하는 것이 당연하다.

보다시피, 그런저는 교활하다. 나는 원하는 것을 얻어 내면 그와는 볼일이 끝날 거라고 생각했다. 그런데 그는 너무 눈치가 빨랐다. 첫날 밤 이후로 우리의 만남은 꽤 잦아졌다. 대부분의 만남은 꽤 즐거웠다. 입주민 누구에게도, 특히 리지의 눈에 띄지 않고 그의 집에 몰래 들어가야 했지만 말이다.

허리춤에 손을 올리고는 피곤한 척했다. "있잖아요, 이건 그냥…… 설명하기 복잡해요." 내가 말했다. "지금 친구를 도와주고 있어요. 그리고 제 할 일도 산더미고요."

한껏 과장되게 한숨을 내쉬고 아랫입술을 깨물었다. 그리고 그를 원한다는 듯 느낄 수 있도록 애절한 표정으로 쳐다보았다.

그러나 그는 대답도 하지 않고 그저 반쯤 미소 지은 채 나를 쳐다볼 뿐이었다.

"닥친 일을 좀 처리해야 해요. 그런 다음에……." 웃음을 감추는 것처럼 보이기 위해 입술을 오므리며 그와 시선을 마주쳤다. "그런 다음에 같이 한잔하거나 아니면……."

내가 한쪽 눈썹을 들어 올렸다.

"아니면?" 그가 내 말을 똑같이 따라 했다. 얼굴에 미소가 번지고 있었다.

"그냥, 지금은 안 돼요, 그런저. 이삼 주 정도 지나고 봐요." 남자라면 어느 정도 희망을 가져야 하니까. "지금 당장은 진짜 뭘 좀 해야 해요. 혼자서요." 그에게 의미심장한 시선을 던졌다.

"무슨 말인지 알겠군." 그가 말하며 천천히 일어났다.

"그리고……." 그에게 다가가, 셔츠에서 풀려 나온 실을 뽑고, 손을 살며시 그의 가슴에 올렸다. 그리고 위로 올려다보며 유혹하는 듯한 시선을 보냈다. "전 여기 온 적 없어요. 혹시나 누가 물어보면 말이에요."

"오케이." 그런저는 내 허리를 잡고 가까이 끌어당겼다. 그의 시선이 내 입술로 떨어졌다.

"가셔야 한다니까요." 속삭이듯 말하며 마치 먹어 버리고 싶다는 듯 그의 입술만 바라봤다. "전화드릴게요."

나는 재빨리 키스를 마쳤다. "안녕." 욕실로 들어가며 인사를 건넸다. "나가면서 문 닫아 주세요!"

씻는 동안 현관문 닫히는 소리가 들렸다.

휴우, 다행이다.

그런저를 처리해야 한다. 부업으로 마약을 팔아 이익을 챙기는 놈이라는 걸 감안하면, 그 점을 이용해 어떻게 해치울지 대충 감이 온다.

그런저가 한번은 지역 경찰과 한바탕 엮인 적이 있다고 말했었다. 그의 아파트에서 오랜 시간을 보내다 보니, 그가 판매용 약을 어디에 숨기는지 알고 있다. 바로 건물 밖 에어컨 실외기에 붙어 있는 작은 수납용 칸이다. 경찰은 절대 거기까지는 보지 않을 것이다. 누군가 힌트를 주지 않는다면 말이다.

나중에 길에 있는 공중전화로 지역 경찰에 친절한 제보 전화를 넣어, 그런저가 아주, 아주 오랫동안 떠나 있게 만들겠다고 마음속으로 다짐한다. 그는 너무 많은 것을 알고 있다. 특히 내가 리지의 집 열쇠를 복사했다는 사실을.

물론 그는 유용한 존재였다. 교육을 많이 받지는 않았지만 길거리에서 배운 지식이 많았다. 그 덕분에 나는 몇 번이나 리지의 아파트에 들어갈 수 있었다. 맨 처음은, 일 년 전 리지에게 쪽지를 남겼을 때였다. 그건 재밌었다. 그걸 발견했을 때의 표정을 볼 수 있었다면 얼마나 좋았을까.

그다음 몇 번은 주방에 죽은 쥐를 놓거나, 옷장 속 옷의 자리를 바꿔 놓거나, 거실 양탄자를 바꿔 놓거나, 리지가 마시는 음료수에 가루 형태의 환각제를 몰래 섞기도 했다. 그걸 어디서 구했냐고? 다시 한번 말하지만, 그런저에게는 몰래 숨겨 둔 물건이 있다. 리지를 미치게 만드는 건 정말 값진 즐거움이었다. 임신 중이라는 걸 감안하면, 이 난리를 호르몬 탓으로 돌릴 게 뻔하다.

지금 보니 리지의 아파트는 그야말로 난리다. 이렇게 해 놓은 건 확실히 벤일 것이다.

욕실에서 나오면, 늘 그렇듯 창문 옆에 있는 앤티크 책상이 제일 먼저 눈에 들어온다. 오래된 체리 나무로 된 책상은 군데군데 금색 장식이 벗겨져 있다. 책상에는 램프, 촛불 그리고 말린 꽃이 있다. 나는 책상 가장자리를 손가락으로 훑었고, 그러자 소름이 돋았다.

이게 바로 모든 사람이 리지에게 끌리는 이유다. (그녀에게 감춰진 미스터리.) 리지는 마치 모두가 수군거리는, 오래된 고딕 저택에 사는 예쁜 마녀 같다. 몇 가지 마법 주문을 아는 마법사 같기도 하고. 그녀는 언제나 그런 인상을 주었다. 초라한데도 복고풍과 세련된 스타일을 동시에 보여 주는 옷차림, 언제 들어도 질리지 않는 소심하면서도 유혹하는 듯한 목소리로 말하는 태도, 사람을 꿰뚫어 보는 듯한 눈빛과 때로는 사랑스러운 미소를 때로는 집착적으로 느껴지는 맹렬한 분노를 보여 주는 것까지.

리지 던은 수수께끼 같은 여자였다. 그 매력을 보지 못하는 것은 오직 벤을 포함한 그 멍청이 집단뿐이었다.

그녀의 소유물, 그 섬뜩한 이야기를 쓰는 데 사용된 도구들을 만지자니, 점점 더 빠져들었다. 나는 바로 이곳에 앉아, 오래된 깃펜을 사용하고, 장난삼아 서랍을 열어 오래된 종이 뭉치를 정리하는 그런 사람이 되고 싶다.

주방에 있는 전화가 갑자기 울리기 시작해 몸을 휙 하고 일으켰다.

"깜짝이야." 중얼거리며 머릿속 생각들을 털어 냈다.

전화벨이 끊어질 때까지 가만히 기다렸다. 그런 다음 서랍 하나를 열어 가죽 표지로 된 두꺼운 노트를 꺼냈다. 제목이 **거짓말, 거짓말 그리고 복수**였다. 다른 노트 제목은 **늑대의 휘파람**이었다. 나는 미소를 지으며 두 번째 공책을 집어 들었다. (똑똑한 리지, 우리를 소재로 책을 썼구나. 귀엽네.)

서랍에서 물건을 다 꺼냈고, 두 번째 서랍까지 정리했다. 혹시라도 누군가 와서 문을 두드리며 그녀를 찾는다면, 그게 집주인이든 아니면 하느님 맙소사 경찰이든, 이 원고만큼은 절대 들키고 싶지 않다.

전화기가 또 울려서 움찔했다. 어쩌면 코드를 뽑아 놔야 할지도 모르겠다. 하지만 리지나 벤에게 급하게 연락하고 싶어 하는 사람이 있는 경우, 며칠 동안 응답이 없으면 정말로 여기까지 찾아올 수 있다.

천천히 심호흡을 했고 그만 좀 닥쳐 주길 바라면서 전화기를 노려보았다.

드디어 소리가 끊어졌다. 여기서 찾은 가방에 원고와 서류를 넣어 문 옆에 두고 서랍장으로 향했다.

여기에는 캐리어가 딱 하나밖에 없었다. 아마 벤이 졸업 후에 이곳으로 들어오면서 가져온 것 같다. 그의 서랍에서 옷 몇 벌을 챙겨 캐리어에 쑤셔 넣었고, 리지의 서랍을 열었다. 반 정도만 차 있었다. 정말 돈을 아낄 줄 아는 여자라니까.

캐리어가 가득 차자 지퍼를 닫고 가방을 놓아둔 문까지 끌고 갔다. 침대 아래도, 옷장 안도 살펴봤지만 다른 가방은 없었다. 그래서 리지가 아기를 위해 사 둔 유아 용품을 담을 요량으로 싱크대에서 쓰레기봉투를 몇 개 뽑았다.

주방 모서리를 도는데 전화가 또 울리기 시작했다. 갑자기 난 소리에 뛸 듯이 놀랐고, 한 손을 가슴에 대고 숨을 돌렸다.

젠장할.

전화벨은 그칠 줄을 몰랐다. 연속 세 번째다. 여기 있는 동안 전화를 받을 계획이 없었는데 이렇게 끈질기게 전화가 오니, 어쩌면 받아야 할지도 모른다는 생각이 들었다.

그런저가 장난치려고 전화를 건 걸 수도 있다. 그럴 사람이니까. 그런데 만약 벤의 부모님이라면? 내가 아는 한 그들은 리지와 한 번 혹은 두 번 정도 대화를 나눴다. 학교면 어쩌지? 벤이 말하길 리지가 취업 제안을 여러 군데에서 받았다고 했다. 어쩌면 누군가가 벤과 리지를 둘 다 찾는 걸 수도 있다. 의사? 이웃?

세상에, 선택지가 너무 많아서 머리가 빙빙 돌기 시작했다. 그런데 지금, 한 가지 간단한 사실을 깨달았다. (바로 영원히 숨길 수 없다는 것.) 때가 오면 누군가가 찾아올 것이다.

전화가 계속 울려 대자, 결국 항복하고 전화를 받았다.

40

토냐

"여보세요?" 내가 낼 수 있는 최고로 안쓰러운 목소리로 전화를 받았다. 그런 다음 신빙성을 더하기 위해 기침을 몇 번 했고, 쉰 목소리를 내며 다시 말했다. "여보세요?"

"여보세요? 오, 안녕하세요! 전화를 직접 받으실지 몰랐네요. 응답기가 없다는 생각도 못 했고요." 굉장히 활기찬 여자 목소리가 들렸다. "엘리자베스 던과 통화할 수 있을까요?"

망했다. 완전히 위기에 봉착했다. 스팸 전화일까, 아니면 리지를 아는 사람일까, 리지의 목소리까지 아는 사람일까?

"실례지만 누구시죠?" 혹시 몰라 확인차 물었다.

"저는 라이마 로스예요. 문학 에이전트요. 엘리자베스 씨인가요?"

숨을 참고 벤이 나한테 해 준 리지와 그 에이전트 얘기를 기억하려 애썼다. 그 둘이 서로 이메일을 주고받은 것은 안다. 리지는 그녀에게 원고를 보냈다. 그런데 연락을 얼마나 깊게 했는지는 알 수 없었다.

"맞는데요?" 거짓말이 들통나더라도 어떻게든 수습할 수 있기를 바라면서 조심스럽게 대답했다.

"오, 세상에나! 엘리자베스! 안녕하세요! 정말, 정말 통화하게 되어 기뻐요! 곧 만나서 대화 나누면 좋겠어요! 지난주에 이메일을 몇 번 보냈는데 대답이 없으셔서요."

진짜 망했다.

리지는 컴퓨터가 없다. 그래서 학교에 있는 인터넷 카페에 가곤 했다. 거기까지는 생각하지 못했다.

"제, 제가 좀 바빴어요."

"정말 좋은 소식이 있어요, 엘리자베스!"

그래야 할 것이다. 왜냐하면 최근 모든 일들이 정말 엉망이 되어 가고 있기 때문이다. 이 상황을 어떻게든 잘 풀어 낼 방법을 찾아야 한다.

그리고 이 문학 에이전트에게 진심으로 감사를 전해야 한다. 이렇게까지 입을 다물 줄 모르고 떠드는 것에 말이다.

라이마 어쩌고라는 사람은 원고며, 두 번째 책이며, 결국 최고가를 제시한 출판사가 어디인지에 관해 재잘재잘 늘어놓기 시작했다. 하지만 마지막 말뜻을 이해하고 나니, 다른 모든 게 흐릿하게 느껴졌다. "초판 발행 부수는 5만 부예요."

그녀가 계속 떠드는 동안 머릿속으로 셈을 해 봤다. 그다지 많은 것 같지는 않지만, 만약에 책이 베스트셀러가 되어서 추가 인쇄가 진행된다면?

머릿속이 숫자로 빙글빙글 도는 동안, 나는 "네.", "그렇군요.",

"물론이죠." 같은 짧은 말로만 대답을 이어 갔다.

라이마 어쩌고는 말을 멈추지 않고 쉴 새 없이 조잘댔다. "출간은 내년 말쯤으로 잡혀 있어요."

가슴이 철렁 내려앉았다. "내년이요?"

"네. 그렇게 합의했잖아요. 하지만! 제가 당신 상황을 출판사에 얘기했어요. 그 아이 얘기랑 다요. 두 번째 원고까지 감안하면, 출판사 쪽에서는 꽤 많은 선금을 지불할 의향이 있대요. 신인 작가에게 지급되는 금액으로는 최근 몇 년 중에서 가장 높은 액수예요. 제가 당신을 위해 여기서 정말 열심히 일했어요, 엘리자베스."

그녀는 자부심을 갖고 웃더니 마침내 입을 다물었다.

내 심장 소리가 들리는 듯했다. "언제요?"

"아! 음, 그건 상황에 달렸어요. 그러니까, 당신이 얼마나 빨리 뉴욕에 올 수 있는지에 달렸죠. 예정일이 얼마 안 남은 건 알지만……. 오, 세상에나! 제가 그걸 묻지도 않았네요! 이맘때쯤 아닌가요? 예정일이 언제예요?"

침을 꿀꺽 삼키며, 어떻게 이 상황을 넘길지 여러 시나리오를 돌려보았다.

"지났어요."

"언제라고요?"

"이틀 전이요." 이어서 뭐라고 말할지 생각도 하지 못한 채, 그냥 불쑥 내뱉고 말았다. 그래도 이건 사실이긴 하니까.

"아니, 이런 세상에나! 축하해요, 엘리자베스! 완전 멋진 일이에요!"

나는 감사 인사를 중얼거리며 전했고 몇 가지 다른 질문들에 대답했다. 그러더니 기운 넘치는 라이마 씨는 다시 일 얘기로 화제를 돌렸다.

"언제쯤 회복해서 뉴욕에 오실 수 있을까요?"

"혹시 이메일로 할 수는 없을까요?" 내가 머뭇거리며 물었다.

그녀가 웃었다. "하실 수 있죠. 그렇지만, 흠, 선금에 대해 생각해 보면, 저는 직접 만나서 하고 싶어요." 약간 거들먹거리는 어조였다. "우리는 출판사 대표들과 함께 앉아서 계약서를 확인하고 거래를 성사시킬 거예요. 서두를 건 없어요. 아기 때문에 지금 상황이 여의치 않다는 거 다 아니까요. 그렇지만 가능한 한 빨리하면 좋겠어요. 물론 저희 쪽에서 경비는 지원할 겁니다."

그 후 다시 침묵이 찾아왔다.

나는 머리가 돌기 시작했다. 갑자기 엄청난 시나리오가 머릿속에서 펼쳐졌다. 사실은, 너무 말도 안 돼서 웃음이 나올 지경이었다.

이 여자는 리지를 직접 만나 본 적이 없다. 내 계획은 복잡할 게 없다. 그렇지만 확실하게 아는 게 하나 있다. (내 심장이 지금처럼 미친 듯이 뛴 적이 평생 한 번도 없었다는 것이다.) 나는 언제나 나만의 특별한 무엇인가를 갖고 싶었다. 그리고 이렇게 커다란 기회를 가진 적은 한 번도 없었다. 아니, 아니, 이건 커다란 정도가 아니라 거대해! 이것은 내 인생을 바꿀 것이다. 이게 나의 **새로운** 인생이 될 테니까.

"다음 주에 할 수 있을까요?" 그렇게 묻는 내 자신에게 웃음이 났다.

"오…… 오! 그럼요, 완전히 되죠! 당신만 된다면…… 네! 당연하죠. 우리 물 들어올 때 노 저어 봐요!" 워커홀릭 라이마는 행복한 웃음을 터트렸다. "항공권 예약 때문에 운전면허증 사본이 필요해요."

"메일로 드릴게요. 이메일 주소 다시 주시겠어요? 요즘 로그인에 문제가 좀 있어서요."

"물론이죠."

전화 옆에 있는 종이와 펜을 집어 들고 그녀가 불러 주는 대로 받아 적었다.

"좋아요, 엘리자베스. 드디어 만나게 된다니 벌써 설레네요. 게다가 당신 책을 수백만 독자들에게 전할 수 있게 되어 너무 기뻐요."

'수백만'이라는 단어가 내 귀에서 울렸다. 나도 모르게 미소를 짓고 있었다.

"다음 주에 뉴욕에서 만나요, 엘리자베스!"

그래, 나는 혼자서 생각했다. 다음 주. 뉴욕.

나는 거기까지 날아갈 것이다. 엘리자베스 던이 될 것이다. 심지어 얼간이 벤과 함께 지낼 것이다, 그를 없앨 수 있을 때까지. 그리고 필요하다면 아기도 돌볼 것이다. 출판계약으로 그 돈을 얻기 위해서라면 무슨 일이든 감수할 것이다.

그렇지만 문제가 하나 있다.

먼저 진짜 엘리자베스가 사라져 줘야 한다……

41

토냐

통나무집으로 돌아가자, 벤은 마치 산타클로스를 본 듯 눈을 반짝이며 좋아했다.

"드디어." 그가 나를 팔로 안으며 말했다.

사실 이런 행동은 나를 미소 짓게 한다. 난 그가 애정 어린 모습을 보일 때가 좋다. 게다가 지금 기분도 최고로 좋다.

"차에서 물건 좀 가져다줘. 아기는 내가 볼게."

그는 여기가 아니라면 어디라도 행복하다는 듯이 집 밖으로 달려 나갔다.

그걸 보고 뭐라고 할 생각은 없다. 아기는 귀엽게 자고 있었다. 오늘 밤은 우리 가족의 독서 모임을 열 것이다. 리지의 집에서 육아에 관련된 책을 몇 권 챙겨 왔다. 그래야 아기에 대해 새로운 것들을 배울 수 있으니까. 왜냐하면, 그래, 우리에게 아기가 생겼으니 말이다.

리지는 아무런 반응을 보이지 않는다. 내가 침실에 들어가도 아무런 반응이 없다. 그녀는 침대에서 몸을 말고 누워 자신의 집게손가락만 보고 있다. 손가락으로 베개 천의 같은 부분을 계속해서 쓰다듬고, 쓰다듬고 또 쓰다듬는다. 진정제가 잘 듣는 모양이다.

침실에서 나오며 이번에는 벤을 시켜 리지에게 음식을 먹여야겠다고 생각했다.

"리지를 계속 여기다 둘 순 없어. 의사한테 보내야 돼." 벤은 식료품을 풀면서 고개를 들어 나를 흘끗거렸다.

"이제 출혈 멈췄어. 내가 확인했어. 다시 한번 씻겨 주면서 또 확인할게. 유동식도 먹고 있고, 그러니 좋은 거잖아."

"리지는 도움이 필요해."

이 짜증 나는 대화는 끝날 기미가 보이지 않는다.

"그래서 도대체 자기가 원하는 것은 뭐야, 벤? 만약 우리가 병원에 데려갔다 쳐. 그랬는데 리지의 상태를 우리 탓으로 돌리면? 그럼 그땐? 법적으로 우리한테 책임을 물으면?"

벤은 공포에 질린 눈으로 나를 바라보며, 손에 들고 있던 달걀 상자를 거의 떨어트릴 뻔했다. **책임을 묻다니**, 그게 무슨 말이야?"

"그러니까, 우발적 상해 같은 거 말이야. 나도 몰라. 만약 그게 불법이면?"

"뭐가 불법이야?"

"이런 식으로 애 낳는 거."

"당신이 괜찮다고 했잖아."

"그랬지." 내가 목소리를 높였다. "왜냐하면 우리한테는 달리

방도가 없었으니까, 벤. 당장에라도 애가 나올 기세였다고. 그런데 리지는 피곤한 상태였어. 우리는 혼란스러웠고. 그랬는데 리지 몸이 안 좋아졌고. 그리고…… 어쩌면 지금은 너무 늦은 건지도 몰라.”

“젠장.” 벤은 이렇게 속삭이며 머리칼을 움켜쥔 채 주방을 왔다 갔다 걸었다.

나는 그가 젠장맞을 정도로 남자답게 굴면 좋겠다고 생각했다.

“머리를 굴려 봐, 벤. 우린 이 책 계약을 성사시켜야 해. 그렇지만 먼저, 아기에 대해서 해야 하는 일이 있어.”

그가 멈춰 서더니, 나를 향해 머리를 획 돌렸다. 이번엔 거의 공포에 질린 표정이었다.

“아이한테 **무슨 짓**을 하려고?” 그가 나직하게 물었다.

그 말에 갑자기 뭔가를 번뜩 깨달았고, 그 충격이 너무 커서 웃기 시작했다. 족히 삼십 초 동안 웃고는 그와 눈을 마주 보았다. “출생신고를 해야지, 벤. 달리 뭘 하겠어?”

그가 어찌나 깊게 한숨을 내쉬던지 온몸이 축 처질 정도였다. 확실히 안도하는 것 같았다.

내가 벤에게 가까이 다가가 그를 놀리듯 말했다. “무슨 생각을 하는 거야, 벤?”

벤이 나를 그렇게까지 비틀린 인간이라고 생각하진 않겠지? 내 말은, 이 집의 주인이었던 캐번디시 부인은 별개였다는 거다. 그 여자는 늙은 마녀였으니까. 그리고 벤은 그 일에 대해 알 필요 없다. 하지만 아기는 사정이 다르다. 물론 상황이 완전히 꼬여서 극단적인 수단을 취해야 한다면 모르겠지만.

그는 머리를 흔들고 황당해하며 주변을 둘러보았다. "내가……
미친 생각을…… 내가…… 그러니까 나는, 우린 이미 미친 짓을
저지르고 있잖아. 아기랑 리지랑……. 나는……."

나는 더 가까이 다가가 그의 어깨에 내 양손을 부드럽게 얹었
다. "우리는 괴물이 아니야, 벤. 우리는 절박한 상황이었어. 그리
고 저 아이는 당신 딸이잖아. 출생신고해야지."

"그런데 리지는 어떻게 데려가? 뭐라고 설명할 건데?"

"리지는 자기 발로 걸어 들어가서 자신의 임신 기록을 제시하
고 출산을 증명할 거야. 응급 상황이라 집에서 아이를 낳았다고
하면 돼."

벤이 웃었다. "그래, 퍽이나. 어떻게 자기 발로 걸어 들어가?"
그는 리지가 있는 방문을 향해 머리를 기울였다. "단어 두 개도
연속해서 말하지 못하는 사람이야."

"**저** 리지는 못 하지." 내가 똑같은 문을 가리키며 말했다. "하
지만 다른 리지는 할 수 있어."

그가 어리둥절한 상태로 멍청한 양처럼 순한 표정을 짓는 걸
보고 미소를 지었다.

"아기 분유 먹여야지. 분유 사 왔어."

"내가 그걸 어떻게 해?"

"설명서를 읽어 벤. 난 그거 말고 할 일이 있어."

더 이상 말을 보태지 않고 욕실로 가서 내가 사 온 거를 장 안
에 넣었다. 검은색 염색약으로 색깔 이름은 '극한의 강렬함'이다.

완벽해.

한 시간 뒤, 머리를 감고, 염색을 하고, 머리를 폈다. 서랍에서

가위를 꺼내 앞머리를 만들기 위해 머리칼을 단번에 잘라 냈다.

만족감에 젖어 거울을 본다. 새로운 앞머리에 미소가 나온다. 왜 이 생각을 못 했을까? 나에게 너무나 잘 어울린다. 진짜 그렇다. 눈썹만 좀 얇게 정리하면 된다. 그리고…….

서랍을 뒤져 평소라면 집에서나 쓸 물건을 꺼낸다. 이런 순간, 내가 팜므 파탈이면 어떨까 상상하면서.

빨간색 립스틱을 입술에 바르고, 입술끼리 문지르고, 거울 뒤로 한 걸음 물러서 내 모습을 훑어본다.

바보 같은 웃음이 새어 나왔고, 순식간에 터무니없이 웃음보가 터졌다.

섬뜩해.

잘못됐어.

그런데 기분이 너무 좋아.

거울에서 나를 보고 있는 얼굴이 바로 리지 던의 복사본이었기 때문이다.

아니, 이건 복사본이 아니다. 이것은 **새로운** 리지 던이다. 깨끗하고, 자신감 있고, 똑똑한 엘리자베스 던, 세상을 뒤흔들 준비가 되어 있다.

42
벤

가능한 한 침실에 가까이 가지 않는다. 거기 들어가면, 겉으로
는 평온했던 지난 한 주를 보냈음에도, 그곳에서 뭔가 끔찍한 일
이 벌어졌다는 것이 떠오른다.

리지는 이제 리지가 아니라 사람의 모양을 한 빈껍데기다. 나
는 의사도 아니고 어떻게 말해야 하는지도 모르겠지만, 이걸 우
울증이나 피곤함으로 치부할 수 없다는 건 안다. 그날 밤 몇 시간
이나 출혈이 있었을 때, 그녀의 뇌에 뭔가 문제가 생긴 것 같다.

가끔 내가 들어가 아기를 안겨 주거나 음식을 주려고 해도 절
대 쳐다보지 않는다. 오히려 이러는 게 낫다. 그 텅 빈 시선이 너
무 섬뜩해서 소름이 끼친다.

내가 이렇게 비참하게 보내는 동안, 토냐는 이 복잡한 상황을
꽤 잘 받아들이고 있는 듯 보인다. 때때로 시내에 나가는데, 거기
서 뭘 하는지는 나도 모른다. 나는 대부분의 시간을 아무 데서나

보내지만 결코 리지가 있는 방에는 들어가지 않는다. 이제 리지 가까이에 아이를 두지 않기 시작했다. 더 이상 그녀를 믿을 수가 없다.

정신적으로, 감정적으로 지옥 같은 나날이었다.

"이건 잘못됐어." 우리가 주방에서 저녁을 먹던 어느 날 밤, 토냐에게 말했다. 이건 우리가 요즘 자주 하는 대화 중 하나다.

토냐는 내게 비난의 눈초리를 보냈다. "리지랑 있을 때 신중했어야지. 걸리지만 않았다면 리지가 여기까지 안 따라왔을 거 아냐."

"아, 그래서 내 잘못이다?"

"그럼, 내 잘못이야?"

"난 리지랑 같이 지내기 싫었다고."

"나도 싫었어, 벤. 그런데 그거 알아? 우리도 먹고는 살아야 할 거 아냐. 그런데 당신은 직업도 없고, 난 평생 웨이트리스로 살 생각 없어, 리지가." 토냐는 침실 쪽을 손가락으로 쿡쿡 찔렀다. "잘 먹고 잘 살면서, 책도 쓰고, 돈도 수백만씩 버는 동안 말이야. 저 여자는 살인마야. 브랜든과 다른 애들을 죽였다고."

리지가 무슨 짓을 할 수 있는지 나에게 상기시켜 줄 필요는 없는데.

신생아용 침대에 누워 있는 아기를 흘끗 보았다. 매켄지는 지금까지는 대부분 조용히 지내고 있다. 잠을 자고, 분유 먹고, 잠을 자고, 분유 먹고. 나는 기저귀 냄새가 싫다. 아기 냄새도. 그렇지만 이 모든 것은 아기 잘못이 아니다.

토냐에게로 시선을 돌렸다.

까마귀처럼 검게 염색한 머리를 보니 다른 사람인 것 같다. 멀리서 보면, 리지를 떠올리게 할 만큼 꽤 닮았다. (같은 머리, 같은 체형.) 섬뜩할 정도다. 그리고 잘못된 느낌마저 든다.

토냐는 주방 탁자에서 일어나 분유를 데우러 간다. "오늘 밤 아기 돌보는 거 첫 교대는 내가 맡을게. 그러니 좀 자 둬."

토냐가 너무도 무관심하게 말한다. 마치 이게 새로운 일상이라도 된 듯이. 그러나 어쩌면 정말 그럴지도 모른다는 생각이 천천히 스며들기 시작한다.

난 이게 싫다. 이 집, 좀비처럼 침실에만 있는 리지, 토냐와 내가 잘 때 쓰는 구질구질한 소파 두 개가 있는 거실, 작은 매켄지에게서 눈을 떼지 않기 위해 이리저리 집 안에서 끌고 다녀야 하는 유아용 침대까지. 이런 것들을 원한 적이 결단코 단 한 번도 없었다.

그렇지만 우리는 이 상황을 이겨 내야 하겠지.

그다음 날 이른 아침, 토냐는 우리가 같이 시내에 가야 한다고 말했다.

"우리 둘 다? 그럼……."

"아기도 같이 갈 거야."

혼란스러운 마음으로 토냐를 바라보았다.

그녀가 나와 눈을 맞췄다. "뭐, 벤? 우리는 출생신고를 해야 하고, 가정 출산에 대해서도 처리해야 돼. 당연히 엄마도 없이 혼자 애만 안고 소아과에 걸어 들어가겠다고 생각하는 건 아니겠지? 자기는 거짓말에 약하잖아."

우리가 집을 나서기 전, 토냐가 리지에게 숟가락으로 밥을 먹였다. 나는 그 모습을 보지도 않았고, 사실 방 안으로 들어가지도 않았다. 리지가 희미하게 훌쩍거리는 소리가 들리지만, 뭐 때문에 그러는지 알고 싶은 마음이 없다. 이건 잘못됐다. 하지만 토냐가 옳을 것이다. 이미 일을 망쳤으니, 상황을 헤쳐 나가는 것 말고는 이 사태를 수습할 방도가 없다.

아기를 밖의 현관으로 데리고 나가, 토냐가 나올 때까지 아기가 자는 모습을 지켜보았다.

토냐가 나오자 그녀를 보는 내 눈이 번쩍 커졌다. "우와."

옷을 제대로 갖춰 입고 빨간 립스틱까지 바르니 확실히 눈에 띈다. 리지를 제대로 모르는 사람이라면, 토냐를 보고 리지로 생각할 수 있을 정도다.

우리는 문을 잠그고 혹시나 리지가 도망갈 것을 대비해서 문을 합판으로 막아 둔다. 하지만 솔직히 리지가 그럴 만한 능력이 있을 거라고는 생각되지 않는다.

차에서 멀어지기 전, 다시 한번 판으로 막힌 문을 쳐다본다. 갑자기, 우리가 단순히 무언가를 위해 타이밍을 보고 있는 것이 아니라는 생각이 든다. 우리는 리지를 사실상 죄수처럼 감금하고 있는 것이다.

43

벤

우리는 대학에 잠시 들렀다. 토냐가 인터넷 카페에서 이메일을 확인하기 위해서다. 그녀는 활짝 웃으며 돌아왔다. "나 나흘 후에 뉴욕으로 날아가. 비행기 티켓 받았어."

토냐는 들뜬 마음으로 프린트물을 공중에 대고 흔들었다. 나는 반응하지 않았다. 이건 미친 짓이다. 하지만 토냐는 출판사 사람들과의 미팅 자리에서 그 가짜 신분을 완벽하게 소화할 수 있는 유일한 인물일 것이다.

그런데 아파트 건물 뒤쪽으로 차를 돌리자마자 경찰차 여러 대와 마주쳤다.

순간적으로 당황한 나는 급히 브레이크를 밟았다. 처음으로 든 생각은 우리가 걸렸다는 것이었다. 누군가가 리지와 아이를 보고 있었던 거다.

"천천히 계속 가." 토냐가 침착하게 지시를 내렸다. "출입구 그냥 지나치고 아무렇지도 않게 행동해.”

그러는 동안 우리의 관리인 그런저가 눈에 들어왔다. 그는 수갑을 찬 채 경찰차로 끌려가는 중이었고, 경찰과 경찰견 부대가 출입구를 에워싸고 있었다.

“아무래도 아파트에 들르는 건 좀 나중에 해야겠어.” 토냐는 그 장소를 떠나며 말했다. 그러면서 유리창 너머로 무슨 일이 일어나는지 보기 위해 목을 길게 뺐다.

“그런데 경찰견은 왜 있는 거지?” 나는 불안한 마음으로 곰곰이 생각에 빠졌다.

“약물이겠지, 보나 마나.”

“그 관리인 뭔가 좀 수상쩍은 느낌이 들긴 했어. 마음이 전혀 안 가더라고.”

“뭐, 결국 잡힌 건가 보네.”

그녀의 입술에 번져 있는 흡족한 미소가 눈에 띈다. 토냐는 사람에 대한 감이 좋았고, 범죄자들을 좋아한 적이 없었다.

출생신고를 하는 동안 토냐나 나를 아는 사람과 마주치지 않기 위해, 우리는 한 시간을 더 달려야 나오는 마을로 향했다. 출생신고서 사무실에서 리지가 임신했을 당시의 의료 기록을 요청했다. 토냐가 모든 걸 챙겨 온 참이었다. 그녀가 이런 걸 어떻게 다 알고 있는지, 나로서는 도저히 이해가 안 된다.

집에서 출산을 감행한 스물두 살짜리 두 명을 볼 때, 사람들이 뭐라고 생각할지, 말도 마시라. 질문들이 쏟아진다. 수상하다고 생각하는 사람보다는 비난하는 사람이 많다. 물론 조언이나 훈계를 늘어놓는 사람들도 있고. 출생 기록 사무소에서 일하시는 나이 든 여성 직원 한 분이 아기에게 다정하게 말을 걸며 우리에게 다음 절차를 설명해 주었다. 아기와 엄마 둘 다 의사의 진찰을 받아야 한다고 말이다.

아기 때문에 소아과 예약을 잡아 놓긴 했지만, 토냐는 절대 검진 같은 건 받지 않을 것이다.

그날 저녁 늦게 아파트에 들어갔더니, 그런저의 집 현관문이 폴리스 라인으로 막혀 있었다.

"운도 지지리도 없다."

내 생각에 운이라는 건, 결국 업보라고 생각한다. 우리가 아직 걸리지 않았다는 게 나로서는 신기할 따름이다.

부모님께 전화를 걸어 아기 소식을 전했다.

"리지는 정말 터프 걸이네." 엄마가 아기 때문에 신나서 말했다.

리지에 대해서도 말했다. (바로 그때 거의 토냐의 이름을 말할 뻔했지만 가까스로 바로잡았다.) 곧 뉴욕에 갈 것이라고. 엄마는 그녀와 통화하고 싶다고 했다. 그건 정말 좋은 징조였다. 더 고무적인 건, 내가 아기에게 분유를 먹이고 기저귀를 갈아 주는 동안에도, 삼십 분이나 대화를 이어 갔다는 점이다.

토냐는 일부러 피곤하다는 듯 지나치게 소심한 목소리를 내면서 엄마를 헷갈리게 했다. 그녀는 연기를 잘한다. 이건 분명 잘못된 일이지만, 엄마가 내가 사랑하는 여자와 이야기하는 걸 보니 정말 행복하다.

토냐가 전화를 끊었다. 얼굴에는 만족감이 가득 서려 있었다. "우리 가능한 한 빨리 동부로 이사 가야 할 것 같아."

나도 동의한다. 우리는 이미 그것에 대해 의논도 했었다.

"어머니께서 말씀하시는데, 아기는 물론 다른 일들도 다 도와주시겠대. 너무 좋은 생각 같아."

하지만 토냐는 리지에게 정확히 무슨 일이 생길지는 말하지 않는다. 그 **진짜** 리지 말이다.

나 역시 묻지 않는다. 어떤 대답이 나올지 두려워서다. 하지만 호숫가 집과 리지, 토냐, 나 그리고 아기에 대해 뭔가 조치를 취해야 한다는 것을 알고 있다.

집으로 돌아오는 길, 토냐는 라디오 볼륨을 켜고 노래를 불렀다. 얼굴에는 미소가 가득하다. 나를 사랑에 빠지게 한 그 미소. (미친 듯이 자신감 넘치고, 세상을 다 가진 듯한 그 미소.) 토냐는 정말 아름답다. 리지와 관련된 이 모든 일이 우리 머리 위에 걸려 있지만 않다면 좋을 텐데.

"이거, 언제까지 해야 해?" 내가 조심스럽게 질문을 던졌다.

토냐는 어깨를 으쓱했다. 그녀는 언제나 그런다. 마치 아무 문제 없다는 듯 태연하게.

"평생." 그녀는 몸을 기울여 팔로 나를 안으며 대답했다. 그런 후 뒷좌석에 있는 아기를 보고 다정하게 말을 걸었다.

눈길을 거둘 수가 없다. 토냐와 내가 가족이면 좋겠다.

그렇지만 여기에는 풀리지 않은 질문이 하나 있다.

"리지는 어쩔 거야?" 내가 또 묻는다. "이다음에 할 일이 뭐야?"

"누구?" 토냐가 순진한 눈빛으로 나를 보며 묻는다. 잠시 동안 나는 머뭇거린다.

그러나 토냐는 웃음을 터트린다. "**내가** 리지잖아."

"뭐, 그래, 지금이야 그렇지, 하지만……."

“벤.” 그녀의 표정에서 약간의 화가 느껴지기 시작한다. “멍청하게 굴지 마. **내가** 리지라고. 알겠어? 똑똑히 기억해 둬, 자다가도 얘기할 수 있을 정도로.”

“알았어, 하지만…….” 이건 진짜 엉망이다. 이런 상황을 도대체 언제까지 지속할 수 있겠는가? “그럼, 그녀는?” 나는 호수 쪽 어딘가를 향해 모호하게 고갯짓을 했다.

토냐는 내가 좋아하지 않는 표정을 지었다. 때때로 토냐는 그녀에게 잘못 걸리면 끝장이라는 생각을 하게 만든다.

토냐의 표정이 사악하게 바뀌었다. 그녀는 미소를 거둔 채 이렇게 말했다.

“이제 사라져 줘야지.”

44

벤

나흘 후, 토냐를 공항에 데려다주었다.

그녀는 눈부시게 아름다웠다. 터미널에서 나에게 어찌나 열정적으로 키스를 하던지, 모든 게 잘될 거라는 믿음을 가질 수 있을 정도였다. 그러나 바로 그때, 그녀가 이렇게 말했다. "내가 돌아오면, 그때 그 여자를 처리하자."

좋던 기분이 다 날아가 버렸다.

늦은 오후에 집에 도착한 나는 휴대용 아기 요람을 쥔 채 현관에 한참 서 있었다. 안으로 들어갈 마음이 생기지 않았다. 이 통나무집은 우리의 행복한 피난처였는데. 지금은 감옥처럼 느껴진다.

미친 생각 하나가 마음에 떠올랐다. 리지를 시내로, 그러니까 병원으로 데리고 가서 무슨 일이 생겼는지 다 얘기하고, 그 후의 상황을 감당하는 거다. 토냐가 말한 "사라져 줘야지."가 뭘 뜻하는지는 모르겠지만, 그게 오싹할 만큼 두렵다.

마침내 현관에 붙인 합판을 떼어 내고 안으로 들어갔다.

이곳에 들어올 때마다, 다리에 힘이 풀린다. 리지가 죽어 있는 걸 보게 될까 봐 그렇다. 그러나 침실로 들어서자, 그녀는 여전히 우리가 두고 나온 그 자리에 있었다. 무릎을 가슴 쪽으로 끌어안고는 한쪽 팔로 감싸고, 다른 손으로는 시트 위에 보이지 않는 무늬를 그리며 몸을 앞뒤로 흔들고 있었다.

리지는 더 이상 나나 토냐에게 반응하지 않는다. 매켄지가 가느다랗게 끽 소리를 낼 때만 그쪽으로 얼굴을 돌릴 뿐이다. 아기를 안겨 주면, 그때서야 가장 살아 있는 순간이 된다. 리지는 아이를 흔들며 무언가를, 의미를 알 수 없는 단어를 반복해서 중얼거린다. 들리기에는 '꽃잎'이라는 단어 같다. 무슨 뜻으로 말하는 건지는 모르겠지만. 토냐가 리지에게 무슨 짓을 하려고 하는지 생각하면 두려워진다. "사라져 줘야지."가 병원으로 사라진다는 뜻은 아닐 테니 말이다.

나는 몇 시간 내내 우울한 기분에 잠겨 있다. 집이 조용해서 미칠 것만 같다. 토냐가 없을 때 혼자 이곳에 머무는 것이 너무 싫다. 리지가 저런 상태가 된 이유를 떠올릴 때마다 죄책감이 나를 갉아먹는다.

그러고 나면 편집증적인 불안이 밀려온다.

가장 먼저 떠오르는 건, 토냐가 나를 떠날 경우 무슨 일이 벌어질지에 대한 것이다. 만약 뉴욕에서 영영 돌아오지 않는다면? 그러면 나는 리지와 아기를 오롯이 떠안은 채, 그 결과를 감당해야 한다.

그러나 토냐는 절대 그럴 리 없다는 것을 깨닫는다. 나를 사랑하니까. 우리가 대책을 마련하려고 시간을 버는 동안, 그녀는 내가 리지와 함께 살도록 허락하면서 적지 않은 것들을 희생했다. 게다가, 내가 옆에 없으면 토냐는 리지인 척을 할 수 없다.

주방으로 가 찬장에서 위스키병을 꺼냈다. 한 잔 따르고, 또 한 잔을 따른다. 정신 차려 보니 기분이 꽤 좋아졌다.

바로 그때, 불현듯 공포가 덮쳐 와, 똑같은 생각이 머릿속을 맴돌기 시작한다.

우리는 리지를 없앨 수 없어, 안 돼. 그건…… 너무 끔찍한 일이야, 절대 그러면 안 돼.

리지를 병원에 데려가면 나쁜 일이 생기지 않을 거라고, 나 자신을 설득한다. 그렇지 않으면 그녀는 완전히 깨어나지 못할 수도 있다, 안 그런가? 나는 이걸 해야 한다. 그게 옳다.

위스키를 또 한 잔 비울 즈음엔, 리지를 데리고 시내에 가야겠다는 마음을 굳힌다.

침실로 무작정 들어가 리지의 팔을 잡아당긴다.

"가자, 리지."

리지는 내가 손을 댄 팔 쪽으로 눈을 홱 돌리더니, 공포에 질려 나를 쏘아보듯 올려다보았다. 그러고는 팔을 필사적으로 잡아당겼다.

"우리는 가야 돼. 시내로 가야 돼. 당장!" 나는 포기하지 않고 더 세게 움켜쥔 채 리지를 일으켜 세우려 하지만, 그녀는 궁지에 몰린 짐승처럼 기묘하고 답답한 소리를 내며 나를 밀쳐 내기 시작했다.

무슨 짓을 해도 침대에서 나오지 않자, 결국 포기하고 만다.

리지는 울고 있다. 아기를 데려오자 그녀의 시선이 아이에게로 옮겨 간다. 매켄지를 안겨 주는 순간, 공허하던 눈빛이 어느새 다정함으로 바뀌었다.

젠장, 젠장.

얼마쯤 지난 후, 아기를 리지의 품에서 떼어 내 요람에 눕혔고, 그대로 집을 나섰다.

이 집에 있으면 숨이 막힌다. 처음으로, 출산 중에 리지에게 일어난 일을 생각하며 그녀가 불쌍하다고 생각한다. 그리고 토냐가 무엇을 제안하든, 나는 도저히 실행할 생각이 없다. 절대 안 된다.

이번만큼은 문을 합판으로 막지 않고 심지어 잠그지도 않는다. 아기를 데리고 집에서 이 분쯤 걸어가면 닿는 호수로 간다. 물에서 조금 떨어진 곳에 요람을 두고, 옷을 그대로 입은 채 호수로 걸어 들어갔다.

물속에 몸을 던졌다가, 이내 수면 위로 튀어 올랐다. 숨이 막혀 잠시 캑캑거렸다.

위스키를 들고 나왔어야 했는데, 취하긴 했지만 아직 부족했다. 나는 토냐가 밝게 미소 지으며 사악하게 "이제 사라져 줘야지."라는 말을 뱉던 그 순간을 지워 낼 수가 없다. 매켄지가 태어날 때의 그 피로 물든 침대를 잊을 수가 없다. 리지를 만졌을 때 그녀가 내던 동물 같은 흐느낌을 지울 수가 없다.

우리가 만든 이 사태를, 원래대로 되돌릴 수가 없다.

다시 물속으로 몸을 던졌다. 이번만큼은 크고 흉물 같은 물고기가 나를 덮쳐 모든 걸 끝내 주기를 바라면서.

한번은 토냐가 이 지역 전설에 대해 얘기해 준 적이 있다.

알고 보니 이 호수는 그 희귀하다는 가피시가 상시로 서식하는 곳이었다. 흉측하게 생긴 이 생명체는 최대 136킬로그램까지 자랄 수 있다. 주요 도로에 있는 바보 같은 회전 표지판에 그려진 것처럼, 이들은 날카로운 이빨을 가진 괴물이다.

여기에는 사연이 있다.

전설에 따르면 수세기 전, 이곳에는 거주민이 약 몇십 명 정도밖에 안 되는 작은 마을이 있었다고 한다. 그런데 약탈자들이 침략해 여자들을 강간하고, 남자들을 두들겨 팼고, 가축을 죽였다. 그렇게 이틀 동안 배불리 먹고 마신 뒤, 술에 취한 채 밤의 호수로 들어가 수영을 즐겼다. 그 이후로 그들을 본 사람은 아무도 없었다. 오직 마을 사람들만이 며칠 동안 호수에서 찢긴 옷을 건져 올렸다고 한다.

가피시가 그 호수와 호수에 의존해서 사는 사람들을 보호한다는 내용이었다. 그러나 사실 가피시는 사람을 공격하거나 먹는 일이 없다. 전설 속에서나 그렇다는 얘기다.

그러나 지금은, 그게 진실이기를 바란다. 사나운 가피시 한 마리가 나타나 그 날카로운 이빨로 나를 씹어 없애 버리고, 이 모든 걸 끝내 주기를 바라고 있다.

다시 물에 들어가 물속에서 숨을 참는다. 이대로 익사하면 얼마나 좋을까. 술을 좀 더 마시고 더 멀리 헤엄쳐 나간다면, 아마도 그럴 수 있을 것이다.

더는 숨을 참을 수 없게 되자 마침내 수면 위로 올라온다. 그리고 물을 뱉어 내며 기침을 하는데, 작고 약한 소리가 들려온다.

아기, 매켄지다. 눈을 겨우 뜨고서, 요람 속에서 나를 향해 미소를 짓고 있는 듯하다. 그렇게 무력한 옹알이를 듣고 있자니, 더이상 참을 수가 없다. 눈물이 뺨을 타고 흘러내리기 시작했다. 그리고 밤하늘을 향해 고개를 들고 동물처럼 소리를 질렀다.

오랫동안 모든 걸 토냐에게 맡겨 두고 있었다. 그리고 앞으로도 그녀가 원하는 대로 하게 둘 생각이다. 결국 어찌 됐든 중요한 건 나, 그녀 그리고 매켄지뿐이니까.

리지? 그저 운이 안 좋았을 뿐이다. 그녀를 해치게 할 필요가 없으면 좋으련만. 그러나 때때로, 인생에는 희생이 필요한 법이다.

45

벤

이틀 후, 토냐를 데리러 공항에 갔다.

공항 터미널에서 내 품에 달려드는 토냐의 얼굴에 미소가 가득 번진다.

"어후." 그녀는 놀란 듯이 몸을 뒤로 빼고는 나를 똑바로 바라본다. "우리 집에 있는 술을 다 마신 것 같은 냄새가 나는데?"

하지만 토냐는 뭐라고 하는 대신 또 한 번 미소를 지었다.

비가 내리고 있다. 여름 공기에는 시큼한 냄새와 꽃이 핀 나무 향이 섞여 있었고, 땀 냄새가 가득했다.

"당신도 봤어야 하는데, 벤! 그 도시! 불빛들!" 우리가 차를 타고 길을 나서자 토냐가 말하기 시작했다. "내가 간 빌딩? 사무실이 21층에 있더라고. 무려 21층!"

그녀는 놀란 눈을 크게 뜨고는, 손가락으로 숫자를 표현했다.

상상이 된다. 잠시 동안이지만, 그녀가 행복하니 나 역시 행복해진다. 그녀가 다녀온 곳은 마치 딴 세상처럼 들린다.

그러다 문득, 이 모든 게 사기라는 생각이 떠올랐다.

"임신 때문에 아주 모든 게 완벽히 딱딱 들어맞았다니까! 그쪽에서 원고에 고쳐 줬으면 하는 내용이 있었는데, 나는 뭐 아는 게 하나도 없잖아. 사과하면서, 임신하고 출산한 거 때문에 머리가 흐려졌다, 어쩌고저쩌고 막 늘어놨지." 그녀가 밝게 웃었다. "그 사람들 얼굴을 자기가 봤어야 하는데! 어찌나 미안해하던지, 쥐구멍에라도 들어가고 싶은 표정이더라고. 그런데 생각해 보니, 이 핑계를 몇 달 동안 잘 쓸 수 있을 것 같아. 혹시나, 알다시피, 우리 이야기에서 뭔가 이상한 점이 생길 때를 대비해서 말이야."

기분이 급격히 안 좋아졌다.

몇 달 동안?

토냐는 이 모든 게 아무것도 아니라는 듯 얘기하고 있었다.

"책 두 권 계약했어." 그녀가 말을 이었다. "그다음엔 뭔가 해결책을 찾아봐야지. 아무래도 앞으로 십 년 동안 슬럼프에 빠졌다고 하는 게 좋겠어."

이 계획이 진짜 먹힐 거라고 생각하는 걸까?

"십 년?" 내가 중얼거렸다. "토냐……."

그녀와 평생을 함께하고 싶은 마음이 큰 만큼, 이번 뉴욕에서 벌인 쇼가 일회성이라고 생각했다.

"송금은 우리 계좌로 들어올 거고, 영업일 기준 열흘 정도 걸린대." 토냐는 이제 나에게 신경조차 쓰지 않는다. 그녀는 가방에서 작은 거울을 꺼내 말하는 와중에도 립스틱을 확인했다. "그러니까, 그걸 받는 즉시 우리는 동부로 이사 갈 수 있어. 그리고 자기네 부모님 댁에서 빌붙지 않아도 돼. 집을 따로 빌리자. 아주 멋진 곳으로."

토냐가 계속해서 지저귀는 동안 나는 운전을 했고, 가피시 표지판에 가까워질수록 속이 뒤틀리는 것 같이 느껴졌다. 우리가 이미 함께인 것처럼 말하고 있다면, 그렇다면…….

리지는 어쩌려는 거지?

"토냐!"

그녀는 나를 보더니 고개를 갸웃거리며 순진한 표정으로 눈을 깜빡였다.

상황은 이미 최악이다. 리지는 전문가의 도움이 필요하다. 나는 지난 이틀 동안 이 일이 어떻게 흘러갈지 생각하며 신경 쓰는 바람에 이미 녹초가 된 상태였다.

"리지는 어쩌고?" 마침내 물었다.

내가 토냐와 길을 번갈아 흘끗거리는 내내 그녀는 나를 뚫어지게 쳐다보았다. 아무 말도 없다. 시선을 거두지도 않는다. 나는 그녀의 얼굴에서 초 단위로 일어나는 미세한 변화를 포착할 수 있었다. 그 표정은 결국 단단한 가면으로 바뀌었다.

"우리 얘기 끝냈잖아, 벤." 토냐는 이를 악물고 말했다. "내 가 뭐 랬 어." 그녀는 매 글자에 힘주어 말했다. "리지는 사라져 줘야 한다니까."

"토냐……."

"토냐라고 부르지도 마. 그 이름 잊어버려. 무슨 일 해야 하는지 자기도 다 잘 알잖아."

다시 그녀를 흘끗 바라보는데, 여전히 나를 응시하고 있다. 눈빛에는 어떤 감정도 없이, 그저 차갑고 계산적인 시선만이 담겨 있어 소름이 돋는다.

토냐는 이성적으로 얘기해 봤자 통하지 않는다. 매켄지가 태어난 직후, 토냐가 처음으로 시내에 갔다 집으로 돌아왔을 때, 그녀는 도서관에서 책을 몇 권 가져왔다. 심지어 출산 합병증으로 회복 불가능한 뇌 손상을 입을 수 있다는 부분까지 찾아봐 주기도 했다.

지금, 토냐가 한 말이 머릿속에서 붉은 섬광처럼 번쩍이고 있다. 나는 이미 그녀가 한 일에 동조한 것만으로도 범죄자다. 아기 출생 정보를 기입하면서 엄마에 대한 거짓 정보를 넣은 것만으로도 이미 범죄자다. 토냐가 리지의 (이제는 그녀 자신의.) 계좌에 돈을 넣는 동안 은행에 함께 있었다는 것만으로도 이미 범죄자다.

"걘 그냥 미친 사람이야, 벤. 이제 리지가 아니라니까. 더 이상은 아니야. 그렇지만 아기는 돌봄이 필요하니, 누군가가 대신 리지가 되어야 하지 않겠어?"

토냐는 뒷좌석에 있는 매켄지를 가리킨다. 차에 타서 처음으로 매켄지를 언급하는 순간이다.

"감옥 가고 싶지 않으면 그리고 이 일을 제대로 해내서 자기가 누릴 자격, **우리 둘 다** 누릴 자격이 있는 그런 좋은 삶을 원한다면, 남자답게 좀 행동해." 그녀는 쏘아붙이고는 옆 창문으로 시선을 돌렸다. "걔는 사라져 줘야 해." 그렇게 덧붙이면서.

무력감에 비명을 지르고 싶은 기분이다. 가아 표지판이 나오고 호숫가로 향하는 길로 들어서자, 공포가 다시 밀려오며 심장이 가슴을 세게 치는 소리가 들려왔다.

차가 통나무집 앞 공터에 들어갔을 때는 공황 발작을 겪는 듯한 기분이 들었다.

며칠 동안 이런 기분을 느껴 온 터였다. 매켄지를 카 시트에서 요람으로 옮기고 토냐와 함께 현관으로 향할 때쯤 똑같이 역겨운 감정이 내 안에서 꿈틀거렸다.

집 안으로 걸어 들어가자, 쓴맛이 목구멍을 타고 올라온다. 곧, 또 다른 범죄가 일어날 것이다. 그걸 어떻게 막아야 할지, 내가 그걸 실제로 해낼 수 있을지 알 수가 없다. 단 하나 확신하는 건 토냐는 그 일을 할 거라는 사실이다.

우리가 주방에 들어서자마자, 주방 탁자에 못 보던 종이 한 장이 눈에 띄었다.

"아깐 없던 건데." 그렇게 말하며 요람을 내려놓고 종이를 가지러 가까이 갔다.

아무런 의미도 없는, 휘갈겨 쓴 단어와 문장들이었다. 문장을 알아볼 수 있었지만 그저 몇몇 판타지 소설에서 따온 인용문 같아 보였다.

"이게 뭐지?"

"벤!" 토냐가 거실에서 나를 불렀다.

거실로 가 보니 토냐는 손에 든 종이를 읽고 있었다. 소파 위에는 종이가 두 개 더 있었고, 또 다른 하나는 나무로 된 커피 탁자 위에 놓여 있었다.

이게 다 어디서 난 거지? 누가 집에 들어오기라도 한 건가?

토냐는 눈을 들어 나를 보았고, 두 눈은 리지의 첫 번째 원고를 읽었을 때와 똑같은 경외심으로 불타오르고 있었다.

"누군가 바쁘셨던 거 같네." 토냐가 약간 신경질적으로 말했다. 그렇지만 화가 난 상태는 아니었다. 그보다는…… 흥미를 느끼는 것 같았다.

토냐는 침실로 가서 문을 세게 열었다. "이런 젠장……."

나는 뒤를 따라가 잠시 멈추고는 방을 둘러보았다.

방 안에는 수십 개나 되는 종이쪽지가 널려 있었다. 책들은 누군가 책장에서 꺼내 페이지를 찢어 놓은 상태였다. 빈 페이지에는 글과 낙서가 뒤섞여 있다.

리지는 침대에 쭈그리고 앉아 아직도 종이쪽지에 뭔가를 끄적이고 있었다.

"미쳐 버렸어. 완전히 맛이 갔어." 내가 속삭였다.

이런 모습을 보고 있자니 심장이 조이듯 아팠다. 토냐가 바닥에 떨어진 종이로 다가가 하나를 집어 들자 공포로 가슴이 두근거렸다.

"아무래도 얼마 전에 시작한 동화를 기억해서 적고 있는 것 같은데, 단지." 그녀가 얼굴을 찌푸렸다. "좀 내용이 어두워, 벤. 그래. 미쳐 가고 있는 거 같아."

공포에 사로잡힌 나는 토냐와 눈 마주치는 것을 거부했다. 이제 정말로 리지에게는 기회가 없다.

다리가 후들거린다. 도망치고 싶다. 토냐가 리지를 위해 어떤 고약한 계획을 세웠는지, 앞으로 무슨 일이 일어날지 보고 싶지가 않다.

겨우 고개를 들어 토냐와 눈이 마주쳤는데, 신기하게도 그녀는 미소를 짓고 있었다. 하나씩 하나씩 종이를 집어 들면서, 한 장한 장 꼼꼼하게 읽고 있었다.

"있잖아. 이거 참 좋네."

내 눈썹이 치켜 올라갔다. "뭐, 뭐라고?"

"아주 좋다고." 토냐가 낄낄거렸다. "결국 쓸모없는 게 아니었어." 그녀는 리지에게 걸어가 머리카락을 쓰다듬었다. "이봐, 토냐. 이거 좋아. 아주 좋다고." 그녀가 말했다.

토냐라고?

리지는 대답하지 않았다.

그 말을 들으니 뱃속 깊은 곳에서 구역질이 올라오는 느낌이 들었다. 그녀는 리지를 "토냐."라고 불렀다. 완전 엉망이 되었다.

"이거 아주 좋아." 토냐가 말을 반복했다. "더 쓸 수 있겠어? 아주 많이?" 그녀는 마치 개에게 하듯 리지의 머리를 쓰다듬었다. "옳지. 종이랑 더 갖다줄게. 정말 굉장해."

토냐는 눈을 들어 나를 보았다. 그녀에게 벌써 뭔가 꿍꿍이가 있다는 걸 알 수 있었다. 그리고 나는 그녀가 앞으로 몇 년 동안 우리를 위해 꾸민 계획을 깨달았을 때, 생전 느껴 보지 못한 울렁거림을 경험했다. 그런데 토냐가 다음으로 말한 건 그래도 안도가 되는 내용이었다. 적어도 리지에 관련해서는 말이다.

"벤, 우리가 황금을 낳는 거위를 발견한 거 같아." 토냐가 미소지으며 말했다.

"아직은 좀 더 데리고 있어야겠어."

3부

현재

46

매켄지

내 부모의 과거는 속에서부터 나를 갉아먹고, 생각을 오염시키는 암과 같다.

다이앤 제이컵슨은 우리에게 그날 자기 집에서 하루 자라고 권했다. 우리는 대화를 멈출 수가 없었다. 논의해야 할 게 너무 많았다. 엄마에 대한 사실들, 아니, 엄마가 두 명이었다는 것부터 너무 충격적이어서 제대로 받아들여지지 않았다.

우리는 이십일 년 전, 무슨 일이 있었던 건지 그 가능성에 대해 얘기했다. 나는 다이앤에게 엄마가 보낸 편지를 보여 주었다.

"그래서 할 수 있는 게 뭘까." 다이앤은 편지를 다 읽고 말했다. "너를 키워 준 여자가 사실은 진짜 엘리자베스 던이 아니었다는 걸 말해 봤자, 누가 믿겠어. 그들이 리지에게 무슨 짓을 했든, 그건 입증이 불가능해."

"완전 엉망진창이네요." EJ는 계속 이 말만 반복했다.

우리는 다이앤의 집 빈방에서 자려고 막 잠자리에 들려던 참인데, 그녀가 나를 불렀다.

"그 헛간 화재 말이다." 그녀는 불편해하는 것 같았다. 마치 아까 했던 말에 대해 후회하는 것 같았다. 그런데도 지금 더 많은 얘기를 하려고 한다.

이곳에서 고작 하루를 지냈음에도, 다이앤은 자신이 드러내는 것보다 훨씬 많은 것을 알고 있다는 생각이 들었다.

"헛간에 화재가 일어난 밤, 나는 그때 저녁반이었어. 자정 무렵 리지가 밖에서 몰래 들어오는 걸 봤지, 사시나무처럼 떨면서, 마치 미행을 당하는 것처럼 연신 뒤를 돌아봤어. 리지의 평소 모습과 너무 달랐어. 그 아이는 누구에게도 해를 가하는 편이 아니야. 그렇지만 토냐, 토냐는 다르지. 그 애는 태생부터가 문제투성이였어. 내면 깊숙한 곳까지 어둠이 도사리고 있었지. 요즘엔 그런 애들을 지칭하는 멋진 단어가 있더군, 소시오패스. 옳고 그름에 대한 개념 자체가 없었지. 그게 토냐였어."

토냐에 대해서는 더 알고 싶지 않다. 이미 어떤 사람인지 알고 있으니까. 그 손에 내가 자랐다는 생각만 해도 메스꺼움이 치민다.

"리지가 들어온 후 한 시간 뒤." 다이앤이 말을 이었다. "토냐가 헛간 쪽에서 집으로 들어오더구나. 이 아이에게 겁이라곤 없었어. 뱀장어처럼 약삭빨랐지. 걔는 자기가 무슨 짓을 벌이는지 똑똑히 알고도 하는 애였어. 남자애들 세 명이 발견됐을 때, 나는 이 두 여자애들이 어떻게든 이 사건과 엮여 있다는 걸 알았어. 하지만 토냐를 고발하려면 리지 얘기를 안 할 수 없었고, 그 착한 애는 이미 겪을 만큼 겪은 뒤였어. 세 놈한테 당한 일도 정리되지 않았을 때였으니까 말이야. 그래서 그냥 그만뒀어.”

어깨를 짓누르던 짐이 스르르 사라지는 게 느껴졌다. 내가 꼭 들어야만 하는 말이었다.

다이앤은 연신 고개를 끄덕였다. “내가 보기엔 말이다. 무슨 일이 있었든 간에 네 엄마 책임은 아니었을 거야.”

“감사합니다.” 이렇게 말하고 감정이 북받쳐 올라 다이앤에게 다가가 그녀를 안아 주었다.

그날 밤 거의 잠을 이루지 못했다. 다음 날 아침 다이앤이 우리를 배웅할 때, 우리는 단 한 마디도 나누지 않았다. 비행기를 타고 나서도 EJ와 거의 말을 하지 않았다. 그가 나를 바라볼 때마다 눈빛에 연민이 가득하고, 그건 앞으로도 사라질 기미가 보이지 않는다. 말 한 마디 할 때마다 너무도 조심스러워한다. 마치 내가 죽음을 앞둔 암 환자라도 되듯이 말이다.

이틀 뒤, 나는 EJ의 집에 있다. 태국 식당에서 음식을 포장해 왔다. 우리는 내 부모님 얘기를 꺼내지 않고 시시콜콜한 대화만 한다. 하지만 내 생각은 점점 더 어두워진다. 엄마에 대한 생각을 멈출 수가 없다. 나의 **진짜** 엄마.

접시에 담긴 카레 치킨 조각을 포크로 쿡쿡 찌르며 그들이 어떻게, 어디서, 언제, 그 일을 저질렀는지 곰곰이 생각한다. 여기서 **그들**이란 나를 키운 엄마 아빠를 말한다. 한 사람이 지구상에서 흔적도 없이 사라졌는데, 어떻게 아무도 신경 쓰지 않을 수 있지?

“켄즈, 너 뭐 좀 먹어야 해.”

“나 그렇게 배 안 고파.”

“그 말을 이틀 동안 했잖아. 하지만 너……”

"EJ, 제발 그만……." 머리를 흔들고 접시에 포크를 내려놨다. 그러곤 소파에 등을 기댔다.

EJ는 자기 접시를 커피 탁자로 가지고 왔다. "들어 봐. 다이앤 말이 맞아. 지금 와서 네가 할 수 있는 일은 거의 없어. 너희 엄마, 그러니까 널 길러 주신 분은 돌아가셨잖아. 생물학적 어머니도 그렇고. 만약 네가……."

내가 EJ를 지켜보는 동안 그는 머리를 헝클어뜨리며 다음에 무슨 말을 할지 고민한다. 그가 나를 위해 애쓰고 있다는 게 느껴져서 고마운 마음이 들었다. 그는 나보다 더 논리적으로 생각했다. 이 상황을 풀어 나가는 것이 쉽지 않을 거라는 것 그리고 풀리는 것 자체가 가능한지도 모르겠다는 다이앤의 말에 뜻을 같이했다.

"그분은 게다가 화장됐잖아." EJ가 말했다. **그분**, 우리가 엘리자베스 캐스퍼라고 불렀던 여자, 이십 년이 넘는 시간 동안 거짓된 삶을 살았던 사람. "어쨌든 너희 집에는 유전자 검사를 할 수 있을 만큼 흔적이 많이 남아 있잖아. 그렇지만 그걸로 증명할 수 있는 건 그분이 네 친모가 아니라는 사실뿐이야. 친어머니의 유해를 찾을 방법은 없어."

유해라는 말에 움찔했다.

그가 그 반응을 알아채고 말했다. "미안해. 그런데 그게 문제라서. 어쩌면 그들이…… 그러니까 경찰이 엘리자베스 캐스퍼가 진짜 엘리자베스 캐스퍼인지를 확인하려 들 수도 있어. 수사가 이뤄지겠지. 하지만 네 아버지가 입을 닫고 모두 부인하면, 그쪽에선 아무것도 밝힐 수가 없어. 그냥 혼란만 불러올 뿐이야. 전 세계가 너에게 달려들걸. 너도 그 문제에 대해 인지하고 있지, 그렇

지? 너희 가족은 물론 어쩌면 너의 미래까지 망칠 거야. 네 주변
엔 파파라치가 그득할 거고. 결국 절대 되돌릴 수 없는 악몽으로
끝날 수도 있어.”

꽤 오랫동안 그냥 그를 바라보기만 했다.

내 옆에 있어 줘서 고맙다는 말을 하고 싶다. 하지만 이런 일에
그를 끌어들여서 너무너무 미안한 마음이 더 크다. 이 일에서 EJ
를 떼어 낼 방법이 없다. 그는 이 일을 비밀로 간직해야만 한다.
내 가족과 아무런 상관이 없는 사람에게 하기에는 너무 큰 부탁
이다.

“그래서, 그냥 여기서 접는다고?”

그의 얼굴에 고통스러운 표정이 떠오른다. “나도 모르겠어, 켄
즈. 모르겠어. 미안한데, 나도 뭘 해야 할지를 모르겠어.”

배낭을 소파로 들고 와 그 안에서 편지들을 꺼냈다. 얼마나 많
이 읽었는지 다 외울 수 있을 것만 같다. 몇 주 동안 편지 속 소
녀와 나를 키운 사람을 연결해 보려 애썼다. 글을 세세히 살펴보
고 문장 하나하나에 감탄하며, 그녀가 나를 불렀던 그 어여쁜 단
어 ‘꽃잎’을 마음에 소중히 간직하면서. 당연히 나를 키워 준 여
자에게서는 한 번도 들어 보지 못한 단어다.

마지막 편지 한 장을 펼친다.

“자 들어 봐.” EJ에게 운을 띄우고 크게 읽기 시작한다. “**너는
예쁘고 아름다운 소녀가 될 거야.**”

바로 그 순간, 눈가에 눈물이 고인다.

“켄즈.” EJ가 속삭였다. “너 지금 스스로를 너무 몰아붙이고 있
어.”

나는 씁쓸한 미소를 지었다. 그러나 읽는 걸 멈추지 못했다. **"이미 그걸 느낄 수 있단다. 보드랍고 짙은 속눈썹, 풍성한 머리카락, 바람에 흩날리는 머리칼 사이로……."** 흐느낌을 참기 위해 잠시 멈췄다. 눈을 깜빡이자 편지의 글씨가 흐릿해지고, 눈물이 쏟아지기 시작했다. **"햇빛이 비치면 네 눈에서 반짝이겠지."** 훌쩍이며 흐느껴 울었다. 그리고는 떨리는 목소리로 계속 읽었다. **"그러면 너는 햇살 같은 미소를 지을 거야."**

고개를 들어 EJ를 바라보았다. "엄마가 쓴 거야. 아직 내가 태어나기도 전에, 이걸 나한테 쓴 거야. 내 **진짜** 엄마가."

나는 또 흐느꼈다.

"너무 힘들겠다, 켄즈."

"최악이 뭔지 알아? 내가 깨달은 게 하나 있어. 엄마는 이걸 나한테 쓴 게 아니야. 나에게 비밀을 털어놓을 생각이 없었던 거야."

"무슨 소리야?"

내가 편지에 시선을 고정한 채 머리를 흔들었다. "그래, 그럴 생각이 없었어. 이 편지가 세상의 빛을 보게 될 거라고는 생각하지 않았던 거야. 아직 나를 뱃속에 품고 있을 때 쓴 거야. 왜냐하면……." 생각만으로 이미 너무 슬퍼서, 흐느끼며 눈을 깜빡였다. 눈물이 편지 위로 떨어졌다. "너무 많은 일을 겪었으니까. 사랑에 빠진 남자가 자신을 배신했어. 아기가 있었지만 겁을 먹은 채 정신을 놓기 직전이었어. 결국에는 고독 속에 남겨진 거야, EJ."

눈을 들어 그를 보았다. 금방이라도 무너질 듯한 이 엉망진창인 모습을 보든 말든 이제 상관없다. "엄마는 너무 외로워서, 그 외로움을 견딜 유일한 방법으로 아직 태어나지도 않은 애한테 편지를 쓰며 대화를 나눈 거야."

커다랗게 울음이 터지고, 난 결국 무너져 울기 시작했다.

그 즉시 EJ는 내 옆으로 와서 그 강한 팔로 나를 단단히 감싸고 자기 쪽으로 끌어당겼다. 그리고 무력한 아이를 달래듯 나를 천천히 흔들었다.

이 무력감이 너무도 깊다는 생각이 들었다. 그래서 소리를 지르고 분노를 터트리고 무언가를 부수며, 수십 년 전, 이 배신에 가담한 자들에게 고함치고 싶어졌다.

"얘기하고 싶으면, 켄지. 내가 항상 옆에 있다는 거 잊지 마. 알겠지?"

또 한 번의 흐느낌이 가슴 깊은 곳에서 터져 나왔다.

"알겠지? 그렇다고 말해."

"으응."

그렇게 오랜 시간 울어 본 적이 없었다. EJ는 한 마디도 보태지 않고, 그냥 나를 꼭 안아 주었다.

마침내 나는 몸을 뒤로 빼고 시선을 돌리며 눈물을 닦았다. "미안해." 내가 중얼거렸다. "잠깐 감정이 폭발했네."

"괜찮아."

EJ는 내 얼굴을 보기 위해 팔뚝을 무릎에 대고 몸을 앞으로 숙였다.

나는 울면서 웃었다. "네 후드 티 다 젖었네." 훌쩍이며 말했다.

"언제든 말만 해. 분부만 내리십시오."

우리는 웃음을 터트리고는 그렇게 얼마간 조용히 앉아 있었다. 그제야 울지 않고도 얘기할 수 있겠다는 생각이 들었다.

입술을 꽉 물고 있다가 마침내 EJ를 쳐다보고 말했다. "아무래도 아빠랑 한번 부딪쳐 봐야 할 것 같아."

EJ는 자신의 손을 바라보며 두 손을 비볐다. "좋은 생각은 아닌 것 같지만, 이런 식으로라도 마무리를 지을 수 있다면야, 해도 되지."

"응."

"그런데…… 아버지랑 얘기할 때 너무 미친 사람처럼 보이지 않게 조심해."

그의 목소리에서 경고가 느껴지자 갑자기 불안해졌다. "왜? 그게 무슨 뜻이야?"

그가 쭈뼛거리며 나를 바라보았다. "내 말은, 나 다큐멘터리나 이런저런 거 많이 봤잖아. 누군가 터무니없는 혐의를 제기할 때는……."

그는 말을 끝마치지 못한 채 천천히 눈썹을 치켜들며 나를 보았다.

"그런 때 뭐?" 아직도 무슨 말인지 몰라 대답을 재촉했다.

"그런 때 정신 병동이나 재활 센터에 수용될 수도 있어."

"지금 나랑 장난해?" 충격을 받은 나는 뺨에 남아 있던 눈물을 닦으며 벌떡 일어섰다.

"너한테 말도 안 되는 일이 닥칠까 봐 하는 말이야."

우리는 잠시 서로를 바라보았고, 나는 그 사실을 받아들였다. (우리 아빠는 무슨 짓이라도 저지를 수 있는 사람이다.)

"나 괜찮을 거야." 스스로도 확신하지 못하는 말을 뱉었다. "네가 증인이잖아. 이야기도 다 알고. 난 일단 집에 가서 아빠가 얼마나 많은 거짓말을 지어낼지, 언제 무너질지를 좀 봐야겠어."

EJ는 체념했다는 듯이 고개를 뒤로 젖혔다. 그렇지만 그 역시 여기에는 반박할 수 없다는 것을 알고 있다.

너는 **고집불통이야**, 아빠가 한번은 이렇게 말한 적이 있었다. **네 엄마랑 똑같아.** 오, 이런 아이러니라니!

엄마 닮아 재능이 많네요. 사람들이 나한테 하는 말이다. 마침내 모든 게 들어맞는다.

하지만 그 말의 진정한 의미를 아는 사람은 오직 거짓말쟁이 아빠뿐이다. 이제 아빠에게 따져 물을 때이다.

EJ의 아파트를 빠져나오는데, 조심하라는 그의 경고가 머릿속을 스쳐 갔다.

너무 긴장된 나머지 토하고 싶어졌다. 이제 와서야, 나는 내가 위험에 처했을지도 모른다는 걸 분명히 알게 됐다.

47

차에 오르기 위해 가까이 다가가는데, 우리 집 현관에 누가 접근했음을 알리는 경고음이 핸드폰에서 울려 퍼졌다.

난 그걸 무시했다. 아빠가 집에 없다면, 올 때까지 기다리면 된다. 아마도 취해서 귀가하시겠지만, 그때까지 기다렸다가 원하는 것을 알아낼 것이다. 사실, 지금 아는 정보를 가지고 엄마의 서재에 들어가는 게 좋은 생각인 거 같다. 이제 새로운 시선으로 서류들을 볼 수 있을 테니까.

이제 오 분만 더 달리면 집이다. 바로 그때 핸드폰에서 또 한 번 경고음이 울렸다.

몇 분이 지나자, 경고음이 또 울렸다.

그런 후 이 분이 지나자, 또 울렸다.

이렇게 짧은 시간에 자주 울리다니 뭔가 수상하다.

조급한 마음에 쇼핑센터에 차를 세우고 주머니에서 휴대폰을 꺼냈다.

동작 감지 녹화 앱의 'Events' 폴더에는 최근 감지 기록이 여러 건 올라와 있다.

처음으로 게이트를 통과한 차는 아빠가 아니라 할머니 차였다.

"도대체 이게 뭔 일이야……."

할머니는 부모님 집에 올 때 나한테 말을 안 하고 온 적이 한 번도 없었다.

다음 녹화는 차 한 대가 밖으로 나가는 모습이었다. 오래된 폭스바겐, 즉 민나의 차다. 할머니는 누가 시중들어 주는 걸 좋아하기에 이건 좀 이상하다. 하지만 보다시피 할머니는 민나에게 일찍 가라고 한 것 같다.

그다음 차는 잘못 볼 리 없는 빨간색 렉서스, 그러니까 라이마의 차다. 전에도 많이 봐서 안다. 그런데 저 여자가 집에서 뭐 하는 거지?

다음 차는 픽업트럭으로 나도 모르는 차다. 그래서 현관문 카메라로 바꿨다.

8:01 할머니가 할아버지 없이 혼자 집에 도착한다.

8:08 라이마 로스가 성큼성큼 걸어 들어간다.

8:14 어떤 남자가 하얀색 픽업트럭을 주차하고 집 안으로 들어간다. 녹화 영상 화질이 안 좋고 얼굴도 야구 모자에 가려져 있지만 그 모자를 알아보았다. 추모식에 왔던 그 남자다. 엄마의 서재에 있던 사진 속 인물과 같은 사람이다.

이상하네.

무슨 일이 일어나는지는 모르겠지만 수상하다. 도대체 왜 아빠, 할머니, 문학 에이전트, 어쩌면 엄마랑 바람을 피웠을지도 모르는 남자가 우리 집에서 다 같이 모이는 거지?

최대한 서둘러 부모님 댁으로 차를 몰았다. 그리고 한 시간쯤 후 집 안으로 들어갔다. 온 집안이 고요한 가운데 엄마 서재에서 긴장된 목소리가 들려온다.

나는 누가 논쟁할 때 들으면 바로 안다. 그렇지만 서재는 방음 효과가 너무 좋아서 그들이 무슨 얘기를 하는지 알아듣기 위해 귀를 문에 바짝 갔다 대야 했다.

라이마가 소리 높여 말했다. "그게 도대체 무슨 말이에요?"

거기에 할머니가 답했다. "필요 이상으로……."

"이건 말도 안 돼!" 아빠였다. "이 쓰레기!"

"그만! 일단……. 진정 좀 해!" 할머니가 끼어들었다.

"당신들 다 엿 좀 먹어 봐." 신원 미상의 남자가 말했다.

"뭐라고요?" 라이마는 거의 소리치고 있었다. "당신이 뭔데?"

"특히 너, 베니 보이. 너 좆 되는 건 시간문제야. 너희들 모두! 분명히 그렇게 될걸!"

"이 집에서 당장 나가!" 아빠가 고함쳤다.

아빠가 고함치는 걸 듣는 건 이번이 처음이다.

둔탁한 몸싸움 소리가 나고, 여자의 비명이 이어졌다. 그 뒤에 악마 같은 웃음소리가 따랐다. 너무 명랑하면서도 태연해서, 이 상황과의 대비가 소름 끼칠 정도였다.

문을 향해 성급하게 다가오는 발소리가 들렸다. 구석으로 몸을 숨기자마자 무섭게 문이 벌컥 열렸다.

"펠리시아, 안녕!" 남자가 낄낄거렸다. 구석에서 조심스레 내다

보니, 야구 모자를 쓴 남자가 현관 쪽으로 걷고 있었다. 그는 뒤도 돌아보지 않은 채 양손으로 가운데 손가락을 뻗어 욕을 했다.

"이게 새로운 조건이야."

그가 문을 쾅 닫고 나가자 나는 살금살금 서재 쪽으로 걸어갔다. 그리고 라이마와 정면으로 맞닥뜨렸다.

"깜짝이야!" 나를 쏘아보는 시선에서 친근함이라는 건 찾아볼 수도 없다. 그녀의 돈줄인 E. V. 렌지가 미끄러져 넘어진 순간, 외교적인 관계는 완전히 끝장난 것이다.

라이마는 현관을 향해 성큼성큼 걸어갔다. 그녀의 하이힐이 마룻바닥을 사납게 두드렸다.

"당장 해결해!" 그녀는 뒤도 돌아보지 않고 소리를 질렀다. "그게 뭐든 간에! 저 짐승 같은 새끼가 빠지지 않는 이상 다시는 안 올 거야!"

예의라는 건 어디로 사라진 거지?

아빠와 당장 논의해야 하는 문제만 없었다면, 방금 일어난 일을 두고 곱씹으며 웃어넘겼을 것이다.

천천히 서재로 걸어 들어갔다. 그러자 뜻밖의 광경이 보였다.

할머니가 엄마 의자에 앉아 있었다. 그러니까, 한 때 이 집의 여왕이었던 그 여자가 쓰던 의자 말이다. 할머니는 아주 편해 보였다. 마치 모든 걸 관장한다는 듯, 마치 그 의자가 원래 자기 것이었다는 듯.

아빠는 소파에 널브러져서는 두 손으로 마른세수를 하고 있었다. 할머니가 내 쪽으로 고개를 휙 돌렸다. "지금은 곤란해, 얘야. 잠시 자리를 좀 비켜 주렴."

'안녕'이라고 한마디 해 주는 게 그리 어려운가?

"할머니가 오셨는지 몰랐어요." 천천히 앞으로 다가가며 말했다.

"처리해야 하는 문제가 좀 있어서." 할머니가 가짜 미소를 지어 보였다. "네 아빠랑 좀 얘기를 할 게 있어. 그러니, 잠깐 좀 나가 있겠니."

할머니는 무심하게 손을 휘저으며 나가라는 표시를 했다. 그 태도를 보니 분노가 일었다.

나는 움직이지 않았다. "저 남자는 누구예요?"

할머니는 펜으로 책상을 두드리며 짜증 섞인 한숨을 쉬었다. "매켄지, 이건 네가 끼어들 문제가 아니야."

"오, 맞는 거 같은데요." 반박하며 소파 쪽으로 걸어가 아빠 앞에 멈춰 섰다. 그러고는 팔짱을 껴서 몸에서 일어나는 불안한 떨림을 가라앉히려 노력했다. "장례식 때 아빠랑 말다툼한 그 남자 맞죠, 그렇죠?"

아빠는 얼굴에 있던 손을 천천히 내리고는 눈을 들어 나를 보았다.

"아빠는 그런 짓을 하지 않았어, 얘야." 할머니가 끼어들었다.

"그게 말이죠." 내가 할머니를 보며 말했다. "지금 저 할머니한테 말한 거 아니거든요. 저 아빠랑 얘기를 좀 해야 해요. 저 남자 누군지 알아야겠어요. 그리고 이왕 이렇게 된 김에." 다시 아빠 쪽으로 고개를 돌렸다. "엄마한테 무슨 일이 있었던 건지 듣고 싶어요."

아빠 얼굴에 혼란이 서린 게 빤히 보였다.

"제 진짜 엄마요."

아빠의 얼굴이 순식간에 달라졌고, 이렇게 쉽게 덜미를 잡을 수 있다는 것에 웃음이 날 정도였다. 할머니를 흘끗 보았다. 할머니는 눈을 감고 내가 익히 아는 방식으로 입술을 꼭 다문 채 앉아 있었다. 늘 굉장히 침착하고, 외교적인 할머니가 곧 폭발할 것만 같다. 그러면 결코 좋게 끝나지 않을 것이다.

"절 키워 준 여자가 진짜 엄마가 아니라는 거 알고 있어요." 그 둘의 얼굴을 보며 말했다.

"오, 세상에." 할머니는 한숨을 쉬더니 벌떡 일어나 서재를 빠져나갔다.

아빠는 마치 버려진 강아지처럼 속수무책으로 할머니를 바라보다가, 내게로 시선을 돌렸다. 맹세컨대, 그렇게 겁에 질린 아빠는 생전 처음 본다.

"말씀하세요." 내가 단호하게 말했다.

48

"우리 딸, 이제야 네가 고통을 느끼는구나." 아빠는 약하게 미소를 띠며 말했다.

그 말에 거의 사레가 들 뻔했다. "지금 나랑 장난해요?"

아빠가 이 대화에서 요리조리 빠져나갈 거라는 걸 예상 못 한 바는 아니다.

"있잖아, 매켄지. 지금 우리한테 문제가 좀 있어. 그런 황당한 얘기를 꺼낼 때가 아니야."

"오, 그러세요?"

"응. 우리는 좀……. 우리 슬픔을 이용해 이득을 취하려는 사람들이 있다고만 해 두자. 그들은 말도 안 되는 혐의를 들먹이면서 악의적인 소문을 퍼트리는 등 온갖 수작을 벌이고 있어. 이런……." 그는 주변을 향해 대충 손가락질을 했다.

"계속해 보세요, 아빠. 이런 뭐요? 그리고 방금 나간 남자는 누구예요?"

"아무도 아니야."

"아무도 아닌 게 아닌 거 같던데요. 그때 추모식에 있었잖아요. 그리고 또……." 나는 그 남자가 나온 사진을 보기 위해 선반으로 갔지만 사진은 이미 사라지고 없었다. 한순간 멈칫했다가 홱 돌아서 아빠를 봤다. "그 남자 아시잖아요. 부정하지 마세요. 방금 여기 있었잖아요. 그 사람이 말한 **너 좆 된다**는 건 무슨 뜻이에요?"

"매켄지!" 아빠는 나를 꾸짖는 눈길로 바라보지만, 이건 다 가짜다. 전부 다 가짜다. 화제를 다른 쪽으로 옮기려는 연극일 뿐이다.

"제가 들었어요, 아빠. 그게 무슨 뜻이에요?"

"우리한테 협박하는 사람들이 많은데, 그중 하나야."

"뭐 때문에요?"

"그냥…… 네 엄마한테 퍼붓는 터무니없는 비난이지. 엄마는 아주 뛰어난 사람이었어, 재능도 탁월……."

"그만하세요, 아빠! 말을 딴 데로 돌리지 말아요."

"매켄지, 제발."

하이힐이 바닥을 두드리는 소리에 뒤를 돌아봤다.

할머니가 와인을 가득 담은 와인 잔을 두 잔이나 갖고 왔다. 그중 한 잔을 나에게 내밀었다. "자, 여기. 좀 마시렴."

"저 술 안 마셔요. 할머니."

"이건 그냥 와인이야. 진정이 좀 될 게다. 앉아서 긴장 풀어."

"저 술 안 마셔요." 나는 화가 나서 말을 반복했다. "전 그냥 아빠랑 얘기만 하면 돼요." 아빠를 향해 몸을 돌렸다. "제 진짜 엄마에 대해 얘기해 줘요. 어서요."

아빠는 풀이 죽은 표정으로 할머니를 본 뒤 다시 나를 쳐다봤다. "매켄지, 누가 너한테 그런 거짓말을 했는지, 네가 이걸 어디서 들었는지 모르겠……."

"입 닫아, 벤." 내 뒤에 선 할머니가 분노를 담아 말하는 바람에 아빠가 움찔했다.

뒤로 돌아서서 할머니와 얼굴을 마주 보았다. 할머니는 나와 아주 가까이 있었는데, 갑자기 적의로 가득 찬 눈빛이 너무 차가워 몸서리가 쳐졌다. 할머니의 가면이 살짝 벗겨져, 진짜 모습을 엿 볼 수 있었다.

할머니를 볼 때마다 늘 하이에나가 떠오른다. 하이에나 사진을 본 적이 있는가? 그들은 정말 귀엽다. 할머니는 친근한 하이에나 같다. 눈처럼 짧은 흰머리, 붉은 입술, 꼼꼼한 화장까지, 온통 우아함과 기품으로 무장한 하이에나.

그런데 하이에나가 이빨을 드러낸 걸 본 적이 있는가? 그들의 이빨은 뼈도 부술 수 있다.

그게 할머니다. 그러니까, 그 친절한 미소는 단 일 초 만에 날카로운 인상으로 바뀔 수 있다는 얘기다.

나 역시 그런 모습을 몇 번 보았다. 한번은 할머니가 엄마랑 다툴 때였다. 그땐 엄마가 불쌍하다고 생각했다. 그렇다면 지금은? 그랬어도 싸다는 생각이 든다. 지금 바뀐 생각은 그게 다가 아니다. 훨씬 더 놀라운 진실이 남아 있다.

그것은 바로, 어쩌면 엄마가 한 번도 이 집의 여왕인 적이 없었다는 사실이다. 이 집의 여왕은 할머니였다.

49

"잔 받아라, 매켄지." 할머니가 단호하게 말했다. 와인 잔을 내 가슴께로 내미는 할머니의 눈빛이 내 속까지 꿰뚫는 것 같다. "어른스럽게 얘기하고 싶다면 술 한잔하면서 해."

좋지.

할머니 손에 있는 잔을 받았다.

"건배." 할머니는 내 잔에 자신의 잔을 부딪치고는 한 모금 마셨다.

나도 한 모금 마셨다. 와인은 달콤 쌉싸름했다. 술에 관심도 없고 별로 좋아하지도 않지만, 원하는 답을 얻을 수만 있다면 기꺼이 장단을 맞춰 줄 것이다.

"앉아라, 매켄지." 할머니는 지시하듯 말한 뒤, 아빠 맞은편에 앉아 우아하게 다리를 꼬았다. 터틀넥에 짙은 정장을 입은 할머니는 마치 은퇴한 CIA 요원 같았다. 할머니만 주변에 나타나면 아빠가 풋내기처럼 행동하는 건 어쩌면 당연한 일일지도 모른다.

나는 아빠 옆에 자리를 잡았다.

"마시자꾸나." 할머니는 공중으로 잔을 들어 올렸다. "넌 술이 필요할 거야. 무턱대고 비난을 퍼붓지 마라. 난 차분하고 진지한 대화를 하고 싶구나."

할머니는 한 모금을 더 마시고, 또 한 모금 마셨다. 나는 그녀를 따라 했다. **좋아.**

"절 키워 준 엄마가 친모가 아니라는 거 알고 있어요." 할머니를 똑바로 바라보며 말했다. 내 말이 그녀에게 어떤 파장을 일으킬지 알고 싶어서였다.

할머니의 입술 한쪽 끝이 미묘하게 올라갔다. "누구한테 들었니?"

나는 콧방귀를 꼈다. "여기서 그게 중요한가요?"

"말도 안 되는 얘기다. 그 말을 한 게 누구든 간에 너 갖고 장난치는 거다, 애야."

나는 억지웃음을 터트리고는 와인 한 모금을 더 마셨다. 갑자기 맛이 좋게 느껴졌고, 덕분에 긴장이 좀 풀렸다. 지금 던지려는 질문 때문에 긴장을 많이 한 상태였다.

"그렇군요. 그럼, 토냐 셰이퍼가 누군가요?"

그 말을 하자마자, 나는 아빠가 아닌 할머니를 쳐다봤다. 아빠랑 독대를 했어야 하는데. 아빠는 거짓말에 젬병이다. 반면 할머니는 완전히 다른 차원의 존재다. 반드시 할머니가 뭐라고 하는지 알아야겠다. 과연 이십일 년 전 올드보에서 일어난 일에 대해 뭔가 알고는 있는 걸까.

놀랍게도, 할머니 입가에 미소가 어린다. 그러더니 머리를 저었다. "토냐 셰이퍼는 미친 사람이었어."

그 말에 놀랐지만 조용히 할머니가 이어서 할 말을 기다렸다.

"스토커였어. 너희 아빠랑 엄마한테 집착이 장난 아니었지. 그래서 미친 짓도 정말 많이 했어."

할머니는 천천히 침착하게 말을 이었다. 그녀의 말씨는 사려 깊었고, 나는 와인을 홀짝이며 할머니가 이 이야기를 어떻게 왜곡할지 기대가 됐다.

"네 아빠가 그 여자랑 잠시 어울린 적이 있었지."

"어머니……." 아빠가 이의를 제기했다.

"시끄러워 벤. 얘도 알아야지." 할머니는 아빠를 향해 날카롭게 반응하더니, 시선을 내게로 돌리고 와인을 한 모금 마셨다.

나도 할머니를 따라 와인을 마셨다. 나는 이 자리에서 분노로 가득한 말싸움이 벌어질 거라 생각했었다. 그러나, 생각한 것보다 난 훨씬 침착했다. 술기운이 온몸으로 퍼지자 나른하고 몽롱한 기분이 든다.

"그래. 네 아빠가 이상적인 남자 친구감은 아니지." 할머니는 일부러 씁쓸한 어조로 말했다. "그리고 맞아. 네 아빠가 어떤 여자랑 어울렸는데, 그 사람이 아빠랑 엄마 인생을 거의 망쳤어. 꽤 오랫동안이었지. 안 그러니, 아들?"

"헛소리하지 마세요." 할머니를 몰아붙이자 그녀의 시선이 나에게 단단히 꽂혔다.

그럴듯하게 들리기는 한다. 할머니가 그런 세세한 부분까지 안다는 것에 놀랐다. 할머니 면전에서 웃고 싶지만, 어지럽고 목이 마르다. 와인을 더 마시면 도움이 될 것 같은데, 내 잔은 이미 비어 있다.

"헛소리 아니다. 그 여자는 네 엄마처럼 옷을 입고 네 엄마의 행동을 따라 했지. 너희 엄마인 척하면서 올드보를 돌아다녔어. 실제로 그 여자를 엘리자베스라고 부른 사람도 있었고, 진짜 벤의 여자 친구라고 생각한 사람도 있었지."

그럴 리 없어…….

갑자기 무엇이 진실인지 혼란스러워졌고, 혹시나 내가 가짜 인물을 하나 만들어 낸 게 아닌가 하는 생각까지 들었다. 최근 들어 터무니없는 소리를 많이 들었지만, 실제로 증거가 있던 건 아니니까 말이다.

"너희 엄마는 세상과 담을 쌓고 살았지. 집 밖을 거의 나가지도 않았어. 그 여자, 토냐 셰이퍼? 그 여자는 심지어 벤의 친구들을 따라 술집까지 가서는 자기를 엘리자베스라고 소개했지. 오, 그랬어. 일 년이 지나자 올드보에 사는 사람 반이 엘리자베스를 알게 됐지. 그렇지만 그건 벤과 함께 있는 엘리자베스가 아니었단다."

비어 있는 와인 잔을 커피 탁자에 내려놓는데 머리가 빙빙 돌았다. 손을 잘못 놀려서 하마터면 잔을 떨어트릴 뻔했다.

나는 술을 마신 경험이 거의 없다. 그래서인지 술기운이 빠르게 올랐다. **너무 빨리.**

"잠시만요." 그렇게 말했지만 발음이 정확하지 않았다. 심장 소리가 머리까지 들렸다. "그러니까 지금 말씀은……."

"내 말은, 얘야, 토냐 셰이퍼는 아픈 사람이었고, 여러 사람에게 해를 끼쳤다는 거야. 그 여자가 한 거짓말을 바로잡기 위해서는 꽤 오랜 시간이 걸렸지. 그렇지만 사고에 휘말려 죽고 말았어. 다행이었지."

“잠깐, 잠깐, 잠깐. 이건 말이 안 되는…….”

그 말에 반박하기 위해 뭔가 말하고 싶었는데, 공기가 내 말을 삼킨 듯 아무 말도 나오지 않았다. 두 소녀를 다 아는 다이앤 제이컵슨이 사진에서 토냐를 알아보지 않았다면, 그럴듯한 이야기로 들릴 뻔했다. 아무리 할머니가 교활한 마녀라지만, 내가 그걸 확인했다는 사실은 모르고 있다. 그렇게 엉성하게 꾸민 이야기가 통할 거라 믿는 것이다.

또 거슬리는 게 있다. 할머니는 단 한 번도 엄마를 ‘리지’라고 부르지 않는다. 엄마는 예전에 그 이름으로만 불렸는데.

할머니 면전에서 웃음을 터트리고 싶었지만, 내 웃음은 그저 낑낑거리는 소리로만 들린다. 소파 밑으로 계속 가라앉는 느낌이 들어서 몸을 일으켜 세우려 했지만, 손에 힘이 들어가지 않았다. 머릿속이 빙빙 돌아 갑자기 모든 게 눈앞에서 흐릿해진다.

“얘야?” 아빠가 묻는다. 내 앞에 있는 아빠 얼굴에 초점이 맞았다 흐려졌다 했다.

“벤. 놔둬라. 매켄지, 아가? 내 말 들려?” 할머니 목소리가 웅웅 거린다. 아주 멀리, 멀리서 들려오는 메아리 같다.

눈꺼풀이 무거워져서 눈을 뜨고 있는 게 너무 힘들다. 물을 마셔야 한다. 일어서야 한다. 여기서 나가야 한다. 이 집에서부터 도망쳐야 한다.

그렇지만 움직이는 건 고사하고 생각조차 할 수가 없었다.

그리고 곧 암흑 속으로 빠져들었다.

50

머리를 움직이려고 하자 수천 개의 조각으로 쪼개지는 듯했다. 머릿속에서 피가 쿵쾅거리는 느낌이다. 간신히 눈을 뜨고, 창문으로 쏟아지는 눈부신 햇살을 손으로 가렸다.

아침이다. 티셔츠에 속옷 차림으로 내 침대에 있는데 여기까지 어떻게 왔는지는 기억나지 않는다.

숙취의 안개 속에서 어젯밤에 있었던 일이 머릿속을 스쳐 간다.

숙취, 그렇다.

어제 무슨 일이 있었던 건지는 잘 모르겠지만, 난 원래 숙취 따위 없다. 술에 약을 탄 게 분명하다. 확실하다. 신입생 환영회 때 한 번 당한 적이 있다. EJ가 없었더라면, 나는 거기서 성폭행을 당하고도 그 사실을 모르고 지나갔을 것이다.

그래서 술을 마시지 않게 된 거다. 약을 탄 음료를 먹고 난 다음 날 기분이 어떤지, 난 정확히 알고 있으니까.

어제 얼마나 많이 마셨더라? 딱 한 잔이었다. 그래, 할머니가 준 와인 한 잔.

할머니가 했던 이야기 조각들이 하나씩 떠오르기 시작했다. 토냐 셰이퍼. 스토킹. 리지인 척하고 다닌 것. 또 다른 것도 있었다. 할머니가 날 속이려고 만들어 낸 이상한 얘기들.

믿으려면 믿을 수는 있는 얘기였다. 하지만 할머니는 내가 엄마의 편지를 갖고 있다는 걸 모른다. 네브래스카로 가서 다이앤을 만나고 온 것도.

젠장, 그 편지들…….

잠시 공포에 사로잡혔다가, 그걸 시내에 있는 아파트에 두고 왔다는 것을 떠올린다. **휴우**. 게다가 사진으로도 다 남겨 놓은 참이다. 혹시나 해서 그랬다. 학교 도서관에서 복사해 EJ의 집에 보관해 놓는 것도 있다. 그것 역시, 혹시나 해서이다.

방을 둘러보고는 알아차리기 힘들 만큼 살짝 어질러진 흔적을 발견했다. 뭐, 엄청 어질러 놓은 건 아니지만, 누가 내 방에서 뭔가를 만지면 나는 금세 알아챈다.

소름이 돋았다. (누가 내 방을 뒤졌다.)

이가 갈릴 만큼 화가 났지만, 이내 우쭐대는 마음으로 바뀐다. (엄마의 원고 원본 역시 내 아파트에 보관했기 때문이다.)

어떤 생각이 떠올라 벌떡 일어섰다.

만약 그들이 내 아파트에 갔으면 어쩌지? 그들에게는 여분 열쇠가 있다. (일단 아빠한테 있다는 건 안다.) 몇 달 전에 새 소파를 샀을 때 아파트로 옮기는 걸 아빠가 도와줬기 때문이다.

침대에서 허둥지둥 몸을 일으켜 책상 위에 놓인 가방을 움켜쥐었다. (나는 평소에 절대 책상 위에 가방을 놓지 않는다.) 핸드폰을 꺼내 화면을 보니, [비밀번호가 틀렸습니다.]라는 메시지가 보인다.

나쁜 인간들. 내 핸드폰을 보려고 시도했다니.

잠금을 풀고 EJ에게 바로 전화를 걸었다. 전화벨이 한 번 울리자 곧 그가 전화를 받았다.

"매켄지, 도대체 무슨 일이야?" 그는 인사 대신 질문을 던졌다. "어제 열 번 넘게 전화 걸었어. 메시지도 보냈고. 너희 부모님 집에 달려가야 하나 생각했을 정도라니까. 너 괜찮아?"

"모르겠어. 일단 도움이 필요해. 지금 바빠?"

"장난해? 너한테 전화 오기만을 목이 빠지게 기다리고 있다가 미치는 줄 알았다고……."

"나 괜찮아, 괜찮아, EJ! 뭐 좀 하나 해 줘. 내 아파트 키 복사한 거 있지. 그거 가지고 가서 원고랑 편지를 너희 집으로 좀 옮겨 줘."

"켄즈?" EJ의 목소리에 염려가 묻어났다.

"당장. EJ. 부탁이야."

"너 괜찮기는 한 거지?"

"응. 나는 괜찮아."

"확실해?"

"EJ, 좀! 그냥 내가 말한 대로 해 줘. 지금! 나 끊어야 해. 아, 잠깐! 내가 두 시간 이내로 연락하지 않으면 나한테 전화 좀 해 줘."

"그렇게 말하니까 너무 무섭잖아."

"그럴 필요 없어. 그런데 만약 내가 오늘 전화를 받지 않으면 경찰 좀 불러 줘. 나 끊어야 돼. 모든 게 다 괜찮으면 두 시간 정도 있다가 전화할게."

나는 전화를 끊고 서둘러 청바지를 입은 후 방 밖으로 나갔다. 정확하게 말하자면 **진짜 소름 끼쳤다.** 할머니가 내 와인에 약을 탄 뒤 또 무슨 짓을 하려는지 모르니까 말이다.

살금살금 계단을 내려가는데 목소리가 들렸다. 할머니가 통화 중이었다. 아빠 역시 핸드폰으로 통화를 하고 있었다. (이건 좀 의외였는데, 아빠가 나보다 일찍 일어나는 일은 없기 때문이다.)

맛있는 냄새가 났다. **좋았어.** 그건 민나가 이·집에 있다는 의미다. 그녀가 있으면 할머니라 해도 이상한 짓을 할 수 없을 것이다.

다시 살금살금 방으로 올라가 생각하고, 생각하고, 또 생각했다.

어제 일어났던 일이 머릿속에서 다시 펼쳐졌다. 내가 미친 걸까? 아니다. 그 편지는 내 진짜 엄마가 쓴 거지, 나를 길러 준 여자가 쓴 게 아니다. 이제 와 생각해 보니, 편지에 적혀 있던 말은 내가 자라면서 들었던 말과는 분위기가 너무 달랐다.

그래, 그래, 지금. 나를 키워 준 사람이 토냐 셰이퍼라는 유일한 증거는 다이앤 제이컵슨이다. 유전자 테스트라도 받으면 모를까. 그걸 하려면, 날 키워 준 여자가 남긴 뭔가를 손에 넣어야 한다.

화장을 했다니 아주 영리한 작전이다. 엘리자베스 캐스퍼가 진짜 엘리자베스가 아니라면, DNA 검사를 위해 유해를 파내는 일을 막는 데 확실히 좋은 방법이니까.

신경이 바싹 곤두섰다. 복도를 살금살금 지나 엄마 침실로 향한다.

엄마와 아빠는 침실을 따로 썼다. 나는 그게 이상하다고 생각했었다. 그러나 지금 다시 생각해 보니, 말이 된다. 엄마 방은 내 방의 네 배 정도 넓었고, 이어진 방은 옷장으로 쓰고 있었다. 서재와는 다르게 침실은 진줏빛 색감에 버건디 장식이 들어가 있고, 금색 샹들리에가 달려 있으며, 벽에는 엄마가 찍은 패션 화보로 가득했다.

그녀가 죽은 이후 이 방에 손을 댄 사람은 없었다. 내가 탐정은 아니지만, 아는 정보가 맞다면 그녀의 머리카락이 필요하다.

일단 거대한 화장대로 갔다. 모아 놓은 향수병들, 화장품 그리고 헤어 제품들이 있다. 잡지에서 찍은 사진이 액자에 담겨 있다. 이 여자, 정말 자기애가 강했다.

빗을 찾아보았다. 머리카락 몇 가닥이 붙어 있다. 화장대 서랍을 뒤지니 스펀지가 들어 있는 비닐 팩이 있다. 그래서 팩 안의 스펀지를 꺼내 빗에서 떼어 낸 머리카락을 집어넣었다. 그런 후 화장대 밑에 있는 작은 쓰레기통을 발견했다. 빙고. 거기서 머리카락을 더 찾아냈다.

이게 충분하지 않다면, 망하는 거다. 그래서 욕실로 갔다.

이렇게 민망한 짓을 해 본 적이 한 번도 없지만, 절박한 상황에는 절박한 행동을 할 수밖에 없다. 샤워실 바닥을 웅크리고 보던 나는, 배수구에 뭉쳐 있는 머리카락 뭉치를 꺼냈다. 구역질을 참으며 그 머리카락을 아까 그 비닐에 담았다. 그런 다음 욕조를 살펴보았지만 깨끗하게 청소가 된 것 같다.

혹시 모르니까 하는 거야. 나는 스스로 되뇌었다.

그런데 갑자기 아이디어 하나가 떠올랐다. 아드레날린이 분비되며 심장이 뛰기 시작했다.

왜 진작 그 생각을 못 했을까?

51

방으로 돌아와 문을 걸어 잠그고, 책상 서랍을 뒤지기 시작했다. 학창 시절에 쓰던 공책과 찾을 수 있는 모든 걸 꺼냈다.

어디 있지? 어디 있더라?

그게 여기 어딘가 있다는 건 분명하다. 예전 같았으면 그런 건 바로 버렸겠지만, 그럼에도 불구하고 서랍에는 몇 년씩 쌓이는 잡동사니가 있게 마련이니까.

고등학교 때 썼던 문서들을 보관한 폴더를 꺼내 열심히 페이지를 넘기며 훑어보았다. 다 본 건 한쪽으로 내팽개치고, 오래된 공책, 연습장, 노트, 편지들을 뒤지다가 결국 하나를 발견했다. 이거 하나면 된다.

눈을 감고 온 우주에 감사를 전했다.

고등학생 시절, 엄마가 나를 키웨스트에 일주일 동안 데려가려고 쓴 결석 증명서다. 엄마는 나를 호텔에 맡겨 둔 채, 케이블 방

송을 보며 룸서비스를 시켜 먹게 하고는 며칠 동안 사라졌다.

결석계는 손으로 쓴 거였다. 그녀는 내 앞에서 아주 서둘러 썼는데, 왜냐하면 이유가 뭔지는 모르겠지만 이 여행 자체가 급하게 결정되었기 때문이다. 그렇지만 나는 그걸 선생님께 제출하지 않았다.

핸드폰을 꺼내 엄마 편지를 찍은 사진을 열고는 거기 있는 글씨체와 이 결석계 글씨체를 비교했다.

엄마는 뭐든 손으로 쓰는 법이 없었다. (지금까지도 그걸 깨닫지 못하고 있었다니.) 엄마가 원고를 쓰는 것을 본 적이 없다. 편지를 쓰는 것을 본 적도 없다. 그러니까 뭘 손으로 **쓴 적이 없다**. 끝. 그런 일은 언제나 문이 굳게 닫힌 서재에서만 '일어났다'. 모든 게, 그러니까 진짜로 **모든 게** 컴퓨터를 통해 나왔다. 내가 학교에 가 있을 때 노트를 남길 때도 그걸 타이핑해서 프린트할 정도였다. 엄마가 깔끔 떠는 사람이라고만 생각했다. 그러나 지금은 안다. 몇십 년 동안 조심하고 있었다는 것을.

그랬다가 딱 한 번 실수를 저지른 거다.

학교 결석계는 엄마가 원고를 쓴 사람이 아니라는 걸 증명하는, 몇 안 되는 증거가 될 것이다. 그녀는 노력하긴 했다. 그래, 원고에 있는 글씨체와 닮아 보이게 쓰려고 노력은 했다. 하지만 대문자의 곡선이 다르고, 소문자는 더 둥글둥글하다. 전체적인 글씨체가 기울어진 스타일이라는 걸 알아보는 데는 필체 전문가의 감정이 필요 없을 정도였다.

틀림없다. (이 결석계는 원고의 주인이 쓴 게 아니다.)

결석계를 배낭에 넣었다. 그 옆에는 그녀의 머리카락이 담긴 비닐 팩이 있다.

이제 할 일은 이 집을 빠져나가는 것이다.

그때 노크 소리가 크게 들려 펄쩍 뛸 뻔했다.

"매켄지, 아가, 깼니?"

문밖에서 들려오는 할머니의 목소리는 꿀처럼 달콤하지만, 나는 그녀가 무슨 짓을 저지를 수 있는지 알고 있다.

가슴 속에서 솟구치는 미세한 공포를 억누르며 이를 악물었다. "네, 할머니!"

할머니는 내 대답도 듣지 않고 문을 열려고 했지만 잠금 상태다. "들어가도 되니?"

문으로 걸어가 진정하기 위해 깊게 숨을 들이마셨다. 내가 가진 분노를 보이면 안 된다. 참지 못하면 원하는 걸 얻을 수 없다. 그리고 나는 **반드시** 이 집에서 나가야 한다.

할머니는 이미 무릎까지 오는 맞춤형 디자이너 드레스를 입고 화장을 한 상태였다. 반짝이는 빨간 립스틱은 마치 신호등의 빨간불 같다. 이 집안 사람들은 빨간 립스틱을 못 잡아먹어서 안달이다.

"오늘 기분 어떠니, 아가?" 그녀는 나를 살펴보며 미소 짓지만 목소리는 냉정하다.

"어제 대체 무슨 일이에요?" 불쑥 물어보고는 너무 직설적으로 말한 내 자신에게 욕을 퍼부었다.

"아." 할머니는 연필처럼 가는 눈썹을 찡그렸다. 안타깝다는 듯이. "네 방까지 부축해 줘야 했단다, 아가. 네가 그렇게 술에 약한지 미처 몰랐어." 그녀의 가짜 웃음소리가 찌르듯 내 두통 사이로 스며들었다. "이상한 헛소리를 하더구나. 그러더니 말이 어눌해졌어. 방으로 데려다줬더니, 문을 쾅 닫고 들어가던걸. 기분은 좀 괜찮니?"

염려하는 모습이 너무 진짜 같아서, 내가 술에 약한 사람이 아니라는 걸 잊을 뻔했다. 와인에 뭘 넣었는지는 모르겠지만, 십 분도 안 되어서 나를 기절시킨 것이다.

할머니는 여전히 나를 향해 가짜 미소를 짓고 있었고, 내 생각을 읽겠다는 듯 눈도 깜빡이지 않고 나를 보고 있었다.

공포감이 온몸에 퍼져 다리가 후들거렸지만 어찌어찌 미소를 지을 수 있었다.

"아니…… 사실은, 그렇지가 않아요." 일부러 큰 몸짓으로 이마를 문지르며 말했다. "세상에. 내가 취했다는 게 믿어지지 않네요." 할 수 있는 한 최고로 순진한 표정을 지어 보이며 그녀를 바라보았다. "아직도 취해 있는 것 같아요. 어제 제가 무슨 헛소리를 하던가요?"

할머니의 웃음소리에 다시 피가 얼어붙는 듯했다. "걱정 마라, 아가. 요즘 이상한 소문 퍼트리는 사람이 좀 많아야지. 우리는 앞으로 꽁꽁 뭉쳐야 해."

"맞아요. 뭉쳐야죠." 그 말을 되풀이했다. "그런데…… 저는 좀……."

"옷 갈아입고 아래층으로 내려와. 법적인 문제를 하나 해결해야 해서 말이야."

"법적이요?"

"그래!" 그녀는 환하게 미소 지었다. "너희 엄마가 모든 걸 아빠한테 넘긴 건 너도 알지. 우리가 얘기를 좀 해 봤는데, 너를 빼놓은 건 꽤 경솔한 행동이었다는 결론에 다다랐어. 네 아빠랑 나는 널 위해 신탁 기금이라도 만들자고 결정했단다.”

입이 떡하니 벌어졌다. “신탁 기금이요?”

“응.”

“돈 말씀하시는 거예요?”

“그렇단다, 아가. 신탁 기금이 돈이지.”

“그럼 제가 꺼내 쓸 수 있는 게⋯⋯.”

“네가 스물다섯이 되면 그럴 수 있지.”

숨이 멈췄다. 내가 할머니를 얼마나 혐오하는지 드러나지 않아야 한다. 그 얼굴에 침을 뱉지 않기 위해 가능한 한 참았다.

이건 뇌물이야. 할머니도 그걸 안다. 나도 아는 바이다. 앞으로 사 년 동안 내가 입 다물어 주길 원하는 것이다. 그 전에 신탁 기금에 무슨 일이 일어날지 누가 알겠나. 더 중요한 것은, 할머니는 내가 무엇을 아는지도 모르면서 하룻밤 사이 아빠랑 이 모든 것을 계획했다.

아주 빠르네.

숨을 내쉬면서 눈을 감았다. “몸이 좀 안 좋은 것 같아요, 할머니.” 화제를 돌리기 위해 작게 말하고는 애원하는 눈빛으로 할머니를 보았다. “게다가 오늘 수업도 있어요. 저 진짜 나가야 해요.”

“오늘?” 할머니의 눈에 실망감이 스쳤다. “하지만, 아가, 오늘은 너희 학교 헌정식 있는 날이야.”

완전히 까먹고 있었다. “그렇네요.”

할머니는 내 옷차림을 살펴보기 시작했다. 입고 잔 티셔츠에

급하게 걸쳐 입은 청바지 차림이었다.

"오늘은 좀 행사에 어울릴 만한 옷을 입으면 안 되겠니." 그녀가 말했다. "나가기 전에 서류에 사인은 하고 가렴."

"거기에 사인하면 비밀 유지 각서도 필요한 건가요?"

할머니가 미소 지었다. "물론이지. 문학 활동을 통해 얻은 수익금이니까."

그녀는 엄마의 문학 활동이라고는 말하지 않았다. 이 집에서 이제 '엄마'라는 단어는 많은 뜻을 내포하고 있다는 걸 우리 모두가 알기 때문이다.

"그리고 제발 우리랑 같이 아침 먹자." 할머니가 몸을 돌려 걸어가면서 덧붙였다.

엄마가 편지에 쓴 문장이 생각났다. **꽃잎, 너의 할머니는 나쁜 년이야.**

나는 이를 간다.

엄마, 엄마가 틀렸어요. 할머니는 괴물이에요.

52

"돈으로 입막음을 하려고 해, EJ." 내가 풀이 죽은 채 EJ의 집 거실을 왔다 갔다 했다.

마침내 집에서 탈출할 수 있었지만, 그것은 할머니와 가족 변호사가 만든 서류에 사인을 한 후였다. 당연한 일이었다.

EJ는 컴퓨터 의자에 널브러져 손을 머리 뒤로 깍지 낀 채 움직이지 않고 있다. 오직 눈동자만 굴려 나를 따라다니는 중이다. 커피 탁자 위에는 상자 더미가 있다. (내 아파트에서 그가 가지고 나온 원고이다.) **잘됐어.**

"일단, 그 사람들 내가 제정신이 아닌 것처럼 몰아가려고 했어." 내가 설명을 시작했다. "그다음으로는 내 명의로 신탁 기금을 만들어 준다고 했어. 왜 그런지 알아? 내가 여기저기 다니면서 사람들한테 캐묻고 다닐까 봐 겁이 나는 거야. 그 헌정식에서 아빠는 연설을 하고 엄마한테 추서된 상을 대신 받을 거거든. 할머니도 거기 오시는데 당연히 괜한 소란이 나는 걸 원치 않지. 그리고 내가 무슨 발언을 했다가 그게 언론으로 흘러가는 것도 원치 않고. 그중에서도 내가 향후 몇 년 동안 E. V. 렌지에 대해 **뭔가** 수상쩍은 말을 하는 걸 원하지 않는 거야.”

“혹시 너를 보호하려고 그러는 건 아니고?”

그의 앞에 멈춰 서서 노려보았다. “날 보호한다고? 살인을 숨기는 게 보호야? 그보다 더한 일을 했을 수도 있어.”

나는 다시 서성거리기 시작했다.

“까칠이.” EJ가 나를 불러 세웠지만 아랑곳하지 않았다. “켄즈!”

나는 여전히 서성거렸다.

“야, 너 지금 과호흡 상태야.” 그는 결국 자리에서 일어나 내 양쪽 어깨를 잡고 멈춰 세웠다. “긴장 풀어.”

“긴장 풀라고?” 분노가 내 안에서 부글부글 끓기 시작했다. “차라리 연단에 올라가서 우리 아빠가 내 친엄마 살해 음모에 가담했다고 까발리면?”

“말이 되는 소리를 해.” EJ는 여전히 내 어깨를 잡은 채 주의를 주었다. “너희 할머니는 너한테 약을 먹인 사람이야. 그러니까 너도 머리를 써야지. 증거가 충분해질 때까지는 조용히 있어야 돼.”

“아예 전단지를 만드는 건 어떨까? **진짜 E. V. 렌지 실종되다.** 그런 다음 학교 캠퍼스에 덕지덕지 붙이는 거야. 응?”

EJ는 짧게 웃음을 터트리면서도 내 어깨는 놓지 않았다.

“너 진짜 미쳤구나.” 그는 거의 속삭이듯 말했다. “그래서 네가 좋다니까. 이리 와.”

어찌나 재빠르게 나를 안아 주었는지, 거절할 틈도 없었다. 그가 나를 힘껏 끌어안자, 떨어지기 싫어졌다. 그는 나에게 버팀목 같은 사람이다. 스물한 살의 나이에 가족이 아니라 절친이 삶의 버팀목이 될 줄 누가 상상이나 했을까?

그런데 그가 나를 안고 있을 때 내가 느낀 감촉은, 절친이라는 이름으로는 설명되지 않는 것이었다. 절친이라면, 그와 피부가 맞닿고 싶다는 욕망 같은 건 느끼지 말아야 하니까. 그 이상은 말할 것도 없고.

"나 어제 한숨도 못 잤어. 미친 사람처럼 너한테 전화를 걸고 또 걸었지. 최악이었어. 그런 느낌? 너한테 무슨 일이 일어났을지도 모른다는 생각? 끔찍했어. 다시는 그런 식으로 사라지지 마."

"안 그럴게." 그의 어깨에 이마를 묻고 향기를 들이마셨다. "그러려고 한 건 아니었어."

"나도 알아. 그러니까 헌정식에 가지 마." 그는 나를 놓지 않은 채, 내 머리에 뺨을 붙이고 부드럽게 말했다. "제발 가지 마. 네 엄마 헌정식이라는 건 알아. 그게 뭐가 됐든, 너희 가족 모두가 거기 갈 거야. 하지만 그 사람들 너를 힘들게 하잖아. 그러니 굳이 갈 이유가 없지. 난 네가 이런 모습으로 있는 걸 보고 싶지 않아. 네 엄마가 그 편지를 썼을 때 느꼈을 감정이 떠올라서 말이야."

나는 울지 않기 위해 눈을 꽉 감고 숨을 멈췄다. 울면 안 된다. 다시는 **그들** 때문에 울지 않을 것이다.

EJ에게는 생각해 보겠다고 말했다. 그러나 그의 집에서 나올 때, 내가 거기 갈 거라는 걸 이미 알고 있었다.

그건 또 다른 이벤트다. E. V. 렌지와 관련된 모든 일이 이벤트 다. 그렇지 않은가? 홍보, 그러니까 돈과 판매 순위.

펄 강의 홀은 사람들로 가득했다. 열 번째 연사의 연설이 끝날 즈음에는 이미 청중은 지루함에 몸을 배배 꼬고 있었다. 대부분은 대학 관련자라 여기에 있는 거였다. 뭔가 흥미로운 일이 생길 거라는 생각에 온 사람도 꽤 됐다. 그러나 실제 E. V. 렌지가 없으니, 이 행사는 오래 데운 냉동식품처럼 건조하고 퍽퍽하기만 했다. 엄마는 전설이었다. 아니, 그 여자는 전설이었다.

내 생각에 최악은 아빠의 연설이었다. 아빠 목소리만 들어도 소름이 돋을 정도로 싫어서 그런 것일 수도 있다. 요즘에는 그 매력적인 미소와 깊이 팬 보조개마저 다 가짜로 느껴진다. 저 미소가 나의 엄마를 망쳤다. 나의 **진짜** 엄마를.

행사가 끝나자 평소와 다를 바 없는 네트워킹 파티가 시작되었다.

홀은 (이제 곧 E. V. 렌지 홀로 이름이 바뀌게 된다.) 뱀 같은 사람들로 가득했다. 저들을 봐라. 혀를 날름거리며 서로 몸이 감기듯 오가고, 떠들고 또 떠들면서, 결국엔 이 행사에서 잘 익은 감이 떨어지는 순간만을 노리고 있다. 문학 에이전트, 홍보팀, 대학 최고위층의 핵심 인사들.

사람들 눈에 띄지 않기를 바라며 홀 뒤편에 섰다. 나는 여기에 한바탕하려고 왔다. 하지만 무심해 보이는 군중을 보고 있자니, 오히려 역효과가 날 것이라는 생각이 들었다. 내 삶은 이미 지옥 같다. 아빠의 삶도 그렇다. 나도 아는 바이다.

샐마 교수님이 눈에 들어왔다. 그녀는 사람들 무리 속에서 나에게 손을 흔들었다. 나 역시 손을 흔들어 인사했지만 말은 섞고 싶지 않아 시선을 피했다.

"맨 뒤에 서 있다니 놀랍군요." 누군가 내 뒤에서 말을 걸었다.

고개를 돌리니 로버트슨 교수님이 서 있었다. "안녕하세요." 내가 작게 인사했다.

"캐스퍼 양의 연설을 듣기를 기대했는데 말이죠." 그는 그 특유의 미소를 지었다. 이 미소는 폭풍우를 잠재울 수도, 강의실에 가득한 학생들을 진정시킬 수도 있다.

"감사하지만 아니요. 제 스타일이 아니어서요."

그는 내 옆에 서서 사람으로 가득 찬 강당을 바라보았다. 캐시미어 스웨터에 청바지, 그 위에 정장 재킷을 걸치고 손은 주머니에 넣은 상태였다.

"혹시 모를 수도 있겠지만. 많은 사람들이 어머니의 작품에 대단한 존경을 표하고 있어요. 팬이라서 그런다거나 홍보가 과해서 그런 게 아니에요. 재능은 재능이니까요. 때때로 분주한 일상이라는 바다의 소용돌이에서 사라지기도 하지만요."

아니면 범죄 행동에서. 그렇게 덧붙이고 싶었다.

냉혹한 사람들이 재능을 빼앗는 일에 대해 한두 마디 얹고 싶었지만 혀를 깨물고 참았다.

"아버지는 자랑스러워하시는 걸로 보이던데요."

"아빠는 거짓말쟁이예요." 내가 으르렁거리며 답했다.

왜 그런 말을 했는지 설명할 생각도 없었고, 내 말로 그가 어떤 영향을 받을지 확인할 생각도 없어서 쳐다보지도 않았다.

"이런, 매켄지!" 귀에 익은 거들먹거리는 목소리가 들려오자 후드 티 주머니에 있는 주먹에 힘이 들어갔다.

할머니는 바닥까지 흘러내리는 화려한 긴팔 드레스를 입고, 눈먼 사람도 실명시킬 수 있을 것 같은 보석을 걸친 채, 나를 향해 우아하게 걸어오셨다.

마치 무슨 임무를 수행하러 온 사람처럼 보였다.

53

"왜 맨 앞줄에 앉지 않고?" 할머니는 내 별 볼 일 없는 옷차림을 잠시 훑어보았다. 내가 드레스 코드를 지키지 않은 것에 분명 열받아 있겠지만, 용케 얼굴에 드러내지는 않는다. "너를 위해 빼놓은 좌석이 있어."

할머니의 날카로운 시선이 나에게서 교수님에게로 천천히 옮겨 갔다.

"로버트슨 교수입니다."

"에벌린 캐스퍼입니다. 매켄지의 할머니죠." 할머니는 그와 악수를 나누며 사랑스럽게 말했다.

매번 그러듯 자신을 유명 작가의 시어머니라고 소개하지 않은 건 좀 놀라웠다.

"사회학 담당하신다는 그 로버트슨 교수님?" 그녀가 머뭇거리며 물었다.

윽, 할머니, 지금은 제발 그러지 마요.

"맞습니다." 그가 살짝 웃으며 대답했다.

"오, 그렇다면 우리 손녀딸이 제일 좋아하는 교수님이시네요."

"그런가요?"

그가 나를 향해 미소를 짓고 있을 거라는 것, 내가 얼굴이 빨개지고 있다는 것을 굳이 확인하지 않아도 알 수 있었다.

미소에는 여러 종류가 있다. 아빠가 사람들 사이에서 손을 흔들며 미소를 짓고 있는 게 눈에 띈다. 하지만 저 미소는 사람을 죽일 수 있는 미소다. (내가 잘 안다.)

할머니는 내가 아빠를 쳐다보고 있다는 걸 알아차렸다. 그녀의 눈이 교수님에게 꽂힌다. 할머니는 사람들과 친분을 쌓고 잘 지내는 법을 안다. 어떤 위기도 넘길 수 있는 위기관리자가 될 수 있는 사람이다.

"교수님, 제 아들을 좀 만나 보시면 좋겠네요. 아들이 E. V. 렌지 신탁을 맡고 있거든요. 혹시나 저희랑 함께 일하고 싶으시다면, 사회 연구든 뭐든 다 괜찮습니다. 그러면 저희는 정말 기쁠 거예요."

눈을 들어 교수님을 쳐다보니 그의 태도가 경직되는 게 눈에 띄었다.

오, 할머니는 교수님한테도 뇌물을 주려는 거구나. 똑똑하셔라. 그래서 너무 밉다.

할머니가 나에게 미소를 지었다. 그 모든 사람들을 속이는 가짜 미소를. 나는 같이 미소 지을 생각 없이 그냥 시선만 받아 주었다. 그 눈빛은 엄마의 시선과 닮은 점이 있다. (잔혹함이 있다는 뜻이다.) 여기서 엄마란 나에게 편지를 쓴 내 생모를 뜻하는 게 아니다. 나를 키워 준 토냐 셰이퍼를 말하는 것이다.

할머니는 로버트슨 교수님 어깨에 손을 얹었다. 오, 얼마나 우아하신지. "잠깐만 시간 좀 내 주세요. 아들을 여기로 데리고 올게요."

"전 갈게요." 내가 부끄러운 마음에 이를 꽉 다물고 말했다. 만약 로버트슨 교수님이 아부를 하고 싶다면, 그건 그 사람 사정이다.

"뭐 문제라도 있나요?" 교수님이 나를 걱정하는 눈빛으로 바라보며 말했다.

저 눈빛, 나는 안다. (진짜 유명한 사람과 얘기를 나누자마자 나에게는 무관심해지는 저 눈빛.) 우리 아빠가 책과 관련해서 유명하다는 얘기는 아니다. 그렇지만 그는 작가의 남편이고 (놀랍기도 하지.) E.V. 렌지 신탁의 관리자다. 그건 좀 영향력이 있다.

문득 어떤 생각 하나가 떠올랐다. 이번만큼은 내가 이기고 싶다는 생각. 사람들에게 명성 뒤에 숨겨진 거짓말과 독의 실체를 보여 주고 싶어졌다.

아빠, 두고 보세요. 내가 혼자 되뇌었다. 할머니는 아빠와 얘기하고 있는 사람들에게 양해를 구하고는 그를 우리 쪽으로 데리고 오고 있었다.

할머니는 마치 할리우드 스타처럼 활짝 웃고 있다. "벤, 아들아, 매켄지가 제일 좋아하는 교수님이셔." 그녀가 우리 앞에 서자마자 이렇게 말했다.

"별말씀을요." 로버트슨 교수님은 아빠에게 손을 뻗으며 대답했다.

나는 아빠를 가까이서 바라보며, 뭔가 어설픈 말이 나오기를, 그걸 핑계 삼아 아빠에게 창피를 줄 수 있기를 기다렸다. 그냥 그러고 싶었다. 아빠가 저지른 일이 있으니까. 아빠를 절대 용서할 수 없다. 절대.

"만나서 반갑습니다." 아빠는 능숙하게 계산된 미소를 지으며 말했다. 그런데 그때 뭔가 이상한 일이 벌어졌다.

아빠가 로버트슨 교수님과 악수하는 동안, 미소가 빠르게, 빠르게, 빠르게 사라지기 시작하더니, 결국 얼굴에 당혹감이 서렸다. 딱 봐도 불편한 상황임이 분명했다.

할머니 역시 눈치를 챈 모양이다. "매켄지가 학교에서 존경할 사람이 있다니, 마음이 놓이네요." 그녀는 말끝마다 칭찬을 늘어놓았다.

하지만 나는 아빠에게서 시선을 뗄 수 없었다.

미소는 사라지고 없다. 얼굴은 잿빛이 되었다. 손을 빼서 로버트슨 교수님과의 악수를 끝내려 하지만 교수님이 놔주지 않는다.

나는 교수님 쪽으로 시선을 돌렸다. 그의 눈빛은 침착했다. 잘못된 일은 전혀 없다는 듯이.

그렇지만 뭔가 잘못됐다.

다시 아빠를 보았다. 그는 감정을 숨기는 일에 젬병이다. 그러면 엄마는? 엄마는 그 분야의 프로였다. 그러니 그들이 무언가를 숨겼다? 그건 확실히 엄마 없이는 불가능한 일이었을 것이다.

아빠는 결국 무례하게 손을 빼서 악수에서 벗어났다. "죄송합니다만, 저는, 저는…… 얘기를 나눌 사람이 있어서요." 그는 중얼거리더니 서둘러 멀어졌다.

할머니는 아빠를 똑바로 노려보더니, 교수님께로 시선을 옮겼다. "죄송해요. 오늘은 참 정신이 없네요." 할머니는 특유의 그 독사 같은 미소를 나에게 보이더니 다시 교수님 쪽으로 시선을 옮겼다. "이번 학기 남은 기간도 잘 지내시길 바랍니다."

간신히 느껴질 정도로 경직된 모습을 한 채 할머니는 멀어져 갔다.

"무슨 일이었어요?" 로버트슨 교수님께 물었다.

"이만 가 봐야 할 것 같군요." 그는 이렇게 말하더니, 나를 보지도 않고 자리를 떴다.

말문이 막힌 채 서 있었다. 어리둥절했다. 그리고 화가 났다. (굉장히.) 하고 싶었던 말을 못 했으니까. (이건 놀랄 일이 아니지. 그렇지만 괴물들에게 대적하는 것에 실패했다.) 이건 엄청난 실패다.

우리 가족 이야기는 온통 잘못된 것투성인데, 오늘 그게 아빠의 얼굴에 드러나는 걸 보았다. 다시 한번.

뭔가 잘못됐을 때 사람들은 뭘 하지? 마음속에서 복기하며, 하나씩 하나씩 되새긴다.

그러나 이번에 나는 다른 행동을 한다. 로버트슨 교수님을 뒤쫓기 시작한 것이다.

그가 군중을 뚫고 강의 홀 출입문 쪽으로 가는 모습을 봤다. 커다란 복도를 지나 메인 캠퍼스로 가는 옆문으로 향하길래 그를 따라갔다. 그는 주차장을 저벅저벅 걸어 지나갔다. 그의 내면에 있던 차분한 남성은 이제 사라졌다.

그가 차로 걸어가는 순간, 재킷이 바람에 활짝 열렸다. 바깥이 추웠음에도 재킷을 벗어 차 안에 던져 넣었다. 성난 모습으로 캐시미어 스웨터를 걷어 올렸고, 주머니에서 담배를 꺼내 불을 붙였다.

그는 극도로 스트레스를 받은 것 같았다. 성질을 내며 담뱃재를 바닥에 털어 냈고, 머리카락을 뒤로 쓸어 넘겼다.

나는 교수님이 담배를 피우는지 몰랐다. 이런 태도를 보일 수 있다는 것도 몰랐다. (그가 차 지붕을 손으로 쾅 내려쳤을 때 움찔했다.) 그러더니 그는 불안한 손길로 담배를 들어 올려 한 번 더 빨아들였다.

그에게 다가가자, 심장이 마구 뛰기 시작했다. "로버트슨 교수님?"

그가 휙 하고 돌아보더니, 자기를 부른 사람이 나라는 것을 인지하자마자 짜증 난 표정을 바로 부드럽게 풀었다. "캐스퍼 양." 자기 담배를 쳐다보고는 그걸 땅에 떨어트리고 발로 불을 껐다. 그런 후 나에게 미소를 지었는데, 억지 미소로 보이는 건 이번이 처음이었다. "어머니에 대한, 참 멋진 헌정식이었어요."

그 얘기는 이미 들었다.

몇 초간 우리는 시선을 마주한 채 가만히 있었다. 나는 대답도 하지 않고, 시선을 돌리지도 않고, 그저 이 모든 게 무슨 뜻인지 알기 위해 애를 쓰고 있을 뿐이었다.

"우리 아빠 어떻게 아세요?" 내가 탐색하듯 물었다.

"뭐라고 했죠?"

"저희 아빠요. 이전에 만나신 적 있으세요?"

"매켄지 부모님을 아는 사람은 원래 많잖아요."

374

이제 그냥 이름으로만 부른다 이거지. 격식은 어디로 갔담. 그렇지만 이건 내가 기다리던 대답이 아니었다.

"어머니께서 이곳에서 강의를 자주 하셨잖아요." 그는 손을 청바지 주머니에 찔러 넣고는 시선을 아래로 떨어뜨렸다.

거짓말. 그는 엄마 강의를 한 번도 들은 적이 없다. 우리가 엄마 책에 대해 논의할 때 그가 직접 말해 준 사실이다.

물러서야 했지만, 그럴 수가 없었다. 뭔가 이상하다. 내가 사람을 잘 읽는 전문가는 아니지만, 이제 비밀에 대해서는 그렇게 된 것 같다.

교수님은 크게 한숨을 내쉬었지만 그 역시 물러서지 않았다. 어색한 순간이었지만 나는 상관하지 않았다. 내 인생에는 더 이상한 일들도 많이 일어났으니.

"저는 이만 가 봐야겠군요. 건물 안으로 들어가세요." 그가 마침내 나와 눈을 마주치며 말했다. "대단하신 분들이 많더군요. 교류를 좀 해야 하지 않나요?"

그가 한쪽 손을 주머니에서 꺼내 갈퀴로 만들어 머리를 빗었다.

바로 그때였다. 나는 그의 긴소매로 늘 감춰져 있던 무언가를 봤다. 지금 와 생각해 보니, 로버트슨 교수님은 결코 짧은 소매 옷을 입은 적이 없었다.

그의 팔을 보고 있자니 심장이 어찌나 세게 뛰던지, 기절할 것만 같았다.

이건 우연일 수도 있다. 그렇지만 팔뚝에 별 모양 흉터를 가진 사람을 본 적이 없다.

단 한 사람 빼고.

54

"존 로버트슨 교수." EJ가 컴퓨터 스크린에 뜬 정보를 읽는다.

"그건 나도 알아, EJ. 더 많은 정보가 필요하다고!" 초조해진 나는 방 안을 서성였고, EJ는 인터넷에서 더 많은 정보를 캐내기 위해 노력했다.

"나이. 46세. 럿거스 뉴저지 주립대에서 석사와 박사 학위 받음. 사회학으로 학사를 받은 건 네브래스카 올드보에 있는 맨포드 대학."

그가 동그란 눈을 하고 어깨 너머로 나를 쳐다보았다.

"젠장!" 내가 방 중간에 서서 두 손으로 마른세수를 했다. "어떻게? 어떻게 이런 일이 있을 수 있지?"

EJ가 내 쪽으로 의자를 돌렸다. "그냥 정말 우연의 일치일 수도 있어."

그를 노려보았다. "그럴까? 정말? **이제 와서** 갑자기 논리적으로 얘기하시겠다는 거야, 에머슨?"

"와, 이제 격식을 차리겠다?" 그는 내가 이름을 부르자 눈썹을 꿈틀거렸다.

나는 어이없다는 표정을 지었다. "주소가 필요해."

"켄즈, 네가 하려는 일은……."

"뭐, 불법이라고? 지금 나한테 불법적인 일에 대해 설교를 늘어놓으시겠다?"

"최소 스토킹을 하는 거잖아."

"스토킹 안 해. 그냥 얘기를 좀 하고 싶어서 그래. 그러니까, 진짜 **얘기**만. 범죄는 일어났어. 비록 교수님이 토냐와 리지에게 무슨 일이 일어났는지 모른다 해도, 누가 누군지는 알고 있어. 만약 그 사람이 **그 존**이라면, 나는 알아낼 거야. 지금 이 순간만큼은, 내가 바보처럼 보이든 말든 상관 안 해."

EJ는 곧 주소를 찾아냈다. 보아하니 인터넷에서 할 수 있는 가장 쉬운 일인 것 같다. 누군가에 대한 세부 정보를 구하는 것 말이다. 설령 요즘 유행하는 데이터 삭제 회사들 때문에 저 아래에 묻히더라도 말이다.

삼십 분 후, 나는 시내 외곽에 차를 세웠다. 좋은 동네에 자리한 자그마한 집이었다.

아까 주차장에서 본 교수님의 차가 눈에 띄었다.

좋아, 집에 있다는 뜻이군. 무엇보다 창피를 당하는 일이 없어야 하는데.

단호한 결심을 한 채 현관 계단을 올라 초인종을 눌렀다.

그가 문을 열어 주는데 어쩐지 놀란 기색이 전혀 없다. 하지만 어쩌면 죄책감, 어쩌면 슬픔 같은 감정이 보였다. 그 얼굴에 떠오른 표정이 뭔지는 모르겠으나, 적어도 놀람은 아니었다. 나를 기다리고 있던 것 같았다.

그는 보일락 말락 고개를 끄덕이기 시작했다. 무언가를 곰곰이 생각하는 듯 입꼬리가 옆으로 살짝 올라갔다.

그는 알고 있다. 그의 눈이 조용히 나의 시선을 붙잡는다.

"매켄지."

"교수님." 내가 끄덕였다.

"우리 엄마를 어떻게 아시게 된 건지 말씀해 주시면 좋겠어요."

55

만약 학교 사람 누구에게든 로버트슨 교수님의 집에 갔고, 그 것도 혼자서 갔고, 대화를 나눴다고 말했다면, 소문과 은근한 추측성 질문들로 아마 난리가 날 것이다.

그 집 거실에 있는 가죽 소파에 앉아 그를 바라보고 있다. 교수님은 집이 엉망이라서 미안하다며, 탁자와 안락의자 위에 있는 책과 서류들을 집어 들고 정리를 시작했다. 진짜 엉망인 상태가 뭔지 모르시는군. 책이랑 종이 서류가 여기저기 있는 것만 빼고는, 책장과 벽난로가 있는 거실은 아주 깨끗한 상태다.

교수님은 주방으로 가서 물 한 잔을 가져다주었고, 유리로 된 커피 탁자를 사이에 두고 내 반대편에 있는 안락의자에 앉았다. 그러고는 무릎 위에 팔꿈치를 올리고는 호기심 가득한 눈을 나에게 고정했다.

나 역시 그의 몸짓과 표정을 바라보느라 눈을 뗄 수 없었다. 이 사람이 바로 엄마의 절친이었다니. 그의 이십 대 시절은 머릿속에 그려지지도 않는다.

그는 한 마디도 하지 않은 채, 탐색하듯 나만 쳐다보고 있었다.

"올드보에 있던 시절, 우리 엄마랑 친한 친구셨죠." 나는 먼 옛날얘기부터 꺼냈다.

그가 끄덕였다. "어떻게 알았니?"

엄마가 살아 있을 때 나한테 말해 줬다고 거짓말을 할 수도 있었다. 그러나 불현듯, 그가 이 괴상한 뒤바뀜에 대해 뭔가 알고 있는 건 아닐까 하는 생각이 들었다.

"엄마 일기를 읽었어요."

그가 한쪽 눈썹을 치켜올렸다.

"그랬는데 교수님 흉터를 봤어요." 내가 얇은 긴소매 스웨터로 가려진 그의 팔뚝을 향해 눈짓을 했다.

"그렇지, 상처." 그의 입술이 미소를 짓느라 씰룩였다. 그는 본능적으로 왼손으로 오른쪽 팔뚝을 문질렀다. "이건 어떻게 알았니?"

"말씀드렸잖아요. 일기장이요."

"또 뭐가 적혀 있었니?" 그는 눈 한 번 깜빡이지 않고 나를 쳐다보았다.

"재미있는 얘기들이요. 둘이 가까웠다고 했어요. 교수님이랑 엄마요. 아빠가 나타나기 전까지요."

"그랬지."

"왜 저한테 말씀 안 하셨어요?"

"뭘 말이냐?"

"엄마랑 아는 사이였던 거요. 그 강의 때도 그렇고, 주제 고를 때도 그렇고, E. V. 렌지 이름이 거론됐을 때 놀란 체하셨잖아요.”

“그랬지.” 그는 눈을 깜빡이며 동의한다는 신호를 보였다. “그때만 해도 리지가 E. V. 렌지라는 걸 몰랐거든.”

“몰랐다고요?”

“몰랐어.” 그는 고개를 저었다. “책을 읽었을 때야 알았지.”

“읽어 보셨어요?”

“그럼. 그 수업 끝나자마자 다 읽었어. 성을 확인했더니 캐스퍼더군. 난 **그 남자** 이름이 캐스퍼였다는 걸 알았거든. 그리고 사진을 봤어.”

그는 생각에 잠긴 듯 말을 멈췄다. 어디까지 털어놓을지 저울질하고 있는 것 같았다. 엄마가 남긴 일기와 편지에는 단편적인 기록만이 남아 있을 뿐이다. 내 앞에 있는 이 남자는 엄마에 대해 아마 아빠보다도 더 많이 알고 있을지도 모른다.

“그 사실을 알았을 때, 그 여자랑 얘기해 본 적 없었어요?”

“없어. 하고는 싶었지. 그런데 안 했어……. 겨우 용기를 끌어모았을 때는 이미 너무 늦었지.”

“장례식에 안 오셨죠?”

“안 갔어.”

“왜 연락 안 하고 사셨어요?”

그는 깊은 한숨을 내쉬고 손으로 머리카락을 쓸어 넘긴 뒤 등받이에 몸을 기댔다. “어느 날, 그들이 시내에 있었어. 벤과 그녀가. 그런데 다음 날, 그들이 떠났지. 그냥 뿅 하고 사라진 거야. 누군가 그러더군. 동부로 이사를 갔다고. 너도 알다시피 에이전트도 생겼고, 곧 출판계약을 앞두고 있었지. 그리고 곧 출산 예정이었고. 그러니까, 그건 꽤 큰일이잖아. 그녀는 늘 이것저것 많은 일에 얽혀 있었어. 그녀가 벤의 어떤 점에 끌렸는지는 모르겠다. 외모가 좋고 좋은 집안 출신이긴 하지만. 그렇지만 그는……."

교수님이 침묵을 지켰다.

"교수님은 안 좋아하셨군요." 내가 그의 끝말을 완성해 주었다.

"달가워하지 않았어. 맞아. 그녀에게 함부로 굴었거든. 제대로 된 여자 친구로 대하질 않았어." 나는 초조해하는 교수님에게서 눈을 떼지 않았다. 그의 말투가 조급해졌다. "그에게 있어 그녀는 잘 곳이 필요할 때 찾는, 유일하게 곁을 내주는 존재였어. 이런 말 미안하구나." 그는 나를 힐끗 보았다. "그런데 그게 사실이야. 그녀는 그에게 늘 열려 있었지. 마치 값싼 모텔 방처럼 말이야."

숨을 들이마시고 뭔가 말하려고 입을 열었지만 결국 아무 말 하지 않았다. 그의 말이 옳다. 게다가 그가 하는 말을 끊고 싶지 않았다. 왜냐하면 로버트슨 교수님이 평정심을 잃고 있었기 때문이었다. 이런 모습은 처음 본다.

"그녀는 그에게 과분했어." 교수님이 말을 이었다. "그녀에게는 재능이 있었지. 아름다웠고. 물론 머릿속은 엉뚱한 생각들로 가득 차 있었어. 재능이란 게 원래 그렇잖아. 감정 기복도 있었고. 그렇지만 정말이지, 그녀는 참 아름다운 사람이었는데, 그런데……." 그가 시선을 돌리고 자신이 말할 단어로 인해 고통을 받는 듯 한동안 눈을 감았다. "그 사람한테 이용당했지." 속삭이던 말을 끝맺고 이마를 문질렀다.

"미안하구나. 나는 그냥…… 생각만 해도 너무 화가 나서."

내가 끄덕였다. "엄마를 사랑하셨나요?"

그는 픽 웃었다. "짝사랑했지, 물론."

"왜 다시 연락하지 않으셨어요? 어떻게 지내는지 물어볼 수도 있었잖아요."

"왜지?"

"엄마한테 감정이 있었으니까요."

그는 살짝 못마땅하다는 듯 고개를 기울였다. "매켄지. 그냥 이렇게 이름만 불러도 괜찮을까?"

내가 끄덕였다.

"너는 스물한 살이지. 만약 운명의 상대를 만나거나, 적어도 미래를 함께 그릴 수 있는 사람을 만나잖아? 그럼 두 달 전 일쯤은 자연스럽게 잊히게 마련이란다. 일 년 전 일은 말 다했지. 일단 졸업을 하면 생활 반경도 달라져. 친구들도 바뀌게 되고 말이다. 그리고 사는 도시를 바꾸게 되면 말이다, 내 말 믿어 주렴. 대학 때 짝사랑하던 사람은 다시 떠올리지 않게 돼."

"그들이 그냥 그렇게 떠난 게 이상하다는 생각은 안 하셨어요?"

그가 어깨를 으쓱했다. "그의 부모는 애초에 그녀에 대해 알고 싶어 하지도 않았어. 그랬는데 임신했다는 사실이랑 곧 출판계약을 앞두고 있다는 걸 알고 난 후에는? 그들도 결국 그녀가 벤과 누구보다 잘 맞는 사람이라는 것을 알게 된 것 같더구나. 그녀는 늘 가족을 원했어. 그러니 일단 그들이 받아들이면, 거기에 올인할 거라는 것을 알았어. 그녀는 그 후 올드보에 있는 다른 어떤 사람과도 말을 섞지 않았어. 내가 아는 한은 그래. 적어도 나한테는 말을 안 걸었어. 그녀는 그 마을이 싫다고, 떠나고 싶다고 했지. 그런데 웃기는 게 뭔 줄 아니. 처음에 이사 왔을 때만 해도 그곳을 무척 좋아했다는 거야. 그러다 벤을 만난 후, 그가 바람피우는 걸 알게 된 후에야 그곳이 싫다는 말을 꺼내기 시작했지. 그녀는 벤을 떠났어야 했어. 그렇지만 그러질 않았지. 계속 붙어 있었어. 나한테는 이메일도 절대 보내지 않았어. 이 정도까지만 얘기하는 게 좋겠구나. 하여튼 그녀가 마을을 떠난 뒤로는 연락 시도 자체를 안 했단다.”

그는 의미심장한 눈빛으로 나를 보았다. 나는 우리가 똑같은 생각을 하는 건 아닐까 하는 의구심이 들었다. 만약 그가 **안다면**.

그는 시선을 돌렸다. “이사하고 더 이상 신경 쓰지 않았지. 정말이야. 그 후로 바로 지금의 아내를 만났거든. 그런 상태에서 옛날 사랑을 신경 쓰는 사람은 없을 테니까.”

나는 교수님이 뭔가 알고 있는지, 혹시 작가 사진에서 차이점을 발견했는지 궁금했다. 다이앤 제이컵슨은 알아챘는데. 과연 **그는**?

“토냐 셰이퍼와도 아는 사이었죠, 그렇죠?”

그는 눈에 띄게 놀란 기색으로 나를 향해 홱 하고 고개를 돌렸다. “그 사람에 대해서는 왜 묻지?”

나는 말을 신중하게 고르려고 노력했다. “아빠가 그 사람이랑 어울려 다녔거든요. 교수님도 그건 아시죠. 엄마한테서 들으셨으니까요. 교수님 어깨에 기대 운 적이 있잖아요. 한두 번이 아니었던 거 같던데요. 그리고 아빠랑 싸움도 하셨고요. 그 때문에……”

그의 팔뚝으로 고갯짓을 했다.

“맞아.” 교수님은 놀란 기색이 점점 사라진다. “그런데 그걸 엄마 다이어리를 보고 알았다고?”

내가 끄덕였다. "시간 있으세요? 지금?"

그가 미소를 지었다. "그럼. 있는 건 시간밖에 없단다."

나는 배낭에서 편지들을 꺼냈다. 편지는 폴더 안에 순서대로 정리되어 있다. 봉투 역시도. 당장 법의학 감식이라도 받겠다는 건 아니지만, 모두 다 간직하고 있다.

"이게 다 뭐지?"

"엄마한테서 온 편지요. 나를 낳기 전에 썼던 편지예요."

그는 종이에서 눈을 떼고 나를 바라보았다.

"거기에 교수님 얘기가 나와요." 내가 미소를 지었다.

그는 편지로 손을 뻗었다가 잠시 멈추고는 다시 한번 나를 바라보았다. "봐도 되겠니?" 거의 속삭이듯 물었다.

56

바깥이 어두워지기 시작했다. 로버트슨 교수님은 재빨리 일어나 불을 켰다. 그러면서도 손에 든 편지에서는 눈을 떼지 않았다.

그는 한 장 한 장 눈으로 훑으며 탐욕스럽게 읽어 내려갔다. 마지막 장까지 다 읽은 후에는 다시 앞뒤로 훑어보았고, 나를 바라보며 의아한 표정을 지었다.

"그게 다예요. 그게 마지막 편지예요." 나는 그렇게 말하고 편지 모두를 재빨리 다시 훑는 그를 기다려 주었다.

그가 어떤 감정인지 안다. **이런** 감정이 어떤 건지 잘 안다. (타인의 내면, 행복과 고통을 읽으며 서서히 무너져 가는 모습을 보는 것 말이다.)

"이제 내막을 알게 되셨으니 말씀해 주세요." 나는 그가 입을 열기를 바랐다. 그가 뭘 알고 있는지 알아내야 했다. "무슨 일이 일어난 거 같으세요?"

그는 고개를 젓고 나에게 편지를 건넸다. "전혀 모르겠구나."

"마지막으로 엄마를 본 게 언제죠?"

"흠…… 그날 밤이었지." 그는 자신의 손에 들려 있는 편지를 턱으로 가리켰다. "너희 엄마가 벤을 떠나고 싶다고 말한 그날."

"그 말은 안 하셨잖아요."

"좀 문제가 복잡했어. 너희 엄마는 벤에게 맞서고 싶어 했어. 그가 자기 태도를 바꿀 의지가 있는지 알고 싶어 했지. 이전에도 이미 그런 적이 여러 번 있었고, 이번 역시 헛된 희망이라는 걸 알고 있었어. 그래서 정말로 그녀가 그를 떠날 거라 생각했단다."

"아기 낳기 전에요?"

그가 고개를 끄덕였다.

나는 혼란스러운 마음으로 편지를 내려다보았다.

"그녀는…… 이사를 도와줄 수 있냐고 물어봤어. 물론 도와줄 수 있었지. 내가 그럴 거라는 것, 너희 엄마도 알고 있었단다. 금전적인 도움을 줄 거라는 것도 알고 있었어. 비록 내가 여러 일을 병행하면서 졸업을 준비하는 중이었지만 말이야. 아기 키우는 걸 도와줄 거라는 것도 알고 있었지. 내 집 문 앞에만 나타나 준다면, 내가 안으로 들일 거라는 것도 알고 있었어."

"그런 경우라면……." 나는 말을 하다 멈췄다. 그동안 내내 잘못 생각하고 있던 게 아닐까. "이해가 안 가요. 그랬는데 어떻게 그 뒤로 연락을 안 하셨어요? 며칠이나 안 보이는데?"

"왜냐하면 그녀가 나한테 상처를 줬으니까, 이제 알겠니? 그날 밤 그녀와 얘기했고, 그런 후 바로 떠나 버렸어. 내가 뭘 할 수 있었겠니? 벤은 늘 너희 엄마를 쥐락펴락했지. 세상을 다 줄 것처럼 말하면 너희 엄마는 늘 그를 다시 받아 줬어.”

“엄마에 대해 알아보셨어요? 돌아가시기 전에? 엄마랑 얘기하고 싶으셨을 때요.”

“했지.”

“첫 책 나왔을 때 사진 보였어요?”

우리의 눈이 마주쳤다. 그는 침을 꿀꺽 삼켰다. “봤다.”

“보자마자 무슨 생각이 들었어요?”

그의 가슴이 움직임을 멈추었다. 그가 숨을 참고 있다는 걸 알 수 있었다. “있잖아, 매켄지. 내 생각엔 네가…….” 물론 그는 문장을 마치지 않은 채 고개를 돌려 버렸다.

“그럼 이건요?” 나는 핸드폰을 꺼내 추모식에서 틀어 주었던 영상을 찾았다. 다이앤 제이컵슨에게 보여 준 그 부분까지 빨리 감기를 한 후 로버트슨 교수님께 핸드폰을 넘겼다.

그가 사진을 보고 손가락으로 눈을 비비는 동안, 아주 작은 변화라도 감지해 내기 위해 눈을 떼지 않았다.

“엄마, 아빠 그리고 제 사진이에요.” 내가 말했다. “동부로 이사 왔을 때요.”

그는 대답도 하지 않고, 나를 보지도 않고, 사진도 보지 않았다. 그냥 눈만 비비고 있었다. 그렇게 하면 자신이 본 것을 바꿀 수라도 있다는 듯이.

“이제 말씀해 주세요. 이게 **누군지** 대답해 주세요.” 나는 겨우 들릴 듯한 소리로 애원했다.

눈에 눈물이 고이는 걸 멈출 수가 없었다. 이제 더는 다른 사람들의 거짓말을 견딜 수 없기 때문이다.

"제발 말씀해 주세요. 저 정말 미쳐 버릴 것 같아서 그래요. 뭔가 끔찍한 일이 벌어진 것 같은데, 누구도 아무런 얘기를 해 주지 않아요." 떨리는 목소리로 애원했다. "제가 미친 게 아니라고 얘기 좀 해 주세요. 이 사진에 있는 사람이 누군지 말해 주세요."

그가 마침내 내 눈을 바라보며 말했다.

"토냐 세이퍼."

57

 확인을 받고 나서 끔찍한 기분이 들어야 하는 게 마땅하다. 하지만 안도감이 먼저 들었다. 진실을 아는 사람이 한 명 더 있기 때문이다. 그러니 다이앤은 미친 게 아니고, 나 역시 멀쩡하다는 얘기다.

 심장이 얼마나 빨리 뛰던지, 가슴 밖으로 튀어나올 것만 같다.

 "맞아요." 손등으로 뺨을 훔치며 눈물을 닦아 냈다. "나한테는 그 여자가 엄마였어요. 이 여자가 이십 년 넘게 엘리자베스 캐스퍼인 척한 거예요."

 우리 사이의 침묵은 마치 이빨이 돋아난 괴물처럼 손에 만져질 것 같았다. 그것은 발톱을 세워 내 심장을 할퀴고 피가 나게 만든다.

 이제 또 한 명이, 끔찍한 일이 있었다는 걸 알게 되었다. 한편으로는 안도감이 들었지만, 그 사실 때문에 머릿속은 더욱 많은 질문으로 복잡해졌다.

"그 사람이 진짜 엘리자베스 던이 아니라는 거 언제 아셨어요?"

"그녀를 따라간 적이 있었거든."

나는 놀라서 그를 바라보았다. "그녀라니, 누구를요?"

"그때 그 수업하고 나서, 네가 그 여자 딸이라는 걸 말한 날 말이야. 나는 책을 읽었단다. 리지는 나에게 자기가 쓴 원고를 읽어 주곤 했어. 벤이…… 벤이 나타나기 전에는 말이다. 나는 그 책을 알았지. 무슨 내용인지 알고 있었어. 그걸 읽고 네 성이랑 아버지 이름을 붙여 보니, E. V. 렌지가 리지라는 걸 알겠더구나."

그의 얼굴에서 슬픈 미소가 사라졌다.

"그래도 집 앞에 그냥 나타날 순 없잖아, 안 그러냐. 이십 년이나 지났으니까. 그래, 나 역시 얘기하고 싶었고, 그녀가 어떻게 지내는지 눈으로 확인하고 싶었어. 왜 단 한 번도 나에게 연락하지 않았는지 묻고 싶었지. 왜 인사도 없이 벤과 함께 떠난 건지도."

그는 깊게 숨을 들이마시고 무겁게 내뱉었다. 그러고는 자신의 손을 내려다보며 잠시 침묵을 지켰다.

"그 당시 리지는 내게 중요한 존재였어. 난 최근 이혼했어. 그래서 최근 며칠 동안은 그때 일어난 일에 대해 계속 곱씹었어. 그 당시 뭔가 달라질 수도 있었을 텐데. 생각하고, 생각하고, 또 생각했어. 그러면 사람이 말도 안 되는 결정을 내리게 돼. 나 역시 그랬지. 그러니까 집착하기 시작한 거야." 그는 나를 보며 미소를 지었다. "마케팅의 진짜 목표는 집착이라는 거, 너도 알지."

안다. 강의에서 들은 적이 있다.

"그래서 나는 그녀의 집 쪽으로 차를 몰고 갔어. 집 앞까지 가지는 않았지. 부지로 들어가는 길에서 차를 세우고 앉아 있었어.

한 시간, 어쩌면 두 시간 앉아 있었던 거 같다. 수상해 보였다는 거 나도 알아. 하지만 집 앞까지 가서 초인종을 누르기 위해서 용기를 모으는 시간이 필요했어.”

“그런 다음에는요?”

“그랬는데 차 한 대가 진입로에서 도로로 나오더구나. 그녀였어. 그렇게 생각했지. 선글라스에 짙은 흑발, 빨간 립스틱까지 똑같았으니까. 그래서 따라갔어.”

그는 다시금 팔뚝에 있는 흉터를 문질렀다. 나는 그에게 계속 말하라는 듯이 똑바로 쳐다봤다.

“나는 카페가 있는 광장으로 그녀를 따라 들어갔어. 그녀는 드라이브스루를 이용하고는 손톱 관리를 받으러 갔지. 걸어가는 그녀를 보며 그 모습을 하나하나 눈에 담았어. 자신감 넘치고 사랑스러운 모습이었어. 이십 년이라는 세월이 그녀를 더 좋게 만들었구나 생각했어. 아니면 유명해져서 그런 걸 수도 있고. 하지만 뭔가가 이상했지. 그 여자 분위기가……. 나도 모르겠다. 리지는 늘 겸손했거든. 늘 부끄러움을 탔고. 유명해지더라도 그게 바뀔 것 같지는 않았어. 그런데 그 여자는 생기가 가득했지. 그래서 네일 숍에 들어갔을 때 나 역시 차에서 내려 그곳으로 향했단다.”

“너무 수상해 보이잖아요.”

“맞아.” 그가 웃었다. 약간 당황한 것 같았다. “공간이 넓지 않았어. 안으로 들어갔더니 바로 거기 있더구나. 내 얼굴 바로 앞에서 선글라스를 벗고 있었어…….”

그는 볼을 빨아들였다. 표정이 어두워졌다.

“나는 그 둘을 다 알았어. 하지만 리지는……. 흠, 리지는 내가 아주 잘 알았지. 올드보에서 삼 년 동안 알고 지냈으니까. 아무리 세월이 흘러도, 성형을 하고, 화장이나 염색을 한다고 해도 사람 자체가 **그 정도**로 변하지는 않아. 멀리서 본다면 혹은 잘 아는 사이가 아니었다면, 맞아, 둘은 놀라울 정도로 닮았어. 그렇지만 그때 본 것은 고작 몇 미터 정도 거리였어. 그녀는 흥미롭다는 눈빛으로 나를 보더구나. 다른 여자들도 그랬지. '아내를 찾고 있는 중입니다.'라고 내가 조심스럽게 말을 건넸어. 그랬더니 '아내 잃은 남자는 길 잃은 남자죠.'라고 그녀가 나를 쳐다보며 농담을 했어. 바로 그거였어. 리지였다면 나를 알아봤을 거야. 리지라면 당연히 그랬을 거야. 이십 년이든, 사십 년이든, 그건 중요치 않아. 나는 그다지 변하지 않았거든. 그러나 그 여자는 나를 알아보지 못했어. 그렇지만 나는 **그녀를** 알아보았지."

"토냐 셰이퍼."

"응. 그랬는데 거기 직원이 그녀에게 몸을 돌리더니 '안녕하세요, 엘리자베스. 얼굴 보니 좋네요. 출판 일은 어때요?'라고 말하더라고."

나는 입술을 깨물었다. 분노와 무력감이 안에서 섞이기 시작했다.

"어떻게?"

"뭐가 어떻다는 거지?"

"도대체 어떻게 그 여자는, 우리 아빠가 다른 사람한테 그런 짓을 하도록 만들 수 있었을까요?"

"토냐? 그 여자는 자신이 원하는 것을 얻기 위해 적재적소에 맞는 말을 할 줄 알았거든. 그녀에게는 사람을 끌어당기는 재능이 있었지. 나도 모르겠다. 알쏭달쏭한 말, 농담, 다가왔다가 다시 멀어지는 행동들. 마치 파도처럼 밀당의 고수였어." 교수님은 이마를 문질렀다. "같이 있는 사람을 특별하게 느끼게 해 주는 사람이라고나 할까. 가장 친한 친구처럼 대해 주지. 네가 술을 마신다? 그럼 그녀도 마셔. 책을 읽는다? 그녀도 읽지. 비디오게임을 한다? 그녀도 해. 축구에 관심이 생긴다? 그녀는 이미 축구 카드를 소장하고 있어. 카페에서 일하는 사람이 커피 한잔을 대접해 준다? 그러면 밤늦게 한번 들러서 테이블 청소를 도와주는 식이야."

나는 어이없다는 표정을 지었다. "와, 정말 대박이네요."

교수님은 어깨를 으쓱했다. "그렇지만 다 자기를 위한 일이었지. 어디든 가면 그녀가 있었단다. 나중에, 정말 나중이 되어서야 그녀에게 뭔가, 사람에게 들러붙는 그런 특성이 있다는 걸 알게 되었지. 그녀의 표적이 되어서는 안 됐어. 그러면 곤란해지거든. 그냥 떼어 낼 수 있는 그런 사람이 아니었어. 그녀 자신이 흥미를 잃을 때에야 헤어질 수 있지, 그전까지는 붙어 있어야 하는 거야." 그는 걱정이 가득한 눈으로 나를 보았다. "아무래도 그녀는 너희 엄마한테 느꼈던 흥미를 한 번도 거둔 적이 없는 것 같구나. 너의 진짜 엄마 말이다."

우리 사이의 침묵이 다시 무겁게 내려앉았다.

"그럼 이제 어떡하죠?" 마침내 내가 입을 뗐다.

"우리가 **뭘 할 수** 있겠니?"

"이거 신용 도용 아니에요?"

"물론 맞지. 그렇지만 우리는 무슨 일이 일어난 건지, 그들이 뭘 했는지를 모르고 있잖아. 뭘 했든지 벤 캐스퍼가 연루되어 있

고.” 그는 얼굴을 찡그렸다,

“하지만…… 그녀가 사라졌잖아요. 제 친엄마 말이에요. 무슨 일이 일어난 게 분명해요. 엄마를 처리한 걸까요?” 세상에. 나는 지금 마치 경찰처럼 말하고 있다. “이건 범죄예요. 신용 도용보다 더 큰 범죄라고요.”

“매켄지, 우린 그걸 증명할 수가 없어. 네가 과연 경찰을 찾아가 네 아버지를 상대로 끔찍한 혐의를 제기할 수 있겠어? 그래봤자 묵살될 게 뻔해. 그러면 네 아버지는 남은 평생 그걸 약점 잡아 너를 쥐락펴락할걸? 그러면 네 인생, 아버지 인생 그리고 다른 사람들의 인생까지 망가지게 돼.”

모두가 똑같은 소리다. (다이앤, EJ, 로버트슨 교수님까지.) 우리 모두 어찌나 무력한지 울고만 싶다.

“혹시…….” 나는 지푸라기라도 잡는 심정으로 말을 흐렸다. “혹시 올드보에 가 보면 좋지 않을까요?”

그가 웃는 표정을 지었다. “뭐 하러?”

나는 어깨를 으쓱해 보였다.

“거기서 뭘 찾고 싶은 건데?”

힘없이 그를 바라보며 다시 한번 어깨를 으쓱했다.

“이십 년이나 지났는데 뭘 찾을 수 있을 거라 생각하니?”

나는 거의 울기 직전의 상태로 어깨를 으쓱했다. “사람들한테 물어볼 수 있잖아요? 교수님들한테라도요. 집주인은요? 누구라도 있지 않을까요? 저도 모르겠어요.”

그의 입가에 살짝 미소가 번지지만 실망한 듯 다른 곳을 쳐다보았다. “우리가 할 수 있는 게 없는 것 같구나. 경찰이 개입한다면 모를까.”

“맞아요. 그 말씀하셨어요.”

우리는 얼마간 침묵 속에 앉아 있었다. 그런 후 나는 다시 얘기를 꺼냈다.

“혹시…….” 내가 집착하는 걸로 보일까 걱정이 되어 말하기를 망설었다. “혹시 언젠가 올드보에 같이 가지 않으실래요?”

그가 놀라서 눈썹을 치켜떴다. “올드보?”

“네. 그러니까……. 저도 모르겠어요. 엄마가 살았던 곳, 다녔던 학교, 교수님이 일했던 곳, 그런 곳들이 보고 싶어서요. 그래야…… 그래야 정리를 할 수 있을 것 같아요.”

그는 나를 미친 사람 보듯 쳐다봤다.

“이상한 부탁이라는 건 알아요. 저는 교수님 제자니까요.”

세상에. 쪽팔리는 일을 저질러서 교수님과의 사이까지 어색해지는 건 아닐까. 그는 마치 내가 뭔가 노골적인 제안을 한 것처럼 나를 쳐다보았다.

얼굴에서 불이 나는 것 같았고, 가야겠다는 생각이 들어 소파에서 일어났다.

“죄송해요.” 쥐구멍이라도 찾고 싶은 심정으로 재빨리 말했다. “그냥 제가…….”

“그러자.” 그가 대답했다. 나는 믿을 수 없는 대답에 움찔했다. “그러고 싶구나.”

엄마의 과거와 닿아 있는 이 남자를 와락 끌어안고 싶은 마음이 들었다. 이제야 조금이나마 엄마에 대해 더 알 수 있을 것 같은 실낱같은 희망이 생겼기 때문이다.

58

이틀 후, 할머니에게서 전화가 왔다. 사인할 서류가 더 있으니 집으로 오라는 내용이었다.

"물론이죠. EJ랑 같이 들를게요." 순순히 대답하면서도 내 자신의 목소리가 너무 가식적으로 들려 몸이 움찔했다. 마음 같아서는 할머니 눈을 파내고 싶은 심정이다.

"혼자 오거라, 아가. 우리 얘기도 좀 해야 해. 네 아빠한테 격려가 필요해서 말이야."

"시험 준비 때문에 EJ랑 갔다가 바로 나와야 해요. 아니면 다음 주에 갈까요, 할머니?"

'할머니'라고 말할 때 너무 사랑스러운 목소리로 과하게 얘기하다 보니, 진심으로 토 나올 것 같았다. 하지만 착한 척을 해야 한다. 일단 지금만이라도. 공포 영화를 많이 보면서 알게 된 건, 힘도 있고 위험한 사람한테 반항하는 것만큼 어리석은 일은 없다는 사실이다.

나한테 그건 할머니이다. 며칠째 시내에 나와 계시는 게 흔치 않은 일이라 이상하다.

EJ는 내가 수업이 있을 때나 혹은 내 집에 있을 때도 매시간 문자를 보낸다. 납치라도 당한 게 아닌가, 혹은 미쳐 가는 게 아닌가 확인하려고 하는 것만 같다. 내가 부모님 집에 가는데 태워 달라고 하니 즉시 알겠다고 했다.

"다른 사람한테 얘기하고 가야 하는 거 아닐까?"

나는 얼굴을 찌푸렸다. "무슨 뜻이야?"

"우리한테 무슨 일이 생길지도 모르잖아?"

그를 향해 눈을 동그랗게 떴다. "EJ. 뭐라는 거야? 너 진심이야? 그런 일…… 정말 일어날 수도 있을 거라 생각해?"

그가 어깨를 으쓱했다.

"나는 지금 또 다른 비밀 유지 서류에 서명해야 해. 뇌물이야. 그들도 그걸 알아. 그게 먹힐 거라고 생각하지. 나는 그들 장단에 따라 주고 있어. 그래서 착하게 굴지. 과할 정도로. EJ. 마치…… 마치 아무 일도 없었다는 듯이…… 꼭 엄마가 돌아가시지 않았다는 듯이. 특히 할머니한테 그러고 있어. 알랑거리는 중이야. 이거 어떤지 알잖아."

"까칠이?" 그가 나를 책망하듯 쳐다보았다. "무슨 말인지 알겠어."

그는 다섯 시에 나를 데리러 왔다.

바깥은 벌써 어두워지고 있었다. 서둘러 건물을 나와 조수석에 타려는 그 순간, 멀리서 한 남자가 나를 불러 세웠다.

"죄송합니다만, 매켄지 캐스퍼 양인가요?"

찡그린 눈으로 나에게 다가오는 키 큰 남자의 그림자를 쳐다보았다. 수염이 어디선가 본 듯 낯익었다.

"히메네즈 형사입니다." 그는 자신을 소개하며 배지를 보여 주었다.

그렇다. "기억나요." 내가 말했다. "추모식에서 봤어요. 그전에는 집 뒤편에서 봤고요."

"맞습니다."

그가 뭐 때문에 나를 찾은 건지 확실하지 않다. 하지만 우리 가족이 가진 수많은 비밀을 안 지금, 엄마가 죽고 한 달이 넘게 지난 지금까지 그가 여전히 기웃거리는 게 놀랍지는 않다.

"사실이에요?"

"뭐가요?"

"우리 엄마 죽음이 사고가 아니라고 생각하신 거요."

"유감스럽게도 그렇습니다. 흠. 잠깐 나온 얘기이긴 한데, 아직 사실인지 아닌지 확인된 건 아니에요."

"그런데 뭘 보고 그런 생각을 하신 거죠?"

"어머니가 발견된 장소에서 멀지 않은 곳에 새로 난 자동차 바퀴자국이 있었어요. 상관없는 일일 수도 있지만, 일단 가능한 시나리오는 모두 확인해 보고 있는 중이라서요."

"아직도 확인 중이세요?" 나는 살살 구슬려 봤다. 그가 여기 온 건 이유가 있어서일 테니.

"네. 그렇습니다."

"그 바퀴자국에 맞는 차를 찾으셨나요?"

그가 웃으며 나를 호기심 어린 눈으로 위아래로 훑어보고는 다시 내 얼굴을 바라보았다.

"아니요."

나는 그를 바라본다. 그도 나를 본다. 그러더니 천천히 주머니에서 사진 몇 장을 꺼내 나에게 넘겨주었다.

"이 사람 혹시 누군지 아나요?"

사진은 CCTV 화면을 캡처한 것이었다. 추모식에서 찍힌 장면이었다. 다른 사진은 우리 집 마당 한쪽에서 찍힌 거였다. 마지막 사진 날짜를 확인했다. (네 달 전이다.)

그 남자의 얼굴은 보이지 않지만 그가 쓴 야구 모자는 알아볼 수 있다.

"이 남자 본 적 있습니까?"

내가 끄덕였다. "추모식에서요. 네."

"대화는?"

나는 깜짝 놀란 눈빛으로 그를 쳐다보았다. "아니요. 아빠랑 얘기하는 걸 봤어요. 말다툼했던 것 같아요."

"뭐에 대해서요?"

"저도 확실치 않아요."

엄마의 신용 도용에 대해 밝혀내지 못한다면, 경찰에 조금씩 단서를 흘려서 그들이 밝혀내도록 만들 거다.

"그래서, 누군지는 모른다는 거군요."

"몰라요. 저희 가족한테 물어보셨어요?"

"그랬죠. 스토커 같다고 하더군요."

재밌어지네.

형사는 내가 쓴웃음을 짓는 걸 놓치지 않았다. "아닌가요?"

"아, 저도 몰라요. 어쩌면 스토커일 수도 있죠. 그 가설을 증명하기 위해 혹시 저희 집 CCTV 영상 확인해 보셨어요? 일 년 전에 어떤 남자가……."

"일 년 전에 있었던 사건에 대해서는 알고 있습니다." 그는 내 말을 잘랐다. "그런데 이 남자는 스토커 같은 행태를 보이지 않아서요. 영상은 확인해 봤는데 아무것도 찾지 못했어요."

"하지만……?"

그가 나를 쳐다보았다. 나 역시 그를 보았다. 아직 그를 믿을 수는 없지만, 이렇게 열심이라면 그의 심증을 굳혀 줄 뭔가를 말해도 되겠지.

"어머님 죽음이 사고라고 생각하지 않습니다. 그런데 왜인지 모르게 가족들이 협조를 잘 안 해 주더군요. 제 생각에는 이 남자분이 뭔가 연관이 있는 것 같습니다."

나는 그에게 엘리자베스 캐스퍼가 진짜 엘리자베스 캐스퍼가 아니었다고 말하고 싶다. 한동안 그를 바라보았다. 만약 편지를 보여 준다면, 이 미친 얘기를 시작하면 그는 뭐라고 할까. 내 눈에 이 사람은 오십 대로 보인다. 결혼반지는 없다. 어쩌면 그는 그냥 근무시간만 채우는 게 아니라 사건에 집착하고 정의 실현에 몰두하는 그런 사람일지도 모르겠다.

그에게 미끼를 던졌다. "제가 뭔가 말씀드린다면, 이게 제 입에서 나온 거라는 걸 가족에게 비밀로 해 주실 수 있나요?"

그는 포커페이스의 대가였다. 눈 하나 깜짝하지 않았다. 그렇지만 눈빛은 달랐다. 한층 더 강렬하게 나를 파고들었다.

"물론이죠, 캐스퍼 양."

"CCTV를 다시 확인하셔야 할 거예요. 이틀 전으로요. 확신하건대, 그 남자 그때 그 집에 있었어요."

형사가 눈썹을 치켜떴다. "그런가요?"

"하얀색 픽업트럭이요. 아빠랑 할머니를 만난 것 같더라고요."

형사가 고개를 끄덕였다. "또 다른 건?"

"그 남자 본 게 그때가 마지막이었어요."

"가족한테 왜 만났는지 물어보셨습니까?"

"협박을 받았다고 하더라고요."

"정말인가요?"

나는 차가운 미소를 지었다. "에이전트도 와 있는 판에 가족 모임에 누가 협박범을 초대하겠어요."

"에이전트요?"

"네. 라이마 로스요. 엄마 쪽 문학 에이전트예요. 그분도 거기 있었어요." 그 말을 하며 고소함을 느꼈다. **엿이나 먹어라, 라이마.**

형사는 주머니에서 명함을 꺼내 나에게 주었다. "언제든 전화 주세요. 그러니까…… 뭐든 얘기하고 싶으실 때요. 가족 얘기나 아무 얘기나 다 됩니다."

"아무 얘기나 다요?"

그는 끄덕이고는 뒤도 돌아보지 않고 물러섰다. 마침내 몸을 돌린 그때, 내가 그를 불렀다. "형사님!"

그는 기대하는 눈빛으로 재빨리 뒤돌아보았다.

"신용 도용에 대한 사건을 수사해 보신 적 있나요?"

그러면 안 되는 거였다. 그렇지만 나는 지금 뭔가 상황이 엉망이라는 것을 누군가가 깨닫게 하고 싶었다. 혹시나 그에게 단서를 준다면, 그는 다른 방향으로 그걸 캐낼 것이다.

형사는 수상쩍다는 표정을 하고는 내게 몇 걸음 다가왔다. "그건 왜 물어보죠?"

"아, 그냥 궁금해서요." 내가 어깨를 으쓱했다. "수업에서 과제로 나온 게 있어서요. 혹시나 조언을 들을 수 있을까 하는 생각을 했어요."

그의 얼굴이 한결 편해졌다. "경험이 있습니다."

"해 보셨군요." 내가 끄덕였다. "궁금한 거 있으면 전화해도 돼요?"

그 사람이 내 친구가 아니라는 건 나도 안다. 과제 때문에 형사한테 전화를 거는 학생이 없다는 사실도 알고 있다. 그 역시 안다. 내가 바보라서 이러고 있다고 생각하지 않아야 할 텐데.

하지만 나는 그 말을 하면서 미소를 짓지 않았고, 시선을 돌리지도 않았다. 우리의 시선이 서로에게 고정되었고, 나는 그 시선을 받아 냈다. 만약 그가 실력이 좋아서 사람들이 보여 주는 보디랭귀지를 읽을 수 있다면, 분명 집에 가서 질문을 시작할 것이다. 부디 이 질문들이 진짜 엘리자베스 던에게 가 닿아야 할 텐데. 이 엉킨 거짓말들이 풀리기 시작한다 해도, 그 과정에서 사람들의 인생을 망치는 건 내가 되지 않을 것이다.

그냥 희망 사항일 뿐이지만.

"그럼요." 그가 미소를 지었다. "전화하세요. 저도 궁금한 거 있을 때 전화드려도 되나요?"

"네. 전화번호 드리겠습……."

"그럴 필요 없습니다. 이미 있어요."

우리는 둘 다 미소를 지었고, 나는 마침내 차에 올라탔다.

"너 꿍꿍이 다 보여." EJ는 시동을 켜며 말했다.

"무슨 꿍꿍이?"

"아무것도 모르는 척하면서 형사에게 단서를 주고 있잖아."

"그래서 나한테 뭐라고 하는 거야?"

그는 나를 한참 쳐다보더니 말했다. "아니. 나였어도 똑같았을걸."

EJ는 안전벨트를 맸다. 우리는 호랑이 굴로 향했다.

59

한 시간 뒤, 부모님 댁으로 향하는 익숙한 사유 도로를 탔다.

난생처음 이웃이 있었다면 얼마나 좋았을까 하는 생각을 해 봤다. 그렇게 되면 목격자가 생길 테니 말이다. 뭘 목격하게 된단 말이야, 나도 모르겠다. 괜히 불안해서 별생각이 다 든다.

부모님 댁 1층에 있는 모든 방에 불이 켜져 있다. 닭구이와 파이 냄새가 났고 촛불이 켜져 있었다. 할머니는 할리우드 배우 뺨치는 미소를 지은 채 복도에서 우리를 맞이했다.

EJ는 할머니의 손에 뽀뽀를 해 드렸다. (완벽한 신사로군.)

아빠는 손에 위스키 잔을 든 채 우리를 맞았다. 나는 이를 꽉 물며 아빠를 안아 드렸고, 주방에 가서 거기에 있는 민나를 보며 안도의 한숨을 내쉬었다. 그녀를 뒤에서 안는데 거의 울 뻔했다. 민나는 가스레인지에서 달콤하게 졸인 당근을 볶다 말고 잠시 손을 멈추더니, 내가 "보고 싶었어요."라고 말하자 웃음을 터트렸다.

지금 우리 집에서 실제로 보고 반가운 사람은 가정부밖에 없다니 너무 슬픈 일이다.

집안 변호사 역시 와 있다. 이 나이 많은 남자는 자기가 마치 월 스트리트의 왕이라도 되는 듯 말하는 버릇이 있다.

할머니는 나와 아빠를 데리고 엄마의 서재로 갔고, 변호사는 나에게 서류를 내밀며 서명을 하게 했다. 무슨 내용인가 해서 재빨리 훑어봤지만, 역시나 비밀 유지 각서에 계좌 이체 내용이었다. **행복이 넘치는 우리 가족을 좀 봐**, 마침내 모두가 저녁 식사 자리에 앉은 순간, 쓸쓸한 생각을 할 수밖에 없었다.

할머니는 민나에게 와인을 따르라고 말했다.

"전 빼고요. 술에 너무 약한 거 같아서요."

할머니가 웃음을 터트리길래 나는 내 접시를 쳐다보며 미소 지었다.

"저도 빼 주세요." EJ가 말했다.

"에머슨? 왜? 우리랑 한 잔도 안 하려고?" 할머니는 이렇게 물었다. 변호사는 이미 자신의 잔을 벌컥벌컥 들이켜고 있었다.

"네. 캐스퍼 부인. 말씀만 감사하게 받겠습니다."

"뭐, 너희 모두 배가 고파야 할 텐데 말이다."

"사실, 저는 밥도 건너뛰려고요." 나는 놀란 눈으로 EJ를 힐끗 쳐다보았다. "얼마 전에 식중독에 심하게 걸렸는데 아직도 다 안 나아서요. 요 며칠 먹을 수 있었던 건 그리츠*나 빵, 수프 같은 음식뿐이었거든요. 어쨌든 감사합니다. 매켄지가 집에서 저녁 먹

---

* 굵게 빻은 옥수수. 미국에서 흔히 아침 식사용으로 먹는다.

을 거라는 얘기는 안 해서 몰랐습니다."

그는 나를 향해 씩 웃더니 할머니를 쳐다보면서 두 손바닥을 들어 올리며 사과의 뜻을 전했다. "죄송합니다."

몸을 사리고 있는 것 같다. 진짜로 배우로 나갔어도 잘됐을 거다. 확실히 그는 매력덩어리다. 왜냐하면 내가 저녁을 먹는 동안, 그러니까 마치 접시에 담긴 음식에 독이라도 든 것처럼 쿡쿡 찌르고 있는 동안, 끊임없이 질문을 던졌기 때문이다. 할머니에게는 집에 대해서 그리고 캐스퍼 씨와 장미 정원에 대해서. 아빠에게는 골프에 대해서. 그렇지만 꽤나 확신하건대 EJ는 태어나서 단 하루도 골프를 쳐 본 적이 없을 것이다.

식사를 마친 후, EJ는 할머니와 아빠에게 계속 말을 걸어서 어수선하게 만들었고, 나는 그 틈을 타 위층으로 올라갔다.

목적지는 내 방이 아니었다. 대신 엄마 방으로 가서 문간에서 스위치를 켠 뒤 깜짝 놀랐다.

방에 남은 것이라곤 침대 프레임과 매트리스 그리고 화장대였는데, 그 안에는 아무것도 없었다. 거의 방 크기와 같은 옷장으로 달려가 문을 활짝 열었다. (아무것도 없다, 옷도 없다.) 욕실도 싹 정리된 상태였다. 엄마의 공간이 먼지 하나 남지 않은 듯 깨끗하게 치워져 있다.

분노가 파도처럼 치밀어 오른다. 할머니와 아빠가 이 집에서 엘리자베스인 척했던 여자의 흔적을 지우기 위해 애쓰고 있다는 게 여실히 보인다.

아래층으로 내려와서는 아무 말 하지 않았다. 대신 민나에게만 말을 걸었고, EJ와 함께 집을 나설 때는 가족 모두에게 가짜 미소를 지어 보였다.

"엄마 방을 청소했더라고." 차에 오르며 EJ에게 말했다.

"청소기 돌리고 표백제로 닦았다고?"

"아니, EJ. 그 여자 소지품이 하나도 남아 있지 않았어. 텅 빈 상태였어. 완전히. 옷장, 서랍은 물론이고, 벽에 있던 사진까지 다. 아무것도 없었어."

우리는 서로를 바라보며 암담한 사실을 깨달았다.

우리 가족은 엉망이 된 흔적을 처리하고 있다.

그리고 난 아무것도 할 수 있는 게 없다.

60

그 후 일주일은 별일 없이 지나갔다. 수업을 들었다. 그리고 엄마의 책을 다시 읽었다.

다이앤에게 전화를 걸었다. 뜻밖에도 전화를 받아 주었다. 존에 관해서 이야기하며 올드보에 가고 싶다는 의사를 전했다. 그리고 우리 집에 왔었던 남자에 대한 얘기와 할머니가 토냐에 대해 한 얘기를 전해 주었다.

"말 같지도 않은 소리 하고 앉아 있네." 다이앤이 즉각 응수했다. 그게 웃을 일이 아님에도 불구하고 크게 웃음을 터트리고 말았다.

사회학 수업 시간에 맨 앞줄에 앉았다. 평소라면 절대 하지 않을 행동이었다. 로버트슨 교수님에게서는 평소에 보이던 침착함이 사라지고 없었다. 그의 시선은 나에게 무언의 질문을 던지고 있었다. 그는 내가 자신을 똑바로 바라보고 있다는 걸 느끼고 있다. 그래서 강의가 끝나고 학생들이 모두 강의실을 빠져나갈 무렵 내가 그 무리에 섞였을 때, 그가 "캐스퍼 양, 잠시 얘기 좀 나눌 수 있을까요?"라고 물어도 움찔하지 않았다.

그는 마지막 학생까지 강의실을 빠져나가길 기다렸다가 나에게 말했다. "네 말에 대해 생각해 봤단다."

"어느 부분이요?"

"올드보."

나는 아무 말 없이 그가 말을 계속하길 기다렸다.

"좋은 생각 같아서."

"뭐가요?"

"거기 가는 거. 너를 위해서 말이야. 그렇게 하면 뭔가 너도 마무리를 지을 수 있을 것 같구나."

"교수님은요?"

"같이 갈 거다. 그래야지."

바로 그날 저녁, EJ는 잠시 내 아파트에 들렀다. 조금 있다가 소프트웨어 개발자 동료들과 줌으로 미팅을 하러 집에 가야 한다고 했다.

나는 읽던 책을 옆에 치워 둔 채 소파에 책상다리를 하고 앉아 있고, 그는 주방 아일랜드 바 의자에 앉아 나를 유심히 보고 있다. 내가 이번 주 주말에 교수님과 함께 올드보까지 날아갈 거라고 말한 참이었다.

"좀 부적절한 거 아닌가? 교수님이잖아."

"그냥 같이 다녀오는 것뿐이야. 하루만. 갔다 바로 와."

"흠."

"이 생각, 별로야?"

"아니, 너한테 좋을 것 같아."

"나도 그럴 것 같아. 나는 교수님이 엄마 살던 곳, 공부하던 곳, 그 카페, 모든 장소에 나를 데려가 주면 좋겠어, 무슨 말인지 알지."

EJ가 끄덕였다. "나도 갈까?"

그에게 작은 미소를 지어 보였다. "아니. 아닌 거 같아. 아주 많이 울 것 같거든. 그리고 넌 그런 거 별로 안 좋아하잖아."

"너 우는 건 괜찮아. 내 어깨에 기대서라면."

"뭐래." 내가 코웃음을 터트렸다.

"자기가 가장 좋아하는 후드 티에 네 쓰디쓴 눈물이 묻어도 상관 안 할 사람이 또 어디 있겠냐?"

내가 웃으며 황당하다는 표정을 지었다. "그건 그래. 그런데, 나 어제 다이앤에게 다시 전화했어."

"그래? 그런데 전화 받았어?"

"어. 받을 때까지 한 세 번 정도 걸었거든. 그랬는데 질문이 있으면 언제든 전화해도 된다고 했어."

"그래서 뭘 물어봤어?"

"거기 간다고 말했지. 그랬더니 우리가 공항에 도착하면 차에 태우고 올드보까지 데려다준대."

"다이앤이?" EJ가 눈썹을 번쩍 치켜세웠다.

"어! 내가 몇 가지 얘기를 해 줬거든. 존이 그룹 홈에 대해서 안다는 것. 토냐에 대해. 그리고……. 알잖아. 그 신원 바꿔치기 한 거. 다이앤은 올드보에서 차로 네 시간 거리에 살긴 하는데, 별달리 할 일이 없다나."

EJ가 자리에서 일어났지만 뭔가 어색한 표정을 지으며 머뭇거렸다.

"야, 너 돌아오면……." 그가 마침내 말을 꺼냈다. "돌아오면 그때 나랑 같이 저녁 먹을래?"

놀란 눈으로 그를 바라보았다. 그동안 저녁은 수도 없이 같이 먹었다. 집에서. 하지만 같이 밥을 먹으러 나갔을 때조차도, 이런 식으로 말한 적은 없었다.

나는 어색함을 숨기기 위해 시선을 딴 데로 돌렸다. "늘 하던 식으로 배달시켜서 편히 먹으면 되지, 그래."

"아니, 데이트처럼."

대답하지 않았다. 그를 쳐다보지도 않았다. 이 정도는 **누구에게나** 당연한 일인데, 나한테만은 예외다. 데이트는 물론 해 봤지만, 저녁 식사 데이트는 처음이다. 게다가 EJ에게서 풍기는 무언가가 나를 엄청 긴장하게 만들고 있다.

나는 습관처럼 하던 농담을 툭 던졌다. "너 주변에 있던 사이버 퀸들 이제 씨가 말랐나 봐?"

이런 말 싱겁다는 거, 안다. 정말 싱겁지. 너무 많이 써서 식상한 농담이라는 것도, 우리 둘 다 잘 안다.

눈을 들어 EJ와 시선을 맞췄다. 유난히 강렬하게.

그의 입가에 실망이 묻어나는 미소가 번졌다. "요즘 내가 그런 쪽에 관심 없는 거 그렇게 티가 안 나? 너한테 마음이 있다는 것도, 너만 모르는 거야?"

어색한 웃음이 새어 나왔다. 나는 후드 티 소매를 만지작거리며 허둥댔고 그와 시선을 마주치지 않도록 노력했다.

"있지, 그냥 솔직하게 말해 줘, 켄즈. 관심 없다 해도 이해해."

생각할 틈도 없이 심장이 먼저 그게 아니라고 소리를 지른다.

"좋을 것 같아. 응." 나는 말을 마치고 입술을 오므렸다. 너무 긴장한 나머지 기절할 것만 같다.

"좋아." EJ가 말했다. 그가 배낭을 챙기는 소리가 들렸다. "왜냐면 네가 그러겠다고 할 때까지 계속 조르려고 했었거든."

입술을 꾹 다물어 웃음을 참아 보지만, 얼굴이 붉어지는 건 감출 수 없었다. 확신하건대 온몸이 빨개지고 있는 것 같다.

그가 내 뒤에서 다가오는 소리가 들렸다.

EJ는 소파 등받이 너머로 몸을 기울였고, 부드럽게 내 어깨를 감쌌다. 그의 입술이 내 귀에 닿을 듯했다. "놀라지 마, 까칠이."

"안 놀랐어."

"속으로는 난리 났잖아."

"어이고, 속이 다 보이시나 봐요."

"난 늘 네가 보이거든."

그러고는 그가 팔을 치웠다. 나는 고르게 숨을 쉬기 위해 애썼지만, 심장은 드럼처럼 쿵쿵대고 있었다.

문을 열고 말하는 그의 목소리에 미소가 스며들어 있었다. "켄지?"

고개를 돌리는 순간, 내가 좋아 미치는 특유의 소년 같은 미소가 눈에 띄었다.

"긴장 풀어. 데이트는 아주 멋질 거야." 그는 윙크를 하고 떠났다.

어떻게 된 일인지 올드보에 가는 여행이 내 우선순위에서 1위

를 차지하고 있음에도, EJ와의 저녁 식사를 더 애타게 기다리고
있다. 내 인생의 다른 것이 다 무너진다고 해도, 나에게는 여전히
EJ가 있다.

61

우리는 올드보에서 차로 한 시간 이상 떨어진 공항에 도착했다.

차갑게 살을 에는 추위에도 불구하고, 11월의 햇살 속 네브래스카는 명랑한 기운을 풍긴다.

다이앤은 처음 봤을 때와 똑같았다. (멜빵바지에 플란넬 셔츠, 부츠, 오리털 재킷 차림이었고, 회색 머리는 단정하게 틀어 올렸다.)

다이앤과 존이 그녀의 픽업트럭 앞자리에 앉았다. 그들은 네브래스카에 대한 대화를 나눴다. 존은 다이앤이 한때 낚시를 하러 다니던 지역 출신이라고 했다.

창밖을 바라본다. 이렇게 화창한 날씨에도, 내 기분은 더 우울해졌다. 어두운 사건들은 종종 환한 대낮에 일어나곤 한다. 그리고 그 여파는 수십 년간 이어져, 너무나도 많은 삶을 망가뜨린다.

이곳은 숲과 들판을 빼면 아무것도 없다. 간간이 백 년쯤 전에 시간이 멈춘 듯한 작은 마을이 나타날 뿐이다. 풍차. 사냥 표지판. 관광 명소를 알리는 안내판이 있는데 나는 관광객들이 이곳에서 무엇을 즐길 수 있는지 도저히 모르겠다.

숲을 가로질러 달리던 중, 물고기가 그려진 거대한 간판이 내 눈길을 사로잡았다.

뒷자리에 앉는 내가 조용히 웃으며 이렇게 말했다. "저 물고기 이상하게 생겼어요."

존이 뒤를 돌아 나를 보며 미소를 지었다.

"저 너머에 호수가 있어. 사유지인 것 같은데, 통나무집이 있는 캠프지. 물고기 이름은 가피시인데, 잘 알려진 생물은 아니지만 저 호수가 서식지야."

"길쭉한 오리 부리를 가진 물고기처럼 생겼어요."

그가 웃었다. "이빨은 날카롭단다."

"물고기가요?"

"그래서 지역 사람들은 '날카로운 이빨 물고기'라고 부르지."

그 단어를 들으니 속이 울렁거렸다. "엄마 마지막 책 가제목이 《날카로운 이빨》이었어요."

존과 다이앤이 서로 눈빛을 교환했다. 그들은 내가 그 편지들과 알아낸 사실들 때문에 일종의 PTSD를 겪고 있다고 생각하는 것이다.

그러나 그게 아니다. 그저 모든 것이 엄마를 떠올리게 할 뿐이다. 나의 진짜 엄마를.

올드보는 작은 대학 도시다. 약 3킬로미터 길이로 뻗은 대로 양쪽에 온갖 종류의 상점들이 점처럼 박혀 있다. 대로 끝자락에 자리한 대학은 캠퍼스와 운동장, 기숙사까지 합쳐 넓이가 12만평에 다다른다.

우리가 처음으로 발을 디딘 곳은 메인 캠퍼스다.

고급 양복에 넥타이 차림을 한 노인 한 분이 복도에서 우리를 맞이했다. 알고 보니 로버트슨 교수님의 예전 선생님이었다.

존은 (로버트슨 교수님은 여행 내내 자기를 제발 존으로 불러 달라고 우겼다.) 그분에게 나를 E. V. 렌지의 딸이라고 소개했다.

"그래. 우리는 엘리자베스 캐스퍼를 얼마나 자랑스러워하는지 모른단다. 비록 그 애가 졸업 연설을 하는 걸 거절했지만 말이야. 흠. 다섯 번 정도 요청했던 거 같은데."

그분은 명랑하게 웃었다. 그 와중에 존과 나는 왜 그랬는지 알겠다는 시선을 주고받았다.

존이 선생님과 함께 옛날 일에 대해 웃고 떠드는 동안, 다이앤과 나는 복도를 돌아다니며 다른 학생들과 교수들의 수상 경력을 살펴보았다. 딱히 궁금해서 본 건 아니었다. 그러다가 저명한 동문을 소개하는 게시판을 발견했다. 당연히 엄마의 포스터와 책에 대한 수상 경력이 전시되어 있었다. 그 사진은 최근에 찍은 것으로, 모든 책과 보도 자료에 나온 바로 그 사진이다.

"이제 저 얼굴을 못 보겠어요." 내가 뒤로 돌며 말했다.

다이앤은 대답하지 않았다.

그런 다음, 우리는 편의점 위층에 있는 아파트 건물로 발길을 돌렸다.

5층짜리 건물. 낡은 외관. 그 앞 대로에는 학생들이 오가고 있다.

"리지는 삼 년 동안 여기서 살았어." 존은 감출 수 없을 만큼 짙은 향수를 느끼고 있었다.

우리 셋은 골목길을 지나 건물 뒤로 갔다. 보기 흉한 초록색 문과 그 옆에 초인종이 눈에 띄었다.

한 남자가 뒤뜰을 빗자루로 쓸고 있었다. 알고 보니 건물 관리인이었다.

존은 그와 악수를 했지만 우리를 소개하지는 않았고, 그래서 고마웠다.

"여기 아직도 주인이 똑같습니까?" 존이 물었다.

"그럼요." 염소수염에 키가 작고 마른 사람이었다. "얼마 정도더라, 한 사십 년 동안 주인이 똑같습니다."

"저 예전에 종종 여기 왔었어요." 존이 매력과 호의가 가득한 미소를 지으며 말했다. "이 지역 대학을 나왔거든요. 그래서 한 번 와 봤습니다."

"오, 그래요? 그 여자, 유명한 작가가 여기 살았어요. 아시죠, E. V. 렌지. 삼 년 동안요. 그 사람 알았습니까?"

존이 고개를 끄덕였다. "그럼요."

"오 그렇군요. 지금 억만장자예요. 베스트셀러 작가거든요."

"맞습니다."

"팬들이 가끔 여기까지 온답니다. 와서 질문도 하죠. 이상한 사람들도 오긴 해요. 촛불을 들고 여기서 모인 적도 있어요. 한 달 전인가 경찰을 불러야 했죠. 아마 작가가 사망했나 그래서 그랬던 거 같아요."

"네, 세상을 떠났죠."

"가끔 기자들도 오곤 했어요."

"그녀를 아셨나요?" 존이 조심스럽게 물었다.

"그럴 리가요." 그 사람은 안타까운 눈치였다. "저는 그녀가 이사 가고 나서 몇 년 뒤에야 왔거든요."

"그렇군요. 혹시 이전 관리인을 아시나요?"

그 사람이 바로 그런저다. (엄마 편지에서 봐서 이름을 안다.) 그렇지만 존은 그 사람을 한 번인가 두 번밖에 못 봤다고 했다.

"아니요. 본 적 없어요. 그 사람이 여기 건물주 조카라던데. 그 정도만 알아요."

"그랬습니까?"

"네. 제가 여기 오기 전 그 사람 감옥 갔어요."

"감옥이요?"

"네. 오래 있었죠. 마약 거래를 했었거든요."

심장이 철렁 내려앉았다. 엄마를 아는 누군가를 찾고 싶었다. 그 사람이 그렇게 중요한 역할을 하지 않았다고 해도 말이다. 그러나 어쩌면 아빠 말이 맞을 수도 있다. 엄마는 외톨이였고, 집에만 틀어박혀 있는 사람이었다.

우리는 한동안 차를 타고 마을을 돌았다. 존은 우리에게 그들이 자주 놀던 장소, 늘 드나들던 술집을 보여 주었다. 그는 토냐가 어디 살았는지는 모른다고 했다. 뭐, 그런 거지. 날은 화창하고 존과 다이앤은 웃으며 농담을 주고받는데도, 내 기분은 좋지 않다.

우리는 다시 대로로 돌아와 카페에 들러서 점심을 간단히 먹기로 했다. 내가 샌드위치를 다 먹었을 때 존과 다이앤은 커피를 시켰지만 나는 좀 걸어야겠다고 양해를 구하고 나왔다.

그들은 이해한다는 듯이 고개를 끄덕였다. 혼자만의 시간이 필요했다. **엄마**의 시선으로 이곳을 바라보고 싶었다. 엄마가 대학에 걸어가던 때의 기분을 느끼고 싶었다.

또한 존과 다이앤은 엄마뿐만 아니라 토냐 얘기도 하고 싶을 거라 생각했다. 그렇지만 주로 내 얘기를 하고 싶겠지. 그들은 내가 우리 가족의 비밀 같은 일에 연루되기에는 너무 어리다고 여기고 있다. 물론, 무슨 일이 일어났던 건지, 앞으로 무슨 일이 생길지에 대해도 얘기하고 싶을 것이다.

한 시간 넘게 정처 없이 걸어 다녔다. 손이 차가워졌고, 코가 시렸다. 결국 존에게 전화가 걸려 왔다.

"우리 이제 공항으로 되돌아가야 할 것 같은데."

"네. 그럼 대로에서 만나요, 카페로 갈게요."

우리는 다이앤의 트럭에 탔다. 내 가슴이 실망감으로 조여지는 느낌이었다.

나는 슬펐고 화가 나 있었다. 과연 여기 올드보에서 무엇을 찾고 싶었던 걸까. (적어도 엄마에게 무슨 일이 있었던 건지 알려주는 작은 단서라도 찾고 싶었는데.)

하지만 아무것도 없었다.

우리는 올드보를 떠났다. 창을 통해 길가를 따라 늘어선 숲을 바라보았다. 숲은 어둡고 그늘져 있었고, 갑자기 회색빛으로 변한 하늘이 그 위에 드리워져 있다. 그러자 울고만 싶어졌다.

바로 그때, 그 이상한 물고기 사인이 다시 나타났다.

우리는 그 사인을 순식간에 지나쳤다. 뒤를 돌아보며 나도 모르게 '날카로운 이빨'이라고 말했다.

존은 어깨 너머로 나를 보더니, 다시 다이앤을 쳐다보고는 길

가로 시선을 돌렸다. "다음에 다시 오면 여기 와서 호수를 보여
줄게. 우리가 십 대 때 호숫가 근처에서 캠핑을 하곤 했거든."

"여기 출신이시죠, 맞죠?"

"꼭 그렇진 않아. 어쨌든 호수는 숨겨진 보석 같은 곳이지."

"다음에 다시 오면요." 나는 그의 말을 똑같이 따라 했다.

그리고 그렇게, 먼 미래를 암시하는 말 한마디와 함께, 엄마에
대한 단서를 찾을 수 있을 거라는 내 유일한 희망이 완전히 사라
졌다.

62

다이앤은 고속도로에서 작은 마을로 이어지는 길의 표지판을 보고 방향을 틀었다. 주유를 해야 했다.

나는 주유소에 붙은 상점에 들어가 커피를 샀고, 창문 너머를 바라보며 김이 나는 음료를 조금씩 홀짝였다. 다이앤은 트럭에 주유를 하고 있었고, 그런 그녀에게 존이 뭔가 말을 하고 있었다. 그들의 미소는 온데간데없이 사라졌다. 둘 다 목소리까지 낮추고 얘기 중이었다. 엄마에 대한 진실을 밝혀 줄 어떤 실마리라도 발견한 게 아닐까. 절대 희망을 버릴 수 없다.

나에게는 엄마가 없다. (이 사실이 갑자기 들이닥쳤다.) 마음이 너무 먹먹해져서 울지 않기 위해 이를 악물어야 했다.

진실에 거의 다다랐는데. 하지만 그 진상을 파헤칠 정도로 가까워진 건 아니었던 것이다. 마음이 아프다. 아니, 아니, 이 표현은 맞지 않다. 이 사실을 깨닫는 순간, 마음이 산산조각 났다. 엄마에게 무슨 일이 있었던 건지, 결코 알아내지 못할 수도 있다니.

그때 갑자기 길 건너에서 타이어가 끼익 하는 소리가 들렸고, 시선을 돌려 픽업트럭 한 대를 바라보았다. 상점 주차장에서 급격하게 방향을 튼 트럭 때문에 공중에는 타이어 마찰로 인한 연기가 피어올랐다.

"쪼다 새끼." 계산대 점원이 욕을 날렸다.

그리고, 봤다.

허클베리 서플라이. 상점 간판에 그렇게 적혀 있었다.

그 이름을 보고 웃었다. 허클베리 핀 같잖아.

문득, 기억 하나가 내 머리를 스쳤다. (**허클베리 서플라이.**)

간판을 뚫어지게 바라보는데 바닥이 꺼지는 듯한 기분이 들었다.

그럴 리가 없어.

밖으로 뛰어나갔다. "존, 존, 나 저 이름 알아요."

"무슨 이름?"

"저 회사요." 내가 길 반대편을 향해 고갯짓을 했다. "몇 주 전에 전화를 받았어요. 우리가 안 낸 돈이 있다고 했어요. 무슨 청구서인지 몰라서 신경도 안 썼죠. 그런데 우리 부모님이 저기에서 뭘 했길래 청구서를 받게 된 걸까요?"

"그냥 비슷한 이름 아니고?" 그는 다이앤과 걱정스러운 시선을 교환했다. 마치 내가 미쳐 간다는 듯이.

"어쩌면요. 그런데 맞으면 어떡해요?" 나는 애처로운 눈길로 그를 바라보았다.

그의 얼굴에는 내키지 않는다는 표정이 역력했다. 하지만 결국은 내 부탁을 들어주었다. "가 보자." 그가 끄덕였다. "갔다 바로 올게요." 그가 다이앤에게 말했다.

"서두르세요." 다이앤이 투덜댔다. "안 그러면 비행기 놓쳐요!"

존과 나는 작은 가게 안으로 들어갔다. 주인이 상품을 그냥 서반에 쌓아 놓기만 하고 가게답게 꾸밀 생각은 전혀 안 한 것 같은 곳이었다.

"뭐 찾으세요?" 카운터 뒤에 있는 나이 든 여성이 컴퓨터에서 몸을 돌리며 물었다.

"네." 나는 머뭇거리며 말했다. "저희 부모님이 여기 계정이 있으신 것 같아서요. 어쩌면요." 내가 진짜로 미쳐 가는 건 아닐까 생각하며 말을 이었다. "그런 거 있으시죠? 다른 사람들과 거래 계정 같은 거요. 물건이나 서비스 때문에요."

"그럼요. 수백 가지나 있죠. 전국으로 물건을 배송하거든요."

"좀 확인해 주실 수 있으실까요?"

"저기, 그렇게 정보를 막 누설하면 안 돼서요."

"그렇죠. 그런데 제가 돈을 안 낸 게 있거든요. 연체됐어요."

그녀의 얼굴에서 거만함이 좀 사라졌다. "성이 어떻게 되시죠?"

"캐스퍼요."

"캐스퍼, 캐스퍼, 캐스퍼……." 그녀는 마우스를 클릭하면서 컴퓨터 화면을 뚫어지게 바라보았다. "아니요. 전산에 없는데요."

실망감에 거의 흐느낄 뻔했다. "어쩌면 다른 이름으로 계정을 갖고 있는 게 아닐까요?"

"무슨 이름인지 아세요?"

심장이 내려앉았다. "아니요."

존이 내 옆에서 몸을 살짝 움직였다. "그쪽에서 무슨 전화번호로 걸었어? 그 물품 회사 말이야." 그가 나에게 물었다.

"집 전화였어요." 갑자기 깨달았다. "전화번호로 검색이 가능할까요?"

그녀는 어깨를 으쓱했다. "말씀해 보세요."

나는 전화번호를 말했고, 그녀는 다시 컴퓨터 화면을 바라보았다. 그리고 곧 인상이 누그러졌다. "옙, 있네요. 칠 주 연체됐네요. 전화번호는 엣치드 부동산 유한회사 것으로 나오네요. 부모님 소유가 맞나요?"

그녀가 나에게 궁금하다는 표정을 지었다.

나는 존을 바라보았다. "처음 듣는 이름인데요. 그런데 전화번호가 부모님 번호라면, 그러면 부모님 것이 맞는 거잖아요. 그렇죠? 잠시만요." 뭔가 또 다른 깨달음이 나를 덮쳤다.

핸드폰을 꺼내 EJ에게 전화를 걸었지만 전화 연결이 되지 않았다. 신호가 잡히지 않았다. 다시 시도하는데 손이 떨렸다.

문에 달린 종이 울리고 다이앤이 들어왔다. "비행기 놓치겠어요. 안 그러려면 진짜 저 미친 사람처럼 운전해야 해요." 존이 의미심장한 눈길로 그녀를 보았고, 그러자 다이앤은 의아한 표정으로 나를 보았다.

"저기요." 다시 말을 시작한 순간, 심장이 어찌나 빨리 뛰던지 숨이 차올랐다.

"매켄지, 진정해. 숨 쉬어." 존이 내게 말했다. "최근에 약 복용했어?"

고개를 저었다. "그거 때문에 그런 거 아니에요. 그게…… 제 친구랑 저랑 지난주에 조사를 좀 했거든요. 그런데 엄마랑 아빠가 대학에 다니던 당시 토냐가 올드보 외곽에 있는 부동산을 물려받았어요. 그랬는데 몇 년 후에 그걸 한 유한회사에 팔았고요. 정확한 회사 이름은 기억이 안 나는데…… 그런데 이름이 똑같은 거 같아요."

존이 다이앤과 시선을 주고받았다.

난 미친 게 아니다. 내 말이 맞았다. 부모님은 여기 가게하고 뭔가 연관이 있다. "만약 그 똑같은 유한회사가 부모님 소유고, 여기에 청구서가 있다면……."

"돈 내실 거 아니에요? 아니면 지금 뭐 하시는 거예요?" 카운터 뒤에 있던 여자가 무례하게 말을 끊었다. 한 점의 미소도 없이 우리를 쳐다보고 있었다.

나는 그녀를 바라봤다. "저희 부모님이 여기 계정을 얼마나 오랫동안 갖고 계신 건지 알 수 있나요?"

그녀는 잠시 망설이다가 짜증 섞인 시선을 거두고는 컴퓨터를 바라보았다. 그리고 눈썹을 살짝 치켜올렸다. "보아하니 이십 년이 넘은 것 같네요."

다리가 휘청거렸다.

존은 손가락으로 머리를 쓸어 넘겼다.

다이앤은 카운터로 다가갔다. "부인." 그녀는 고개를 숙이며 인사했다. "주문한 상품은 어디로 배달이 되나요?"

"주소로 가겠죠."

"파일에 주소가 나와 있나요?"

"물론 있겠죠." 내가 말했다.

그 여자가 나를 불쾌하게 째려봤다. "개인정보를 그냥 넘겨 드릴 순 없어요."

다이앤이 카운터로 몸을 숙였다. "이해합니다. 그런데 여기 범죄가 연루된 것 같아서요."

"뭐, 라고요?" 그녀가 다이앤을 쏘아봤다.

"그러니까 제 말은, 주소를 확인해 주시든지, 아니면 저희가 경찰에 가서 정보를 제공해야 하는데, 그러면 경찰은 영장을 들고 와서 주소를 확인할 거예요."

"오, 그래요? 나를 협박하시겠다? 한번 해 보쇼." 책상 앞에 앉은 여자가 가슴을 쭉 폈다.

다이앤은 전혀 당황하지 않았다. "이해합니다. 그런데 문제는 그들이 아마 컴퓨터를 압수할 테고, 수색을 위해 가게를 봉쇄할 가능성이 있어서요. 우리는 그렇게까지는 바라지 않아요. 아시겠죠?"

그녀는 비록 째려보는 눈빛을 바꾸지는 않았지만, 화면을 바라보며 말을 내뱉었다.

"가아 도로 22번지요. 여기서 이십 분 정도 걸립니다."

63

올드보로 돌아가는 길, 떨리는 몸을 진정시킬 수 없었다.

"이러다 비행기 놓치겠어요." 다이앤이 경고했다.

"괜찮아요. 아닐 수도 있겠지만." 존이 대답했다. "그렇지만 이건 확인해 봐야겠어요. 만약 뭐라도 나오면, 비행기표는 내일 아침 걸로 다시 사면 돼요. 호텔에서 묵으면 되고요."

그는 어깨 너머로 나를 확인했다. "괜찮아?"

고개를 끄덕였지만 심장은 미친 듯 뛰고 있었다. 괜찮지 않다. 전혀.

존 역시 마찬가지였다. 그는 연신 청바지에 손바닥을 문질러 댔다. 우리는 이십 분 동안 완전한 침묵에 빠졌다.

나는 계속 휴대폰의 오프라인 GPS를 보며 최종 목적지를 확인했다. 호숫가에 찍힌 점 하나. 그곳으로 가는 길은 없는 것처럼 보였다.

문득 크게 한숨을 내쉬었다.

"매켄지. 다 괜찮을 거야." 존은 나를 쳐다보지 않은 채 안심시켜 주려고 노력했다. "아마 세입자들이 살고 있겠지."

"그런데 우리 부모님이 이십 년 동안 그 사람들을 위해 이것저것 배달을 시켜 줬다고요?"

"그 물품이 뭔지 물어봤어야 하는 건데. 어쩌면 땔감일 수도 있지. 난로용 석탄일 수도 있고. 이런 것들은……."

"존." 다이앤이 그 말을 끊고 나를 바라보았다. "힘들겠지만 견디렴."

나는 길을 바라보지 않았다. 오직 그 점과 느릿느릿 다가오는 회전 구간만을 볼 뿐이다.

"여기요." 마침내 GPS와 못생긴 물고기 표지판을 번갈아 보며 말했다.

"저 표지판에서?" 다이앤이 물었다.

"네." 심장이 어찌나 세게 뛰던지 갈비뼈를 부러뜨릴 것만 같은 기분이었다. "날카로운 이빨." 나는 다시 중얼거렸다.

길을 꺾은 후 2킬로미터 정도 지나, 우리는 작은 통나무집 앞에 있는 공터에 차를 세웠다.

바깥에는 파란색의 낡은 토요타가 세워져 있다. 나무 사이로 호숫가가 반짝이고 있었다.

"들어가도 될까요?"

다이앤은 어쩔 수 없다는 듯 한숨을 쉬었다. "로마에 오면 로마법을 따라야지. 가 보자."

우리는 모두 차에서 내렸다.

나는 존에게 다가가서 멈췄다. 우리 셋 모두 차 옆에 서서 집을 바라만 볼 뿐 아무도 움직이려 하지 않았다.

덜덜 떨며 숨을 들이쉬었다. 존이 몸을 살짝 움직였고, 내 어깨에 닿는 그의 손길을 느낄 수 있었다. "매켄지?" 존이 부르자 그를 올려다보았다. "너희 엄마 아니야. 진정해. 숨 쉬고. 알았지? 아마도 네가 기대하는 게 아닐 거야."

나는 깊이 숨을 들이쉬고는 크게 내뱉었다. "그러게요."

그러나 나는 공포에 사로잡혀 있다. 그 말이 틀렸을까 봐. 우리가 너무 늦었을까 봐. 생각한 것보다 더 사악한 것을 보게 될까 봐.

우리 셋이 천천히 집 쪽으로 걸음을 옮기는데 문이 벌컥 열리는 바람에 멈춰 섰다.

내 심장도 멈춘 것 같았다.

너무 불안해서 토할 것만 같았다.

집에서 나온 여자는 사십 대로 보였고, 운동화에 간호사복, 파카 차림이었다. 짙은 머리카락을 틀어 올렸지만 단정한 상태는 아니었다.

이해가 되지 않아 존을 바라보았다.

"너희 엄마 아니야." 그가 나를 안심시켰다. "아니라고, 매켄지. 숨 쉬어, 알겠지?"

"아." 목구멍까지 치밀어 오른 위액을 삼키며 숨을 내쉬었다. 지금 당장 진정제라도 있었으면 정말 도움이 되었을 텐데.

"무슨 일이시죠?" 그녀는 큰 소리로 말하며 우리 쪽을 향해 계단을 내려왔다.

다시 존을 바라보았다. 입이 떨어질 것 같지 않았기 때문이다.

무슨 말을 할지도 알 수가 없는 상태다.

"안녕하세요! 네, 저희가 지금 누굴 좀 찾고 있는데요." 그가 말했다. "주소를 제대로 찾아온 건지 확실치 않아서요."

존이 웃음을 터트리자, 그녀는 우리에게서 몇 걸음 떨어진 곳에 멈춰 섰다. 파카 주머니에 손을 쑤셔 넣은 채 나를 뚫어지게 바라보다가 다이앤과 존에게로 시선을 옮겼다.

"여기 주인이신가요?" 존이 물었다.

"아니요. 그냥 일하고 있어요." 그녀가 나를 다시 바라보며 말했다.

"일이요? 혹시 어떤 종류의 일인지 여쭤도 될까요?"

그녀는 나를 똑바로 보던 시선을 거두며 말했다. "저는 요양 보호사예요."

"요양 보호사요?"

"네. 개인 간호 서비스를 제공하죠. 사람들을 돌봐 줘요."

"여기서도 누굴 돌봐 주고 계시나요?"

"네, 어떤 가족이 부탁했어요. 그런데 왜 그러시죠?"

나는 그녀 너머로 집을 살펴본다. 굴뚝에서 피어오르는 연기, 정갈한 현관, 비어 있지만 깔끔한 꽃밭까지, 마치 여름에는 꽃이 가득했을 것만 같다.

"돌봐 주시는 분 성함이 어떻게 되죠?" 존이 물었다.

간호사는 뒤로 물러났다. "저기요, 저는 문제 생기는 걸 원하지 않아요. 그리고 개인정보를 드릴 권한도 없고요. 여기서 일하고 돈 받는 게 다예요."

"무슨 말씀인지 압니다. 저희가 사람을 좀 찾고 있어서 그래요……. 저기, 사실은, 우리가 찾는 사람이 정확히 누군지도 모르는 상태입니다."

간호사는 코웃음을 치고는 조심스럽게 한 발 뒤로 물러섰다.

나는 집 창문으로 시선을 돌렸고, 창문 하나에서 한 얼굴을 보았다. 누군지 알아보기도 전에, 커튼이 쳐졌고 얼굴은 사라졌다.

"저 안에 사람이 있어요." 내가 중얼거렸다.

존은 나를 보고 다시 간호사에게로 시선을 돌렸다. "여기 누가 사는 줄 아십니까?"

간호사는 나를 다시 위아래로 훑어보고는, 존을 쳐다봤다. 그러면서 고개를 갸우뚱하며 의심스럽다는 듯 눈을 가늘게 떴다.

"친척 되세요?"

"어쩌면요?"

그녀는 끄덕거리며 존을 의심스러운 눈초리로 쳐다보았다. "처음 보는 분인데요." 그렇게 말하자마자 다시 그녀의 눈이 나를 쫓는다.

"저희가…… 저희가 그분이 여기 사실지도 모른다는 걸 방금 막 알게 되어서요." 내가 어물쩍 망설이며 말했다.

간호사의 표정이 부드러워졌다. 그녀는 눈을 가늘게 뜨고 나를 봤다. "여긴 방문객 허용을 안 해요. 엄격하게 지시가 내려왔어요. 개인정보를 말씀드릴 수가 없네요." 그녀가 존에게로 시선을 옮겼다. "죄송해요, 여러분. 도와드리고 싶지만 어쩔 수 없어요."

"왜 그런 거죠?" 존은 물러서지 않았다.

"저희 고객님 상태가 아주 좋지 않아서 그래요."

"그, 그게 무슨 뜻이에요?" 나는 심장이 튀어나올 것 같았다.

어떤 단서라도 좋다. 어쩌면 나중에 다시 몰래 와서, 집에 들어가 누가 사는지 알아볼 수도 있을 것이다.

"그런데 오늘은 좀 상태가 좋으시긴 해요." 간호사는 집 쪽을 향해 머리를 까딱했다. "날씨 영향을 받으시거든요. 말씀을 많이 안 하세요. 단어만 말씀하시죠. 글을 쓰시고요. 굉장히 아름다운 것들을 쓰시는데, 말이 되지는 않아요. 대부분 사람들과 소통을 못 하시죠. 그게 문제예요. 저는 아주 엄격한 규칙을 따라야 해요. 어떤 사람들을 보면 발작을 일으키셔서 그걸 못 하게 막아야 하거든요."

그녀가 한 말 중에서, 나는 한 단어에 꽂혔다. (쓰다.)

"글을 쓰신다고요?" 이렇게 속삭이며 애절한 표정을 하고 존과 다이앤을 보았다. "글을 쓰신대요. 안에 있는 사람이 글을 쓰신대요."

"밖에 많이 안 나가시거든요." 간호사가 말했다. "이런 날씨에는 안 나가셔요. 그렇다고 여러분을 안으로 들일 수는 없어요. 죄송해요. 고객님의 안전을 지키는 조건으로 보수를 꽤 많이 받고 있어서요."

우리는 서로 시선을 교환했다.

슬프다. 그리고 초조하다. 그리고 불안하다. 그러나 무엇보다도, 안에 누가 있는지 알고 싶어 죽을 지경이다.

이번 여행 동안, 이곳에서, 이 주에서, 나 자신에 관한 조그만 무엇이라도 찾고 싶었다. 나를 키운 여자나, 내가 아버지로 불렀던 남자에게서는 찾을 수 없는 그 무언가를.

나보다 존이 더 불안해하는 게 눈에 띌 정도였다.

“그러니까.” 그 간호사는 가슴을 펴더니 전화기를 들어 올렸다. “여기서 나가 달라고 할 수밖에 없겠네요. 안 그러면 보안 회사에 전화를 걸어야 해요.”

절망감 때문에 심장이 미친 듯이 뛰었다.

바로 그때, 문이 끽 하고 열렸다.

그 소리에 간호사가 뒤를 돌아보았다. “오, 뜻밖인데요.” 그녀는 이렇게 중얼거리다 놀라서 전화기를 든 팔을 내렸다. 여자가 밖으로 나오는 모습이 보였다. “밖으로 거의 안 나오시거든요. 손님 오셨어요, 토냐!”

그 이름을 듣자 목덜미에 소름이 돋았다.

“세상에 맙소사.” 다이앤이 속삭였다.

밖으로 걸어 나온 여성은 사십 대 같이 보였다. 풍성한 머리카락은 길게 가슴께까지 내려와 있다. 두꺼운 니트 스웨터, 잠옷 바지, 실내화 차림이었다.

그녀는 현관 끝에 가만히 서서 우리를 바라본다.

크게 숨을 내쉬는 소리와 중얼거림이 들린다. (다이앤이다.) 그녀는 손으로 입을 막은 채 현관에 서 있는 여자를 쳐다보고 있다.

“오, 신이시여.” 존이 내 옆에서 헉하고 숨을 들이쉰다. 손으로 머리카락을 쓸어 넘기는 동안에도 눈을 동그랗게 뜨고 여전히 그녀를 바라보고 있다.

“저 분이…… 맞아요?” 내가 내뱉은 말이 두렵기라도 한 듯, 작게 읊조렸다.

그녀를 바라봤다. 누가 확인해 줄 필요도 없었다. 그냥 봐도 얼마나 닮았는지 알 수 있었다. 세월을 이십 년 전으로 돌리는 앱이라도 있다면, 저 사람은 바로 내가 될 것이다. (회색빛 검은 머리칼, 부드러운 외모를 가진 그녀가 현관 계단을 천천히 내려와 우리 쪽으로 향하고 있다.) 간호사는 그녀가 당장이라도 쓰러질까봐, 거의 눈에 띄지 않을 만큼 손을 들어 손바닥을 내밀었다.

현재로서는 그녀의 상태가 어떤지, 일상적인 기능을 할 수 있는 상태인지 파악할 수 없다. 그런데 그녀를 바라보고 있자니, 눈에 눈물이 차올랐다.

"오, 세상에." 존이 다시 숨을 내쉬었다, 그를 흘끗 보니 충격으로 얼굴이 굳어 있었다.

나는 다시 그 여자에게로 시선을 옮겼다. 내 심장이 너무 빨리 뛰는 바람에 가슴에서 튀어 나갈 것만 같았다.

사람들 말이 진짜였다. (나는 그녀의 판박이다.)

틀림없다. (그녀와 나를 키운 여자가 비슷해 보이긴 하지만, 그 둘을 잘 아는 사람이라면 분명히 차이를 알아봤을 것이다.)

미세한 흐느낌에 가슴이 떨리기 시작한다. 난 이 여성, 내 친엄마를 단 한 번도 만난 적 없다. 하지만 눈물이 터질 것 같은 건 그 이유 때문이 아니다.

잔인한 게 무엇인지 아는가? 아무 죄도 없는 사람에게서 재능, 업적, 사랑하는 사람까지 모조리 빼앗고 이십일 년 동안이나 가둔 것이다.

살인보다 더 나쁜 게 무엇인지 아는가? 그것은 사람을 산 채로 묻어 버리는 것이다.

우리를 향해 다가오는 여자의 시선은 다이앤에게서 잠시 멈추었다. 그런 다음 존에게로 옮겨 가 더 오래 머물렀다.

그녀는 천천히 다소 비틀거리며 걷는다. 발걸음이 고르지 않아 마치 다리가 제 기능을 다하지 못하는 듯 보였다.

그녀의 시선이 나에게로 옮겨 오더니 한참을 머문다. 나는 말할 수 없을 만큼 잔혹한 행위로 잘려 나간 한 아름다운 마음의 이야기, 그 일기로 다시 끌려간다.

그녀는 천천히 내 얼굴을 집요하게 훑어보더니, 마침내 우리 앞에 이르렀을 때 딱 내 앞에 와 섰다.

나랑 키가 똑같다. 체형도 똑같다. 얼굴도 똑같다. 팔을 옆으로 늘어뜨리고 있었다. 벽난로 연기 냄새에 꽃향기가 섞였다. 바람이 불어 그녀의 머리칼이 흩날린다. 지금은 회색빛이지만, 아주 오래전에는 까마귀처럼 새까맸을 것이다. 입술이 말랐고, 피부는 창백하다. 눈가에는 주름이 새겨져 있다. 그녀 안에는 아름다움이 있었다. 오랜 고독의 세월과 알 수 없는 병이 남긴 흔적 속에서도, 얼굴만큼은 그대로였다.

그녀가 누구인지는 확실하다. (그 얼굴을 보고 있는 것은 내 미래를 보는 것과 같다.)

금방이라도 무너질 것 같다. 우리를 둘러싼 세상이 문득 멈춘 것만 같다.

그녀의 눈빛은 차분했지만 어딘가 공허했다. 고개를 살짝 갸웃한 채 내 얼굴을 가만히 바라보았다.

"안녕하세요." 내가 인사를 건넸다. 짧은 말이 속삭임처럼 새어 나갔다.

가슴이 꽉 죄어 와 숨 쉬기가 힘들었다. 그나마 나를 미소 짓게 하는 것은, 이 여성의 눈에는 슬픔이나 트라우마, 혹은 어떤 종류의 광기도 깃들지 않았다는 사실이다. 그 눈은 마치 바다처럼 고요했다.

그녀는 천천히 한 손을 들었다. 그것만 해도 굉장한 노력이 필요한 일 같았다. 그 손끝으로 내 얼굴을 조금씩 조금씩 더듬자 내몸이 약간 움찔했다.

손길은 깃털처럼 따스했다. 엄마의 손길. 비록 아주 오래전, 얼마나 오랫동안 어머니라는 존재로 있었는지는 알 수 없지만 말이다.

한순간, 심장이 무너지는 느낌이 들었다. 이 여자는 내가 누군지 알 수 없을 거라는 사실에 가슴이 메어 왔다. 지금 이 순간, 내 생에 가장 느리게 시간이 흐르고 있다. 그녀의 시선이 내 얼굴 위를 떠돌 때마다, 내 심장은 조금씩 더 부서진다. 시간이 멈춘 듯 가만히 서 있다. 조금이라도 움직였다가 그녀를 놀라게 할까 두렵다.

그녀는 손을 내리더니 입술 끝을 살짝 올리는데 마치 미소를 짓는 것 같다. 눈이 흐려진다.

마음을 닫고 안으로 들어가는 건가? 안 돼. 제발요. 안 돼, 안 돼, 안 돼요.

그러나 아니었다. 눈이 반짝이고 있다. 나는 깨닫는다. 이건 눈물이다. 이게 가능한가?

심장이 점점 부풀어 올라 몸을 뚫고 터져 나올 것 같다. 내 눈도 그렇다. 눈물로 가득 차 있다.

"저는 매켄지예요." 떨리는 목소리로 인사를 하고 미소를 지어 보였다.

바로 그때였다. 부드러운 눈길이 나와 마주쳤고, 눈은 다정함으로 빛이 났다. 그녀는 말을 하기 위해 입술을 벌린다.

내가 그토록 반복했던 그 단어, 엄마의 일기장에서 봤던 그 단어.

말로는 들어 본 적이 없던 그 단어.

그녀가 그것을 말하는 순간, 그 부드러운 속삭임은 가슴이 아
플 정도로 크게 울린다.

"꽃잎."

64

일 년 후

"빨리 빨리!" EJ가 거실에서 외쳤다.

"나 좀 도와줘!" 내가 주방에서 오븐 안에 있는 구운 미니 양배추 트레이를 꺼내려고 버둥거리며 소리쳤다.

거실에서 존과 다이앤이 웃는 소리가 들려온다. 뜨거운 트레이에 손을 약간 데기는 했지만, 들뜬 마음에 나 역시 미소가 나오는 건 어쩔 수 없다.

일 년 전 엄마를 찾은 이후, 우리는 거의 매주 존의 집에서 모임을 가졌다. 그리고 오늘은 우리가 처음으로 함께 보내는 추수감사절 모임이다. 나, EJ, 존, 다이앤 그리고 엄마까지. 다이앤은 이 모임을 '정의의 사도'라고 부른다.

따지고 보면 엄마의 과거에 대해 정보를 캐내고 다이앤의 주소까지 알아낸 건 EJ다. 그 덕분에 지난 일 년간 미친 사건이 하나씩 하나씩 풀리면서 폭풍을 불러일으켰다. 하지만 다이앤과 존에게도 감사해야 한다. 그들이 나를 올드보에 데려다주었고, 마침내 진상을 알아냈기 때문이다. 우리는 정말, 사도이다.

트레이를 스토브 위에 올리고 몸을 숙여 냄새를 맡았다.

누군가 종종거리는 발걸음으로 다가온다. "도와줘?"

EJ의 팔이 내 허리를 감싸고, 목에 얼굴을 묻는다. "빨리해, 거북이 님."

"나도 노력 중이야. 방해하지 마." 그가 내 목에 뽀뽀를 하는 바람에 웃으며 톡 쏘아붙인다.

"방해할 만큼 예쁘니까 나도 어쩔 수 없이 방해하는 거지." 그가 내 귀에 속삭인다.

"잠깐, 그 손 좀 가만히 둬."

"계속 그렇게 나오면 어디 조용한 데로 데려가서 혼 좀 내야겠는데?" 그가 한 손을 내 블라우스 안으로 꾸물꾸물 넣기 시작했다.

나는 웃음을 터트리고는 그의 손을 쳐 냈다.

"다들 기다리잖아." 내가 속삭였다.

그는 뒤에서 몸을 숙여 내 뺨에 입맞춤하고, 깨끗하게 정리된 그릇 더미로 손을 뻗었다. "양배추는 여기에 넣을까." 그가 그릇 하나를 꺼낸다.

"응."

EJ가 착한 남자 친구가 되어 도와주는 모습을 보고 있자니 미소를 멈출 수 없다.

나는 행운아다. 내가 매일 같이 그에게 이 말을 해 주고, 그는 자랑스러워하며 잘난 척을 한다. 그렇지만 사실이다. 나는 세상에서 가장 운이 좋은 여자다.

"가자, 가자, 가자, 다들 기다리고 있어." 그는 양배추를 담은 그릇과 탄산음료 병을 들고 나를 쿡 찔렀다.

이번 추수감사절, 감사한 사람들이 한 상 가득 모였다.

존이 (그는 나에게 존이지 더 이상 로버트슨 교수님이 아니다.) 핸드폰으로 뭔가를 확인하고 있다.

그 옆에는 엄마가 있다. 엄마는 집중 치료를 받고 있지만 의사들은 완전히 예전으로 돌아가지는 못할 거라 했다. 예전의 반만큼도 안 될 거라고. 엄마가 말씀은 거의 안 하시지만, 많은 걸 이해하고 느낀다는 걸 나는 알고 있다. 내가 그녀의 온 세상이라는 듯 나를 쳐다보는 그 눈빛이 너무 좋다.

EJ와 내가 거실로 들어서자 엄마가 우리를 향해 부드러운 미소를 보여 주었다.

재판과 언론의 난리통 속에서, 다이앤은 지난 일 년간 시내에 임대한 임시 숙소에 머무는 중이다. 그녀는 벤 캐스퍼와 에벌린 캐스퍼 뿐만 아니라, 그 오랜 시간 엘리자베스 던이라는 이름으로 살아온 토냐 셰이퍼를 상대로 수차례 증언대에 섰다.

"들어 보세요." 존이 핸드폰 화면을 보며 읽는다. "〈뉴욕 포스트〉 최신 소식. 사기, 납치, 노예, 진짜 E. V. 렌지에게는 무슨 일이 일어났던 것인가? 언론에서는 이걸 두고 세기의 문학 사기극이라고 부르네요."

물론 그게 맞는 말이지.

우리가 엄마, 그러니까 내 **진짜** 엄마를 찾았을 때 FBI까지 사건에 개입했다. 존, 다이앤, 나는 올드보에서 일주일간 머물렀다. EJ까지 비행기를 타고 날아왔다. 히메네즈 형사도.

그렇게 우리 삶은 완전히 쑥대밭이 되었다. 완곡하게 표현해서 이 정도다.

다이앤은 신분 도용 사기 사건의 첫 번째 증인으로 나섰다. 그런 다음 그룹 홈 출신의 몇몇 사람들이 아빠랑 찍은 예전 사진 속 토냐를 보고, 그 사람이 바로 토냐 셰이퍼임을 확인해 주었다. 아빠의 대학 시절 친구들 몇 명이 토냐와 리지에 대해 증언했다. 올드보의 대학 교수님들도 나섰다. 어떤 사람은 예전 졸업 사진을 찾아냈다. 게다가 존에게 옛날에 찍고 현상하지 않은 필름이 있었는데, 그 안에 엄마의 사진이 몇 장 찍혀 있었다.

유전자 검사가 이뤄졌고, 호숫가 통나무집에 살던 여인이 나의 친엄마라는 것이 확인되었다. 지난 이십 년간 고용되었던 간호사 여러 명이 그녀에게 투여된 약에 대해 증언했다. 대부분은 진정제였음이 드러났고, 간호사들은 시간이 흐름에 따라 그 양을 줄였다고 했다. 그 누구도 엘리자베스 던이라는 신분으로 진짜 모습을 감추고 살았던 토냐 셰이퍼를 실제로 만난 적은 없음이 드러났다.

호숫가 통나무집에서 엄마를 돌보는 데 드는 비용을 내고 부동산을 산 유한회사의 경우, 서류를 추적해 보니 우리 부모님에게로 이어졌다.

우리 부모님은 일기와 원고를 없앴어야 했다. (거기에 호숫가에 살던 여인의 지문이 검출되었기 때문이다.)

중요한 건, 만약 할머니가 그 시절의 토냐와 아빠의 사진을 찍지 않았더라면, 어린 시절의 토냐를 확인하는 일은 훨씬 더 어려웠을 것이다. 이 조사가 아예 시작조차 되지 않았을 수도 있다.

우리 가족을 협박하고 수년간 돈을 뜯어 간 그 남자는 결국 찾지 못했다. 아빠는 아내를 탓하면서, 아내가 바람을 피우고 그 남자에게 돈을 건넨 거라고 몰아세웠다. 아빠는 종신형을 받고 감옥에 갔다.

할머니 역시 신분 도용과 사기 방조를 공모한 혐의로 기소되었다. 엄마를 돌본 간호사들이 에벌린 캐스퍼가 지난 이십 년 동안 몇 번이나 방문했다는 사실을 증언하지 않았더라면, 할머니는 처벌을 받지 않았을 것이다. 실제로 토냐와 아빠가 동부로 이사 가자마자, 할머니는 올드보로 날아가 법적인 문제를 '처리했다'. 그러니까 애초부터 이 모든 사건에 연루되어 있었다는 의미다. 게다가 그녀는 E. V. 렌지의 로열티에서 상당한 몫을 챙기고 있었다. 약 4분의 1에 해당하는 돈이었다. 지금 할머니는 모든 자금을 몰수당한 채 수감되어 있다.

봤지, 엄마? 할머니는 괴물이라고 내가 말했잖아.

불쌍하다는 생각은 전혀 안 든다. 진짜 우리 엄마가 그 수많은 세월을 보낸 장소를 보면 더욱 그렇다. 통나무집에서 엄마의 글이 담긴 수백 장의 종이가 발견됐다. 이미 출판된 작품의 원본 원고와 동일한 필체임을 증명해 낸 법의학 수사관들에게 경의를 표한다.

신분 도용 사건으로 괴물의 실체가 드러났다.

저작권 변호사들이 개입했다. 손대지 않고 남은 건 내 신탁 기금뿐이었다. 그 외의 모든 것은 아빠와 조부모로부터 압수되었다. (부동산, 자금, 저축, 앞으로의 로열티까지 모두.)

재판 때문에 신난 건 연예계와 저작권 변호사들이었다. 엄마는 전국에서 가장 뛰어난 변호사를 선임하셨다. 그리고 승소했다. 비록 엄마가 자금이나 저작권 수익금 일부를 되찾았다 해도, 정신 상태 때문에 직접 사용하는 건 법적으로 문제가 있었다. 그래서 나는 E. V. 렌지 신탁과 엄마의 신탁까지 모두를 관장하는 관리인으로 임명되었다.

무엇보다 가장 중요한 것은 엄마가 자신의 정체성, 엘리자베스 던이라는 이름 그리고 책에 대한 저작권을 되찾았다는 점이다. 엄마가 그 사안에 대해 제대로 이해하는 것 같진 않다 혹은 신경 쓰지 않는 것일 수도 있고. 하지만 엄마가 나와 존을 볼 때, 그 눈빛만으로 알 수 있다. (우리와 함께 있다는 것에 기쁨을 느낀다.) 그것만으로도 충분하다.

그 여우 같은 라이마 로스? 그녀는 공모 혐의로 신문을 받고 기소되었다. 하지만 당연히도 그쪽 출판사와 홍보팀에는 좋은 변호사가 있었다.

"저는 거짓 신분에 대해서는 아는 바가 없었어요." 그녀는 이렇게 진술했다. "계약서 서명 전까지 한 번도 직접 엘리자베스 던을 만나 본 적이 없었다고요. 여기서 제일 피해를 본 건 저라니까요."

라이마는 법적으로는 빠져나갔을지 모르겠지만, 기자들로 인해 완전히 매장되었다. 비밀 유지 각서는 연방 당국이 개입하자 무효가 되었다. 라이마는 이른바 '엘리자베스-던-캐스퍼'가 왜 자신의 미완성 원고를 완성하기 위해 대필 작가를 고용했는지에 대해서 설명하지 못했다.

존은 벌써 엄마를 위해 새로운 문학 에이전트를 구한 상태다. 이전 출판사는 이미 출간된 E. V. 렌지의 도서에 대한 권리를 모두 상실했다. 정말 난리도 아니었다. 우리는 새로운 출판사와 계약을 맺었다. 구판이 웃돈까지 얹어진 채로 판매되는 상황에서, 신판 예약 주문은 전례 없는 기록을 세우고 있다.

한번은 히메네즈 형사와 대화를 나눈 적이 있다. 그는 이미 이 지역 유명 인사가 되었다. 그는 아직도 '신분 도용'에 대한 숙제를 거론하며 나를 놀리곤 한다.

지금 우리는 이 승리를 자축하고 있다. 나의 승리는 엄마를 되찾았다는 것이고 엄마의 승리는 마침내 정의를 되찾았다는 것이다.

내가 엄마를 바라보자 그녀는 부드러운 미소를 짓는다. 엄마는 출산 중에 뇌졸중이 온 것 같다는 소견을 들었다. 그 때문에 뇌 손상과 기억 손실이 생긴 것이고. 게다가 한동안 강력한 진정제를 투여받은 것도 문제였다. 엄마를 돌보던 간호사들이 뭔가 이상하다는 것을 깨닫고 약을 점점 줄인 것이 그나마 다행이었다. 하지만 엄마가 말을 하지 않는 것은 순전히 엄마의 선택으로 보인다. 어쩌면, 언젠가 나에게 더 많은 얘기를 해 줄지도 모른다. 그래도 엄마는 내가 나에 대한 이야기를 들려주면 좋아한다.

엄마는 벌써 일 년째 재활 시설에 있다. 하지만 우리는 엄마가 살 집을 찾고 있다. 일단 집을 사면, 적절한 간호 서비스를 받을 수 있게 준비할 것이다.

"새로운 에이전트가 뭐래?" 마침내 우리 모두 식탁에 앉자 존이 나에게 물었다.

"엄마에 대한 책을 쓰는 데 관심 있냐고 물었어요."

“해.” EJ가 고구마를 입에 넣으며 말했다. “재능이 있잖아. 이런 미친 얘기를 자기보다 더 잘 쓸 사람이 어디 있겠어? 제목은 《날카로운 이빨》로 해도 되겠다.”

나는 깜짝 놀란 표정으로 그를 보고는 엄마에게로 시선을 돌렸다. 그 단어를 언급했다는 것에 미안한 마음이 들었다.

하지만 엄마는 자신의 접시를 내려다보며 미소만 지을 뿐이었다. 내 생각에 엄마는 우리 얘기를 대부분 알아듣는 것 같다.

“그건 지켜보자고.” 내가 중얼거렸다.

“나도 껴도 돼?” EJ가 물었다.

“말썽꾸러기 같으니라고.” 나는 어이없다는 듯 미소를 지으며 속삭였다.

존과 다이앤이 웃음을 터트렸다.

지금 현재, 엄마는 유명인이다. 엄마의 사진은 (맨 입술에 잿빛을 띤 검은 머리.) 순식간에 화제가 됐다. 이제 엄마는 새로운 전설이자 순교자로 통한다.

우리의 추수감사절 분위기는 흥겹다. 존은 엄마를 세심하게 신경 쓰며 물을 따라 주고 케이크를 가져다준다. 예전에 진심으로 엄마를 사랑했던 거 같다. 지금은 조금 다른 방식으로 사랑하는 것 같고.

초인종이 울렸다.

눈썹을 치켜뜨며 존이 자리에서 일어났다. “파파라치가 아니어야 할 텐데.” 그가 중얼거렸다.

잠시 후 돌아온 그의 얼굴에 당혹감이 서려 있다. 손에는 봉투가 하나 있었다.

"밖엔 아무도 없었어." 이렇게 말하며 나에게 봉투를 건네줬는데, 시선에는 걱정이 가득했다.

매켄지 던에게. 1호 팬으로부터. 포옹과 키스를 보내며.

65

침을 꿀꺽 삼켰다. 그리고 식탁에 앉아 나를 기대 어린 눈으로 바라보는 사람들을 훑어보았다.

"뭐야?" EJ는 봉해진 봉투를 쳐다보며 답답하다는 듯 물었다.

떨리는 손으로 봉투를 열었다.

일 년 전에 받았던 것처럼, 종이 딱 한 장이 들어 있었다. 같은 일기장. 같은 필체. 글은 앞이 잘린 문장으로 시작했다.

아마도, 정말 아마도, 아, 이 말을 하는 나를 용서해 줘, 나의 예쁜 딸, 그렇지만 아마도 벤은 너와 전혀 관련이 없을 수도 있어.

사랑을 담아, 엄마가.

멍하니 글자를 바라보며, 몇 달 동안 다시 읽지 않았던 마지막 편지가 어떻게 끝났는지 떠올리려 노력했다.

"켄지. 말해 봐. 뭔데?" EJ가 독촉했다.

기억을 더듬어 본다. (마지막 편지에서 엄마는 아직 임신 중인 상태로 존의 집에 있었고, 아빠를 떠나고 싶다고 했었다. 편지는 그렇게 갑작스럽게 끝났었다.)

만약 벤이 다시 한번 거짓말을 한다면, 나는 정말로 폭발할 거야.

토냐가 사라지거나, 그가 사라지거나, 둘 중 하나야. 그 선택은 벤의 몫이지. 그렇지만······.

나는 떨리는 손으로 들고 있는 종이를 다시 바라보았다.

아마도 벤은 너와 전혀 관련이 없을 수도 있어.

"봐도 돼?"

나는 존에게서 시선을 떼지 못한 채 아무런 의식 없이 그에게 종이를 건넸다.

존은 올드보 시절 늘 엄마 곁에서 함께 있어 주었다. 엄마가 힘들 때 도움을 청한 사람은 늘 존이었다. 엄마가 탈출할 수 있게 도와주겠다고 약속한 것도 그였다.

"저 잠깐만 자리 비울게요." 내가 너무 불쑥 일어나는 바람에 의자가 뒤로 넘어갔다.

"매켄지······." 존의 목소리가 뒤에서 울려 퍼졌다. 나는 급히 화장실로 가서 문을 잠그고 수도꼭지를 열어 놓은 채 눈을 감았다.

숨을 쉬기가 어려웠다. 그러나 더 어려운 것은 내 얼굴을 강타한 진실을 받아들이는 것이다.

"그럴 리가……." 혼자 중얼거리며 거울을 바라봤고, 얼굴에서 아빠의 흔적을 찾아보려 노력했다.

눈물이 얼굴을 타고 흐르기 시작했다. 심호흡을 하려고 해 봤지만 쇠갈퀴로 꽉 움켜쥔 것처럼 가슴이 조여 왔고, 귀에서는 심장 뛰는 소리가 크게 들렸다.

진정해야 했다. 하지만 손이 떨렸고, 아무리 차가운 물에 손을 담가도 소용없었다.

여전히 덜덜 떨면서 욕실 장을 열었다. 진통제, 아니면 수면제든지. (무엇이든 나를 진정시킬 약이 필요하다.) 가운데 선반에는 처방 약을 비롯한 여러 약들이 있다. 나는 그중에서도 단 하나를 (익숙한 약 이름이 쓰인 병 하나.) 좀비처럼 쳐다보고, 쳐다보고, 또 쳐다본다.

만약 내가 같은 약을 처방받지 않았다면 (보통 부모 중 한 사람에게서 물려받은 유전 질환 때문이다.) 그게 무엇인지 알지 못했을 것이다.

입을 벌리고 숨을 내쉰다. 기억들이 파리 떼처럼 빙빙 돌며 머리를 어지럽힌다. 엄마가 술병을 들고 존의 집으로 갔던 밤에 대해 쓴 편지다. 그리고 마지막 편지에 남긴 엄마의 글.

이걸 쓰고 있는 바로 지금, 존은 우리의 저녁 식사를 준비 중이란다.

나를 어색하게 힐끗힐끗 쳐다보고 있어.

궁금한 게 많겠지. 하지만 나는 대답할 준비가 되어 있지 않아.

강의 후 존이 내 건강에 대해 묻고 내가 내 상태를 털어놓았을 때 그가 나를 바라보던 눈빛이 또렷하게 기억난다. 그건 안타깝다는 눈빛이 아니었다. 우리가 똑같은 상태라는 것을 알고 충격을 받은 눈빛이었다. 그러니까 그는 이미 내가 엘리자베스의 딸이라는 걸 알았다는 의미다.

눈을 감으니 눈물이 뺨을 타고 흘러내린다. 지난 일 년간 재판을 치르며 느꼈던 감정, 특히 엄마에게 그런 짓을 저지른 아빠를 향한 증오가 떠오른다. 그 증오가 얼마나 쓰디썼던지, 감옥에 있는 그에게 면회를 가서 이렇게 말할 정도였다. "내 아빠가 아니었으면 좋겠어요."

눈물을 흘리고 흐느끼면서도 미소를 짓는다. 지금 느끼는 이 감정을 어떻게 받아들여야 할지 모르겠다.

"매켄지? 켄지?" 문밖에서 존의 부드러운 목소리가 들리고 노크 소리가 이어진다.

그 목소리를 듣고 있자니 흐느끼지 않을 수 없다. 지금까지 들은 어떤 목소리보다 다정하다.

"제발 문 좀 열어 보겠니?" 그가 부드럽게 말한다. "다 괜찮아. 우리 얘기 좀 하자."

문의 잠금을 풀고 천천히 문을 연다. 나조차 몰랐던 내 삶의 한 부분이 조금씩 모습을 드러냈다.

존은 편지를 손에 쥔 채 내 눈을 찾아 시선을 맞춘다. 내가 흘리는 눈물을 보자 그의 눈에도 고통이 번진다.

처방 약 병을 들어 보이고는, 온 힘을 모아 겨우 목소리를 쥐어 짰다. "알고 계셨죠." 내가 속삭였다.

그는 손에 든 편지를 흘끗 보고, 약병을 보고는 다시금 나에게 시선을 돌렸다. "응." 거의 들리지 않을 만큼 작은 목소리였다.

"언제요?"

"네가 수업에서 발작한 후." 그가 힘없이 미소를 지었다. "나한 테 네 상태를 얘기했을 때."

"왜……." 눈물이 터져 나왔다. "계속 알고만 계셨던 거예요? 왜 저한테 말씀하지 않았죠?"

그는 힘겹게 침을 삼켰다. "너를 더 잘 알고 싶었어. 그리고 너에게는 이미 처리해야 하는 문제가 많았잖니. 넌 시간이 필요했어, 매켄지."

그의 뒤에서 그림자가 하나 나타났다. 손 하나가 그의 어깨를 부드럽게 만진다.

엄마다.

그녀는 존을 보고, 나를 보고, 다시 약병을 본다. 의아하다는 눈빛이다. 아니면 무슨 일이 일어나는지 이해하려고 노력하는 것이리라. 엄마가 우리에게 모든 얘기를 들려줄 수만 있다면 얼마나 좋을까.

그런데 그때, 엄마가 미소를 짓고는 자신의 뺨을 존의 어깨에 갖다 댔다.

존이 끄덕였다. "괜찮아질 거야." 그는 힘없이 미소 짓지만, 폭풍조차 잠재우고 학생으로 가득한 강의실을 조용하게 만들 수 있는 그 강렬한 시선만큼은 여전하다. 또는 수년간의 거짓말을 지워 낼 수 있는 시선. "우리 얘기하자, 매켄지. 제발. 그럴 때가 된 것 같아."

내가 미소를 지으며 고개를 끄덕였다. 존, 엄마, 나. (마침내 퍼즐이 완성되었다.)

"네. 우리 얘기해요."

66
다이앤

사람들은 말한다. 나이가 들었을 때, 이야깃거리가 많은 삶을 살았기 바란다고. 하지만 나는 내 삶에서 할 얘기가 많지 않았으면 좋겠다. 그리고 그 이야기들이 그렇게 어둡지 않았으면 좋겠다.

나는 몇 년 동안이나 추수감사절을 지내지 않았다. 그러나 이렇게 가족이 모두 모인 걸 보니 특별하게 느껴진다. 특히 리지. 이 불쌍한 소녀는 정말 지옥 같은 삶을 살았다.

그리고 오늘 같은 날, 또 한 통의 편지가 도착했다. 막 터져 나온 소식. (존이 매켄지의 아버지일 수 있다.) 그들은 다른 방에서 얘기 중이다. 존, 매켄지 그리고 리지.

매켄지는 엄마의 다정함뿐만 아니라 결단력까지 닮았다. 아직 존에 대해서는 많은 것을 알지 못하지만 이런 두 사람 밑에서 자란다면? 저 소녀는 세계를 정복할 수도 있을 것이다. 거기에 대해서는 이견이 없다.

이 청년 에머슨과 나. 우리는 여기서 이방인이지만 귀는 있어서 다 들린다. 에머슨은 칠면조 고기에 고개를 박고 먹다가 내가 웃으니 어깨를 으쓱하고는 고구마를 내 쪽으로 밀어 준다.

"오래 걸릴 거예요. 먹는 게 낫다니까요."

"먼저 먹어요, 젊은이." 그에게 미소를 보낸다. EJ는 좋은 아이다.

우리가 뭘 할 수 있겠는가? 신께서도 아시겠지만, 이들은 이미 너무 많은 일을 겪었다. 그저 과거의 비밀에 대해 더 이상 파헤치지 않기를 바랄 뿐이다.

다들 알듯 나는 아이가 없다. 하지만 켈러에서 일한 오랜 세월 동안, 수많은 아이들을 보았다. 모두 자신만의 이야기와 문제와 희망을 갖고 있었다.

나는 리지와 토냐가 전부 세상을 향해 떠난 후, 소식을 놓치지 않으려 애썼다.

토냐? 그 애는 그룹 홈에 있을 때 이미 임신한 상태였다. 어떤 에이전시에서 상황을 관리하는 대가로 큰 액수를 지급했고, 결국 토냐는 아이를 입양 보냈다. 토냐 같은 사람들은 그런 일로 어떻게든 이익을 챙길 방법을 찾았을 것이다. 조금도 타인을 돌봐 준다는 것에 대한 개념이 없었다.

리지는 대학에 갔다. 내 생일이나 크리스마스가 되면 전화를 걸었다. 그러다 갑자기 사라졌다. 서운하지는 않았다. 많은 아이들이 자기 출신에 대해 기억하고 싶어 하지 않으니 말이다.

그러다 일 년 전, 자주 다니는 주유소 상점으로 걸어 들어갔을 때였다. 메리는 카운터 뒤에 앉아 손에 책을 쥐고 있었다.

제목은 《거짓말, 거짓말 그리고 복수》였다.

"재밌어요?"

"믿을 수 없을 정도예요. 그게 말이죠. 책에서 눈을 뗄 수가 없다니까요." 그녀는 머리를 절레절레 저으며 말했다. "그니까요, 여기 나오는 소녀가 그룹 홈에서 자란 거예요. 그랬는데 남자애세 명이 얘한테 몹쓸 짓을 해요, 아시죠? 그런데 아무도 손가락하나 까딱 안 하고 도와주질 않은 거예요. 거기 가정부만 빼고요. 정말 착한 사람이에요. 조금이라도 관심 가져 준 게 이 사람이 유일하다니까요. 그리고 이 소녀가 어른이 돼요. 남자애들한테 정말 만만치 않은 상대가 되죠. 그렇게 남자애들한테 진짜 악랄한 짓을 저질러요. 딱히 제 스타일은 아닌데요, 하지만 뭐, 그애들은 그런 취급 받아도 싸요."

나는 책 뒤표지에 있는 작가 사진을 보고, 그대로 얼어붙었다.

정말이지 나는 우연이라는 걸 믿는다. 원래는 서점에 가지 않는 내가, 그날은 갔다. 15킬로미터를 달려 서점으로 가서 그 책을 사고는 앉은자리에서 다 읽었다.

현재 나는 컴퓨터도 없이 오래된 폴더 폰*을 쓴다. 그래서 메리의 가게로 다시 갔다. 그녀의 조카가 이런 기술에 능통하기 때문이다.

"엘리자베스 캐스퍼라는데요." 그가 말해 주었다. "그게 작가의 진짜 이름이에요." 그는 자신이 온라인에서 찾은 모든 사진을 띄워 보여 주었다. 그렇지만 아무리 열심히 봐도, 작가 사진에서 리지의 흔적은 찾아볼 수가 없었다.

● 뚜껑이 위로 열리는 소형 휴대전화

그건 토냐였다. 너무도 분명하다.

그는 나에게 작가의 주소를 주면서 찾느라 애를 썼다고 말했다. 그래서 고생한 대가로 20달러를 슬쩍 주었다.

그런 다음 그녀를 직접 만나야겠다고 결심했다.

나 같은 늙은이? 가진 건 시간뿐이다. 나는 동부까지 차를 몰았다. 삼 일이 걸렸다. 혹시 몰라 총까지 챙겼다.

E. V. 렌지. 멋진 이름이다. 멋진 집이었고. 멋진 차가 있었다. 그 어떤 것도 가질 권리가 없음에도. 그녀의 집 근처에 있는 쇼핑몰 주차장에서 처음 마주친 그 순간, 바로 리지가 아님을 알 수 있었다.

차에서 내렸다. "토냐!"

그녀가 얼어붙은 모습을 모두가 봤어야 했다. 마치 헤드라이트에 얼어붙은 사슴 같았다. 하지만 그녀는 돌아보지 않았고, 가방에서 무언가를 찾는 척하며 걸음을 재촉했다. 언제나 연기에 재능이 있었지.

그녀를 따라 상점 안으로 들어가 통로를 따라 뒤쫓았다.

멋진 머리 스타일. 멋진 화장. 멋진 옷. 그래 봤자 자기 자신을 감추기에는 역부족이었다.

그녀는 내가 따라다니는 걸 보았고, 자신이 선 줄 뒤에 서자 긴장하더니, 차까지 따라가려고 하자 거의 뛰는 듯이 걸어갔다.

그러다 몸을 홱 하고 돌려 물었다. "뭘 원하시죠? 왜 따라오시는 거예요?"

나를 알아보지 못한 거다, 그렇지? 리지였다면 단숨에 난 줄 알았을 것이다.

"리지인 척하며 사는 거 어때?" 이렇게 묻고 한 마디 덧붙였다. "토냐."

그녀의 시선이 나에게 꽂혔다. 그 눈에는 그룹 홈에서 본 그 증오가 그대로 있었다.

"나한테 가까이 오지 말아요." 그녀는 화난 어조로 낮게 말했다.

"리지한테 무슨 짓을 한 거지, 토냐?" 나는 가까이 다가가며 압박을 가했다.

그녀는 시동을 걸어 어찌나 급하게 주차 자리에서 빠져나가던지 거의 내 발 위로 지나갈 뻔했다.

복수를 위해 온 것도, 돈을 뜯거나 협박하겠다고 온 것도 아니었다. 내가 원하는 건 한 가지, 진실이었다. 리지에게 무슨 일이 있었던 건지를 알아내고 싶었다.

나는 토냐, 그 사기꾼을 계속 주시했다. 나 같은 늙은이가 어떻게 그걸 해냈는지는 묻지 마시라. 나는 사냥꾼이다. 그녀보다 더 거친 사냥감도 추격해 봤다.

그들의 부지 근처에는 호숫가가 있었고, 작은 주립 공원과 산책로가 있었다. 토냐는 거기서 매일 산책을 했다. 대부분은 전화기에 대고 누군가와 대화를 하고 있었지만.

그 주의 어느 날 아침, 토냐가 나타나 산책로를 걷더니 숲으로 향했다. 나는 길가에 트럭을 대놓고 총을 챙겨 그녀를 따라갔다.

때때로, 진실을 알아내기 위해 필요한 건 약간 겁을 주는 것뿐이다.

그녀는 나를 보았다. 내가 숨지도 않고 약 10미터 뒤에서 총을 들고 뒤쫓고 있었기 때문이다. 누가 볼까 신경 쓰지도 않았다. 토냐를 다치게 하기 위해서가 아니라, 그저 말을 하기 위해 간 것이기 때문이다.

그러나 그날 아침에는, 숲에 사람이 단 한 명도 없었다.

"원하는 게 뭐야 이 노인네야!" 그녀는 소리치며 멈추더니, 나를 향해 몸을 돌렸다. 사진을 위해 포즈를 잡듯이 양손을 허리춤에 대고 있었다. 그녀는 나를 보며 턱을 살짝 들어 올렸다. 마치 자기가 우위에 섰다는 듯이. 얼굴 반을 차지한 선글라스는 수치스러운 눈을 가려 주고 있었다.

내가 누구인지 밝혔다. 무엇을 아는지도.

"리지한테 무슨 짓을 한 거야, 토냐?"

그녀가 웃음을 터트렸다. "꺼져요, 이 노인네야. 뭐야, 여기 오면 내가 뭐 말도 안 되는 얘기를 해 줄 줄 알았어요?"

"아니, 그냥 진실을 말해 줘, 토냐."

그녀의 입술에 추하게 비틀린 미소가 떠올랐다. "돈을 원해? 한 푼도 못 줘. 그리고 그거." 총 쪽으로 고갯짓을 했다. "도움이 안 될 걸. 총을 쏘는 순간 달리기하러 나온 사람들이 몰려들 텐데, 그러면 감옥 가는 거야. 그러니 내 눈앞에서 어서 꺼져."

나는 무엇이든 간에, 그녀가 리지한테 도대체 무슨 짓을 했는지 인정해 주길 바랐다.

그러나 토냐는 내 면전에 대고 웃음을 터트렸다. 나는 총을 들어 올렸다.

"얘기해, 토냐." 그녀에게 총구를 겨누고 천천히 다가갔다. 조금 겁주는 정도는 부끄러운 일이 아니다. 그녀한테는 약간의 위협이 필요하니까.

그러나 토냐는 여전히 웃기만 했다. 저 악마 같은 인간. 거기에 선글라스를 벗을 생각도 안 하고 있다.

"아, 저는, 너무, 너무, 너무, 무서워요." 그녀는 킥킥거리며 비웃었고, 공중에서 손가락을 돌리며 미쳤다는 표시를 했다.

소시오패스냐고? 그렇게 생각하지 않는다. 물론 소시오패스들이 존재하기는 한다. 그러나 토냐는 다르다. 토냐는 뭔가 다른 존재다. (사악하고 비열한 존재.)

내 총이 그녀를 겨누고 있는데도, 토냐는 뒤로 물러서며 계속 웃기만 했다. 내가 총으로 툭 건드리자, 그녀는 나를 향해 모욕과 독설을 내뱉었다.

보시다시피, 나는 그저 겁만 주려고 했다. 이 모든 건 토냐가 스스로 초래한 거다.

그녀는 미끄러지더니 뒤로 넘어졌다.

운명은 어찌나 신비한 방법으로 돌아가는지.

리지는 책에서 이렇게 쓴 적이 있다. 처벌은 하얀색 그리고 복수는 빨간색이라고.

그렇다면 내 것은 토냐의 두개골이 바위에 부딪치며 난 소리다. 그녀는 다시는 일어나지 못했다.

그런데 있잖은가? 나는 전혀 죄책감이 없다. 정의는 이렇게 실현되는 것이니까.

거짓말, 거짓말, 그런 다음 복수, 맞지?

에필로그
월리스 킹

"말도 안 돼!"

손에 펼쳐 든 신문을 보고 코웃음을 친 후, 입에 물고 있던 대마초를 빼고 버드와이저를 한 모금 들이켰다.

내 낚시용 요트가 파도를 타고 부드럽게 흔들렸다. 주위를 둘러싼 키웨스트의 푸른 바다가 아침 햇살에 반짝이고 있다. 여긴 천국이다.

빈 맥주 캔을 찌그러트려 던져 놓고, 쿨러 안으로 손을 뻗어 맥주 하나를 더 꺼낸다.

이게 바로 사는 거지, 그럼. 이따가 배를 댄 다음 동네 술집에 들러 굴을 좀 먹고 술도 몇 잔 마실 생각이다. 운이 좀 따라 준다면, 관광객 여자 하나 꼬셔서 아지트로 데려갈 거다. 다들 집에 데려갈 때보다 아지트로 데려갈 때 더 열광한다.

이 정도는 누려도 되지. 십오 년이나 갇혀 있었으니 말이다.

젠장, 토냐 일은 아쉽다. 그 여자, 정말, 진짜 재밌는 여자였는데. 오럴 섹스도 죽여주게 잘했고.

맥주 한 모금을 더 마신다. 머릿속에서 신문 헤드라인이 좀처럼 가시질 않는다. 맥주 캔을 반쯤 비울 무렵, 그 기사를 다시 읽었다.

범죄 주도자: 벤 캐스퍼와 에벌린 캐스퍼
신분 사칭, 납치, 사기, 부당이득 등
다수의 혐의가 적용된 세기의 재판

거기에는 멋진 단어들이 많고 많지만, 제일 중요한 건 베니 보이가 종신형을 받았다는 점이다. 그 멍청이는 그런 일을 당해도 싸다.

배 밖으로 침을 뱉고 남은 맥주를 단숨에 비웠다.

도대체 토냐가 그 사람 어딜 보고 그렇게 좋아했는지 알 수가 없다. 그녀가 처음으로 올드보에 나타났을 때, 술집에 들어와 나에게 말을 걸었다.

그러니까 분명히 말해 두자면, 내가 첫 번째였다는 말씀이다.

예쁜 미소에 훌륭한 가슴, 엉덩이는 더 끝내줬다. 성격도 꽤 당찼고. 장담하는데, 그 애는 뭔가 불꽃같은 게 있었다. 그런 여자는 흔히 만날 수 있는 게 아니다. 특히 올드보에서는 더더욱.

좆같은 토냐 셰이퍼.

들어온 지 삼십 분 만에 내 무릎에 그 달콤한 엉덩이를 대고 앉은 여자. 두어 시간 후에는 내 집까지 왔던 여자. 코카인도 능숙하게 들이마시고 맥주 비우는 솜씨도 아주 프로였는데. 그렇게 괜찮은 여자였으니 숨겨 둔 마약을 나누는 것쯤은 문제도 아니었다.

그녀는 다음 날 다시 왔는데, 완전 발정 난 고양이처럼 몸이 달아 있었다. 나는 그녀에게 이 건물이 우리 삼촌 것이고, 내가 관리인이라 월세를 내지 않는다고 말했다. 그런데 옆집에 사는 리지 이야기를 묻기 시작한 순간, 토냐가 그냥 온 게 아니라는 것을 깨달았다.

나야 상관없었다. 토냐는 리지 집 열쇠를 복사하길 원했다. 불법이라고? 물론 그렇지. 하지만 그걸 누가 알아낼 수 있단 말인가, 안 그래? 장담하건대 그녀랑은 정말 끝내줬다. 그러니 해 줄 만 했다.

그랬는데 그녀가 그 멍청이 벤이랑 같이 뭔가 수작을 부리고 있다는 걸 알았다. 꼭지가 돌았다. 토냐가 설명하길 그가 자기에게 빚이 있다는 거다. 그러니 빚을 받아 내려면 잘해 줘야 한다나. 그래서 그녀는 슬쩍슬쩍 나를 만나러 오면서, 리지랑 벤을 지켜보고 있다는 사실을 그들이 모르게 했다.

토냐, 머리가 잘 돌아가는 여자였다.

뭔가 상황이 돌아가고 있다고 냄새를 맡은 건 일 년쯤 후였다. 코카인을 비롯해 다른 약물을 판매한 혐의로 체포되기 직전이었다.

마지막으로 토냐를 봤을 때, 그녀는 리지의 아파트에 몰래 들어가려던 참이었다. 우리는 '이별 섹스'를 했다. 내가 붙인 이름이다. 이틀 뒤 나는 감옥에 갔다. 그런데 그날, 그녀가 나에게 몸을 사리라며 욕실에 들어간 순간, 조리대 위에 있는 멋진 가죽 장정 노트를 슬쩍했다. 알고 보니 그건 리지의 것이었다.

그때만 해도 별로 관심이 없었다. 아무도 없을 때 다시 슬쩍 갖다 놓으면 된다고 생각했다. 어차피 리지는 며칠 동안 보이지도 않았고, 출산이 코앞이었으니 말이다.

그렇지만 그 공책? 그게 내 인생을 바꿨다.

그건 리지의 일기장이었다. 알고 보니, 우리 조용한 작은 생쥐가 출판계약을 막 성사시키려던 참이었다. 게다가, 점점 정신적으로 이상해지는 것처럼 보였다.

그렇다면 토냐는? 그녀가 베니 보이랑 장난치는 수위는 내 생각보다 꽤 셌다.

흠, 젠장.

처음에는 꼭지가 돌았지만, 곧 깨달음이 찾아왔다. (토냐는 단순히 푼돈을 노리고 있는 게 아니었다. 장기전을 치르고 있던 거였다.)

말했듯이, 아주 머리가 잘 돌아간다니까.

이틀 뒤, 경찰이 들이닥쳤다. 어떤 쥐새끼가 경찰에 찔러 넣은 것이다. 그래서 십오 년 동안 갇혀 있었다. 누가 찔러 넣었는지 알 수만 있다면 좋겠다. 그러면 그 인간 뼈를 하나씩 하나씩 죄다 부러뜨려 줄 텐데.

교도소에 있는 도서관은 상원(上院) 도서관인가, 그 커다란 도서관, 하여튼 그런 곳이 아니다. 하지만 기부를 좀 받는다. 나는 주로 사진을 보려고 잡지만 손을 댔다.

《거짓말, 거짓말 그리고 복수》. 선반에 있는 그 책을 두 번째로 봤던 순간, 뭔가가 머리에서 딱 맞아떨어졌다. 나는 똑똑한 남자다. 그때 바로 깨달았다. (리지의 일기장에서 그 제목을 봤다.)

그런데 뒤표지에서 나를 쳐다보고 있는 게 누구였냐고? 바로 빌어먹을 나의 토냐, 한껏 치장하고 그 조용한 생쥐인 척하고 있는 토냐였다. 토냐는 결코 그 생쥐가 아니다. 먼지 쌓인 표지의 사진을 보고는 미친놈처럼 웃어 댔다. 그리고 그 사진을 잘라 침대 위에 붙여 놨다. 그게 꽤 쓸모가 있었다, 무슨 말인지 다들 알겠지.

그녀에 관한 기사랑 구할 수 있는 신문을 놓고 열심히 파헤치기 시작했다. 나중에 또 다른 책이 한 권 나왔다. 젠장. 감옥에 있다 보면 남는 게 시간이다. 그래서 나는 그걸 읽었다. 시간이 좀 걸리긴 했지만 그녀가 낸 모든 책을 다 읽었다. 세 번째 책은 좀 이상했지만 그래도 베스트셀러가 되었다. 토냐는 돈을 쓸어 담고 있었다. 내가 감방에서 썩어 가고 있는 와중에 말이다.

십오 년의 감옥 생활 끝에, 드디어 출소했다. 돈 한 푼 없이, 내 모든 짐을 삼촌의 창고에 쑤셔 넣은 채로. 하늘이여, 이 남자를 축복하소서.

그래서 내가 뭘 했냐고? 리지의 일기장을 들고 곧장 동부로 향했다.

지금부터 동부에서의 얘기를 좀 해 주겠다. 거기 사람들은 겉모습만 번지르르하고 배짱은 없다. 토냐?(아, 미안, 엘리자베스 캐스퍼라고 해야겠지.) 그때 보니 그녀는 잘 숙성된 와인보다 더 매력적이었다. 삼십 대 중반인데도 몸매는 대학 신입생 같았다. 그리고 소위 딸이라는 사람? 그녀는 토냐의 딸이 아니다. 난 그 마른 애가 어디서 나왔는지 보자마자 바로 알았다.

토냐는 짱구를 굴렸다. 그러면서 내가 처음 모습을 드러내자

누군지 모른 척을 했다. 그래서 그녀의 기억을 좀 되살려 줘야 했
다. 우리가 오오오래 전부터 알고 있었고, 리지도 잘 안다고 말이
다. (그리고 그녀는 리지가 아니었다.)

"원하는 게 뭐예요, 그런저?"

봤지? 그렇게 바로 기억을 해내더라니까.

나는 그 이름을 좋아한 적이 없다. 교도소에서는 사람들이 내
성을 따서 나를 '킹맨'이라고 불렀다.

그 얘기를 하자 그녀가 웃었다. 이렇게 좋아할 거라는 걸 알고
있었다.

예전에 그녀가 했던 약속처럼, 그녀를 데리고 도망가고 싶었
다. 그렇지만 나는 빈털터리고, 그녀는 모든 것을 가진 사람이
다. (근사한 집에, 하녀에, 차도 한두 대가 아니다.) 그래서 나는
내 충성심은 그리 싸지 않다고 말했다. 그리고 일기장 얘기를 꺼
냈다.

"거짓말하시네." 그녀가 사납게 말했다.

그 말은 상처였지만, 다시 한번 말한다, 나는 똑똑한 남자다.
그래서 사실 그대로를 숨김없이 다 얘기해 주었다.

"리지가 임신한 동안 쓴 책 두 권 말이야. 그게 뭐에 대해 쓴 건
지 알아. 헛간 화재도 알고, 그룹 홈 시절 옛 애인 얘기도, 네가
베니 보이랑 엮여 있다는 것도 알지."

"거짓말하시네. 일기장을 어떻게 구했는데?"

"우리가 마지막으로 떡친 날 기억해? 그거 리지 집이었잖아.
조리대에서 슬쩍했지, 그냥 재미 삼아서. 그랬는데 그 안에서 뭘
봤는지 말해 줘도 안 믿을걸."

"뭐가 있는데?"

내가 히죽 웃었다. "그게 알고 싶겠지, 안 그래? 일기장은 안전한 곳에 잘 모셔 뒀어. 혹시나 네가 재밌는 일을 벌일지도 모르니까 말이야."

"시간을 좀 줘요. 이틀."

이틀 후, 우리는 그녀의 집에서 만남을 가졌다. (물론 대저택이었다.) 거기에 그 나이 든 여자가 있었다.

"이 사람은 도대체 누구야?".

그 크루엘라 드 빌* 같은 여자가 나를 마치 막 감옥에서 출소한 사람인 양 쳐다봤다. 뭐 실제로 틀린 얘기는 아니지만.

"저는 벤의 엄마 되는 사람입니다." 그녀가 굉장히 격식을 차려 말했다.

알고 보니 그 방에 있는 사람 중 그녀가 가장 영리했다. 처음부터 끝까지 그 비밀을 알고 있었던 거다.

미친 거야, 안 그래?

그걸 나중에야 알았다. 키웨스트에서 내 보트에 (그녀가 준 돈으로 산 첫 번째 전리품이었다.) 탄 토냐와 섹스를 하고 있을 때였다. 그녀가 벤하고 아기를 데리고 동부로 간 바로 그날 밤, 그 늙은 마녀가 토냐를 앉혀 놓고 솔직하게 물었다는 거다. "나 바보 아니다. 넌 그리 똑똑하지 않고. 네가 누군지 그리고 진짜 엘리자베스 던이 어디 있는지 알아야겠다."

"리지는 어디 있는데?" 나 역시 그때 물어봤다.

● 월트 디즈니 애니메이션 〈101마리의 달마시안 개〉에 등장하는 캐릭터. 탐욕스럽고 사악한 성격의 중년 여성이다.

그렇지만 토냐는 결코 말해 주지 않았다.

당시에만 해도 나는 그녀와 베니 보이가 리지에게 끔찍한 일을 저지르고 완전히 처리했을 거라 생각했다. 그 얘기를 토냐에게 했더니 그냥 웃어넘기고, 내 질문 따위 신경도 쓰지 않았다. 그녀는 내 쪽이 믿을 만하다는 걸 알고 있었다. 나는 비밀을 지킬 수 있다. 단순한 남자니까. 내가 원하는 건 그저 키웨스트에 있는 집 한 채, 멋진 배, 평생 먹고살 수 있게 해 주는 정도랄까. 이게 그렇게 과한가?

토냐는 나와의 관계를 몇 번이나 끊어 내려 했지만 그런 일은 일어나지 않았다. 그녀는 나의 황금 알을 낳는 거위였다. 베니 보이? 섹스 실력이 형편없다고 했다. 토냐가 한 말이다. 나, 나야말로 그녀를 행복하게 해 준다. 그래서 늘 나에게 돌아오는 것이다.

그래서 그게 토냐와 그 늙은 마녀랑 맺은 계약이었다. 그렇게 쉽게 돈을 벌어 본 적이 없었다. 조용히 있는 대가로 내 몫을 받았다. 육 개월마다 꼬박꼬박 돈이 들어왔다.

그랬는데 그녀가 사라졌다.

처음으로 한 생각은 베니가 못된 짓을 저질렀다는 거였다. 물론 그 역시 나와 토냐에 대해 알고 있었다. 그렇지만 살인을 할 타입은 아닌데. 너무 나약하니까. 그렇지만 그의 엄마? 그건 또 다르지.

베니 보이와 대화를 하기 위해 찾아갔다. 그랬는데 그게 뭐라고 했는지 아는가?

"끝이야. 무임승차는 끝났어."

"아니. 넌 몇 년째 공짜로 누리고 살았잖아. 내가 뒤늦게 합류

한 건 맞아, 하지만 계획대로 가는 게 어때?"

그가 웃더군. 그놈의 자식. 그러면 안 되는 거였다. 그가 나에게 쓸모없는 쓰레기라고 말한 그 순간, 내가 그의 인생을 완전히 망쳐 버릴 거라는 걸 깨달았다.

"나랑 내 딸한테서 떨어져, 알아들었어?" 그가 나에게 요구했다. 나한테 요구를 해? 믿어지는가?

한 사람의 인생을 제대로 망가트리는 가장 멋진 방법이 뭐냐고? 그들의 비밀을 모조리 드러내는 것이다.

난 부자는 아니지만, 토냐에게서 원하는 건 다 얻었다. 그런데 이제 베니 보이가 내 신경을 건드리고 있다.

자, 다시 리지의 일기로 돌아가자.

그의 딸에게 일기 몇 장을 보냈다. 베니 보이의 신경을 좀 긁어 놓고 그만둘 생각이었다. 그런데 베니 보이가 나를 완전히 끊어 버리겠다고 협박하는 바람에, 내가 올인을 하도록 만들었다.

올드보 시절로 돌아가, 그래, 나는 마약을 거래했다. 그 세계에 있다 보면, 무슨 일이 일어나는지 눈치를 보는 법을 배우게 된다.

어느 날 아침, 막 새벽을 지난 시각, 거래를 하나 마치고 돌아오는 길이었다. 시내는 죽은 듯 고요했다. 그랬는데 내 건물 입구에 누가 서 있었는지 아는가? 사랑스러운 리지, 잔뜩 흐트러지고 죄책감 가득한 모습으로 어떤 남자와 함께 있었다. 불륜을 저지르는 사람을 보면 바로 안다. 남자는 리지에게 키스하려고 몸을 수그렸지만, 그녀는 뒤로 껑충 뛰며 물러서고는 마치 지금 막 은행이라도 털고 온 사람인 양 주변을 두리번거렸다.

"실수였어." 그녀가 중얼거렸다. "제발, 벤에게 얘기하지 마."

그런 후 나는 그냥 내 일에 집중했다. 하지만 리지의 일기를 훔쳐서 그 슬픈 내용을 읽고 난 후에, 마지막 페이지가 무슨 의미인지를 깨닫게 되었다. 귀여운 리지가 베니 보이를 농락했고, 그 멍청이는 자신이 진짜 아빠가 아닐지도 모른다는 사실에 대해 전혀 낌새도 못 차린 것이다.

그러거나 말거나. 이거 완전 라이프타임*에서 나올 얘기긴 하다. 하지만 복수는 복수지. 안 그런가? 리지도 책에서 그렇게 썼으니 말이다.

그래서, 베니 보이가 나에게 꺼지라고 말했을 때, 토냐는 이미 죽은 상태였다. 그러니 그의 인생을 지옥으로 만들지 못할 이유는 하나도 없었다. 나는 그저 조심하기만 하면 됐다. 그래야 아무도 나에게 화살을 돌리지 않을 테니까 말이다.

블랙잭을 해 본 적이 있는가? 거기서 제일 멋진 부분이 뭔지 아는가? 바로 패턴을 읽고 이기는 방법을 알아낼 수 있다는 점이다. 나는 그 소녀, 매켄지가 그 일을 해내길 바랐다. 그래서 엄마의 다이어리 첫 장을 보낸 것이다. 리지의 일기를 말이다. 그런 다음 더 보냈고…….

만약 소녀가 행간을 읽을 줄 안다면, 눈치를 채고 파고들기 시작할 것이다. 그리고 그녀는 정말 그렇게 했다. 내가 생각한 것보다 훨씬 영리한 아이였다. 그렇지만 이건 리지를 닮아서가 아니다. 그건 확실하다.

지금 생각해 보니, 이게 블랙잭이랑 무슨 상관인지 모르겠다.

● 미국의 케이블 TV 채널로, 여성 시청자를 주요 대상으로 한 TV 영화와 멜로드라마, 가족·범죄·스캔들을 다룬 드라마를 주로 방송한다.

어쨌든.

결국 모든 게 다 끝나고 나서도, 그녀가 어떻게 엄마, 그러니까 리지를 찾았는지는 아직도 모르겠다. 그 온갖 난리가 터진 건 내가 키웨스트에 있는 보트에 앉아 뉴스를 보고 있을 때였다. 천국에 있는 토냐에게 건배했고(난 자기의 1호 팬이야, 자기야!), 정신 병동인가 어디인가 있을 리지에게도 건배를(불쌍한 것) 그리고 베니 보이를 보며 웃음을 터트렸지(감옥에서 썩어 버리길). 만약 그들이 리지를 어딘가에 가둬 놨다는 걸 알았다면, 돈을 더 많이 요구했을 것이다. 하지만 상황은 그렇게 흘러가지 않았다.

나는 걔네가 눈치채지 못할까 봐 추수감사절에 (그 고딕 스타일 여자애랑, 올드보에서 리지와 다정하게 지내던 존이라는 남자에게.) 일기 페이지를 또 하나 보냈다. 명절을 위한 작은 깜짝 선물이라고나 할까?

그래서 지금, 베니 보이는 정말 인생 망가진 거다.

아, 베니의 엄마? 그 년, 감옥에서 맘껏 고생하길 바란다.

건배!

사랑을 담아, 엄마가

초판 1쇄 발행 2026년 4월 27일
지은이 일리아나 잰더 | **옮긴이** 안은주 | **펴낸이** 최원영
편집부장 윤영천 | **편집부** 윤정원 이지윤 복다은 | **북디자인** 에넥도트
본문조판 양우연 | **국제업무** 박진해 국경님 유자영 조하늘 | **마케팅** 김민원 조은걸
펴낸곳 (주)디앤씨미디어 | **출판등록** 2002년 4월 25일 제20-260호
주소 서울시 구로구 디지털로 32길 30 코오롱디지털타워빌란트 1301-1308호
전화번호 02.333.2513 | **팩스** 02.333.2514

ISBN 979-11-92738-77-2 03840

정가 19,000원

* 잘못 만들어진 책은 구매처에서 바꾸어 드립니다.